AU CŒUR DE L'ÉTÉ

Après une brillante carrière juridique, Viveca Sten s'est lancée dans l'écriture. Véritable phénomène en Suède, sa série mettant en scène l'inspecteur Andreasson et Nora Linde a été publiée dans une quinzaine de pays, vendue à plus d'un million d'exemplaires et adaptée à la télévision. Diffusée en France sur Arte sous le titre *Meurtres à Sandhamn*, la série a réuni plus d'un million et demi de téléspectateurs.

Paru au Livre de Poche :

DU SANG SUR LA BALTIQUE

LES NUITS DE LA SAINT-JEAN

LA REINE DE LA BALTIQUE

LES SECRETS DE L'ÎLE

VIVECA STEN

Au cœur de l'été

ROMAN TRADUIT DU SUÉDOIS PAR RÉMI CASSAIGNE

ALBIN MICHEL

Titre original :

I STUNDENS HETTA
Paru chez Forum Bokförlag, Suède.

À ma fille chérie, Camilla

Une marée de coques blanches avait envahi le port. Partout, sur les bateaux, on faisait la fête. Une foule désordonnée de jeunes éméchés allait et venait sur les pontons en ce tiède soir d'été. Mais la jeune fille qui titubait dans la cohue tremblait de froid.

Il y avait des gens partout, mais personne qu'elle connaisse. Tout le monde parlait et riait à grands éclats de voix. Elle se boucha les oreilles pour se protéger du vacarme et, désespérée, plissa les yeux dans la lumière du soir à la recherche d'un visage connu.

Une bande d'ados faisait un barbecue sur la plage, malgré les panneaux d'interdiction. Plus loin, plusieurs policiers en gilet jaune furent rejoints par quelques autres qui garèrent leur 4 × 4 rouge devant le restaurant des Navigateurs.

La fille sur le ponton ne les remarqua pas. Ses cheveux blonds étaient ébouriffés et ses yeux fixes écarquillés. Elle boitait un peu, il lui manquait une chaussure.

Quelqu'un la bouscula, elle heurta une poubelle.

Son regard errait au hasard. Un sanglot lui échappa et elle s'appuya à une bouche d'incendie.

Mais personne ne lui prêtait attention, le brouhaha alentour montait par vagues, la musique tonitruante noyait le gémissement qui s'échappait de sa gorge.

« Faut que je retrouve le bateau », geignit-elle.

Une autre personne la bouscula et, cette fois, elle tomba à la renverse sur le ponton blanchi par le soleil. Épuisée, elle resta au sol, incapable de se relever. Ses joues sales striées de larmes, elle murmurait quelque chose compréhensible d'elle seule.

Elle frissonna et, pour tenter de se réchauffer, se recroquevilla sur elle-même.

« Ça va ? »

Un couple, la quarantaine, s'était arrêté devant elle.

« Qu'est-ce que tu as ? » dit la femme en lui posant gentiment la main sur le bras.

La fille se releva et s'éloigna en courant sur le long ponton relié au quai.

« Faut que je retrouve Victor », murmura-t-elle.

La musique était plus forte à présent.

D'un gros yacht, d'énormes haut-parleurs déversaient des rythmes techno frénétiques. Le bruit était assourdissant, les vibrations se propageaient dans le béton, sous ses pieds. Sur le pont arrière du bateau, des verres à moitié pleins, des mégots et des bouteilles s'entassaient sur une table en acajou. Dans un large canapé en cuir blanc, un type bronzé était assis torse nu, une cigarette à la main. Il promena son regard sur le corps de la jeune fille.

« Tu te sens seule ? »

Il ricana en faisant claquer sa langue.

« Je peux t'aider. »

Elle prit à nouveau peur, recula de quelques pas et repartit en courant dans la direction opposée, vers le rivage.

Une forêt de mâts blancs s'élevait devant elle. Elle fixait les bateaux, impuissante.

« Victor, murmura-t-elle tandis que ses larmes se remirent à couler. Où es-tu ? »

Puis ses jambes se dérobèrent et elle s'effondra sur le sable.

1

Lundi 16 juin 2008

« Mais enfin, ce sera sympa d'aller fêter la Saint-Jean chez les Larsson, non ? »

Victor ne se donna pas la peine de répondre à sa mère, Madeleine Ekengreen.

Il allait être sept heures du soir. Un bruit de moteur annonça que la Jaguar de son père venait de s'engager dans l'allée du garage. Madeleine se regarda dans la porte métallisée du réfrigérateur et arrangea sa coiffure blonde.

Qui penses-tu tromper ? pensa Victor. Avec tes mèches et tes injections de Botox. Tu auras beau faire, personne ne croit plus que tu as trente-cinq ans.

« Victor ?

— Je ne veux pas y aller.

— Mais on y va tous les ans », dit Madeleine avec quelque chose de forcé dans le regard, comme si elle ne comprenait pas bien le tour que prenait la conversation.

Elle posa sur la table un saladier de laitue, qu'elle remua.

« Qu'est-ce que tu comptais faire, à la place ? » continua-t-elle.

Victor restait le nez dans son assiette.

« J'ai prévu de me barrer à Sandhamn avec Tobbe et des potes. Christoffer peut emprunter le bateau de leur vieux, ça déchire.

— Ne dis pas "ça déchire", dit machinalement Madeleine, c'est laid. »

Elle n'était visiblement pas ravie à l'idée qu'il fête la Saint-Jean de son côté.

« Le papa de Tobbe viendra avec vous ? » dit-elle après un moment.

Victor secoua la tête.

« Ben non ! Il va à Falsterbo, je crois.

— Et Felicia ? »

Là, il hocha la tête.

« Elle vient, c'est clair.

— Et ses parents, qu'est-ce qu'ils disent ? »

Madeleine avait l'air méfiante, mais Victor savait qu'elle aimait bien sa petite amie.

« Ils sont cools. »

En fait, Felicia avait dit qu'elle allait à la campagne avec Ebba. Et Ebba, qu'elle accompagnait Felicia.

Le doute n'avait pas disparu des yeux de Madeleine, mais elle fit demi-tour pour aller chercher un plat de poulet grillé sur l'îlot central de la cuisine. On entendit claquer la porte qui donnait dans le garage.

Voici le grand Johan Ekengreen, pensa Victor.

« C'est vraiment sûr, les parents de Felicia sont d'accord ? dit Madeleine en posant le poulet sur la table.

— Mais arrête de radoter, à la fin ! »

Victor attrapa le pack de lait et remplit son verre.

Madeleine se tut. Victor savait qu'il l'avait blessée, mais s'excuser était au-dessus de ses forces. Et puis, elle était toujours occupée, pourquoi se mettait-elle à râler, pour une fois qu'il avait lui-même prévu quelque chose ?

Quand papa et toi vous vous êtes tirés à Paris pour les vacances d'automne, ça s'est bien passé, non ? Et j'ai dû me débrouiller tout seul.

« J'ai seize ans, je gère, dit-il. Putain, on est toute une bande à y aller. »

Victor, qui savait qu'elle allait réagir à son vocabulaire, la regarda avec un air de défi.

Madeleine abandonna.

« Ne te mets pas en colère comme ça, dit-elle. Je ne comprends pas pourquoi tu es devenu aussi soupe au lait. Tu prends la mouche sans arrêt, quoi que je dise.

— Mais arrête de radoter, alors », répéta Victor.

La porte s'ouvrit, et Johan Ekengreen entra dans la cuisine. Il sifflotait d'un air satisfait, semblant ne pas remarquer l'atmosphère tendue.

Le père de Victor allait bientôt avoir soixante-trois ans. Il était bronzé et fréquentait la salle de gym plusieurs fois par semaine. Ses cheveux s'étaient juste un peu clairsemés. Victor savait qu'il les teignait en cachette, pour qu'on ne remarque pas qu'ils étaient gris.

« Bonjour tout le monde ! »

Avec un grand sourire, il laissa tomber sa serviette et desserra sa cravate. Puis il ôta sa veste, qu'il pendit au dossier d'une chaise.

« Victor ne veut pas venir avec nous pour la Saint-Jean, dit Madeleine en jetant un regard impérieux à son mari, comme pour lui faire comprendre qu'il fallait qu'il parle sérieusement avec son fils.

« — Et pourquoi ? »

Johan Ekengreen se tourna vers Victor, mais avant qu'il puisse répondre, Madeleine poursuivit :

« Il veut aller à Sandhamn avec ses copains plutôt que de fêter ça avec nous chez les Larsson. »

Le père rit, malgré la mine déconfite de Madeleine.

« Le gamin commence à être grand. Il veut faire la fête à Sandhamn, comme tout le monde. Moi aussi, à son âge, j'aurais voulu. »

Johan attrapa la bouteille ouverte sur la table et s'en servit un verre. Machinalement, il huma le vin avant de le goûter.

« Pas mal, dit-il en examinant l'étiquette.

— Johan, écoute-moi, maintenant, dit Madeleine en essuyant le plan de travail avec des gestes rapides et irrités.

— Je peux y aller, papa ? » dit Victor sans laisser à Johan le temps de répondre.

Putain, si elle coulait son week-end à Sandhamn, il l'aurait mauvaise. Il avait plein d'argent, son père lui avait donné une enveloppe avec plusieurs billets de mille pour son dernier bulletin de notes, plus que correct.

Avec ça, il pouvait acheter du bon matos pour la Saint-Jean.

« Il n'est pas assez grand, protesta une dernière fois sa mère. Il vient tout juste d'avoir seize ans. C'est trop tôt pour le laisser partir tout seul.

— Je suppose que Felicia y va elle aussi ? dit Johan.

— Oui. »

Victor hocha la tête sans lever le nez. Allez, papa, pensa-t-il, allez…

« Bon. »

Johan Ekengreen se tourna vers sa femme.

« Laisse faire le gamin. On n'est jeune qu'une seule fois dans la vie. »

Il but une autre gorgée de vin, qui avait des reflets de sang à travers la fine paroi du verre.

« Il ne s'agit que de quelques jours dans l'archipel, ce n'est pas la mort. »

2

Samedi

Nora Linde ne put s'empêcher de retenir son souffle quand Wilma Sköld descendit du premier étage de la villa Brand.

La gamine de quatorze ans avait du khôl autour des yeux et ses cils étaient collés par une épaisse couche de mascara. Sa jupe en jean était si courte qu'on aurait dit un short et son chemisier transparent laissait voir son soutien-gorge.

Nora se fit violence pour s'abstenir de tout commentaire. Wilma n'était qu'en quatrième, mais le maquillage lui donnait l'air plus âgée et bien trop dure. Mais c'était à Jonas de le lui dire. Après à peine huit mois ensemble, Nora ne pouvait quand même pas commencer à élever Wilma comme sa propre fille.

Pendant tout le repas, Wilma avait été sur des charbons ardents, comme si chaque minute passée loin de ses amis était une torture. Dès qu'elle avait pu, elle avait filé à la salle de bains se préparer.

Wilma passa devant Nora à la cuisine et continua jusqu'à la salle à manger, où Jonas était encore assis avec Adam et Simon. Adam avait fini, mais Simon piquait encore dans son assiette. Il adorait les pommes de terre nouvelles de juin et s'était resservi pour la deuxième fois.

« Papa, dit Wilma. Je file. Je suis grave en retard. »

Nora avait suivi, mais était restée appuyée au chambranle de la porte. Jonas avait sursauté en voyant sa fille. Parfois, Nora avait l'impression qu'il refusait de comprendre qu'elle était en train de grandir.

« Tu devrais au moins prendre un blouson, dit prudemment Nora. Il va sûrement faire frais, une fois la nuit tombée. Tu sais comment ça peut être, dans l'archipel. »

Wilma sembla ignorer Nora. Elle fit quelques pas vers Jonas.

« Je peux avoir un peu d'argent ? mendia-t-elle.

— Tu n'as pas déjà eu ton argent de poche pour le mois ?

— Si. » Wilma tarda à répondre. « Mais je l'ai fini. »

Jonas haussa les sourcils, mais sortit son portefeuille de sa poche arrière. Il l'ouvrit, puis se ravisa. Comme s'il se demandait s'il était sage d'accorder un supplément à son ado de fille.

« S'il te plaît, papa, sinon ce sera pas marrant. »

Pendue au dossier d'une chaise, Wilma réclamait soudain d'un ton enfantin. Pendant une seconde, Nora l'imagina petite, ébouriffée, avec les dents du bonheur.

Comme il fallait s'y attendre, Jonas céda. Il sortit trois billets de cent qu'il posa sur la table et glissa vers sa fille.

« Mais tu me rendras ce qui reste », dit-il.

Le ton de sa voix et la mine réjouie de Wilma indiquaient bien que c'était un vœu pieux.

Adam leva les yeux de son assiette et lança un long regard à Wilma.

Ils n'avaient qu'un an d'écart mais, jusqu'alors, les sorties nocturnes n'intéressaient pas trop Adam. Il préférait rester à la maison à jouer à ses jeux vidéo, avec ou sans ses copains. Nora savait que ce n'était qu'une question de temps avant qu'il veuille lui aussi faire la fête, mais elle se réjouissait, tant que ça durait. Son divorce d'avec Henrik avait à peu près coïncidé avec le début de la puberté d'Adam, et ni l'un ni l'autre n'avaient été simples.

« On n'a pas droit au moins à un bisou, avant que tu partes ? » dit Jonas en rangeant son portefeuille.

Wilma fit le tour de la table et se pencha rapidement. Puis elle se redressa, recula de quelques pas et dit d'un ton faussement détaché : « Ça ira, si je rentre à deux heures du matin ? »

Jonas fronça les sourcils.

« On avait dit minuit. Tu sais que ta mère et moi sommes d'accord là-dessus.

— Mais allez, quoi... c'est la Saint-Jean, quand même. Tous les autres auront le droit de rester beaucoup plus tard, je serai la seule obligée de rentrer tôt à la maison... C'est pas juste ! »

Ne cède pas, pensa Nora, bien contente de ne pas avoir à régler ce conflit. Elle avait bien assez de ses propres soucis.

Nora resta là à attendre la réponse de Jonas, sans s'en mêler. Même Simon, pour une fois, se taisait, tout occupé à finir son assiette.

« S'il te plaît, papa… »

Wilma inclina la tête de côté, l'air plus suppliante encore.

Jonas écarta son assiette.

« Alors disons une heure du matin. Mais juste pour cette fois. Je ne veux plus entendre parler de sorties tardives de tout l'été. »

Le visage de Wilma reflétait des sentiments partagés. Allait-elle insister, au risque d'irriter Jonas, ou se contenter de cette demi-victoire ?

Visiblement, une heure du matin était mieux que rien, car elle esquissa un pas de danse et dit :

« Promis. Merci, tu es le meilleur. »

Wilma se pencha pour embrasser à nouveau son père. Cette fois, sa joie était sincère. Jonas essaya de lui caresser les cheveux, mais elle s'esquiva.

Au passage, même Nora eut droit à un sourire.

« Salut. À demain.

— Sois prudente. Tu as ton portable ?

— Oui, oui, je l'ai. »

Sa voix était impatiente, son frêle corps d'adolescente déjà en mouvement.

« Il faut qu'il soit allumé, dit Jonas. N'oublie pas. Promets-moi de répondre si j'appelle. »

Déjà à la porte, Wilma ne se retourna pas.

« OK, OK. Promis. Arrête de radoter. »

Nora soupira. Wilma menait Jonas par le bout du nez, mais Nora ne la trouvait pas si facile à vivre. Ce n'était pas plus mal qu'ils habitent encore chacun de son côté, elle dans son nouvel appartement de Saltsjöbaden, Jonas dans son trois-pièces en centre-ville de Stockholm.

Ici, à Sandhamn, Jonas louait l'ancienne maison de Nora depuis que, l'an dernier, elle s'était installée avec les garçons dans la villa Brand, la belle maison 1900 qu'elle avait héritée de sa voisine, tante Signe. C'était cette location qui les avait fait se rencontrer.

Ce week-end, tout le monde était chez Nora, car il n'y avait plus de courant chez Jonas. Le gentil électricien de l'île avait promis de passer le lendemain.

La porte d'entrée claqua derrière Wilma, elle était partie.

3

Un sourire satisfait aux lèvres, Wilma quitta la maison sans refermer la grille.

Son portable bipa.

T où ? D ja au port/ Malena

Elle saisit rapidement sa réponse :

No pb, en route/ W

Elle n'avait pas du tout envie de fêter la Saint-Jean à Sandhamn avec papa et Nora mais, dès qu'elle avait appris que ses copains de la ville seraient là, elle s'était soudain mise à attendre ce week-end avec impatience, malgré Nora et ses gamins. Bon, Simon était mignon, il aimait bien la compagnie de Wilma pour regarder des dessins animés. Mais Adam était nul, il passait son temps devant son ordinateur à jouer à ses jeux nazes, avec ou sans ses copains, tous aussi nuls que lui.

Papa et Nora, c'était pire, ils n'arrêtaient pas de se léchouiller dès qu'ils croyaient que personne ne les voyait. Beurk. Pourquoi avait-il fallu qu'il la rencontre ?

Son téléphone sonna à nouveau.

T'as qqch ?

Contente d'elle, Wilma tapota son sac. Dans l'ancienne cave à pommes de terre de Nora, il y avait plusieurs caisses de vin. Wilma les avait trouvées par hasard et avait pris deux bouteilles dans le carton du fond.

Toute la semaine, elle s'était demandé ce qu'elle allait mettre et avait essayé tous ses hauts, encore et encore. Elle avait fini par se décider pour une jupe courte en jean blanc et un simple débardeur. Elle voulait être classe, mais pas too much.

Chez H & M, elle avait trouvé un nouveau mascara bien trop cher pour elle. Elle l'avait glissé en douce dans sa poche. Ce n'était pas bien, elle le savait, mais s'ils n'avaient rien vu, ils n'avaient qu'à s'en prendre à eux-mêmes.

Wilma avait commencé à traîner avec cette nouvelle bande ce printemps. Tous ceux de sa classe étaient de vrais gamins, ils n'arrêtaient pas de faire les idiots. Les mecs étaient des bouffons boutonneux, avec leurs voix graves qui d'une seconde à l'autre passaient en fausset.

Ses nouveaux amis étaient bien plus cools. Surtout Mattias. C'était le demi-frère de sa copine Malena, de la classe parallèle. Il y avait deux ans et demi de différence entre eux, il fréquentait un lycée du centre-ville.

Le frère de Malena était grand, avec des cheveux bruns qu'il laissait pousser dans le cou. Il avait l'habitude de les rejeter derrière l'oreille, où ils formaient des boucles qui rebiquaient. Wilma avait tellement envie d'y passer les doigts. Il portait une chaîne argentée autour du cou et était bien habillé, avec ses jeans élimés et ses mocassins en daim. Il était bien plus stylé que les mecs de sa classe, avec leurs horribles sweats à capuche et leurs baskets. Une bande de singes, oui !

Il n'avait pas fallu longtemps à Wilma pour flasher sur Mattias mais, jusqu'à présent, il n'avait pas l'air d'avoir remarqué quoi que ce soit. Il lui parlait à peine, malgré tous ses efforts pour attirer son attention dès qu'il était là.

Chaque fois qu'elle le voyait, Wilma pouvait rester des heures à passer en revue tout ce qu'il avait dit. Elle analysait chaque phrase et sa manière de la prononcer, la façon dont il l'avait regardée en parlant.

Elle savait qu'elle n'était pas la seule à apprécier Mattias. Il avait toujours plusieurs filles sur le feu et son portable n'arrêtait pas de biper. De temps en temps, il se bidonnait et montrait un sms aux autres mecs. Parfois en lâchant un commentaire ironique.

Wilma se passa la langue sur les lèvres pour s'assurer que son gloss tenait. Il s'appelait Spring Blossom et était rose orangé. Elle l'avait aussi fauché chez H & M et trouvait qu'il lui donnait l'air plus âgée et expérimentée.

Ce soir, Mattias allait la remarquer. Wilma le sentait dans son corps, ce soir, il allait comprendre qu'elle n'était pas si petite, pas qu'une gamine que sa frangine traînait avec elle.

Les bouteilles de vin étaient son trophée. Il verrait qu'elle était dans le coup, qu'elle aussi faisait partie de la bande.

Elle était prête à tout pour pouvoir être avec lui.

« On prend le café sur le ponton ? » dit Nora en regardant Jonas.

Le soleil était encore haut dans le ciel, alors qu'il allait être huit heures du soir. Cela faisait longtemps qu'il n'avait pas fait aussi beau pour le week-end de la Saint-Jean, et c'était bon de sentir la chaleur après un long hiver sombre.

Jonas l'attira contre lui. Il approcha sa bouche de ses cheveux et murmura : « Il n'y a plus que nous à la maison. »

Nora appuya sa tête contre son front, jouissant de l'avoir contre elle.

« Les garçons sont chez leurs copains et Wilma ne va pas rentrer avant un bon moment », souffla Jonas à son oreille.

Il avait un sourire en coin et Nora sentit qu'elle répondait à son invitation : une sensation de chaleur se répandit sous son nombril et son corps se mit à frémir. La bouche à demi ouverte, elle s'approcha et toucha les lèvres de Jonas.

Puis se ravisa.

« Et si Adam et Simon revenaient ? On aurait vraiment l'air bêtes. »

Nora se libéra de son étreinte et feignit de ne pas voir la déception dans les yeux de Jonas.

« On aura tout le temps après », dit-elle en se penchant pour prendre un plateau dans un tiroir du bas. Elle y plaça deux tasses, du sucre et un pot de lait.

« Tu veux autre chose avec ? proposa-t-elle. Un cognac de la Saint-Jean, peut-être ? »

Il n'avait pas l'air de l'avoir mal pris et lui adressa au contraire un sourire si aguicheur qu'elle faillit lui céder. Elle ne put s'empêcher de s'arrêter pour le contempler, appuyé au plan de travail, en jean et pull vert col V, pieds nus dans ses mocassins de voile. Mais penser aux garçons la retint.

« Pour moi, le café suffira, dit Jonas. Mais vas-y, si tu veux quelque chose. »

Nora se tâta. Avait-elle envie d'un cognac ou d'autre chose ?

Peut-être un petit pousse-café. Ils avaient déjà partagé une bouteille de vin rouge à table, mais c'était bon de prendre quelque chose avec le café. Elle sortit une bouteille d'armagnac et en versa un doigt dans un verre à liqueur. Puis, chargée du plateau, elle gagna la véranda pour rejoindre le long escalier qui descendait au bord de l'eau.

Le terrain était encore baigné de soleil, et des rires joyeux arrivaient de la maison d'à côté, dont le ponton accueillait plusieurs voiliers en visite. Les voisins avaient installé une immense tablée, et l'odeur de grillades flottait encore dans l'air. D'un peu plus loin parvenait l'air d'une chanson à boire que venait conclure un énergique « skål ! ».

Nora sourit en entendant s'entrechoquer les verres de schnaps. Voilà à quoi devait ressembler une Saint-Jean typique à Sandhamn : tout le monde dans son jardin à bien manger et bien boire.

Elle posa le plateau sur la table en bois blanc et, tandis que Jonas dévissait la thermos, Nora disposa les tasses et cassa des carrés de chocolat noir.

Des pépiements retentirent en l'air, elle leva les yeux et vit passer un vol d'hirondelles très haut au-dessus de sa tête. Ces oiseaux étaient un signe sûr de très haute

pression : avec un peu de chance, la chaleur se main-
tiendrait au moins les prochains jours.

Contente, Nora s'installa sur une des chaises et souleva sa tasse de café. C'est presque trop beau pour être
vrai, pensa-t-elle.

4

Elin était sur le dos, sa petite bouche serrée autour d'une tétine qui bougeait au rythme de sa respiration. Ses petits poings, qui auparavant brassaient l'air, rageusement fermés, reposaient à présent sur la fine couverture. Un ours en peluche était couché dans un coin du lit à barreaux, et un mobile avec des papillons multicolores était suspendu à un bras en plastique au-dessus de l'oreiller.

À son chevet, dans la maison de vacances d'Harö, l'inspecteur Thomas Andreasson regardait sa fille. Un mince filet de lumière s'échappait du store opaque qu'ils avaient installé pour elle. Il suffisait à distinguer les jolis traits de son visage. Ses sourcils étaient si clairs qu'ils étaient à peine visibles, et ses fines mèches de cheveux bouclaient au-dessus de ses oreilles.

Il toucha doucement la main frêle. Ses ongles étaient jolis et roses, incroyablement petits à côté des siens. Sa poitrine se soulevait et s'abaissait régulièrement, et Thomas sentit qu'il se détendait.

Sa fille dormait et allait bien.

Quand sa grande sœur Emily était morte à l'âge de trois mois, son chagrin avait été si profond qu'il avait failli sombrer. Cette perte avait brisé son couple. Pernilla et lui avaient été séparés par un désespoir insurmontable, et ce n'était qu'un an plus tôt qu'ils s'étaient retrouvés.

C'était Pernilla qui avait donné de ses nouvelles et avait voulu le revoir. Thomas avait hésité, la peur de rouvrir d'anciennes blessures était profonde. Mais lors de leurs retrouvailles, il ne s'était souvenu que des beaux moments : le soir d'été à Stockholm où ils étaient tombés amoureux, le sourire de Pernilla à leur mariage dans l'église de Djurö, le bonheur à la naissance d'Emily. C'était comme s'ils ne s'étaient jamais quittés.

Ils avaient une deuxième chance.

C'était Pernilla qui l'avait soutenu après son grave accident sur la glace devant Sandhamn plus d'un an auparavant. Il avait plongé dans un état où tout lui semblait gris et ne savait même pas s'il aurait la force de continuer son métier de policier. Retourner à la section d'investigation, où les dossiers s'empilaient, avec des moyens toujours insuffisants, lui semblait au-dessus de ses forces.

Il était poursuivi par la mauvaise conscience et miné par le doute sur ses propres capacités.

Mais s'il cessait d'être policier, qui était-il ?

Le grand changement était venu avec Elin. Quand il avait compris qu'il allait à nouveau être papa, la dépression avait définitivement lâché son emprise gluante. À sa naissance, en mars, il s'était réveillé d'une longue hibernation, comme si après avoir essuyé une fine couche de poussière, la fenêtre était redevenue claire et transparente.

Elle allait bientôt être aussi âgée qu'Emily, la nuit où elle était morte dans son sommeil, sans que Thomas ni Pernilla ne puissent rien y faire.

L'image du corps de sa fille morte au matin ne le quitterait jamais.

« Thomas. Où es-tu passé ? »

La voix de Pernilla venait de la véranda.

« Le café refroidit. »

Thomas remarqua qu'il agrippait malgré lui de toutes ses forces le lit d'enfant. Au prix d'un gros effort, il détacha ses doigts et caressa doucement la joue d'Elin. Elle gémit et lâcha sa tétine, qui menaça de tomber. Thomas la remit vite en place et sa fille se remit à la sucer avec bonheur.

Après un dernier regard sur le berceau, Thomas sortit rejoindre Pernilla.

5

Adrian Karlsson rajusta sur sa hanche le lourd ceinturon où pendaient sa radio, sa matraque et son arme de service. Son ceinturon seul pesait plus de cinq kilos, tout son équipement et son uniforme plus de quinze.

La première fois qu'il avait attaché son ceinturon, il avait presque fléchi les genoux sous le poids, mais désormais il appréciait ce sentiment d'avoir tout ce dont il avait besoin à portée de main. Aujourd'hui, cependant, son équipement le faisait suer de plus belle sous son uniforme bleu sombre, qui était conçu pour conserver la chaleur, pas pour rafraîchir.

Ce n'était pas la première fois qu'il était envoyé à Sandhamn pour la Saint-Jean, mais il n'avait jamais eu aussi beau temps. C'était le plein été, alors qu'on n'était que le 21 juin. Son T-shirt était trempé depuis plusieurs heures, et son dos ruisselait de sueur. La racine de ses courts cheveux bruns était humide.

Il était avec sa collègue Anna Miller sur la promenade de la plage, devant la rangée rouge des échopes. Il était huit heures du soir, et ils étaient tous les deux en service depuis dix heures du matin. Un déjeuner rapide puis, dans l'après-midi, une pause-café au centre d'appels délocalisé dont la police disposait comme PC sur l'île le temps du week-end, et la journée était passée.

Anna était gardienne de la paix, sortie depuis seulement quelques années de l'école de police. Elle avait vingt-six ans, cinq ans de moins qu'Adrian et à peine deux centimètres de moins que son mètre quatre-vingt-cinq. Son ascendance coréenne se voyait à ses yeux bridés et ses cheveux noirs raides qu'elle attachait en queue-de-cheval.

Malgré son jeune âge, elle avait vite trouvé ses marques. D'un sourire, elle désarmait l'agressivité des personnes qu'ils contrôlaient et opposait sa bonne humeur aux mauvais coucheurs.

Chaque fois qu'ils trouvaient quelqu'un une bouteille ouverte à la main, ce dernier recevait l'injonction d'en vider le contenu. Il était interdit de consommer de l'alcool sur la voie publique à Sandhamn pendant le week-end de la Saint-Jean. Adrian et Anna étaient aimables et polis, mais le message était clair : vider tout. Sur-le-champ.

Les plus jeunes qu'ils rencontraient n'avaient pas plus de treize-quatorze ans. C'était affligeant de les voir tituber un peu partout.

C'était devenu une tradition, chez les jeunes de Stockholm, de se rendre dans l'archipel pour la Saint-Jean. Cette sortie n'avait qu'un but : s'enivrer le plus possible, soit à bord d'un bateau, soit ailleurs.

Pour la veillée de la Saint-Jean, on allait à Möja, dans le nord de l'archipel. Le lendemain, on se déplaçait plus au sud, à Sandhamn.

Comme un vol de sauterelles qui envahissait une île après l'autre.

C'était le pire jour de l'année sur Sandhamn.

La pop tonitruante parvenait faiblement du port jusqu'au ponton de Nora. Depuis le début de l'après-midi, un flot continu de bateaux à moteur, la plupart surchargés de jeunes, avait traversé le détroit qui menait à Sandhamn. Chaque fois que Nora levait les yeux de son livre, il semblait y en avoir toujours davantage.

Pourvu qu'il n'y ait pas de bagarres. L'an dernier, une sérieuse rixe avait éclaté et un jeune avait dû être héliporté à l'hôpital avec un poumon crevé. Il avait été sauvé in extremis.

Nora en vint à songer à Wilma. Son blouson était toujours accroché dans l'entrée. Elle était sortie avec son débardeur léger, sans rien pour se couvrir. Faisait-elle bien attention à elle ?

Comme s'il lisait ses pensées, Jonas ouvrit la bouche.

« Tu trouves que je cède trop facilement à Wilma ? »

Nora souleva sa tasse avant de répondre. Elle s'efforça de choisir ses mots pour ne pas gâcher l'atmosphère détendue.

« Tu lui laisses une grande marge de manœuvre, finit-elle par répondre.

— Je la gâte, c'est ça ? »

Jonas se cala au fond de son siège avec un petit sourire, comme s'il était conscient de ne pas être assez strict avec sa fille.

« Euh… » Nora tarda à répondre. « On peut dire ça, oui. »

Elle se tut et laissa son regard glisser sur l'eau. Le soleil approchait d'Harö, où il allait plonger dans la forêt d'ici quelques heures. Des mouettes tournaient au-dessus des pontons, à la recherche de quelque chose de mangeable. Un nouveau « skål ! » retentit chez les voisins.

« Wilma sait exactement sur quels boutons appuyer pour obtenir ce qu'elle veut. Elle est assez… » Nora chercha ses mots. « Assez précoce. »

Elle avait songé à « insolente », mais ne voulait pas faire de vagues. Puis elle se souvint qu'elle n'était pas en train de parler à Henrik, son ex-mari qui pouvait avoir de brusques sautes d'humeur. Avec Jonas, c'était plus simple. Elle réalisa qu'elle s'était inconsciemment crispée avant d'ouvrir la bouche. Vieilles habitudes tenaces.

Jonas interrompit ses réflexions.

« Tu as raison, bien sûr, mais ce n'est pas si facile de toujours lui tenir la bride. Surtout en ce moment. »

Il se pencha plus près de Nora, prit sa main et la retourna. D'un doigt, il caressa doucement les lignes parallèles qui couraient sur sa paume. Sa peau était douce sur la sienne.

« Il lui faut du temps pour s'habituer. Beaucoup de choses sont nouvelles pour elle, maintenant que tu fais partie de ma vie. »

Nora regarda Jonas dans le soleil du soir. Ses cheveux châtains étaient plus longs dans le cou et ses yeux bruns tiraient sur le vert dans la lumière chaude. Les traits de son visage étaient ouverts, rien n'était compliqué avec lui. Leur différence d'âge l'avait inquiétée au début, Jonas avait sept ans de moins que Nora, qui allait en avoir quarante et un, mais désormais elle n'y pensait plus aussi souvent.

La caresse circulaire dans sa main ouverte se fit plus intense et lui provoqua un chatouillis au ventre. Pourquoi avait-elle insisté pour prendre le café ? Ils avaient un créneau parfait, mais elle faisait toujours des chichis, c'était désespérant.

Avec trois enfants à la maison, il fallait saisir les occasions.

« Tout ça est un grand chamboulement pour elle, reprit Jonas.

— Pour mes garçons aussi. »

Sa voix était plus cassante qu'elle ne l'aurait voulu.

Avec plus de douceur, elle dit : « Tout le monde a besoin d'un peu de temps, je le comprends moi aussi. L'année écoulée a été bouleversante à bien des égards. Mais ce serait mieux qu'on puisse tous les deux avoir à peu près la même vision des choses s'agissant des enfants.

— Qu'est-ce que tu veux dire ? »

Jonas reposa doucement la main de Nora sur son genou et se cala dans le dossier de sa chaise. Nora voulait être franche sans le blesser. Ce n'était pas si facile de dire « mes enfants » et « tes enfants », elle s'en était rendu compte durant l'hiver.

« Adam n'a qu'un an de moins que Wilma, dit-elle après une courte pause. Bientôt, lui aussi va réclamer de pouvoir sortir le soir. Mais je n'aimerais pas qu'il reste dehors jusqu'à une heure du matin. Il est beaucoup trop jeune pour ça, je n'arriverais pas à dormir, je m'inquiéterais. »

Nora s'interrompit mais, comme Jonas ne disait rien, elle continua :

« Je ne veux juste pas que nous envoyions des signaux divergents aux enfants… »

Jonas se redressa sur son siège. Son insouciance avait disparu, comme si une brusque inquiétude s'était emparée de lui. Nora regretta ce qu'elle avait dit.

Devant le ponton, un bateau à moteur passa à vive allure, sans se soucier de la limitation de vitesse à cinq nœuds. Le remous faillit faire chavirer un petit voilier. Il tangua, et son navigateur eut toutes les peines du monde à parer les vagues. Il sembla lancer des invectives au pilote indélicat.

Jonas quitta le voilier des yeux, sortit son portable et composa un numéro. À l'écran apparut le visage de Wilma, bronzé et souriant. Ses cheveux clairs tombaient autour de son menton en mèches souples et elle plissait un peu les yeux dans le soleil.

« Tu as raison, dit Jonas de façon inattendue. Je n'aurais pas dû lui permettre de rester si longtemps. »

Il pianota à nouveau, l'image de Wilma disparut et il remit le téléphone dans sa poche. Puis son visage s'éclaira d'un sourire presque malicieux, comme un petit garçon surpris à faire une bêtise.

« Je vais m'améliorer, c'est promis. »

Il cligna de l'œil et reprit la main de Nora. Il la porta doucement à sa bouche et l'embrassa. Son haleine semblait brûlante sur la pointe de ses doigts, et il y attarda les lèvres sans lâcher prise.

« Tu es vraiment sûre de vouloir boire le café maintenant ? »

6

Adrian était avec Anna sur la promenade de la plage et surveillait la zone. Sur sa droite, le grand ponton de l'hôtel des Navigateurs était plein de gens, verre à la main. Une demi-heure plus tôt, le traditionnel coup de pistolet avait été tiré pour signaler que le drapeau allait être descendu, à exactement neuf heures du soir.

Il faisait encore chaud, une vraie température méditerranéenne. Adrian rêvait d'une douche fraîche, mais il n'aurait pas terminé son service de sitôt.

Un couple d'un certain âge avec un chien en laisse s'approcha.

« Excusez-moi », dit la femme blonde aux cheveux courts.

Ses yeux entourés de jolies petites rides avaient une expression inquiète. Son mari regardait fixement au loin.

« Oui ? dit Adrian d'une voix traînante.

— Vous voyez cette fille, là-bas ? dit la femme en montrant la direction vers laquelle était tourné son mari. Elle n'a pas l'air bien. Nous sommes un peu inquiets. »

Adrian fouilla la foule des yeux. Il comprit alors de qui elle parlait.

Une jeune fille en T-shirt rose était affaissée à terre, juste au bord du long quai en bois qui longeait la promenade de la plage. Elle était accroupie, les bras serrés autour de son torse frêle.

« Vous devriez peut-être aller la voir ? continua la femme. Nous sommes tombés sur elle il y a une heure environ et lui avons demandé comment elle allait. Puis elle a filé, comme ça. Et voilà que nous la retrouvons en revenant. C'était la promenade du soir de Tequila. »

La femme montra le joli golden retriever qui tirait sur sa laisse. Elle devait lutter pour lui résister.

« Assis, Tequila, assis ! » dit-elle d'une voix sévère et, après quelques autres ordres, le chien finit par s'asseoir gentiment à côté d'elle. « Bon chien, le complimenta-t-elle. Tu es beau, tu es gentil. »

Adrian regarda la fille dans la lumière du soir.

Quelque chose dans sa posture retint son attention, elle semblait enfermée dans sa bulle, séparée de son environnement. Adrian avait vu assez de gens ivres pour en reconnaître les signes.

Personne ne semblait faire attention à elle, malgré la foule. Pas de bande de copains ou de petit ami en vue.

Elle était absolument seule.

« On va aller voir, dit-il au couple. Merci de nous avoir prévenus.

— J'espère que ce n'est pas grave, dit la gentille dame. Elle n'a pas l'air bien vieille. »

Elle caressa son chien.

« J'ai moi-même des fils de cet âge-là. C'est sûr, on ne veut pas qu'il leur arrive quelque chose, surtout un soir comme ça. »

Adrian adressa à Anna un hochement de tête et se dirigea vers la jeune fille. Quand il ne fut plus qu'à quelques mètres, il la vit s'effondrer d'un mouvement lent, irréel, comme dans un film au ralenti. Son corps perdit tout contrôle et bascula sur le côté, jambes étendues.

Un gamin éméché qui arrivait au même moment trébucha sur un de ses pieds mais continua sans s'arrêter.

La fille resta étendue contre le quai en bois, la joue gauche dans le sable. Ses cheveux blonds répandus derrière sa tête lui faisaient une auréole d'ange déchu.

7

Dimanche

Nora se retourna dans le lit, quelque chose l'avait réveillée. Elle tendit la main vers Jonas, mais il n'était pas là. Par l'interstice entre le store et le cadre de la fenêtre, elle vit qu'il faisait noir dehors.

Elle tourna la tête vers le vieux radio-réveil sur sa table de nuit. Les chiffres luisaient en blanc. Il était une heure et quart, Wilma aurait dû être rentrée.

Les yeux clos, elle tendit l'oreille. Wilma était-elle revenue ? On n'entendait aucune voix.

Nora resta encore un peu couchée, puis attrapa sa robe de chambre. Sur la pointe de ses pieds nus, elle gagna l'escalier et écouta à nouveau.

Rien.

La porte de la chambre de Simon était entrouverte et, par l'embrasure, elle entendit une respiration légère. Comme d'habitude, il serrait fort son nounours sous son bras. Elle devinait ses joues rondes dans l'obscurité, il allait avoir neuf ans en octobre.

Elle jeta un coup d'œil dans la chambre d'Adam. Lui aussi dormait profondément, mais sur le dos, la couverture descendue jusqu'au ventre. Il avait arrêté le pyjama, et ne dormait plus qu'en caleçon.

En face de chez Adam se trouvait la chambre d'amis mais, avant même d'y jeter un œil, elle sut que c'était inutile.

Nora descendit l'escalier et avisa la cuisine déserte. Elle continua jusqu'à la véranda, où elle trouva Jonas dans un des fauteuils en rotin. Il fixait la mer, le menton appuyé sur une main. À l'horizon, on apercevait le contour d'un vague front nuageux et le phare de Getholmen clignotait au loin.

Nora s'arrêta sur le seuil et resserra sa robe de chambre.

« Comment ça va ? dit-elle.

— Wilma n'est pas rentrée. »

Elle s'approcha et s'agenouilla près de Jonas. Elle lui effleura le bras.

« Elle s'est peut-être trompée d'heure. C'est vite arrivé, quand on s'amuse. »

Jonas se passa la main dans le cou. Il portait un T-shirt et un jean. Elle sentit son odeur et songea au moment qu'ils avaient passé ensemble dans la soirée.

« Elle devrait être rentrée, à l'heure qu'il est, dit-il, et Nora devina dans le noir les traits tendus de son visage.

— Tu as essayé de l'appeler ?

— Elle ne répond pas. J'ai essayé au moins cinq fois.

— Et si elle avait oublié son portable quelque part ?

— Wilma ne fait pas un pas sans son téléphone.

— Il s'est peut-être déchargé ? »

Nora entendit le ton de sa voix. Elle comprenait exactement ce qu'il ressentait. Si cela avait été Adam, elle se serait elle aussi fait un sang d'encre.

« Ce soir, comme par hasard ? » Jonas frappa du poing le meuble en rotin. « Ça ne va pas se passer comme ça. Elle va m'entendre, à son retour. »

Nora commençait à avoir des fourmis dans les jambes, et elle se releva. La fraîcheur de la nuit la fit frissonner.

« Tu veux que je nous fasse du thé ? Tu vas voir qu'elle est en train de rentrer.

— Non, retourne te coucher. » Sa voix s'adoucit. « Tu n'es pas obligée de veiller pendant que j'attends ma fille désobéissante. »

Nora lui caressa la joue.

« Ça ne fait rien. Je peux rester avec toi. Elle va sûrement rentrer d'un instant à l'autre. »

8

De loin, la foule du port enflait comme une amibe informe. De temps à autre, elle s'étendait, pour se rassembler aussitôt, comme si ses parties ne pouvaient rester très longtemps séparées sans chercher à se réunir à nouveau.

Il s'était mis à faire plus frais, rappel que ce n'était que le début de l'été. Un léger brouillard s'était levé dans l'air froid et humide. De fines nappes de brume jouaient dans le projecteur de l'hôtel des Navigateurs.

La musique de la discothèque retentissait dans la nuit de ce début d'été. Le martèlement brutal de la batterie faisait tout vibrer alentour. Une longue queue encore pleine d'espoir serpentait jusqu'à l'entrée, où deux videurs patibulaires gardaient l'accès à la zone réservée.

Adrian et Anna étaient en service depuis plus de quinze heures. Après avoir laissé la jeune fille au PC, où une bénévole de « Mamans en Ville » s'était occupée d'elle, ils s'étaient replongés dans la foule.

Les policiers patrouillaient par deux dans la zone du port, entre l'auberge et le Club nautique KSSS. Ces dernières heures, Adrian et Anna avaient arpenté ensemble la promenade de la plage. Leur présence avait pour effet de calmer les esprits, et ils enchaînaient les allers-retours sur ce trajet d'à peine cinq cents mètres.

Adrian s'arrêta pour rajuster son lourd ceinturon : la journée avait été longue, son corps accusait le coup, ses hanches lui faisaient mal.

Anna remarqua son geste.

« Ça va ? demanda-t-elle.

— Mmm. »

Il lâcha son ceinturon et ils se dirigèrent à nouveau vers l'auberge.

Ils étaient sans arrêt abordés par des jeunes qui posaient les mêmes questions : *Quand part le dernier bateau pour Stockholm ? C'est sûr qu'il y en a un supplémentaire à deux heures ? Où sont les toilettes ?*

Ils venaient d'arriver au kiosque devant le débarcadère des ferries, au milieu du port, quand leurs écouteurs se mirent à grésiller. Adrian jeta un rapide coup d'œil à l'hôtel des Navigateurs et se retourna.

« Il y a une bagarre entre deux bateaux, dit-il tout haut, même si Anna avait entendu la même alerte. Sur le premier ponton du Club nautique. »

Ils se précipitèrent vers l'hôtel des Navigateurs.

De loin, Adrian entendit les éclats de voix, ils semblaient provenir de deux bateaux voisins du côté ouest du long ponton. Des jeunes étaient attroupés à l'arrière d'un gros hors-bord. Dans le bateau d'à côté, une bande de blousons noirs, dont plusieurs crânes rasés.

La musique se déversait à fond des haut-parleurs des deux bateaux, les insultes pleuvaient. En s'approchant,

Adrian avisa deux hommes qui se dévisageaient sur le ponton.

« Pauvre naze ! » cria le premier, trentenaire, jean troué et torse nu.

Ses cheveux noirs étaient attachés en catogan.

Son adversaire était nettement plus jeune, la vingtaine, et encore. Il était campé jambes écartées et poings levés, comme s'il était habitué à boxer. Son corps était tendu, sur la défensive.

Au moment où Adrian atteignait le bout du ponton, une voix aiguë de fille fusa.

« S'il vous plaît, arrêtez. Vous entendez ? Arrêtez ! »

De plus en plus de spectateurs affluaient, barrant soudain le chemin aux policiers. Le plus jeune passa alors à l'attaque. Froidement, il feinta du poing gauche – au moment où il faisait mine de frapper, il lança son coude droit.

Ce mouvement inattendu prit au dépourvu son adversaire, qui reçut le coude en plein menton. L'homme à la queue-de-cheval s'étala avec un bruit sourd. Il heurta le béton avec une telle force que le ponton tangua.

« Tu vas fermer ta gueule maintenant, hein ? »

Le jeune de vingt ans se retourna et adressa à la jeune fille inquiète un sourire satisfait. Il leva le poing en signe de victoire vers ses copains, qui lui répondirent par des cris de joie.

« Pauvre con », dit-il en s'essuyant le front du revers de la main.

L'autre était toujours inerte, le nez écrasé sur le béton. Puis il remua, se releva sur un genou, secoua la tête comme pour se réveiller. Il cracha par terre un molard sanguinolent. Malgré la fraîcheur de la nuit, sa peau était luisante de sueur.

Une seconde plus tard, il tenait un couteau à la main. D'un geste furieux, toujours à genoux, il frappa le plus jeune. Avant que ce dernier ait le temps de réagir, le coutcau lui avait tailladé le pantalon. Le jean se teinta de rouge en un instant.

Le blessé se retourna avec une expression stupéfaite, comme s'il ne comprenait pas vraiment ce qui se passait.

Adrian sentit ses muscles se raidir.

« Arrêtez immédiatement ! Police ! » hurla-t-il aussi fort qu'il put en essayant de se frayer un passage.

Il sortit son arme, malgré la foule tout autour, et donna un coup de coude à un grand type qui lui barrait la route.

L'homme au couteau attaqua à nouveau, cette fois le bras gauche du jeune. La lame tranchante fendit l'air et l'atteignit sans bruit à l'endroit où finissait la manche courte de sa chemise.

Le jeune homme fixa son bras. Instinctivement, il tenta de presser sa main sur la plaie pour stopper le sang, mais il lui coulait entre les doigts et tombait par terre en gouttes sombres.

Comme Adrian se frayait un passage, l'homme au catogan leva à nouveau son couteau. Adrian se lança en avant et lui attrapa l'épaule de sa main libre.

« Lâche ce couteau ! cria-t-il. Police, pose ce couteau immédiatement. Tu entends ? »

Il appuya son pistolet contre l'épaule nue de l'homme et sentit la sueur perler sur sa lèvre supérieure.

« Maintenant, tu lâches ton arme ! » hurla-t-il à l'oreille de l'homme tout en serrant la crosse de son pistolet.

Une seconde passa, deux, puis on entendit le bruit du métal heurtant le sol.

L'instant suivant, Anna était arrivée à sa hauteur et attrapait l'homme au couteau de son côté. Ensemble, ils le plaquèrent sur le béton humide du ponton.

Essoufflé, Adrian saisit solidement ses mains et les menotta dans le dos.

« Ça va ? » demanda Anna à voix basse.

Adrian hocha la tête, malgré un léger vertige. Il ne devait s'être passé que quelques minutes depuis l'alerte à la radio, mais cela semblait nettement plus long. Il se leva et rejoignit le jeune blessé au teint verdâtre qui tremblait de tout son corps.

« Assieds-toi pour ne pas t'évanouir, dit Adrian. Et garde le bras en hauteur. »

Le gamin opina en silence, de près on voyait encore plus clairement combien il était jeune.

D'autres collègues étaient arrivés sur place et éclairaient avec de puissantes lampes torches les occupants des deux bateaux.

Adrian voulait évacuer l'auteur des coups de couteau avant qu'un comparse ne se mette en tête de continuer les bêtises. Il ne fallait pas plaisanter avec ces blousons noirs, l'un d'eux pouvait très bien essayer de finir ce que l'homme au couteau avait entrepris.

Il remit le type debout et le tira hors du ponton.

« Je l'emmène au PC », dit-il en adressant un signe à Anna.

À la sortie du ponton régnait un calme étonnant, la foule des badauds s'était rapidement dispersée. Adrian s'arrêta dans la pénombre.

« T'as vraiment déconné », lâcha-t-il en poussant brutalement dans le dos l'homme au couteau.

9

« Où peut-elle donc être ? Elle n'est jamais rentrée si tard. »

La voix rauque d'inquiétude, Jonas se leva de son fauteuil en rotin et s'approcha de la grande baie vitrée donnant sur la mer.

Nora regarda sa montre une fois de plus. Les aiguilles avaient à peine eu le temps de se déplacer depuis la dernière fois. Le temps se traînait tandis que le malaise gagnait.

Le ciel s'était éclairci, un soupçon de rose pointait à l'est. Les bateaux attachés au ponton du voisin étaient immobiles sur la surface lisse de l'eau.

« Ça ne peut plus durer. Il faut que j'aille la chercher. »

Jonas se passa la main sur la tête. D'habitude, il était le calme incarné mais, quand il se détourna de la fenêtre, Nora vit sa peur contenue.

« Alors je viens avec toi. J'enfile juste un jean. »

Adam et Simon dormaient dans leur chambre à l'étage. Elle pouvait bien laisser seuls une demi-heure un garçon de treize ans et un de neuf. Le village était si petit qu'elle ne serait jamais bien loin, à peine à dix minutes de la maison. Ratisser les environs ne pouvait pas prendre longtemps.

Jonas secoua la tête.

« Il vaut mieux que tu restes ici. Si jamais elle se pointait. Comme ça, tu pourras m'appeler si elle rentre.

— Tu es sûr ? »

Il hocha la tête d'un air décidé et Nora céda.

« D'accord. Mais n'oublie pas ton téléphone. »

Nora tendit la main et lui caressa la joue. Elle savait bien que l'île était envahie par des jeunes éméchés. La plupart des habitants de Sandhamn évitaient le port cette nuit-là.

Si Wilma avait bu de l'alcool, elle pouvait être trop ivre pour savoir ce qu'elle faisait. Idem pour ses amis. Ils n'avaient que quatorze ans, même s'ils essayaient d'en paraître davantage.

Pour se calmer et rassurer Jonas, elle dit à voix haute :

« Elle est sûrement à bord d'un bateau et a perdu la notion du temps. Tu sais comment peuvent être les ados. »

Elle vit que ses paroles tombaient à plat.

« Tu veux contacter la police ? se hâta-t-elle de proposer. Je peux appeler Thomas. Il est sur Harö.

— Non, pas en pleine nuit. Tu as certainement raison, elle a dû rester sur un bateau à faire la fête. »

Sans rien dire d'autre, il alla prendre son blouson dans le hall. Nora entendit la porte d'entrée se refermer sur la maison silencieuse.

10

Adrian rajusta son oreillette en se dirigeant vers le grand mobile home qui faisait office de commissariat mobile. Il était stationné au coin de l'hôtel des Navigateurs, au début de l'allée parallèle à la promenade de la plage. C'était de là que l'action de la police était coordonnée pendant le week-end de la Saint-Jean.

Anna était aux toilettes, elle mettrait quelques minutes à revenir. Il espérait trouver du café chaud, n'importe quoi pour se requinquer.

La fatigue lui tirait les paupières, même si l'adrénaline de la rixe au couteau ne s'était pas encore dissipée. Traiter les suites de la bagarre avait pris à peine une heure. Adrian et Anna venaient de quitter le ponton des douanes, où une des vedettes de la police avait pris en charge l'homme au blouson noir pour le transférer à la maison d'arrêt de Söder. Le bateau médical était heureusement arrivé dans la foulée, son équipage s'affairait à panser le blessé. Deux mineurs ivres avaient été confiés aux services sociaux, les noms et numéros de Sécurité sociale de tous les présents avaient été enregistrés.

La propension à témoigner était d'ordinaire faible, la capacité à se souvenir de quelque chose de cohérent plus encore, mais ils avaient au moins collecté les données qui seraient utiles à l'enquête à venir. Quelqu'un d'autre s'occuperait de la phase suivante.

Adrian ne voyait aucun signe d'essoufflement de la fête. L'auberge ne fermerait que dans un quart d'heure, à deux heures. Le dernier bateau pour rentrer à Stockholm partait au même moment, et c'était toujours la cohue quand les clients du restaurant et des centaines de jeunes ivres se précipitaient en même temps pour tenter d'attraper le ferry.

Ensuite, ça devrait se calmer, au moins pour cette fois. Dieu merci, il y aurait un an de répit avant la prochaine Saint-Jean.

Il allait entrer dans le mobile home quand il entendit une voix aiguë derrière lui.

« Excusez-moi. »

Adrian redescendit la première marche et se retourna.

Une mince jeune fille brune, dans les seize ans, se tenait à quelques mètres de lui. Elle portait une veste matelassée bleue aux revers brillants et croisait les mains devant sa poitrine, comme si elle avait froid.

« Oui ?

— Je cherche mes copains, dit la jeune fille d'une voix hésitante. Je n'arrive pas à les retrouver. Vous pouvez m'aider ? »

Sans crier gare, elle fondit en larmes. Elle pressa une main sur sa bouche, comme pour se maîtriser, et hoqueta : « J'ai cherché plusieurs heures. D'abord, j'ai cru qu'ils s'étaient tirés, mais maintenant, je suis inquiète. Aucun d'eux ne répond quand j'appelle, et mon portable est déchargé. »

Adrian refoula sa fatigue.

« Du calme, dit-il. Viens tout me raconter. »

Il lui indiqua le mobile home, où il entra après elle.

« Assieds-toi », dit-il gentiment, en désignant le long canapé en cuir brun sous la petite fenêtre.

C'était un espace fonctionnel, simple, mais avec tous les équipements nécessaires. En face du canapé était placé un bureau avec deux ordinateurs portables. Sur un tableau blanc, on avait noté le nombre de personnes arrêtées au cours de la nuit, et de celles prises en charge en application de la législation interdisant l'état d'ivresse sur la voie publique. Il y en avait déjà plus d'une douzaine.

Le chef pour le week-end, Jens Sturup, parlait à voix basse au téléphone derrière le bureau, tout en contrôlant un numéro de Sécurité sociale sur l'écran devant lui. Il ne leva pas les yeux à leur arrivée, mais les salua de la main droite.

Adrian arracha un peu d'essuie-tout au rouleau à côté de la cafetière et le tendit à la jeune fille.

« Du café ? » proposa-t-il tout en s'en servant une tasse.

Il sentait un peu le brûlé, sans doute était-il resté trop longtemps sur la plaque chauffante. Mais ça ferait l'affaire.

Elle se moucha et secoua la tête.

« Un peu d'eau, alors ? »

Cette fois elle hocha la tête et Adrian lui remplit un gobelet en plastique.

« Comment t'appelles-tu ?

— Ebba, dit-elle tout bas. Ebba Halvorsen.

— Quel âge as-tu, Ebba ?

— Seize ans. Je viens de terminer ma troisième. »

Adrian s'assit à côté d'elle, sur l'unique siège libre.
« Que s'est-il passé, Ebba ? » dit-il.

La fille semblait toujours au bord des larmes, mais
parvint à avaler quelques gorgées d'eau.

À voix basse, elle dit : « Nous sommes arrivés hier,
la veille de la Saint-Jean, en bateau.

— Le bateau de qui ? Le tien ?

— Non, c'est celui de Christoffer. Ou plutôt de son
père. On a pu l'emprunter pour le week-end. Ça a bien
commencé, on est allés danser autour du mât de la
Saint-Jean et pique-niquer sur l'herbe. »

Ebba serrait fort son gobelet.

« Puis on a fait la fête toute la soirée, mais pas
comme des fous. C'était assez sympa. En tout cas, au
début. »

Adrian la regarda, songeur. Elle avait ramené une
de ses jambes sous elle. Ses cheveux pendaient, déta-
chés et un peu ébouriffés.

« Quand est-ce que ça a cessé d'être sympa ? demanda-
t-il prudemment.

— Aujourd'hui. Dans l'après-midi. Les garçons se
sont mis à boire dès leur réveil. Ils n'arrêtaient pas, de
plus en plus, impossible de leur causer. J'ai fini par en
avoir assez et je me suis barrée.

— À quelle heure ? »

Ebba détourna la tête.

« Je ne sais pas bien, six ou sept heures.

— Où es-tu allée ?

— Je suis allée à la plage, pas celle de Trouville, l'autre, plus près du village.

— Fläskberget, glissa Adrian.

— Mmm. Je suis restée là un moment, puis je me suis endormie. Quand je me suis réveillée, j'aurais préféré rentrer chez moi, mais il n'y avait pas de ferry avant plusieurs heures, alors je suis partie à la recherche de mes copains, mais il n'y avait personne. Le bateau était vide et fermé. »

Ses yeux se remplirent à nouveau de larmes.

« Et qu'as-tu fait, alors ? dit Adrian.

— Je me suis assise à l'arrière pour attendre, mais au bout d'un moment je suis repartie à leur recherche. J'ai aussi essayé de les appeler, mais personne ne répondait, et ma batterie a fini par se décharger.

— Quelle heure était-il ?

— Onze heures passées, je crois. Le soleil s'était couché.

— Et ensuite ?

— Je suis allée demander aux vigiles de l'auberge s'ils les avaient vus, mais ils ne voulaient pas m'aider et ne m'ont pas laissée entrer voir. Ces dernières heures, j'ai surtout fait le tour des pontons pour essayer de les trouver. »

Ebba renifla à nouveau et Adrian lui tendit davantage d'essuie-tout.

« Merci, dit-elle tout bas.

— Combien étiez-vous ? demanda Adrian. Comment s'appellent tes amis ?

— Nous étions cinq. »

Elle se tut et sembla ne pas savoir comment continuer.

« Il y avait Christoffer et son petit frère Tobbe, dit-elle après un moment. Et Felicia, c'est ma meilleure copine, et son mec, Victor. »

Adrian réfléchit.

Les compagnons de la jeune fille étaient probablement à bord d'un autre bateau, en train de faire la fête avec de nouveaux amis. Ivre, on nouait rapidement des contacts, et on finissait facilement sur un autre ponton que le sien. Ou alors ils étaient descendus sur la plage de Skärkarlshamn, c'était un lieu de rencontre populaire chez les jeunes, en particulier les campeurs. La police y passait régulièrement, mais on n'y avait pas relevé d'incident cette année.

S'ils étaient bourrés, ils n'avaient peut-être pas entendu sonner leurs portables, où qu'ils se trouvent. Mais c'était quand même bizarre qu'ils aient tous disparu en même temps.

Anna apparut sur le seuil.

« Voici Ebba, dit Adrian. Ses copains ont disparu. Elle ne les a pas vus depuis plusieurs heures, depuis six heures du soir. »

Ebba essuya une larme du revers de la main.

« Ne t'inquiète pas, dit Anna. Il y a beaucoup de monde ici ce week-end, c'est facile de perdre de vue ses amis, surtout quand il fait nuit comme maintenant. »

Elle s'appuya au chambranle de la porte.

« Peux-tu nous les décrire un peu plus précisément ? Nous les avons peut-être croisés au cours de la soirée.

— Tobbe est roux, on le remarque tout de suite, dit Ebba. Il a des cheveux roux très bouclés dressés sur la tête. Christoffer a vingt ans, des cheveux auburn, mais plus raides. Mais ils se ressemblent assez.

— Et les autres ? » dit Anna.

Ebba passa le doigt sur le cuir du canapé.

« Victor est grand et costaud, blond, comme Felicia, mais elle est plus petite, à peu près comme moi. Victor a l'air beaucoup plus âgé, les gens le prennent toujours pour un lycéen.

— Que portait Felicia ? demanda Anna.

— Une jupe en jean, je crois.

— Tu te souviens d'autre chose ?

— Un haut rose et une veste en jean blanc. »

Anna échangea avec Adrian un regard qui n'échappa pas à Ebba. Ses yeux se mirent à briller.

« Il s'est passé quelque chose ? » murmura-t-elle.

11

Nora s'était assoupie dans le fauteuil en rotin. Quand elle s'éveilla, le soleil était déjà bien haut sur l'horizon, il devait s'être écoulé deux heures depuis que Jonas était parti à la recherche de Wilma.

Elle avait probablement trop bu, et n'osait pas rentrer avant d'avoir cuvé, s'efforça de raisonner Nora, malgré la boule qui grandissait au creux de son ventre. Peut-être s'était-elle endormie quelque part ?

L'admiration de Wilma pour ses camarades plus âgés n'avait pas échappé à Nora, qui se souvint de la différence que pouvait représenter un an au collège. Quand on était en quatrième, tous les troisièmes étaient beaucoup plus intéressants que ses propres camarades de classe. Il était plus important que jamais d'avoir les bons vêtements et les bons copains.

Nora se leva et gagna la cuisine. À part quelques oiseaux qui gazouillaient devant la fenêtre, tout était calme et silencieux. La maison rouge en contrebas de la villa Brand avait tous ses stores baissés, les voisins dormaient, à cette heure-là.

Le vélo de Simon était jeté devant la clôture, bien qu'elle lui ait rappelé de le rentrer pour éviter qu'il soit volé.

C'était un beau matin, mais Nora se sentait frigorifiée et mal à l'aise. Il faisait frais dans la maison, mais ce n'était pas pour ça qu'elle frissonnait.

Soudain la sonnerie stridente du téléphone retentit.

Jonas arriva sur le port, devant le café Strindbergsgården. C'était là que les habitants de l'île avaient leurs pontons, les bateaux qui y stationnaient étaient nettement plus modestes que les yachts cossus des pontons du Club nautique KSSS.

Le port était désert, Jonas avait beau chercher, il n'y avait pas le moindre signe de vie. Ses poumons le brûlaient, il se pencha en avant pour reprendre haleine.

Il était quatre heures du matin passées, il faisait frais, mais pourtant il était en sueur.

Il avait commencé par faire un tour rapide du port, puis sillonné les étroites ruelles de la partie ancienne du village. Ensuite, il avait cherché autour de la Mission, puis continué vers le cimetière, jusqu'à Fläskberget. Mais là, il avait trouvé la plage déserte. Tout ce qu'on voyait, c'était les canettes de bière qui tressautaient à la lisière de l'eau.

Sur le chemin du retour, il avait jeté un œil sur la place Adolf, là où le mât de la Saint-Jean avait été dressé trente-six heures plus tôt. Des centaines de personnes y avaient alors dansé au son de l'accordéon, Wilma avait une couronne de fleurs dans les cheveux. Elle l'avait tressée dans l'après-midi, après avoir pourtant déclaré que c'était ringard de se mettre des fleurs dans les cheveux.

Jonas revit sa fille entonner en chœur les chants traditionnels de la Saint-Jean. Ses cheveux se balançaient d'avant en arrière, tandis qu'elle chantait *Les Petites Grenouilles* en se faisant alternativement des oreilles et une queue avec les mains. En dansant la ronde, elle lui avait au passage lancé un baiser. Il était là, Nora à son bras, et lui avait répondu gaiement d'un signe de main.

Et maintenant elle avait disparu.

Une nouvelle fois, il balaya la zone du regard. Comme si Wilma allait tout à coup apparaître devant lui.

Un chien au poil raide le dépassa et se mit à fouiller dans un sac plastique abandonné à terre. Il poussa un glapissement de joie et fila avec ce qui ressemblait à la carcasse d'un poulet rôti dans la gueule.

Jonas se redressa et se dirigea à grands pas vers le port du Club nautique. Il eut bientôt dépassé le kiosque et se retrouva devant le long quai qui longeait les échoppes.

Là, il s'arrêta.

Dans la faible lumière de l'aube, le port souillé faisait peine à voir. Les poubelles de la promenade de la plage débordaient, les détritus jonchaient le sol. Canettes vides, paquets de chips et gobelets en carton s'entassaient pêle-mêle. Une odeur de vieille cuite flottait sur toute la zone.

Jonas s'assit sur un des bancs en bois et s'efforça de réfléchir. Wilma n'avait-elle pas mentionné le fait que le bateau de ses amis mouillait au ponton Via Mare, en bordure de ceux du Club nautique ?

Il fronça les sourcils en essayant de se rappeler les noms de ses camarades. Wilma n'avait utilisé que leurs prénoms. Sans en savoir davantage, il ne pouvait pas appeler leurs parents ni trouver le numéro de portable de l'un d'eux.

Jonas jura par-devers lui. Comment ai-je pu être aussi naïf ? se dit-il. Je n'ai aucune piste, rien. À quoi sert qu'elle ait un mobile, si elle ne répond pas ?

Son téléphone pouvait s'être déchargé, ce n'était pas forcément plus grave que ça. Elle pouvait l'avoir perdu, ou laissé quelque part. Mais il avait beau essayer de trouver une explication logique, toutes sortes d'images défilaient devant ses yeux.

Fallait-il prévenir Margot ? Non, il devait d'abord trouver Wilma. Réveiller et affoler son ex n'arrangerait rien.

Un mouvement sur un des pontons transversaux le fit se retourner. Un type en caleçon, à moitié endormi, s'était levé à l'arrière d'un voilier pour uriner dans l'eau.

Jonas courut dans sa direction.

« Excusez-moi ! » lança-t-il en élevant un peu la voix.

Pas de réaction.

« Hé ! Ho ! cria-t-il, plus fort cette fois, Hé ! Ho ! »

Le type endormi l'entendit alors et se retourna.

« Est-ce que vous auriez vu une fille blonde, quatorze ans, les cheveux jusqu'aux épaules ? »

Le garçon fit un geste impatient de la main.

« Quoi ? »

Jonas répéta sa question, mais l'autre secoua la tête pour toute réponse. Puis disparut sans un mot dans le cockpit.

Jonas resta planté sur le ponton.

Il y avait des centaines de bateaux amarrés alentour. Si Wilma avait suivi un inconnu, elle pouvait être à bord de n'importe lequel.

Comment pourrait-il alors la retrouver ?

12

Nora se précipita vers le téléphone, posé sur une petite table dans l'entrée. C'était un poste à l'ancienne, en bakélite noire, d'un modèle qui avait disparu du marché depuis des décennies.

Le téléphone sonna encore, et son ventre se noua. Mais cela ne pouvait pas être Jonas, il l'aurait appelée sur son mobile.

Elle se fit violence pour décrocher. Et entendit une voix familière.

« Nora, c'est Monica.

— Monica ? »

Nora ne put cacher son étonnement. Son ex-belle-mère ne l'appellerait pas à quatre heures du matin s'il ne s'était pas passé quelque chose de grave.

S'agissait-il d'Henrik ?

Nora s'efforça de garder une voix ferme, en serrant fort le combiné.

« Henrik a un problème ? »

Une seconde de silence. Nora retint son souffle.

« Henrik ? Non, non. Pourquoi crois-tu ça ? Ce n'est pas du tout la raison de mon appel. »

Nora ne put retenir un rire nerveux en se détendant, tant elle était persuadée qu'il lui était arrivé quelque chose.

« J'ai besoin de ton aide, continua Monica de son ton autoritaire. Nous avons de bons amis dont les petits-enfants ont été arrêtés par la police. Tu imagines ? La police ! »

Un soupir indigné.

« Tu te souviens de Karin et Holger Grimstad ? Tu les as rencontrés chez nous, j'en suis presque certaine. Holger est consul honoraire d'Islande, un homme de tout premier plan. Ils ont une merveilleuse maison à Torekov, au bord de la mer, avec une vue fantastique. »

Pendant que Monica parlait, Nora s'efforça d'arrêter de s'inquiéter pour Henrik.

À la fin, elle dut l'interrompre.

« Monica, s'il vous plaît. Que s'est-il passé ?

— La petite-fille des Grimstad a été prise en charge par la police. Elle est apparemment en piteux état, et ses parents se trouvent à Torekov pour fêter la Saint-Jean. Karin vient d'appeler, elle était complètement désespérée. Personne de la famille ne se trouve dans la région de Stockholm.

— Ah ? »

Nora n'avait toujours pas la moindre idée d'où Monica voulait en venir.

« Il faut que tu contactes la police et que tu t'occupes de leur petite-fille jusqu'à ce que ses parents arrivent. Une camarade est avec elle en ce moment. »

Monica s'arrêta pour reprendre son souffle mais, avant que Nora trouve quelque chose à dire, elle poursuivit :

« La fille et le gendre de Karin prennent le premier vol aujourd'hui, mais il n'y a visiblement pas beaucoup d'avions entre Ängelholm et Stockholm.

— Leur fille est à Sandhamn ? »

Monica soupira d'impatience, Nora ferma les yeux. Comme tant de fois auparavant, Monica avait réussi à la faire se sentir idiote. Elle excellait dans l'art de rabaisser les personnes de son entourage, Nora l'avait appris au cours de ses années passées avec Henrik.

« Oui, naturellement, elle est sur l'île. Pourquoi t'aurais-je appelée, sinon ? »

Nora aurait aimé passer outre, mais comme d'habitude, elle ne fit que s'irriter. Il était totalement inimaginable pour Monica de s'excuser d'appeler Nora si tôt. Pour elle, il allait de soi que Nora, comme le reste de son entourage, était à sa botte.

« Écoute, dit Monica sans laisser à Nora le temps de protester. Il faut que quelqu'un s'occupe de la petite, et tu es la seule personne que je connaisse à Sandhamn en ce moment. »

Monica lâcha un soupir sonore.

« Ah, comme il aurait été beaucoup plus simple qu'Henrik et toi soyez encore mariés. J'aurais alors pu compter sur lui pour régler cette histoire pénible. »

Nora songea à Wilma. Elle imagina Adam et Simon. Ça aurait pu être Adam, qui aurait trop bu et se retrouverait malade quelque part où il ne connaîtrait personne. Ou Simon qui serait en difficulté.

Il fallait qu'elle aide cette jeune fille.

« Que voulez-vous que je fasse ?

— Ce serait bien que tu ailles chercher les deux filles et que tu les gardes chez toi le temps que leurs parents arrivent. Visiblement, la police voudrait s'en débarrasser au plus vite. Quand même, ils ne manquent pas d'air, quand on y songe. »

C'était typique de Monica de s'offusquer à la fois que la police s'occupe de cette fille, et de ce qu'elle ne voulait pas la garder.

« Et quand les parents sont-ils censés arriver ?

— Au plus vite. Mais pas avant l'heure du déjeuner, au mieux. »

Nora fit un rapide calcul.

S'ils se posaient à l'aéroport de Bromma, il leur faudrait au moins une heure pour rejoindre le port de Stavsnäs. De là, les ferries de la compagnie Waxholm reliaient Sandhamn. Le trajet en bateau prenait en général trois quarts d'heure.

« Comment s'appellent-ils ? demanda-t-elle.

— La mère s'appelle Jeanette. Jeanette et Jochen Grimstad.

— Avez-vous leur téléphone ?

— Non, je n'ai que celui de Karin. Mais ils ont eu le tien, ils vont certainement bientôt te contacter.

— Comment s'appelle leur fille ?

— Felicia. »

13

Quand Adrian revint au mobile home, Harry Anjou, un Norrlandais qu'Adrian ne connaissait que vaguement, avait remplacé Jens Sturup derrière le bureau.

Adrian alla se servir ce qui restait de café brûlé. Il le but debout, harassé par le manque de sommeil. Il travaillait depuis presque dix-huit heures d'affilée.

Vidé, il s'affala sur le canapé. Il allait être quatre heures du matin, l'intervention de la police allait bientôt prendre fin. À mesure que la fête se calmait, la plupart des collègues avaient été renvoyés chez eux. Il ne restait plus que quelques policiers en service.

« J'ai réussi à joindre les parents de cette fille, qu'on a ramenée au PC », dit Adrian à Anjou, qui lui tournait le dos en lisant quelque chose sur l'écran de son ordinateur.

Sur le tableau d'affichage, au-dessus, le nombre des personnes arrêtées ou prises en charge par la police avait nettement augmenté.

« Ils arrivent ? » dit Anjou en quittant des yeux son écran.

Adrian secoua la tête.

« Ils se trouvent à l'autre bout du pays. Au sud de la Suède. Mais ils ont une connaissance sur l'île. Elle a promis de venir chercher les filles dès que possible. Anna est restée l'attendre au PC.

— Comment va la fille ? »

Quand Ebba avait retrouvé sa copine, elle s'était remise à pleurer. Puis elle s'était blottie contre Felicia. Celle-ci était encore dans un état second, et avait à peine remarqué Ebba.

« Elle est bien partie, dit Adrian. Mais ça devrait s'arranger dans la matinée. »

Adrian finit son café, mais ne put retenir une grimace en sentant le goût de brûlé sur sa langue.

« Que fait-on pour leurs autres copains ? dit-il. Personne ne les a vus ?

— Ils sont sûrement ivres morts, en train de cuver dans un coin, dit Anjou. Comme tous ceux qui n'ont pas eu la présence d'esprit d'attraper le dernier bateau. Fichus poivrots. »

Anjou ne semblait pas se soucier de l'air étonné d'Adrian. Il venait du Norrland et ne travaillait à la police de Nacka que depuis six mois. De toute évidence, on s'exprimait de façon plus brute tout au nord du pays.

Adrian se demanda s'il n'allait pas faire une dernière ronde à la recherche des copains disparus. Mais Anjou avait probablement raison. Les amis des deux filles pouvaient s'être endormis à peu près n'importe où. Ils referaient sûrement surface le lendemain matin, avec la gueule de bois et les yeux rouges. Probablement moins fiers que quand la pauvre Ebba les avait quittés.

Il s'étira en bâillant copieusement.

« Alors je vais me coucher, dit-il. C'est à dix heures qu'on doit se retrouver demain matin ? »

Le bateau qui devait ramener leur équipement sur la terre ferme devait partir vers treize heure. D'ici là, il leur fallait tout remballer : pas beaucoup d'heures de sommeil en perspective.

Anjou opina du chef. Il avait lui aussi l'air épuisé, les paupières tombantes.

« Je vais tout de suite fermer boutique, dit Anjou par-dessus son épaule. S'il se passe quelque chose, je reste joignable par téléphone. »

Il montra son portable dans un étui à sa ceinture.

Adrian ne put retenir un nouveau bâillement. Il se leva et posa sa tasse.

« À demain. » Il regarda sa montre. « Enfin, plutôt à tout à l'heure. »

— OK », dit Anjou sans lever les yeux de son écran.

14

Molly gémissait depuis un bon moment. À la fin, il devint impossible de l'ignorer, et Pelle Forsberg écarta sa couverture avec un soupir.

Ses yeux étaient collés et il s'étira pour se réveiller, car il n'était que quatre heures du matin.

« Allez, viens », dit-il d'un ton plus aimable que ne l'était son humeur.

Il était bien trop tôt pour la promenade du matin, mais Molly n'était plus de la première jeunesse, et avait du mal à se retenir. Pelle savait que ce n'était qu'une question de temps avant que ne s'impose une ultime visite chez le vétérinaire. Mais ils avaient fait un bon bout de chemin ensemble et, parfois, pendant son divorce, lors des pires disputes entre Linda et lui, la chienne avait été sa grande consolation.

La seule à vrai dire, quand mère et fille s'étaient liguées contre lui.

La lueur dans le regard de Molly quand elle comprit qu'il avait cédé le fit sourire.

« Là, ma fille, dit-il en flattant son museau tout lisse. Tu as gagné. On va faire un tour. »

Il s'efforça de la regarder d'un air sévère.

« Mais après, on rentre se recoucher. Compris ? »

Molly agita frénétiquement la queue et Pelle Forsberg enfila le jean plié au bout du lit. Il prit un T-shirt pendu au dossier d'une chaise et glissa les pieds dans une paire de baskets élimées.

Il faudrait qu'il essaie de se reposer un moment à leur retour. Il en avait besoin, car il n'avait pas été facile de s'endormir le soir précédent.

Sa maison était à bonne distance du port, au niveau des tennis, mais le bruit de la discothèque portait dans la nuit. Les basses lui pénétraient la moëlle et les os, c'était en tout cas l'impression qu'il avait eue en enfouissant sa tête sous l'oreiller pour échapper au vacarme.

Pelle Forsberg prit la laisse à son crochet, mais laissa Molly courir librement. À cette heure-ci, pas besoin de l'entraver. Qui s'en soucierait ? En revanche, il verrouilla bien la porte derrière lui. Il ne le faisait pas d'habitude, mais ce week-end, être prudent ne pouvait pas faire de mal.

Molly s'élança en direction de la plage de Skärkarlshamn et ne tarda pas à s'accroupir. Pelle Forsberg put presque ressentir son soulagement et eut un peu honte de l'avoir fait attendre si longtemps.

Maintenant qu'il était un peu réveillé, il constata que c'était vraiment une belle matinée. Le soleil se levait derrière la tour de Korsö, probablement encore une journée éclatante en perspective. L'air était frais, d'une transparence matinale.

Tandis que Molly reniflait, il s'arrêta et fouilla dans sa poche. Il alluma une cigarette en dégustant la première bouffée. Il se permit de fermer un moment les yeux. Puis emboîta tranquillement le pas à Molly.

Qu'elle coure, pensa-t-il. Qu'elle en profite, elle aussi. Il sera bien temps de dormir un peu une fois rentrés.

Son propre sentimentalisme lui arracha une grimace.

De loin, il aperçut quelques tentes dans la pinède clairsemée. Leurs toiles grises se fondaient bien dans la nature, où la mousse vert-jaune se mêlait par taches aux buissons de myrtilles. La végétation formait comme des îlots dans le sable, avec souvent un pin nain au centre d'une zone d'un mètre carré jonchée d'aiguilles et de cônes.

Il descendit vers le rivage et prit sur la droite. À une centaine de mètres, là où s'achevait la plage, une palissade courait jusqu'à l'eau. La coutume voulait qu'on évite de clôturer les terrains côtiers, et cette palissade suscitait la fureur de la population locale et des vacanciers.

Chez Pelle Forsberg, elle ne faisait qu'augmenter l'envie de traverser le terrain.

Molly avait flairé quelque chose et avait disparu à l'extrémité de la plage. Il la suivit sans se presser en se demandant s'ils n'allaient pas pousser jusqu'à Trouville, maintenant qu'ils étaient sortis.

Pelle tira encore une bouffée de sa cigarette et trébucha sur une racine dans le sable. Tandis qu'il se redressait, il entendit la chienne aboyer avec insistance. Elle était arrêtée à une centaine de mètres de là, au pied d'un aulne touffu au tronc épais. Il se dressait à l'endroit où la plage cédait à des rochers, à une vingtaine de mètres de l'énervante palissade.

Les aboiements retentissaient dans l'air paisible du matin.

« Chut ! ordonna Pelle Forsberg aussi bas qu'il put. Chut. Molly, tais-toi. Les gens dorment encore. »

Il hâta le pas et enjamba d'épaisses racines qui dépassaient du sable.

Molly continuait à aboyer.

« Ça suffit maintenant ! »

Pelle Forsberg haussa la voix, et son ton tranchant la fit enfin se taire. Elle se mit alors à pousser un gémissement sourd qui venait du fond de la gorge. Mais elle ne voulut pas bouger.

Pelle Forsberg s'approcha. On devinait quelque chose de blanc dans la verdure. Il écarta quelques branches qui dépassaient et s'agenouilla pour mieux voir.

Soudain, il comprit ce qui avait fait réagir sa chienne.

À terre, sous les feuillages, on apercevait un visage pâle aux yeux sans vie.

Pelle reprit ses esprits au contact du museau froid de Molly sur sa joue. Cœur battant, il se mit à courir vers sa maison, où son téléphone était resté sur sa table de nuit.

15

Nora prit son blouson de voile au portemanteau. Les deux garçons dormaient encore profondément, ils ne se réveilleraient probablement pas pendant son absence mais, à tout hasard, elle laissa un mot sur la table de la cuisine.

Elle avait faim, mais se dit qu'elle n'avait pas le temps de se faire une tartine. Elle se contenta d'un verre de lait qu'elle but debout devant l'évier. Puis elle ferma derrière elle la villa, et poussa le portail en bois blanc. Au passage, elle nota qu'il aurait bientôt besoin d'être repeint.

Tout en s'éloignant à grands pas de Kvarnberget, elle sortit son mobile de sa poche et composa le numéro de Jonas.

Il répondit à la première sonnerie.

« Elle est rentrée ? »

Le cœur de Nora se serra en entendant l'espoir dans sa voix. Il devait être tellement inquiet.

« Non, désolée, dit Nora en pressant le téléphone contre son oreille. J'appelle pour autre chose. »

Elle lui exposa rapidement la situation.

« Je suis en route pour la permanence de la police, où se trouvent les deux filles. J'ai promis à Monica de les prendre à la maison en attendant. »

Elle hésita.

« Tu as prévenu la police de la disparition de Wilma ?

— Non.

— Tu ne devrais pas ?

— Je n'ai pas vu de policiers. »

Sa respiration était courte et il parlait beaucoup plus vite que d'habitude.

« Tu ne veux pas que je demande aux policiers du PC s'ils l'auraient vue ? Puisque j'y vais de toute façon. Ça ne peut pas faire de mal. »

Elle entendit Jonas respirer plusieurs fois à fond.

« Non, tu as raison.

— Où es-tu ? demanda Nora.

— Tout au bout du port, en face du ponton Via Mare. J'essaie de regarder à bord des gros bateaux, mais c'est peine perdue. Tout le monde dort, il n'y a pas un chat à interroger. »

Le ponton Via Mare était situé à côté de la station-service du port du Club nautique KSSS. C'était un long ponton réservé aux membres, il fallait un code pour y accéder.

Nora aurait tant aimé lui dire quelque chose qui le calme, mais elle avait du mal à trouver les mots justes.

« Elle va sûrement donner des nouvelles d'une minute à l'autre, dit-elle sans conviction. Tu vas voir que ton téléphone va sonner dès que nous aurons raccroché. »

Elle laissa son mobile glisser dans sa poche et hâta le pas à travers les ruelles bordées de clôtures en bois blanc et rouge. Les sureaux étaient éclatants, et leurs grappes de fleurs blanc-crème lui rappelèrent combien Wilma avait été mignonne, la veille, autour du mât de la Saint-Jean.

Après être passée derrière le bar des Plongeurs, elle déboucha sur le port, au niveau du bâtiment clair qui abritait le magasin d'alimentation de l'île.

Jonas avait raison, la zone était absolument déserte. Devant le ponton des ferries, les volets de tôle du kiosque étaient baissés et la boutique de vêtements d'en face fermée.

Quelques harles volaient en rond un peu plus loin dans la brume matinale.

Le soleil était déjà haut au-dessus de la tour de Korsö, mais un courant d'air froid fit frissonner Nora.

Quand elle sonna à la porte du PC, une jolie policière aux traits coréens vint aussitôt lui ouvrir.

« Je m'appelle Nora Linde, je crois que c'est ici que je dois récupérer deux filles. »

La policière ne parut pas déstabilisée par la confusion de Nora. Elle lui tendit la main pour la saluer.

« Anna Miller, je vous attendais. Elles sont à l'étage. Avez-vous une pièce d'identité ?

— Euh, oui. »

Un peu interloquée, Nora sortit son permis de conduire et le lui montra. Anna y jeta un coup d'œil.

« Merci. Le père de Felicia nous a prévenus, mais je dois m'assurer que c'est bien vous. »

Elle indiqua un escalier.

« Suivez-moi, je vais vous montrer le chemin. »

Comme elles sont jeunes ! C'est ce qui frappa aussitôt Nora quand elle vit les filles.

Minces épaules, cheveux mi-longs, corps frêles et vêtements légers. Elles étaient serrées l'une contre l'autre sur une couchette, sous une couverture.

Une des filles se leva pour la saluer. Elle se présenta timidement comme « Ebba » avec un court hochement de tête. Son visage était strié de larmes. L'autre fille, qui devait être Felicia, n'avait pas l'air plus en forme, étendue, avec ses cheveux ébouriffés. Nora songea à Wilma, impossible de s'en empêcher.

Spontanément, elle se pencha pour embrasser Ebba.

« Je suis Nora Linde, j'habite ici, à Sandhamn, dit-elle. Ma belle-mère connaît la famille de Felicia, c'est pour ça que je suis là. Comment allez-vous, ta copine et toi ?

— Pas très bien », dit Ebba à voix basse.

Nora lui caressa les cheveux, comme elle avait l'habitude de le faire avec Simon quand il avait besoin d'être consolé.

« Vous allez venir chez moi et dormir un moment jusqu'à ce que vos parents viennent vous chercher demain. Ça va s'arranger, tu verras, ne sois pas triste. »

Ebba hocha la tête, sans rien dire. Felicia, malgré ses yeux brumeux, n'était pas complètement absente, mais ne répondit qu'en marmonnant aux propos de Nora.

« Donc, vous vous occupez des filles », dit Anna.

Quelques mèches noires échappées de sa queue-de-cheval pendaient sur son cou. Elle défit l'élastique, rassembla ses cheveux et les rattacha.

« Dois-je faire quelque chose de particulier ? demanda Nora, soudain désemparée.

— Laissez-les dormir et se ressaisir, dit Anna. Après, ce serait bien aussi de les faire un peu manger et boire.

— Elle a fait un coma éthylique ? demanda Nora à voix basse en jetant un coup d'œil à Felicia.

— Pas à ce point, nous l'aurions envoyée à l'hôpital. Mais elle a bien trop bu, c'est certain, elle était complètement partie quand nous l'avons trouvée.

— Je comprends », dit Nora, alors que ce n'était pas vrai.

Ces filles étaient à peine plus âgées qu'Adam. Pourrait-il un jour lui aussi échouer au poste de police ?

Elle n'arrivait pas à l'imaginer éméché, encore moins ivre mort.

« Ils commencent vraiment si tôt ? demanda-t-elle, malgré l'évidence.

— Vous n'avez pas idée. On trouve des sixièmes ivres morts.

— Mais comment est-ce possible ? dit Nora. Où se procurent-ils de l'alcool ? »

Anna regarda Nora comme si elle vivait sur une autre planète.

« Ils en fauchent à leurs parents, ou envoient les frères et sœurs aînés leur en acheter. Les dealers professionnels sont une autre possibilité, ils sont à la sortie des écoles les vendredis. »

Un sourire indulgent.

« Conservez-vous l'alcool sous clé, chez vous ? » dit Anna, comme si elle connaissait déjà la réponse.

Gênée, Nora secoua la tête. Au contraire, dans sa cuisine, il y avait des bouteilles de vin sur le plan de travail, sur un présentoir en olivier acheté en Espagne. Et un cubi de blanc au réfrigérateur.

Pas une seconde elle n'avait songé à les mettre hors de portée, alors qu'elle voyait Wilma se préparer pour la soirée.

Quelle naïveté.

Ebba les interrompit.

« Pardon, dit-elle timidement. Je me demandais… Avez-vous retrouvé nos copains ?

— Non, désolée, dit Anna. Mais ne t'inquiète pas. Ils sont sûrement quelque part en train de dormir, comme vous devriez le faire aussi toutes les deux. »

Elle semblait exténuée, se dit Nora, les lèvres sèches et l'œil terne.

Nora toucha le bras d'Anna.

« Il faut que je vous demande autre chose. »

Elles s'éloignèrent de quelques mètres, jusqu'à une fenêtre donnant vers le nord, pour qu'Ebba et Felicia n'entendent pas.

« Ma… »

Elle s'interrompit. Comment appeler Wilma ? *Belle-fille* sonnait faux, elle n'habitait même pas avec Jonas. Elle ne trouvait pas mieux.

Elle recommença.

« La fille de mon compagnon n'est pas rentrée cette nuit. Son père est parti à sa recherche. Nous sommes assez inquiets, vous comprenez. »

En voyant Anna froncer les sourcils, Nora réalisa qu'elle avait espéré une autre réaction. Un sourire aimable, quelques paroles apaisantes sur les ados qui sortent faire la fête et perdent la notion du temps. Pas de quoi s'inquiéter.

Au lieu de quoi, la policière demanda : « Quand a-t-elle disparu ?

— Elle devait être rentrée à une heure du matin.

— Avez-vous essayé de l'appeler ?

— Elle ne répond pas sur son portable. »

Anna dévisagea Nora.

« Ne le prenez pas mal, dit-elle, mais j'aimerais savoir si vous vous êtes disputées avant son départ. Si elle a des raisons de rester à l'écart ?

— Absolument pas, dit Nora, plus fort qu'elle n'aurait voulu. Elle devait juste fêter la Saint-Jean avec quelques amis.

— Vous en êtes certaine ?

— Bien sûr. »

La question n'était pas mal intentionnée, mais Nora se sentit coupable. Comme si elle aurait dû faire plus attention.

Anna avait d'autres questions.

« Ne montrait-elle aucun signe particulier ? Tristesse, émotion ?

— Non, je viens de vous le dire. »

À sa voix, on la sentait sur la défensive, mais elle ne pouvait pas s'en empêcher.

« Bon, laissons ça, dit Anna. À quoi ressemble-t-elle, a-t-elle des signes distinctifs ? »

Nora décrivit de son mieux Wilma, ses vêtements et la couleur de ses cheveux.

« Elles se ressemblent assez », termina-t-elle en regardant vers Ebba et Felicia.

Nora pensa à la photo de Wilma que Jonas avait comme fond d'écran de son mobile. Son sourire insouciant adressé au spectateur, ses cheveux blonds.

« Leurs copains aussi ont disparu, dit Anna en faisant un geste vers les filles. Son prénom, vous disiez ?

— Wilma, Wilma Sköld. Son père s'appelle Jonas Sköld, c'est mon locataire. »

Pourquoi avoir ajouté ça, elle n'en avait aucune idée, il n'y avait aucune raison de raconter à la police que Jonas était son locataire.

« Quel âge a-t-elle ?

— Quatorze ans.

— Elle se repère, sur l'île ?

— Je ne sais pas trop.

— Seulement quatorze ans… », répéta Anna.

Nora n'aimait pas le ton de sa voix.

16

Adrian avait dit à Anjou qu'il allait se coucher, mais il gagna pourtant le ponton où était amarré le bateau des amis d'Ebba. Il voulait vérifier une dernière fois, peut-être quelqu'un était-il de retour.

Le bateau était presque tout au bout. C'était un Sunseeker de quarante-deux pieds, avec un vaste pont et des fauteuils en cuir blanc à l'arrière. La première chose que vit Adrian était une tache séchée sur le pont, probablement du vin rouge. Ebba avait dit que le bateau appartenait au père d'un de ses copains, il n'allait pas être content.

La porte n'avait pas l'air bien fermée. Y avait-il quelqu'un ?

Adrian monta à bord et tâta la poignée. La porte s'ouvrit sans difficulté et il glissa la tête.

« Hé ho ? » dit-il à mi-voix.

Pas de réponse.

Une fois habitué à la pénombre, il aperçut un coin repas et une kitchenette, la décoration était cossue, avec bois vernis et joli plancher d'acajou. Des canettes de bière vides s'entassaient dans l'évier, des bouteilles sur la table. Une boisson énergisante avait roulé dans un coin.

Sur le canapé en cuir fatigué, un garçon dormait sur le ventre, cheveux roux en bataille, tout habillé.

« Hé ho ? » répéta Adrian, plus fort cette fois.

Pas de réaction.

Après avoir un peu hésité, Adrian descendit pour inspecter le vaste habitacle. Sur un rayonnage s'alignaient des livres sur les bateaux, des coussins ornés de fanions de signalisation jonchaient le sol.

Une porte en bois exotique avec une poignée en laiton conduisait à une double cabine. En glissant un œil, Adrian découvrit un couple, lui aussi profondément endormi. La fille ne portait qu'une culotte et son drap avait glissé et s'était emmêlé entre ses jambes. Le garçon était couché à côté sur le dos et dormait bouche ouverte.

L'espace exigu empestait l'alcool.

Adrian recula et se retourna. Il posa la main sur l'adolescent qui dormait sur le canapé et le secoua.

Comme rien ne se passait, il le secoua à nouveau, plus fort cette fois.

« Quoi, bordel ? » marmonna soudain le garçon en ouvrant l'œil.

Il tourna la tête vers Adrian. En voyant l'uniforme, il cligna des yeux.

« J'ai rien fait ! » dit-il aussitôt.

Mal réveillé, il s'assit, ses cheveux roux dans tous les sens. Il regarda à nouveau Adrian.

« Qu'est-ce que vous voulez ? Il s'est passé quelque chose ? »

Adrian comprit qu'il l'avait effrayé et recula de quelques pas.

« Comment t'appelles-tu ?

— Tobbe. Tobias Hökström.

— Connais-tu une certaine Ebba Halvorsen ? »

Le garçon hocha la tête, toujours en pleine confusion. La surface grossière du canapé lui avait laissé des marques sur la joue, où un bleu s'étalait sous une oreille.

« Oui, nous sommes dans la même classe.

— Sais-tu qu'elle vous a cherchés toute la nuit, toi et tes copains ?

— Et pourquoi ? C'est elle qui nous a laissés tomber.

— Mais vous êtes venus ensemble. Ça aurait quand même été sympa de la prévenir pour lui dire où vous étiez passés. Elle est venue nous voir, tellement elle était inquiète.

— Elle est allée voir la police ? Elle est tarée, ou quoi ? »

Adrian ne savait pas comment réagir.

« Où étiez-vous passés ? » demanda-t-il plutôt.

Tobbe se gratta la nuque en bâillant.

« On est allés faire la fête sur un autre bateau, avec des potes de mon frangin.

— Vous y êtes restés tout le temps ?

— Je crois. »

Nouveau bâillement.

« Tu n'as pas pensé à appeler Ebba pour lui dire où vous étiez ?

— Ben non, dit Tobbe, le regard vide.

— Quand êtes-vous revenus ici ?

— Je sais pas trop. Me souviens pas. »

Adrian désigna de la tête la cabine avant.

« Qui c'est, là ? »

Tobbe se leva à moitié et glissa un œil par l'embrasure de la porte.

« C'est mon grand frère.

— Et la fille ?

— Il l'a rencontrée sur l'autre bateau. » Il bâilla à nouveau. « Je n'ai rien fait. Je peux dormir, maintenant ? »

Adrian réfléchit.

« Nous avons pris en charge votre copine Felicia qui, d'après Ebba, cherchait son petit ami, Victor. Sais-tu où il est passé ?

— Victor n'est pas rentré ?

— Tu es quand même mieux placé que moi pour le dire. »

En traînant les pieds, Tobbe se leva à nouveau et glissa la tête dans l'autre cabine, où un sac et un blouson étaient négligemment jetés sur le matelas.

« Il n'y a personne », constata de façon tout à fait superflue Adrian.

Tobias se laissa retomber sur le canapé, et sembla sur le point de se rendormir.

« Alors il est sûrement avec Felicia. »

Adrian commençait à en avoir assez.

« Tu n'as pas entendu ? Felicia a été prise en charge par la police. »

Cette fois, le message passa. Une lueur d'étonnement s'alluma dans les yeux de Tobias.

Adrian poursuivit : « Elle est à présent avec Ebba. Mais j'aimerais savoir où est passé Victor. Il est venu, lui aussi, sur ce bateau où vous avez fait la fête ?

— Je ne crois pas.

— Quand l'as-tu vu pour la dernière fois ? »

Tobbe sembla désemparé. En triturant une mèche de ses cheveux, il jeta un regard hésitant vers Adrian. « Je ne sais vraiment pas. »

17

Anna tapota sa radio, comme si elle ne savait pas bien quoi faire. Nora sentit croître son inquiétude. La policière sembla alors avoir pris une décision, car elle approcha la bouche du petit micro accroché à sa veste et murmura quelque chose que Nora n'arriva pas à comprendre.

Elle écouta la réponse, le regard absent. Anna coupa la communication et se tourna vers Nora.

« D'après mon collègue, un des autres jeunes manque encore à l'appel. »

Elle fit un geste en direction des filles. Le ventre de Nora se noua.

« Il n'y a probablement aucune raison de s'inquiéter, continua Anna. Ça arrive tout le temps. Vous n'imaginez pas combien viennent nous voir parce qu'ils ont perdu leurs amis. Mais comme la fille de votre compagnon a disparu, il faut que nous fassions quelques vérifications. Vous pouvez attendre ici un moment ?

— Bien sûr. »

Nora hocha la tête, pas tellement plus tranquille.

« Dois-je demander à son père de venir ici ?

— Si vous voulez.

— Vous pensez qu'il s'est passé quelque chose de grave ? » dit Nora.

Sans répondre, Anna se remit à parler dans son micro.

Adrian referma l'habitacle et redescendit à terre. Tobias Hökström s'était déjà rendormi.

« Hé ho, attendez ! »

En tournant la tête pour voir qui l'appelait, Adrian découvrit un homme d'environ trente-cinq ans qui arrivait à petites foulées sans regarder où il posait les pieds, alors que les planches du ponton étaient traîtres, glissantes de rosée.

« Attendez un peu ! » cria-t-il à nouveau en levant le bras.

Il arriva si essoufflé qu'il pouvait à peine parler. Pourtant, les mots se bousculaient.

« Pardon, je peux vous parler ? Je m'appelle Jonas, Jonas Sköld. Ma fille a disparu, je l'ai cherchée pendant des heures. »

Son inquiétude était palpable. Son regard papillonnait.

« J'ai cherché partout. »

Adrian comprit à qui il avait affaire.

« C'est votre compagne qui devait s'occuper de la jeune fille qu'on a retrouvée et de son amie ?

— Oui. »

L'homme semblait étonné.

« Comment le savez-vous ?

— Je viens de parler de votre fille avec ma collègue. Suivez-moi, nous allons essayer de tirer ça au clair. »

Nora était assise à la longue table du PC quand la porte s'ouvrit. Ses paupières étaient lourdes, elle avait du mal à se maintenir éveillée. Il y avait sur la table quelques tasses sales que personne n'avait eu le courage de laver.

Les filles étaient toujours à l'étage. Nora leur avait expliqué qu'elles allaient très bientôt rentrer ensemble à la maison, mais qu'elle avait une chose à régler d'abord. Elles n'avaient pas protesté, Ebba s'était recouchée à côté de Felicia, et elles somnolaient à présent sous la même couverture.

Un grand policier d'une trentaine d'années entra, cheveux cendrés et traits sympathiques. Jonas le suivait, hirsute, le visage gris. Ses mocassins bruns étaient couverts de la poussière des chemins de gravier. Nora se leva aussitôt pour l'embrasser. Il sourit tristement, sans rien dire.

Anna descendit de l'étage. Au moment où elle allait tendre la main pour saluer Jonas, ses oreillettes se mirent à crépiter.

Nora vit les deux policiers se figer.

Le grand se tourna vers sa collègue. Il dit quelque chose dans son micro, écouta puis se remit à parler.

Elle ne percevait pas les mots, mais son inquiétude augmenta quand il lorgna vers eux deux tout en parlant.

« Excusez-nous », dit-il soudain en entraînant sa collègue dans la cuisine, où ils se mirent à parler à voix basse.

« Qu'est-ce qui se passe ? dit Jonas à mi-voix.

— Je ne sais pas, répondit Nora. Je ne comprends rien. »

Elle sentit les larmes monter, sans qu'elle sache si c'était la peur ou le simple épuisement.

Les policiers revinrent.

« Nous devons vous laisser un moment. Je crois que le mieux serait que vous emmeniez les filles. Nous vous contacterons. »

Jonas s'avança d'un pas et, d'un ton que Nora ne lui avait encore jamais entendu, ordonna :

« Maintenant, il va falloir nous dire ce qui se passe. C'est ma fille qui a disparu. »

Jonas dévisagea le grand policier. Anna sortait déjà, mais s'immobilisa sur le pas de la porte en l'entendant hausser la voix.

« Je ne peux malheureusement pas vous expliquer la situation pour le moment, dit le policier. Je suis désolé. »

Anna se retourna.

« En attendant, le mieux est vraiment que vous emmeniez les filles, dit-elle à Nora. Nous vous appellerons. »

18

Adrian monta à l'avant de la jeep dont disposait la police et mit le contact. Anna s'assit à côté de lui.

« Celui qui a donné l'alerte vous attend près des terrains de tennis, cria derrière eux Jens Sturup. Il s'appelle Pelle Forsberg. »

La voiture démarra en crachotant. Adrian effectua un demi-tour avant de se diriger vers la côte raide qui montait derrière l'hôtel des Navigateurs vers Skärkarlshamn.

Arrivés devant les hauts grillages qui clôturaient les deux courts de tennis de l'île, ils trouvèrent un homme dégingandé qui les attendait près de l'entrée. Adrian freina et s'arrêta devant lui.

« C'est vous qui avez donné l'alerte ?

— Oui, c'est moi, dit l'homme en tendant une main un peu tremblante. Pelle Forsberg.

— Pouvez-vous nous montrer les lieux ? dit Adrian.

— Bien sûr.

— Montez. »

Adrian désigna le chien qui leur courait autour en agitant la queue après avoir accueilli les policiers par de joyeux aboiements.

« Ce serait bien si vous pouviez tenir le chien pour qu'il ne coure pas n'importe où. Je ne voudrais pas lui rouler dessus. »

La chienne geignit un peu de ne pas pouvoir gambader librement, mais se soumit quand son maître l'installa d'une poigne ferme sur ses genoux.

« Roulez jusqu'à la grande maison jaune, là-bas », dit Pelle Forsberg en la montrant de la main.

Avec la jeep, il ne fallut que quelques minutes pour rejoindre l'aulne au bord de la plage. Adrian se gara et ils descendirent.

Quelque chose dépassait des feuillages.

Adrian avança pour voir. Mais ce n'était pas la peine.

Il approcha sa radio de sa bouche.

Jonas regardait fixement la porte que les policiers avaient fermée derrière eux. Son corps était penché en avant, comme s'il avait voulu leur courir après mais s'était ravisé au dernier moment.

Nora aurait voulu tendre la main et le toucher, mais elle hésita. Elle réalisa qu'elle n'avait aucune idée de ses réactions en situation de crise.

Il est pilote, se dit-elle. Il s'est entraîné des centaines d'heures à gérer des situations difficiles. C'est son boulot de rester calme même sous pression.

Mais à présent, il s'agissait de sa propre fille, de Wilma. À quoi servait alors toute sa formation ?

Anna avait dit qu'il était habituel que les gens se perdent de vue, un week-end pareil, se rappela-t-elle. Ils devaient s'en tenir à cette idée.

Mais le nœud qui lui serrait le ventre ne voulait pas disparaître. Pourquoi les policiers étaient-ils partis, alors ? Pourquoi étaient-ils si pressés ?

Dehors, les oiseaux saluaient l'aube de leurs gazouillis sonores. Quelqu'un avait cueilli un bouquet de fleurs des champs et l'avait placé sur la table de conférences à côté d'un mât de la Saint-Jean miniature aux couleurs du drapeau suédois.

« On ne devrait pas faire comme dit la police, rentrer avec les filles ? dit Nora. Ça ne sert à rien de rester ici. De toute façon on ne peut rien faire, et puis Felicia et Ebba ont besoin d'aller au lit, elles sont épuisées toutes les deux. »

L'horloge murale ronde indiquait cinq heures moins vingt. Le manque de sommeil faisait trembler Nora de tout son corps.

Adam et Simon étaient toujours seuls à la maison. Elle ne voulait pas en parler, mais elle s'était absentée beaucoup plus longtemps que prévu. Simon s'inquiéterait de ne pas la voir à son réveil.

Jonas s'assit au bord de la table en bois et joignit les mains derrière la tête, comme s'il essayait de réfléchir. Son visage était gris, Nora souffrait de le voir dans cet état.

Il soupira profondément et inclina la tête.

« Rentre avec les filles. Moi, je vais continuer à chercher Wilma. »

Quand le téléphone sonna, Thomas se redressa aussitôt. Depuis la naissance d'Elin, il avait le sommeil plus léger que jamais. Mal réveillé, il cligna des yeux et attrapa le téléphone pour couper la sonnerie.

Il faisait jour. Par la fenêtre, on apercevait les feuilles vert clair du grand bouleau pleureur qui jouxtait la maison. Elles n'étaient sorties que quelques semaines auparavant. Tout arrivait plus tard dans l'archipel, les lilas venaient à peine de fleurir.

À côté de lui, Pernilla dormait sur le ventre. Ses cheveux blonds avaient bien poussé, ils s'étalaient sur l'oreiller bleu où de petites ancres formaient un motif régulier. Thomas était content qu'elle les ait laissés pousser, elle avait les cheveux longs quand ils s'étaient rencontrés.

Pernilla ne bougea pas, la sonnerie stridente n'avait pas troublé son sommeil. Elle roula sur le côté et enfonça plus profondément son visage dans l'oreiller. Elin dormait toujours sur le dos, mais elle devait avoir attrapé son nounours en dormant, car la peluche blanche avait le museau sur le matelas. Elle aussi continuait à dormir paisiblement, malgré la sonnerie.

Son téléphone à la main, Thomas sortit sur la véranda en refermant la porte derrière lui. Il était de garde tout le week-end, prêt à recevoir ce genre d'appel.

Après quelques minutes de conversation, il comprit qu'il ne retournerait pas dormir.

19

D'un pas lourd, Nora alla sur la véranda s'asseoir dans le canapé en rotin. Elle posa un plateau sur la table et ferma les yeux. Chaque mouvement était un effort, mais tenter de dormir était à présent inutile, elle était bien trop sur les nerfs pour cela. Elle avait préféré se préparer un thé et une tartine. Elle prit une bouchée de pain au levain, manger un peu la réconforterait peut-être.

Les filles s'étaient endormies dans la chambre d'amis. Le lit où Wilma aurait dû être couchée depuis longtemps, ne put-elle s'empêcher de penser. Elles avaient sombré d'un coup, blotties l'une contre l'autre, avant même que Nora ait eu le temps de baisser leur store et de refermer la porte derrière elle.

Le père de Felicia avait téléphoné une seconde après, puis ça avait été le tour de la maman d'Ebba, Lena Halvorsen. Elle aussi se trouvait à plusieurs heures de Sandhamn, mais arrivait au plus vite.

Tous les deux semblaient gênés, à la fois soulagés que les filles soient entre de bonnes mains et honteux.

« Je suis vraiment désolée pour tout ce dérangement, n'avait cessé de répéter Lena Halvorsen. J'étais persuadée qu'Ebba dormait chez Felicia. J'ignorais totalement qu'elle était sortie dans l'archipel. »

Nora l'avait assurée que ce n'était pas grave, qu'elle était contente de pouvoir rendre service.

« Moi aussi, j'ai mes garçons. Je vous comprends. Mais les filles seront en sécurité ici jusqu'à votre arrivée. Elles dorment pour le moment. À dans quelques heures. »

Avec un soupir, Nora ramena ses jambes sous elle. Jonas n'était pas encore rentré, elle ne voulait pas imaginer son anxiété. Fourbue et gelée, elle se réchauffa les mains sur son mug.

Dans la brume de soleil, un bateau arrivait du nord-ouest. Il semblait se diriger droit vers son ponton. Nora posa son thé et se leva pour mieux voir. Mais oui, c'était le hors-bord de Thomas Andreasson, un Buster de cinq mètres avec sa coque d'aluminium aux reflets gris.

Aussitôt, une masse de plomb lui écrasa la poitrine. Quelque chose de grave devait s'être produit, pour nécessiter la présence de son ami d'enfance. Il n'avait aucune raison de venir si tôt à Sandhamn, à part le service.

Il devait s'agir de Wilma. Nora se souvint des policiers du PC qui les avaient brusquement quittés, elle et Jonas. Mon Dieu.

Sans y réfléchir davantage, elle enfila ses chaussures et son blouson pour courir à la rencontre de Thomas. Elle arriva au ponton au moment où il coupait les gaz pour manœuvrer.

Le bateau d'aluminium se glissait dans la place du milieu quand Thomas l'aperçut. Il sembla d'abord étonné, puis la salua de la main.

« Tu attrapes ? » cria-t-il en lui lançant l'amarre avant, que Nora s'empressa d'attacher à un poteau.

Machinalement, elle tira dessus pour s'assurer du nœud.

Thomas attacha de même l'amarre arrière et descendit à terre.

« Vous avez retrouvé Wilma ? demanda aussitôt Nora. Elle est blessée ? »

Elle leva les yeux pour scruter son visage. Était-ce de la compassion qu'elle y apercevait ? Ou pire ?

Un sentiment de panique qui lui était inconnu la fit hurler :

« Pourquoi personne ne nous a rien dit ? Thomas, sois honnête avec moi. »

Il recula d'un pas. Son rasage approximatif trahissait un départ précipité. Nora attrapa Thomas par les épaules.

« Il faut me dire pourquoi tu es ici, dit-elle. Je t'en prie, Thomas. »

Sans un mot, Thomas l'attira contre lui. Aussi vite qu'elle l'avait saisie, la panique la quitta. Nora se calma contre sa poitrine et s'efforça de respirer plus doucement.

« Que s'est-il passé ? » demanda-t-il quand il vit que Nora s'était calmée.

Elle murmura, le nez dans son blouson : « Wilma n'est pas rentrée de la nuit, nous n'arrivons pas à la retrouver. J'ai tellement peur qu'elle se soit blessée, ou qu'il lui soit arrivé quelque chose de grave. »

Thomas la détacha doucement de lui pour qu'elle voie son visage.

« Wilma a disparu ? »

Sa question semblait sincère.

« Jonas n'est pas à la maison, il est parti à sa recherche, dit Nora. Il l'a cherchée toute la nuit, et quand je t'ai vu arriver, j'ai eu si peur… »

Sa voix se brisa, elle déglutit. Au bout d'une minute elle se maîtrisa à nouveau.

« Pardon, chuchota-t-elle. Je suis tellement stressée par cette histoire avec Wilma, la nuit a été chaotique, tu n'imagines pas. »

Thomas passa son bras autour des épaules de Nora. Ils s'éloignèrent du ponton, tandis que Nora lui parlait du coup de téléphone de Monica, et de Felicia et Ebba qu'elle était allée chercher à la police.

En arrivant au bout du ponton, il s'arrêta.

« Écoute, dit-il, pour le moment, je n'en sais pas plus que toi au sujet de Wilma, et il faut vraiment que j'y aille. Mais je t'appelle au plus vite. »

Le manque de sommeil, pensa Nora, voilà pourquoi je surréagis comme ça. J'ai juste besoin de dormir quelques heures, et ça ira mieux.

« Ça va aller ? » demanda-t-il.

Nora hocha la tête, les genoux encore tremblants.

« Au fait, dit Thomas en montrant son Buster, je peux laisser mon bateau là quelques heures ? Le port est tellement encombré aujourd'hui. »

Nora s'efforça de sourire.

« Bien sûr, dit-elle. Pas besoin de demander. »

Elle l'accompagna jusqu'à la grille où il la dévisagea.

« As-tu seulement dormi, cette nuit ?

— Pas beaucoup.

— Rentre et essaie de te reposer, je t'appellerai plus tard. Promis. »

Thomas disparut en hâtant le pas.

Ce n'est qu'après son départ que Nora réalisa qu'il ne lui avait pas dit pourquoi il était venu sur l'île.

20

Le chemin le plus court de la villa Brand à Skär-karlshamn passait par l'ancienne école et la dune.

Le gravier crissa sous les pieds de Thomas tandis qu'il passait devant la Mission puis coupait par les hauteurs de la carrière de sable.

Son téléphone sonna. C'était le central.

« Andreasson. »

Une voix d'homme avec un léger accent de Gotland.

« Ici Malmqvist. Je me disais que ça t'intéresserait de savoir que les techniciens sont en route. L'hélico a décollé il y a vingt minutes. Ils devraient bientôt arriver.

— Je suis moi aussi sur place. Qui est sur le coup ?

— Attends, je regarde. » Courte pause. « Staffan Nilsson. Il a Poul Anderberg avec lui. »

Thomas avait déjà travaillé avec Nilsson, c'était un technicien expérimenté qui connaissait Sandhamn comme sa poche. Quand un horrible meurtre avec dépeçage avait eu lieu sur l'île l'année précédente, Nilsson avait été appelé. À cette occasion, ils avaient passé ensemble de longues heures glaciales dans la forêt.

« Au fait, dit Thomas, dis au pilote de se poser directement à Skärkarlshamn, inutile de viser la plate-forme. »

L'héliport officiel de Sandhamn était devant le bâtiment des douanes, juste à côté de l'auberge. Si Nilsson était déposé là avec son matériel, il lui faudrait au moins un quart d'heure pour gagner la scène de crime. Il valait donc mieux se poser directement sur la plage. Bien sûr, tous les habitants du voisinage seraient réveillés et sauraient qu'il s'était passé quelque chose de grave, mais ils n'auraient pas tardé à l'apprendre de toute façon.

Impossible de garder un secret sur une petite île comme Sandhamn.

« OK, je m'en occupe.

— Merci. »

Bientôt, Thomas entendit le bruit caractéristique d'un rotor d'hélicoptère en approche. Thomas vit l'hélicoptère de la police lui passer au-dessus de la tête dans un bruit assourdissant et continuer vers le lieu de la découverte macabre.

Il hâta le pas.

Au paysage ouvert de la dune avait succédé une pinède au sol tapissé de myrtilles et de mousse. La bruyère aux petites fleurs roses poussait partout alentour.

Thomas savait qu'un siècle plus tôt il était possible de voir d'un bout à l'autre de l'île, mais c'était difficile à croire aujourd'hui. Il aurait aussi bien pu se trouver au fin fond des forêts du Småland, tant les troncs étaient serrés.

En arrivant aux courts de tennis, il aperçut une jeep près de la clôture, et un policier aux cheveux bruns lui fit signe de la main.

Il était attendu.

Thomas rejoignit son collègue : il le connaissait de vue.

« Jens Sturup, chef opérationnel sur Sandhamn et Möja ce week-end, dit le jeune policier en lui tendant la main. On nous a prévenus de ton arrivée, alors je suis venu à ta rencontre. Suis-moi, je vais te montrer où est le corps. »

Thomas regarda autour de lui.

Ils étaient près de la clôture d'une grande et belle villa de négociant, au-dessus de Skärkarlshamn, la plage nord de l'île, juste en face de Korsö. Elle était fréquentée par les habitants de l'île désireux d'éviter la plage de Trouville, où s'entassaient les touristes. L'endroit était également apprécié des sportifs, comme l'attestaient les planches à voile remontées sur le rivage.

Se déplacer sur la plage était pénible : au bout de quelques pas, Thomas eut du sable dans les chaussures. Mais ils arrivèrent vite à destination.

Une vaste zone était déjà clôturée. La rubalise bleu et blanc tendue d'un arbre à l'autre délimitait un secteur de plusieurs centaines de mètres carrés. Un gilet de sauvetage d'enfant orange oublié à l'ombre d'un pin lui fit penser à Elin.

La vie et la mort côte à côte.

L'hélicoptère qui venait de déposer l'équipe de la police scientifique était déjà reparti. Ce n'était plus qu'un petit point dans le ciel, retournant vers la terre ferme.

Thomas et Jens Sturup se baissèrent pour franchir la rubalise, et rejoignirent Staffan Nilsson devant un aulne au feuillage dense. Il avait déjà sorti un appareil photo de sa sacoche entrouverte. L'autre technicien était un peu plus loin, occupé à examiner les environs.

« Salut, Andreasson, dit Staffan Nilsson. On va jeter un œil ? »

21

En entendant la porte d'entrée, Nora gagna en hâte le vestibule. Elle trouva Jonas, tête basse, et alla le serrer fort contre elle. Ils restèrent un moment immobiles, sans un mot. Puis elle le lâcha et recula un peu.

« Tu l'as retrouvée ? demanda-t-elle, bien qu'elle connaisse déjà la réponse.

— Non. »

Il ôta son blouson et sortit sur la véranda, où il s'assit dans un des fauteuils en rotin. Soudain, il frappa du poing contre l'accoudoir.

« Mais où est-elle passée ? » cria-t-il presque.

Nora tendit la main et lui caressa la joue.

« Elle va sûrement revenir bientôt, murmura-t-elle une fois de plus sans conviction.

— Il faut que j'appelle Margot, se lamenta Jonas. Elle va être hors d'elle. »

Il soupira.

« Tu as pu dormir un peu ? » demanda-t-il en attirant Nora à lui. Elle s'assit sur l'accoudoir et appuya sa tête contre la sienne. Les cheveux de Jonas étaient légèrement humides et sentaient la mer.

« Je me suis un peu reposée ici, sur le canapé, c'est tout. Pas facile de se détendre. »

Elle lui montra le ponton et le bateau d'aluminium. Ses amarres se tendirent quand déferlèrent les remous du premier ferry du matin.

« Thomas est là, c'est son bateau.

— Thomas ? dit Jonas en se redressant. Pourquoi ? »

Il réagissait exactement comme elle en voyant le bateau arriver. Son angoisse était palpable.

« Je ne sais pas, chuchota-t-elle. Il n'a rien dit. »

Machinalement, elle regarda sa montre. Bientôt sept heures et demie : il s'était écoulé à peine une heure depuis son entrevue avec Thomas.

Jonas s'agitait, comme si la nervosité l'empêchait de tenir en place.

« Je lui ai demandé s'il avait entendu quelque chose au sujet de Wilma, dit Nora, mais il ne savait rien. Il a promis de me tenir au courant.

— Sais-tu quand il va revenir ? »

Jonas se leva et gagna la fenêtre. Il regarda sans rien dire le bateau de Thomas. Nora vint derrière lui passer ses bras autour de sa taille et glissa prudemment le nez dans son cou.

« Tu ne veux pas essayer de dormir un peu ? Tu es resté debout toute la nuit, tu dois être épuisé.

— Je ne sais pas si j'y arriverais.

— Tu veux quelque chose à manger, alors ? Je peux te faire un sandwich au fromage, si tu veux.

— Ce serait gentil. »

Jonas s'étira. Puis il dit tout bas, comme pour lui-même, sans se soucier de la présence de Nora :

« Fichue gamine. »

22

Pernilla lut le mot que Thomas lui avait laissé sur la table de la cuisine :

Il s'est passé un truc à Sandhamn, je t'appelle dès que j'en sais plus.

L'écriture brouillonne lui fit froncer le nez. Elle était affreuse, presque illisible, mais, à la longue, elle avait appris à la déchiffrer.

Un truc à Sandhamn, qu'est-ce que ça pouvait vouloir dire ?

Bien sûr Thomas était d'astreinte pour la Saint-Jean mais, contre toute attente, tout avait été calme jusque-là. Ils avaient pu passer un week-end tranquille ensemble sur Harö.

Elin s'était rendormie après la tétée du matin, et Pernilla profitait du silence.

Chaque minute avec Elin était précieuse, mais Pernilla sentait qu'elle n'était pas vraiment une jeune maman. Elle allait avoir quarante et un ans en novembre, et les nuits de veille l'usaient. Thomas essayait de la décharger un peu, mais c'était malgré tout elle qui nourrissait son bébé.

Pouvoir simplement s'occuper d'elle-même lui manquait, même si elle osait à peine l'admettre. Elle avait l'impression de trahir Elin et Emily.

Elle alluma la cafetière et sortit un mug du placard de cuisine vieillot.

Leur maison de vacances était une vieille grange aménagée, sur un terrain que les parents de Thomas avaient séparé du leur quelques années auparavant. À l'époque, quand ils avaient planifié la rénovation, un séjour ouvert et une vaste chambre en mezzanine avec, en plus, vue sur la mer leur avait semblé une solution parfaite.

Maintenant, avec un petit bébé, il était évident qu'ils devraient trouver autre chose, pour avoir chacun une vraie chambre, Elin et eux.

Pernilla alla prendre le pack de lait au réfrigérateur tandis que le café commençait à passer.

Durant ces années difficiles où Thomas et elle portaient le deuil d'Emily chacun de son côté, elle avait décidé de ne jamais remettre les pieds ici. Ni d'ailleurs à Sandhamn, c'était trop près. Chaque fois qu'elle entendait le nom de cette île, cela lui faisait mal.

Lors du divorce, Thomas avait gardé la maison de vacances et elle l'appartement à Stockholm. Cette répartition semblait naturelle, et aucun des deux n'avait voulu prolonger ce douloureux processus en se disputant sur le partage des biens. Elle avait loué l'appartement et déménagé à Göteborg pour prendre un nouveau poste de chef de projet dans une agence publicitaire.

Ces souvenirs sombres étaient toujours là, près de la surface, mais Thomas et elle avaient pourtant réussi à se retrouver. Ils avaient Elin et étaient fermement résolus à ne pas laisser le passé prendre le dessus. Quand Pernilla lui avait annoncé qu'elle attendait un enfant, Thomas avait eu peine à le croire. Emily avait été le fruit de plusieurs années de tentatives et de traitements. L'idée que Pernilla puisse tomber enceinte de façon naturelle ne les avait effleurés ni l'un ni l'autre.

Le temps que Thomas avait mis à réaliser n'avait pas échappé à Pernilla. Ce n'était que lorsque la sage-femme lui avait présenté Elin, avec son visage fripé et ses yeux fermés, qu'il avait enfin osé laisser libre cours à sa joie.

Un bruit dans le berceau la fit se précipiter vers sa fille. Elin, bouche ouverte, souriait de toutes ses gencives sans dents. Pernilla la souleva et caressa du nez sa peau lisse.

« Rien ne t'arrivera, murmura-t-elle. Rien ne t'arrivera jamais. Je te le jure. »

23

Thomas attendit que Staffan Nilsson écarte doucement les plantes utilisées pour cacher le corps.

Devant eux, l'aulne touffu déployait ses branches épaisses à quelques mètres seulement du rivage. À ses pieds, le sol était couvert d'une végétation luxuriante et, sur la plage alentour, poussaient de hautes plantes à fleurs roses encore en boutons.

Nilsson s'écarta pour laisser Thomas mieux voir.

Le corps gisait sur le dos, la tête en partie tournée, une des joues plaquée à terre. Un coude avait un angle peu naturel, derrière le dos, comme si quelqu'un avait essayé d'aplatir le cadavre au maximum.

Quelques mouches bourdonnaient autour dans la brume matinale, plusieurs s'étaient posées sur le corps sans vie. Thomas vit leurs pattes velues piétiner le sang figé.

Nilsson étudia le corps. Il portait les mêmes gants en plastique que Thomas venait d'enfiler et farfouillait dans sa sacoche noire.

« Entre quinze et dix-huit ans, je dirais, estima Nilsson. Putain. »

Thomas laissa son regard glisser lentement vers une longue clôture qui descendait jusqu'au rivage. Derrière, plusieurs maisons en bois gris, la plus grande aux volets clos, comme si elle était restée vide pendant le week-end de la Saint-Jean. Personne sur le terrain ni de curieux aux fenêtres.

Thomas espérait pourtant qu'il y ait eu quelqu'un pendant la nuit, aucun témoin n'était de trop.

Staffan Nilsson avait fini ses photos. Il ôtait à présent les dernières branches, pour dégager le corps dans sa totalité.

« Regarde », dit-il en montrant la tête qui n'était plus joue contre terre.

La frange blonde était rabattue en arrière, dévoilant une grande plaie à la tempe gauche. Quelque chose de noir avait coulé le long de la joue, les cheveux étaient collés par le sang.

Les yeux grands ouverts n'avaient plus rien d'humain.

Elle avait l'impression qu'elle venait juste de s'assoupir lorsque son téléphone sonna. Nora se tourna vers le réveil et vit que c'était le cas.

Les aiguilles indiquaient huit heures vingt, elle avait dormi au plus treize minutes.

Épuisée, elle tourna la tête : Jonas somnolait sur le dos à côté d'elle. Tant mieux, il était encore plus fatigué qu'elle, il fallait qu'il se repose un peu.

Elle saisit le téléphone, souffla « Un moment », et se hâta de descendre l'escalier, l'appareil à la main. « Allô, ici Nora », dit-elle une fois dans la cuisine.

Au sud-est, le soleil chauffait déjà autant qu'en pleine journée.

« Nora, qu'est-ce que tu fabriques ? Qu'est-ce que c'est que cette façon bizarre de répondre ? »

Monica.

Évidemment, c'était Monica qui appelait au moment où Nora essayait de se reposer un peu avant que les familles de Felicia et d'Ebba n'arrivent pour récupérer leurs filles. Simon n'allait pas tarder à se réveiller et à se demander ce que faisaient deux inconnues dans la chambre de Wilma.

La journée allait être longue.

« Bonjour, Monica.

— Tu t'es occupée des filles ? Pourquoi ne pas m'avoir appelée pour me dire comment ça s'était passé ? »

Nora réalisa que Monica aussi devait s'être inquiétée, mais son ex-belle-mère lui était complètement sortie de l'esprit ces dernières heures. Leur relation était encore à vif suite au divorce et Nora s'efforçait de l'éviter autant que possible, pour que les mauvais souvenirs ne remontent pas à la surface.

De la main droite, Nora ouvrit la fenêtre pour avoir de l'air frais.

« Les filles dorment à l'étage et j'ai parlé avec leurs parents, dit-elle. Tout est sous contrôle, ici.

— Je suis déçue que tu ne m'aies pas tenue au courant. Tu ne te rends pas compte que j'ai attendu sans fermer l'œil de la nuit ? »

Nora avait un commentaire acerbe sur le bout de la langue, mais inspira à fond pour garder son calme.

« Je ne voulais pas vous contrarier, dit-elle plutôt. Tout s'est un peu bousculé.

— Je viens de parler à Henrik, et lui non plus ne comprend pas pourquoi tu n'as pas rappelé. »

La vieille peau avait aussi mis Henrik dans le coup ?

« Monica, je ne vois pas en quoi tout ça concerne Henrik, mais je fais vraiment de mon mieux. Il faut me faire confiance.

— Nous arrivons avec le bateau de onze heures. C'est bien le moins que je puisse faire, vu les circonstances. Je dois bien ça à mes chers amis.

— Vous venez ? »

Nora tira une chaise de cuisine blanche où de vieilles taches témoignaient du goût de Simon pour le ketchup.

« Évidemment que nous venons. Harald et moi, nous ne demandons qu'à aider. Et puis nous en profiterons aussi pour voir Adam et Simon. Ce sera vraiment agréable de vous rendre visite, et ne te donne pas de mal, un déjeuner léger avec un peu de vin blanc nous ira très bien. »

Nora essaya de trouver une façon aimable mais ferme d'empêcher ses ex-beaux-parents de débarquer sur l'île.

« Écoutez, Monica, ce n'est vraiment pas la peine. Les parents des filles seront là d'ici quelques heures et, franchement, je ne vois pas l'intérêt que vous fassiez tout ce voyage jusqu'à Sandhamn.

— Taratata, mon petit. Notre décision est déjà prise. Mais ce serait gentil de venir nous attendre au ferry de midi. »

Monica raccrocha. Nora ferma les yeux pour tenter, en vain, de trouver un semblant de paix intérieure.

24

Thomas s'accroupit pour observer le cadavre.

« Tu le reconnais ? demanda Nilsson.

— Aucune idée de qui c'est. »

L'adolescent avait des cheveux blonds et des yeux bleus. Son nez droit était un peu rouge, comme s'il était resté trop longtemps au soleil, et il portait un polo Lacoste beige. Son bermuda était taché d'herbe. À son poignet gauche, une montre qui rappelait un chronomètre de plongée.

« Une pièce coûteuse, dit Nilsson en la montrant de la tête.

— Mmm. »

Thomas fit le tour pour mieux voir. Puis il recula d'un mètre et se retourna vers les rochers, de l'autre côté de l'arbre, où le collègue de Nilsson, Anderberg, baissait la tête pour inspecter le sol alentour.

Thomas alla le voir.

« On a trouvé une serviette avec du vomi dessus, lui dit Anderberg. Trop tôt pour dire si ça a un rapport. En tout cas, ça ne sent pas la rose, c'est donc assez frais.

— OK.

« — Mais ici, on a quelque chose », dit Anderberg en montrant un bloc isolé à environ un demi-mètre des rochers.

La pierre faisait dans les quatre-vingts centimètres de haut et quarante centimètres de large, un peu pointue à son sommet. Plusieurs taches sombres sur le granit gris.

« Du sang ? demanda Thomas.

— Ça en a tout l'air. »

Thomas se pencha pour examiner la surface.

« Si le gars est tombé, ou a été bousculé, il peut s'être heurté la tempe contre ce rocher, dit-il. Ça expliquerait la plaie à la tempe. Elle est du côté gauche, il devait donc être dos à la mer. »

Thomas se plaça dans la même position et regarda soigneusement autour de lui. Sur sa gauche, il avait la grande maison grise, devant lui la pinède.

« Et ensuite, que se passe-t-il ? » fit-il pensivement.

Il se tourna à nouveau vers Anderberg et répondit lui-même à sa question.

« Le garçon décède, ou reste en tout cas grièvement blessé, peut-être sans connaissance. »

Thomas marcha vers l'arbre touffu. La végétation était aplatie, comme si on avait traîné quelque chose de lourd. La trace menait précisément là où gisait le corps.

« Donc, le meurtrier tire le gamin sous l'arbre pour le cacher.

— On dirait bien, acquiesça Anderberg.

— Cache-t-on le corps, s'il s'agit d'un pur accident ? réfléchit tout haut Thomas. Dans ce cas, on appelle à l'aide, non ?

— À mon avis, dit Anderberg dans son dos, c'est bâclé. Le corps allait être découvert, ce n'était qu'une question de temps. Le meurtrier a entassé des branches pour le couvrir. En deux jours, tout aurait fané, et l'effet camouflage aurait disparu.

— En d'autres termes, ce n'était pas bien préparé.

— Pas vraiment, non.

— Ça montre aussi, dit Thomas, que le meurtrier était pressé à la fois de cacher le cadavre et de quitter les lieux. »

Thomas examina le sol en fronçant les sourcils.

« Pourra-t-on relever des empreintes de pas ?

— Espérons, dit Anderberg, mais les conditions ne sont pas idéales. Je vais faire de mon mieux. »

Staffan Nilsson examinait toujours le garçon, agenouillé de l'autre côté de l'arbre.

« Thomas, viens voir un peu », appela-t-il.

Nilsson avait bougé le corps de façon à rendre visible l'arrière de la tête. Il indiqua une autre plaie qui s'enfonçait un peu plus haut, au-dessus de l'oreille droite.

« Coups multiples, dit-il d'un ton entendu. Le meurtrier s'est donné du mal pour achever sa victime. La blessure à la tempe n'a pas suffi, il l'a aussi frappée avec un objet contondant. »

Nilsson sortit une loupe pour examiner la plaie.

« Celle-là ne vient pas du rocher, j'en mettrais ma main à couper.

— Et ce serait quoi, d'après toi ? » demanda Thomas.

Le technicien hésita.

« Difficile à dire, mais probablement quelque chose d'aplati, une crosse de pistolet, peut-être. »

116

Le regard de Thomas tomba sur un galet de la plage. Il y en avait partout à Sandhamn, de toutes les formes possibles. Beaucoup les utilisaient pour décorer leurs jardins.

« Est-ce que ça peut être un galet gris ordinaire ?

— Pas impossible. »

Thomas regarda en direction de l'eau.

« Je me demande s'il ne l'a pas jeté, après… Moi, en tout cas, c'est ce que j'aurais fait.

— Tu n'as qu'à demander à un des petits jeunes d'ôter ses chaussures et d'aller se tremper les pieds, dit Nilsson. Ça ne peut pas faire de mal de patauger un peu. C'est bien ça qu'on fait, à Sandhamn, on profite du bon air et des bains de mer. »

Il y avait de l'ironie dans les mots de Nilsson, mais il ne releva pas.

« Tu as une idée de l'heure du décès ? demanda Thomas en se relevant.

— Il s'est bien passé dix ou douze heures, peut-être davantage. Le corps est froid. Mais c'est aussi à cause de la température nocturne, tu le sais bien. »

Thomas regarda sa montre, qui indiquait à présent neuf heures moins le quart.

« Hier soir, donc ?

— Probablement, mais il faudra attendre l'avis du légiste si tu veux une indication plus précise. »

Un petit voilier passa en virant de bord. Sa voile battit dans la brise matinale. Le bruit vola jusqu'à eux.

« Pourquoi cacher sa victime ici ? s'interrogea tout haut Thomas.

— Il était peut-être pressé, si c'est à côté du lieu du crime, proposa Nilsson. L'endroit est isolé. »

Thomas tourna la tête.

En descendant, il avait aperçu quelques tentes, mais il constata qu'elles n'étaient plus en vue. Le lieu de la découverte du corps était entièrement à l'abri des regards, sauf depuis la maison de vacances déserte, un peu plus loin.

Pour cacher un cadavre à Skärkarlshamn, il n'y avait probablement pas de meilleur endroit. En tout cas pas si l'on voulait éviter de transporter le corps trop loin.

« La solution la plus simple, en somme.

— On peut sans doute dire ça. »

Thomas se dirigeait vers la maison de vacances grise quand Nilsson le rappela.

« J'ai trouvé quelque chose, viens voir. »

Avec précaution, Nilsson extirpa un téléphone portable du short kaki du mort. C'était un Ericsson, pas le modèle le moins cher.

« Avec ça, tu vas pouvoir l'identifier. »

Thomas soupesa le téléphone.

Qui es-tu ? songea-t-il. D'où viens-tu ?

25

Bien sûr, Simon s'était réveillé quand sa grand-mère avait appelé, mais il était de bonne humeur et avait couru sans rechigner à la boulangerie. Il était bientôt revenu avec des petits pains tout frais et des brioches à la crème.

« Je file chez Fabian », dit-il, la bouche pleine.

Nora était soulagée d'avoir un peu d'air : s'occuper de son fils bavard lui semblait au-dessus de ses forces dans le chaos ambiant.

Elle resta assise à la cuisine avec une brioche et une tasse de café extra-fort, même si ses aigreurs d'estomac lui suggéraient plutôt de renoncer quelque temps au café. Mais ça la sortirait peut-être de sa torpeur. Ses oreilles sifflaient toujours.

Comme d'habitude, elle débarrassa de ses perles de sucre la brioche encore chaude parfumée à la cardamome. Elle avait déjà contrôlé sa glycémie et pris son insuline. Des calories en guise de sommeil, songea-t-elle, mais ce n'était pas des valeurs interchangeables.

Elle entendit des pas dans l'escalier. Au grand étonnement de Nora, Adam se montra sur le seuil. Il était encore bien trop tôt pour son fils, qui n'était pas du matin.

« Bonjour mon chéri, dit-elle en s'efforçant d'avoir l'air gaie. Déjà debout ? »

Pour une fois, il portait un pantalon de pyjama, mais trop court aux chevilles. Il serait grand, comme Henrik.

« C'est qui, dans la chambre de Wilma ? Pourquoi elle n'est pas là ? »

Comment le savait-il ? Nora se souvint alors d'avoir laissé la porte entrouverte, pour être sûre d'entendre si les filles se réveillaient.

« La nuit a été mouvementée, dit-elle, en décidant de lui donner une version édulcorée de la réalité. Felicia et Ebba sont les petites-filles d'amis de grand-mère. Elles dorment à la maison le temps que leurs parents viennent les chercher.

— Elles étaient bourrées ?

— Qu'est-ce qui te fait croire ça ? risqua-t-elle.

— Ça pue, là-dedans, et puis tout le monde est bourré, ici, pour la Saint-Jean. »

Pourquoi prenait-elle encore Adam pour un petit enfant, alors qu'il était tellement évident qu'il était en train de grandir ?

« Et au fait, où est Wilma ? » dit Adam en ouvrant le réfrigérateur.

Nora hésita. Comment faire ? Elle ne voulait pas l'effrayer, mais il était difficile de lui cacher la vérité.

« Wilma n'est pas encore rentrée.

— Aïe, dit Adam en s'asseyant, un pack de lait à la main. Il s'est passé quelque chose ? »

Nora posa sa main sur celle d'Adam.

« J'espère que non. Elle est sûrement allée dormir chez une copine. »

Nora lui proposa la fin de sa brioche. Il l'engloutit et dit : « Alors Jonas doit être drôlement en rogne ?

— Surtout inquiet, je crois. Mais là, il dort, il a passé la nuit à la chercher. Elle va certainement se pointer, quand elle se sera réveillée. »

Adam ricana.

« Tu serais folle, si je faisais pareil.

— Oh oui. » Nora ne put s'empêcher de sourire à son tour. « Je serais folle de peur. Promets-moi de ne jamais faire ça. »

Elle gagna le plan de travail, où attendait le pain frais sur la planche à découper.

« Tu veux une tartine ?

— Mmh. »

Il bâilla bruyamment.

« Au fait, dit Nora. Apparemment, grand-mère et grand-père vont venir aujourd'hui.

— Pourquoi ?

— Ils voulaient vous voir. Ça fait longtemps.

— Mais papa a dit qu'on irait à Ingarö la semaine prochaine, quand on sera avec lui. »

Monica et Harald Linde avaient une maison de campagne sur l'île d'Ingarö, près de Stockholm. Nora y avait enduré un certain nombre de noëls, ces dernières années. C'était une tradition qui ne lui manquait pas.

« Ah bon. Et Marie viendra elle aussi ? »

Pourquoi avait-elle dit ça ? Nora regretta aussitôt. Elle ne voulait pas être la mère qui interrogeait ses enfants sur la nouvelle femme de son ex-mari.

Elle coupa une grosse tranche de pain qu'elle tartina de pâté de foie.

« Je sais pas. »

Adam haussa les épaules, et Nora s'empressa de changer de sujet de conversation.

« Au fait, Wilma t'a parlé de qui elle allait voir hier soir ?

— Non. »

La réponse arriva vite. Trop vite ? Nora posa la tartine et s'assit en face d'Adam.

« Elle t'en a parlé ? Si oui, c'est très important que tu le dises. »

Était-il embarrassé ?

« Sais-tu où elle est ? dit sévèrement Nora.

— Non. » Adam tarda à poursuivre. « Mais je connais un garçon qu'elle aime bien et qu'elle voulait aller voir.

— Qui ?

— Un certain Mattias.

— Comment tu sais ça ? »

Là, il parut gêné.

« Tu sais, hier, elle a passé son temps au téléphone, près du ponton. Tout en parlant, elle n'arrêtait pas de griffonner sur une revue, toujours le même prénom. »

Soudain il eut l'air coupable, comme s'il avait fouiné.

« J'ai vu ça quand tu m'as envoyé ramasser ce qui traînait, se dépêcha-t-il d'expliquer. Elle avait écrit *Mattias* au moins vingt fois sur la couverture.

— Tu connais son nom de famille ?

— Le même que Malena, je suppose, c'est son frangin. »

Nora savait que Wilma devait retrouver Malena, mais pas qu'il y aurait aussi un frère.

« C'est Malena comment ? demanda-t-elle.

— Je n'en sais rien, moi. Cherche sur Internet. »

Malgré tout, c'était rassurant de savoir Wilma avec Malena et son grand frère.

Adam avala la fin de la tartine. Sans un mot, il se leva et quitta la cuisine. Sans ranger derrière lui. Un instant plus tard, Nora entendit la télévision s'allumer dans la pièce voisine.

Elle regarda sa montre. Dans quelques heures, Monica allait débarquer. D'un coup, la visite de sa belle-mère lui sembla au-dessus de ses forces. Il n'y avait plus qu'une seule chose à faire, la situation ne pouvait être pire.

Elle prit son portable et composa le numéro d'Henrik. Quand elle entendit les sonneries, elle regretta, mais il était trop tard.

« Henrik, oui ?

— Salut, c'est Nora.

— Bonjour. » Il avait l'air de bonne humeur. « Comment vas-tu ? Si j'ai bien compris, tu as eu ma mère sur le dos cette nuit.

— C'est peu de le dire. J'héberge deux ados qu'il a fallu aller chercher au poste de police en pleine nuit, je n'ai pas fermé l'œil.

— C'est ma chère maman tout craché. »

Était-ce dit avec humour ? Nora ne reconnaissait pas son ex-mari.

Elle lui fit un bref exposé des événements, mais sans parler de Wilma. Ça ne le regardait pas.

« Mais ce n'est pas le… » Elle allait dire « le pire », mais se ravisa au dernier moment. « … la seule chose que je voulais te dire.

— Je t'écoute.

— Ta mère est en route pour Sandhamn avec ton père. Elle a insisté pour venir me donner un coup de main, et ils comptaient prendre un ferry à Stavsnäs dans quelques heures. »

Pourvu qu'Henrik ne lui fasse pas une scène. Elle n'en aurait pas la force.

« Oups, ce n'est pas exactement ce dont tu as besoin pour le moment. »

Son ton était compréhensif. Ça ne ressemblait pas à Henrik, qui prenait toujours la défense de sa mère.

« Non, convint-elle. Pas exactement. »

Elle se lança.

« Je me demandais si tu n'aurais pas pu lui passer un coup de fil pour la faire changer d'idée. »

Henrik pouffa.

« Ne t'inquiète pas, j'appelle maman tout de suite. Comment vont les garçons ? »

Nora sourit en pensant à ses fils.

« Tout va bien, Simon vient de filer chez Fabian et Adam traîne devant la télé. Tu veux lui parler ?

— Non, ne le dérange pas. Mais salue-les de ma part. Et ne t'inquiète pas pour maman, je vais la convaincre de rester chez elle. »

Nora posa le téléphone sur la table de la cuisine. Le regarda. Henrik avait-il vraiment pris son parti, comme ça, sans autre forme de procès ?

26

Quand Thomas poussa la porte du PC, Jens Sturup y était déjà en compagnie de Staffan Nilsson et Poul Anderberg. Sur la table était posée une assiette de brioches fraîches et la pièce sentait le café. L'horloge marquait presque onze heures.

À l'étage, on entendait les agents qui finissaient de remballer l'équipement qui devait être ramené au commissariat. Le mobile home avait déjà été descendu à l'embarcadère en attente d'un transport.

Comme Thomas s'asseyait, la porte s'ouvrit à nouveau et Adrian Karlsson entra, suivi d'Anna Miller. Derrière eux, un policier à la barbe sombre.

Jens Sturup salua de la tête le policier inconnu.

« Voici Harry Anjou, il va vous rejoindre dès demain à la section d'investigation. Il est en service tournant, il a fini ses six mois chez nous. »

Harry Anjou tendit la main à Thomas.

« Tu nous apportes des informations de première main sur ce qui s'est passé sur l'île ? dit Thomas. On pourra en avoir besoin pour prendre cette affaire par le bon bout. »

Il venait d'apprendre que les parents de la victime étaient en route. Il revit le visage du garçon mort, ses cheveux ébouriffés emmêlés dans la végétation.

En se rendant du lieu du crime au PC, Thomas avait essayé de récapituler. Il régnait à Sandhamn un calme presque irréel, mais il savait d'expérience combien le soir précédent avait dû être agité.

Quelque part, parmi les centaines de bateaux présents, des gens savaient exactement ce qui s'était passé douze heures plus tôt, quand un adolescent avait été assassiné. Mais comment les retrouver avant que les pontons se vident et que tout le monde parte ?

C'était mission impossible.

Thomas fut tiré de ses réflexions par Jens Sturup qui se raclait la gorge. C'était l'heure de commencer la réunion.

« Bon, dit Thomas. Résumons ce que nous avons pour le moment. La victime est probablement Victor Ekengreen, nous avons trouvé un téléphone mobile à ce nom, et l'âge semble correspondre, seize ans.

— Victor, répéta Adrian Karlsson. C'est le prénom de ce petit ami déclaré disparu cette nuit. »

Thomas se tourna vers lui.

« Quoi ?

— Hier soir, on a pris en charge une fille complètement à l'ouest qui avait perdu sa bande de copains. Au bout d'un moment, une copine est arrivée, qui la cherchait. C'est comme ça qu'on a su qui c'était. La fille dont on s'est occupés avait un petit ami nommé Victor. »

Adrian feuilleta son carnet, avant de continuer :

« Le bateau des deux filles est amarré au ponton du Club nautique KSSS. J'y suis passé vers les cinq heures, mais je n'y ai trouvé que deux frères, plus la copine du plus vieux. Le petit ami n'était pas à bord.

— Où sont les filles, à présent ? demanda Thomas.

— Leurs parents se trouvent dans le sud de la Suède, en Scanie, mais ils connaissaient une habitante de l'île, qui s'occupe des deux copines le temps que leurs familles arrivent. »

Que lui avait dit Nora, ce matin ? Thomas fouilla sa mémoire. Quelque chose au sujet de deux jeunes filles qu'elle était allée chercher au poste de police en pleine nuit. Pouvait-il s'agir des deux mêmes ? La coïncidence paraissait invraisemblable.

« Il faut s'assurer qu'aucun membre de la bande de copains ne parte avant qu'on leur ait parlé », dit-il.

Adrian se leva.

« Je descends tout de suite au bateau.

— Très bien, dit Jens Sturup. Prends Anna avec toi, et ramenez ici tous ceux que vous trouverez à bord.

— Il faudra les interroger chacun séparément », compléta Thomas.

Il venait de recevoir un sms l'informant que Margit Grankvist, sa partenaire de la police de Nacka, était en route. D'ici son arrivée, il fallait compter sur les collègues présents sur place.

« Il y a eu une bagarre au couteau sur le port hier soir, des blousons noirs. On ne devrait pas vérifier, vu ce qui s'est passé ?

— C'était quand ? dit Thomas.

— Vers minuit, dit Jens Sturup. Je te fais transmettre le dossier. »

Thomas hocha la tête et nota. Puis il se tourna vers Staffan Nilsson.

« Tu voulais dire quelque chose ?

— Nous avons procédé à un examen technique du lieu de la découverte du corps qui, en l'occurrence, est aussi le lieu du crime. Il apparaît clairement que Victor Ekengreen est mort de plusieurs coups à la tête. La mort est survenue pendant la soirée d'hier, on ne sait pas encore précisément quand. A priori avant vingt-deux heures.

— Où se trouve le corps, à présent ?

— Nous l'avons enlevé de Skärkarlshamn. L'hôtel des Navigateurs a mis un local à notre disposition. La police maritime est prête à le transporter à Stavsnäs, mais autant le garder ici le temps de l'identification, non ? »

Il regarda alentour, comme s'il attendait des protestations, mais comme rien ne venait, il ajouta :

« Je pense bien sûr aux parents d'Ekengreen, pas aux autres ados, je ne cherche pas à traumatiser ces jeunes à vie. »

Nilsson se tourna vers Thomas.

« Tu as bien dit que la famille arrivait ?

— Oui, confirma Thomas. Ils ont une maison sur une île au nord de Sandhamn. Ils devraient être là d'ici une demi-heure.

— Les pauvres », murmura Anderberg.

C'était un homme discret qui approchait la soixantaine. Son crâne dégarni suait.

« Il va falloir contacter tous les voisins pour essayer de trouver des personnes qui auraient vu ou entendu quelque chose, dit Thomas. Il y avait des campeurs dans la forêt, il faut les entendre eux aussi avant qu'ils aient eu le temps de partir.

— Avons-nous des témoins oculaires ? demanda Harry Anjou.

— Pas pour le moment. En plus, le lieu du crime est bien à l'abri des regards. »

Thomas se tourna vers Jens Sturup.

« Tu peux t'occuper des voisins et des campeurs, que quelqu'un aille leur parler et relever les identités ? Il faut que je voie les parents dès leur arrivée. Après, je veux voir les copains du garçon, tous. On peut utiliser ce local ?

— Je m'en occupe, dit Sturup. On va faire exploser le plafond des heures sup, mais on verra ça plus tard. »

Il sourit en coin.

« Il y a un prêtre sur l'île ? dit Thomas en regardant tout autour de la table. Ce serait vraiment bien d'avoir quelqu'un, à l'arrivée des parents.

— Aucune idée, dit Sturup.

— Ça va, dit Thomas. Je peux voir ça avec une connaissance. »

Nora savait peut-être si on pouvait trouver un prêtre. De toute façon, il fallait qu'il se rende à la villa Brand pour parler à la petite amie de Victor et à l'autre fille.

Comme si Nora avait senti que Thomas pensait à elle, son mobile vibra. Un coup d'œil à l'écran :

Tu as du nouveau pour Wilma ?

Wilma n'était pas encore rentrée ? Thomas avait complètement oublié que la fille de Jonas était elle aussi portée disparue.

Y avait-il un lien ?

27

L'homme bronzé qui tenait le volant du gros bateau à moteur portait des lunettes noires de pilote. Thomas le reconnut pourtant aussitôt.

Johan Ekengreen était un des financiers en capital-risque les plus en vue du pays, ancien grand patron. Connu autant pour sa poigne que pour son sens des affaires. Il avait la soixantaine, mais ses cheveux blonds étaient fournis et il semblait solide, malgré le décès qu'on venait de lui annoncer.

Thomas comprit que la disparition tragique de son fils aurait un écho dans la presse. Il n'avait pas compté là-dessus : avant de voir arriver le père, il n'avait pas fait le rapprochement.

Thomas attendit sur le ponton, tandis que deux gardiens du port arborant le blouson rouge du Club nautique aidaient à attacher le Delta 42. Avec des gestes rapides, ils placèrent des bouées entre la coque et le ponton, pour éviter tout battage.

Les puissants moteurs vrombirent une dernière fois avant de s'éteindre.

Johan Ekengreen resta debout au volant, comme s'il se blindait en prévision de ce qui l'attendait. Puis il ôta la clé et se pencha pour lancer quelque chose par la porte de l'habitacle.

Une femme très blonde en jean blanc et top noir apparut sur la dernière marche. Elle portait des lunettes noires, comme son mari. Elle se figea soudain, comme si elle hésitait sur la direction à prendre.

Thomas alla à leur rencontre. Un coup de vent apporta une odeur d'essence de la station-service voisine.

« Thomas Andreasson, dit-il en tendant la main. Inspecteur de police criminelle de Nacka. C'est bien que vous ayez pu venir si vite. »

Johan Ekengreen sauta à terre, puis aida sa femme à quitter le bateau. Quand il salua Thomas, il apparut clairement qu'il n'était plus un jeune homme. Sa peau était flasque sous le menton, et ses mains couvertes de taches.

De près, Madeleine Ekengreen semblait elle aussi plus âgée, mais la différence d'âge entre les époux était d'au moins quinze ans, estima Thomas, sinon davantage. Madeleine Ekengreen renifla et serra le bras de son mari. Elle pencha la tête pour éviter le regard de Thomas, malgré ses lunettes très sombres.

« Vous êtes sûrs que c'est lui ? demanda Johan Ekengreen d'une voix rauque. C'est peut-être une erreur, ça peut arriver, nous ne le prendrons pas mal pour autant. »

Il se passa la main dans les cheveux.

« La police a beaucoup à faire… Et s'il y avait eu une confusion ? continua-t-il. Ce n'est peut-être pas du tout Victor que vous avez trouvé ? C'est possible, n'est-ce pas ? »

La pitié envahit Thomas. Mais il n'y pouvait rien, il fallait qu'il leur demande de l'accompagner reconnaître le corps. Il était souhaitable de le faire au plus vite, pour pouvoir le transporter à l'institut médico-légal de Solna.

Il n'avait pas eu le temps de demander à Nora s'il y avait un prêtre sur l'île, mais Anna Miller devait les rejoindre. Mieux valait être deux, et il appréciait en l'occurrence que ce soit une femme, eu égard à la mère de Victor.

Irrationnellement, il regretta que Margit ne soit pas là. Elle savait bien mieux que lui gérer ce genre de situation. Thomas se sentait toujours mal à l'aise devant le chagrin de ceux qui venaient de perdre un proche. Il avait beau essayer, il ne trouvait jamais les bons mots, il était maladroit et gauche.

Johan Ekengreen semblait attendre que Thomas dise quelque chose.

« Je suis désolé, fit Thomas. Malheureusement, je ne crois pas qu'il y ait erreur. »

Le visage de Johan Ekengreen tressaillit, mais il ne dit rien.

La monture des lunettes noires de Madeleine Ekengreen gouttait. Thomas aurait voulu la réconforter d'une tape sur le bras, mais il ne se résolvait pas à tendre la main.

Au lieu de quoi, il dit : « Suivez-moi, je vous emmène. »

La police avait pu emprunter un des plus petits bungalows de l'hôtel des Navigateurs, resté vide pendant le week-end de la Saint-Jean. Aussitôt achevées les premières constatations, on y avait transporté le corps. Il était dans une housse mortuaire, sur une civière, dans l'entrée du cabanon de pêche rouge.

En arrivant, ils trouvèrent Anna Miller en compagnie d'une femme aux cheveux gris, qui se présenta comme Gunilla Apelkvist, pasteure de la paroisse Oscar, à Stockholm. L'hôtel des Navigateurs l'avait contactée. Certes, elle n'était que de passage, mais elle pouvait bien rester quelques heures pour aider.

Ses longs cheveux gris étaient tenus par un serretête, mais elle n'avait guère plus de cinquante ans, se douta Thomas. Son visage était lisse.

C'était un soulagement de l'avoir.

« Vous sentez-vous prêts ? » dit Thomas. Il se tourna vers Johan Ekengreen. « Voulez-vous me suivre tous les deux, ou préférez-vous être seul… ? »

La question resta en suspens.

Madeleine Ekengreen vacilla. L'aimable pasteure s'avança pour la soutenir par le bras.

« Vous voulez peut-être attendre ici avec moi ? » Elle indiqua un banc, au coin du bâtiment. « Nous pouvons nous asseoir là un moment, vous et moi, le temps de vous ressaisir. Ça vaut sans doute mieux. »

Johan Ekengreen se tourna vers sa femme.

« Vas-y. Reste ici pour l'instant. »

Thomas leur laissa une minute, puis il vit Johan Ekengreen tapoter la joue de sa femme et inspirer à fond. Il fit un signe de tête à Thomas, qui mit la clé dans la serrure et la tourna. La porte s'ouvrit.

Malgré la journée ensoleillée, l'entrée était plongée dans la pénombre. De la forme sombre étendue par terre sur la civière montait une faible odeur. Ou était-ce l'imagination de Thomas ?

Johan Ekengreen hésita sur le pas de la porte, puis franchit le seuil.

Thomas ouvrit la fermeture éclair du sac caoutchouteux. D'un geste digne, il écarta le pan qui couvrait le visage du mort. Puis il fit un pas de côté, pour que le père de Victor puisse s'approcher.

Johan Ekengreen tendit la main pour toucher son fils, mais s'arrêta à mi-chemin. Ses doigts se refermèrent dans le vide, puis il se plia en deux.

Thomas resta en retrait, il ne pouvait rien dire ni faire pour adoucir le désespoir qui emplissait la pièce.

Au bout de quelques secondes, Johan Ekengreen saisit la civière où gisait le corps. Il tomba lourdement à genoux à côté, sa tête tout près du visage sans vie de son fils.

« Victor, chuchota-t-il d'une voix étouffée. Papa est là, maintenant. »

Il se pencha en avant jusqu'à la hauteur des yeux de son fils, si près qu'il le frôlait presque.

D'une main tremblante, il toucha le visage blême, le menton, la bouche, le nez et les joues. Il s'arrêta sur une piqûre de moustique récente, puis ses doigts continuèrent à glisser, comme s'il caressait un nouveau-né sur le point de s'endormir et qu'il fallait apaiser.

Johan Ekengreen tourna la tête vers Thomas avec mille questions dans le regard, avant de revenir à son fils.

« Pourquoi faut-il que ce soit toi ? Pourquoi toi ? » chuchota-t-il en pressant ses lèvres contre le front de Victor.

Puis il s'effondra en larmes. Il pressa son poing fermé contre sa bouche pour tenter de se ressaisir.

Thomas attendait, sans rien dire.

« Il ne faut pas le montrer à Madeleine, lâcha péniblement Johan Ekengreen. Elle ne doit pas le voir comme ça. Promettez-le-moi. »

Thomas hocha la tête.

Johan Ekengreen remarqua la plaie profonde sur la tête de Victor. Incrédule, il effleura les lèvres de la plaie et caressa les cheveux emmêlés où le sang s'était figé. Les filets de sang séché continuaient le long de la joue et de l'oreille dans le col taché de son polo.

Du bout des doigts, il détaillait le coup qui avait pris la vie de son fils.

Ses yeux s'assombrirent. Johan Ekengreen serra si fort les poings que ses phalanges saillirent sous la peau.

« Il va le regretter, souffla-t-il à l'oreille de Victor, si bas que Thomas parvint à peine à saisir ses mots. Je te le promets, Victor. Celui qui t'a fait ça va le regretter. »

Le dos voûté, Johan Ekengreen ressortit au soleil pour faire face à son épouse désespérée.

Madeleine Ekengreen, qui s'était levée d'un bond dès que son mari avait reparu, se mit à crier avant qu'il ait le temps de rien dire.

« Non, non ! » hurla-t-elle en essayant d'entrer.

Comme Johan Ekengreen l'en empêchait, elle le frappa au visage. Sa bague de fiançailles lui griffa la joue, les pierres serties se teintèrent de sang.

« Lâche-moi, il faut que je voie Victor. Je veux le voir. »

Il la retint jusqu'à ce qu'elle cesse de lutter.

Peu à peu vinrent les pleurs, violents et inconsolables. La pasteure tenta de la serrer contre elle. Johan lui aussi pleurait.

Thomas resta en retrait. Je ne sais pas comment on fait, se dit-il.

28

Jonas dormait quand Nora se glissa dans la chambre pour récupérer son ordinateur. Allait-elle le réveiller ? Non, il avait eu une nuit difficile, il valait mieux le laisser dormir.

Il était midi cinq, et Wilma n'était toujours pas rentrée. Thomas n'avait pas donné de nouvelles, malgré les deux sms qu'elle lui avait envoyés.

Ni Felicia ni Ebba ne montraient signe de vie, elles dormaient profondément quand Nora avait jeté un œil à leur chambre. Leurs parents devaient arriver en ferry dans un peu plus de deux heures, à quatorze heures quinze.

Son ordinateur sous le bras, Nora alla à la cuisine, où elle l'alluma. Le modem poussif mit un bon moment à se mettre en route, la couverture réseau dans l'archipel laissait à désirer. Un bip annonça le succès de la connexion.

« Adam ! » cria Nora.

Il était toujours vautré dans le canapé devant la télévision. Mais aujourd'hui, elle n'avait pas le courage de lutter.

« Adam ! répéta-t-elle. Tu peux venir un peu ?

— Quoi ?

— Viens, au lieu de beugler.

— Tu peux parler ! » rétorqua-t-il.

Une minute plus tard, il se montra pourtant à la porte de la cuisine.

« Est-ce que tu es l'ami de Wilma sur Facebook ? » demanda Nora.

Adam secoua la tête.

« Non, pourquoi, je devrais ? »

Nora sentit le découragement la gagner. Son plan pour retrouver Malena et son frère Mattias n'était peut-être pas aussi brillant qu'elle le croyait.

Adam tourna les talons pour regagner son canapé. On entendait au loin le générique de sa série américaine favorite.

« Mais Simon, oui, dit-il par-dessus son épaule, en disparaissant dans le couloir.

— Tu es sûr ? lança-t-elle dans son dos.

— Je crois.

— Attends, Adam, reviens. »

Adam revint, avec la mine de celui qui n'apprécie pas d'être dérangé.

« Quoi, encore ?

— Tu es bien ami de Simon ?

— Ouais, dit-il d'une voix traînante.

— Alors ça va marcher, si tu me rends un service. Il faut qu'on devienne amis sur Facebook. »

Adam eut l'air effrayé.

« Mais enfin, tu es ma mère, je ne peux pas…

— Mon chéri, je sais bien. Ne fais pas ta mauvaise tête. »

Elle l'attira doucement devant l'ordinateur.

« Je te promets de m'effacer dès que j'aurai fini. D'accord ? »

Adam était toujours méfiant.

« Et pourquoi tu veux être mon amie sur Facebook ? »

Nora lui expliqua. Si Adam l'acceptait comme amie, elle aurait accès aux amis de Simon. Dont Wilma. Par ce biais, elle trouverait le nom de famille de Malena.

C'était la seule façon qu'elle avait trouvée pour entrer en contact avec la famille de Malena. Margot aurait peut-être pu l'y aider, mais Jonas n'avait pas réussi à la joindre. Son mobile était éteint depuis hier.

« Bon, d'accord. »

Nora se poussa et Adam composa rapidement son mot de passe avant d'accepter Nora comme amie.

« Voilà. Je peux y aller, maintenant ?

— Oui. Merci beaucoup. »

Nora se pencha sur le clavier. Pourvu que ça marche.

29

Tobias et Christoffer Hökström étaient déjà là quand Thomas arriva au PC. Harry Anjou leur faisait face de l'autre côté de la longue table de réunion.

En voyant Thomas, il vint à sa rencontre.

« L'aîné a vingt ans, dit-il à voix basse en penchant la tête en direction des deux frères. On pourrait peut-être éviter d'avoir à attendre les parents si on les prenait ensemble. »

Les mineurs ne pouvaient pas être interrogés sans la présence d'un adulte responsable. Mais ce n'était pas un vrai interrogatoire, pensa Thomas, plutôt une sorte de conversation.

Il y avait urgence, bientôt tous les fêtards de la Saint-Jean auraient quitté l'île.

Thomas se décida. Il alla les saluer.

« Quelqu'un veut de l'eau, avant qu'on commence ? dit-il en allant faire couler le robinet dans la kitchenette.

— Moi, merci », répondit le plus jeune frère, qui s'était présenté comme Tobbe.

Ses cheveux roux bouclés ressemblaient à une touffe de mousse qu'on lui aurait collée sur la tête. Un bleu récent s'étalait sur sa pommette droite, vers l'oreille.

Qui t'a fait ça ? se demanda Thomas.

Les cheveux du grand frère étaient plutôt ondulés, mais il y avait clairement un air de famille entre eux deux, ils avaient le même genre de menton et les mêmes taches de rousseur sur le nez.

Ils semblaient tous deux bouleversés, comme s'ils n'avaient pas la moindre idée de la raison pour laquelle la police était venue les chercher.

Thomas tendit à Tobbe un gobelet plastique d'eau et tira une chaise.

« Nous devons parler avec vous deux d'un décès survenu hier soir sur l'île. »

Les deux frères le regardèrent, interloqués.

« Quoi ? » dit Christoffer.

Il n'y avait pas moyen d'adoucir la vérité.

« Je dois hélas vous informer que votre camarade Victor Ekengreen a été retrouvé mort.

— Victor, mort ? balbutia Tobbe. Ça va pas, la tête ?

— Désolé, dit Thomas. On a trouvé son corps ce matin.

— Mais on était ensemble hier, protesta l'aîné en se levant. C'est impossible, il était avec nous hier. Vous vous trompez.

— Je suis vraiment désolé, dit Thomas. Tu ne veux pas te rasseoir ? »

Il alla chercher un autre verre d'eau.

« Tiens, dit-il en le lui tendant. Bois un peu. »

Christoffer Hökström prit le verre de la main gauche. Il fixait son frère, désemparé. Tobbe était comme pétrifié, le visage luisant.

Soudain, Tobbe pressa les mains contre son ventre et se pencha au-dessus de la table.

« Qu'est-ce qu'il y a, ça ne va pas ? dit Thomas.

— Non », murmura-t-il, le front contre le bord de la table.

Son visage était vert pâle.

« Tu as envie de vomir ? Tu veux t'allonger ? »

Tobbe secoua la tête et inspira bruyamment.

Après un moment, il dit : « C'est vraiment sûr que c'est Vic... que c'est lui ? »

Sa voix se brisa quand il tenta de prononcer le prénom de son ami.

« Malheureusement, oui, dit Thomas. Ses parents sont venus l'identifier.

— Comment est-il mort ? » dit Christoffer en clignant frénétiquement des yeux, sans parvenir à retenir ses larmes.

Thomas ne voulait pas entrer dans les détails.

« Il s'est blessé à la tête, dit-il juste.

— Il est tombé ? chuchota Tobbe, la tête toujours appuyée sur la table.

— Nous pensons qu'il a été frappé », répondit tout bas Thomas.

Christoffer Hökström hurla.

« Vous voulez dire qu'on l'a assassiné ?

— C'est en tout cas une des hypothèses sur lesquelles nous enquêtons. »

Tobbe se redressa. Il ouvrit la bouche, mais aucun mot n'en sortit. Il parvint finalement à lâcher :

« Vous savez qui a fait ça ?

— Hélas non. C'est pourquoi il est très important de pouvoir vous entendre. Nous allons contacter tous ceux qui étaient en votre compagnie, pour savoir ce que Victor a fait avant de mourir. Nous devons comprendre ce qui s'est passé au cours des dernières heures de sa vie. »

Tobbe sanglota et cacha son visage dans ses mains.

Devrais-je attendre leurs parents ? se demanda Thomas. Non, il n'avait pas le temps.

Il alla chercher quelques mouchoirs en papier qu'il tendit au garçon.

Tobbe en prit un pour se moucher.

« Ça va ? dit alors Thomas. Ce serait bien de pouvoir continuer, mais si tu n'as pas le courage, on fera ça plus tard. »

Harry Anjou fit mine de protester, mais se tut.

Tobbe se moucha à nouveau.

« Ça va », dit-il en déglutissant.

Son frère lui tapota gauchement le bras.

« Quand avez-vous vu Victor pour la dernière fois ? demanda Thomas après un petit moment.

— Hier soir, dit Tobbe.

— Peux-tu être plus précis ? Nous devons reconstituer la dernière journée de Victor. Tous les détails sont importants. »

Tobbe détourna le visage, renifla, puis commença son récit.

Tobbe

Quand Tobbe s'est réveillé sur le bateau, le jour de la Saint-Jean, il était midi passé.

Putain, on va s'éclater ce soir, a-t-il pensé en s'étirant. Il était en sueur, alors qu'il ne portait qu'un caleçon. Mais son sac de couchage était en duvet et le soleil tapait au hublot de la cabine.

Les filles étaient déjà levées et habillées, tandis que Victor paressait sur la couchette arrière.

« Allez, bougez-vous ! » Felicia les appelait depuis le pont arrière. « On va à la boulangerie se taper le petit déj'. Je crève la dalle. »

À leur retour, le port commençait à se remplir de bateaux. Victor et Tobbe ont topé un high-five quand un grand yacht avec des jolies filles en bikini s'est amarré un peu plus loin.

L'après-midi est passé, cool, sur le pont arrière, haut-parleurs allumés. Peu à peu, ils monteraient le volume, passeraient à de la techno plus rapide qui chaufferait l'ambiance. Mais pour le moment, c'était un cocktail parfait de vieux tubes de l'été mêlés à Coldplay et Beyoncé.

Les portables des uns et des autres bipaient de temps en temps, des sms de copains en route pour Sandhamn. La table se couvrait de verres et de bouteilles.

Dans l'après-midi, il était peut-être quatorze heures trente, quelqu'un a appelé depuis le ponton. En levant les yeux, Tobbe a vu trois filles qu'il connaissait du bahut. Elles voulaient se joindre à eux. Elles venaient juste de finir leur quatrième, mais elles étaient drôlement bien gaulées.

Victor a souri en coin aux visiteuses.

« Vous voulez monter ? »

Il les a invitées d'un geste, même si on voyait bien que Felicia était contre. Victor pouvait être assez brutal quand il était bourré.

Les filles ont embarqué et se sont installées, il y avait beaucoup de place sur le pont arrière du gros bateau à moteur. Elles étaient arrivées à l'heure du déjeuner par le ferry, un copain les hébergeait sur l'île.

Ils ont continué à picoler tranquillement, c'était cool de rester comme ça au soleil. Leur bateau était au cœur du chaudron, il y avait du monde partout, comme si tout le port s'était transformé en grand festival, comme sur Gotland, ou mieux encore à Båstad en juillet.

Tobbe a levé son verre et trinqué avec Victor.

Les filles montées à bord passaient surtout leur temps à pouffer. La plus causante, Tessan, était chaude. Elle portait un haut de bikini à fines bretelles et un short en jean à franges.

Il avait bien remarqué qu'elle le matait.

Au bout d'un moment, elle a sorti son paquet de cigarettes et lui en a proposé une. Avait-il du feu ?

Quand il a craqué une allumette, elle est venue à côté de lui. La cigarette fichée entre les lèvres, elle s'est penchée vers la main de Tobbe.

Ses seins se balançaient à chacun de ses mouvements. Comme il lui tendait l'allumette enflammée, elle s'est approchée si près que sa poitrine l'a frôlé.

Victor suivait son manège les yeux mi-clos. Felicia était à côté de lui, il était évident qu'elle n'aimait pas ça.

Tessan a inspiré une bouffée de cigarette et s'est calée au dossier de la banquette en serrant sa cuisse contre celle de Tobbe. Sa peau était chaude et bronzée. Elle a recraché la fumée en lui souriant derrière ses lunettes noires. Comme lui, elle portait une paire d'Aviator.

Assise près de la cabine, Ebba était de plus en plus en colère. Elle jetait des regards furieux à Tobbe.

Même s'ils avaient rompu, il l'aimait toujours bien, mais elle lui faisait la tête. En fait, il ne pensait pas qu'elle viendrait à Sandhamn, mais Felicia avait dû la convaincre, elles faisaient tout ensemble.

Tessan était vraiment à fond, elle le collait et, après avoir écrasé son mégot, elle lui a demandé s'il y avait quelque chose à boire.

Pas de problème. Christoffer avait pris de quoi picoler et, avant de quitter la ville, Tobbe était allé faire ses courses chez le livreur de vodka garé devant son bahut.

En deux temps trois mouvements, Tobbe a attrapé dans la cambuse un Fanta rouge et concocté un sérieux cocktail pour Tessan et lui. Il ne s'est pas donné la peine d'en préparer un à Ebba, elle pouvait bien se débrouiller.

Les heures ont passé, il ne se sentait pas vraiment bourré, plutôt éméché, mais en réalité il avait déjà bien trop bu. En se levant pour aller chercher de quoi se refaire un cocktail, il a dû se tenir à la table, mais il n'est pas tombé.

Au bout d'un moment, Tessan a fini sur ses genoux. Ils se sont un peu embrassés. Il l'a entourée de son bras et un de ses seins s'est pressé contre lui, il était doux, ça l'a un peu excité. La chaleur de son corps le faisait suer du dos, c'était cool d'être assis comme ça avec elle au soleil.

On voyait qu'Ebba était furax de le voir avec Tessan. Elle lâchait des remarques, des vacheries sur les gamines prêtes à tout pour plaire aux mecs plus âgés qu'elles.

Mais putain, ce n'était pas lui qui s'était dérobé ces derniers mois. C'était Ebba qui était devenue bizarre. Si elle ne voulait plus de lui, il y en avait plein d'autres qui étaient intéressées.

Genre Tessan.

Cette idée l'a fait sourire et il a continué à la peloter. Quelque part, il kiffait de faire ça devant Ebba. Tessan était sur la même longueur d'onde, elle commençait elle aussi à être sérieusement bourrée, ce qui ne gâchait rien.

Soudain, Ebba a éclaté.

« Putain, quel porc ! T'es vraiment dégueulasse. »

Tessan n'a rien compris, elle est restée sur les genoux de Tobbe avec de grands yeux.

En un clin d'œil, Ebba a sauté à terre et disparu dans la foule. Felicia a fait mine de courir après elle, mais Victor a tendu le bras pour l'arrêter.

« Laisse-la. Elle est juste dégoûtée parce que Tobbe a pécho. »

Victor lui aussi était bourré. Il avait picolé tout l'après-midi, ses gestes étaient vagues. Il essayait à présent de prendre Felicia sur ses genoux pour la caresser, mais le départ d'Ebba l'avait mise de mauvaise humeur. Elle continuait de la ramener au sujet d'Ebba, et a fini par cracher à Victor d'arrêter de la coller.

« Va chier », a lâché Victor en se poussant.

Il a engagé la conversation avec la copine de Tessan, le dos tourné à Felicia.

Ça commençait à partir en vrille, et Tobbe en avait ras le bol. Quoi, ils étaient là pour faire la fête et se marrer. Pourquoi fallait-il que tout soit toujours aussi compliqué ?

Felicia bouillait. Elle cherchait Victor de plus belle. Il l'a d'abord ignorée, mais ça a bientôt dégénéré en dispute ouverte.

Tobbe avait déjà vu ça.

Victor était devenu susceptible ce printemps, un rien suffisait à le mettre en rage et quand Felicia avait bu, elle aussi partait au quart de tour.

« T'es trop tarée, pauvre conne ! » a crié Victor à Felicia.

Il lui a fait un doigt d'honneur, mais Felicia a répliqué :

« Putain, t'as vraiment un problème ! »

Victor semblait sur le point de la frapper.

« Ta gueule !

— Ta gueule toi-même. »

148

Victor a cogné si fort son verre sur la table qu'il s'est brisé. Il s'est levé et a quitté le bateau.

Felicia s'est alors mise à pleurer.

« Attends, Victor », a-t-elle crié en lui courant après.

Tobbe ne comprenait pas ce qui se passait. Putain, à quoi ça servait, de tout faire foirer comme ça ? Parfois, il ne supportait pas Victor, ni Felicia.

Peu après la dispute, Christoffer est revenu. Il était allé chercher à manger au grill, papa leur avait donné du fric. Quelques potes de Sup de Co étaient arrivés sur leur bateau, ils étaient toute une bande, le frère de Christoffer pouvait très bien venir avec ses copines.

Pourquoi pas ? s'est dit Tobbe.

Les filles étaient partantes et, à vrai dire, il n'avait pas le courage de se soucier des autres. Victor et Felicia devaient être quelque part en train de régler leurs problèmes, et si Ebba boudait dans son coin, tant pis pour elle.

Il a bu une grande gorgée de son cocktail puis, d'un geste décidé, a tourné le visage de Tessan vers lui et s'est mis à lui mordiller les lèvres.

Quand ils ont eu mangé leurs hamburgers, ils ont emporté un peu de quoi picoler et se sont rendus sur l'autre bateau. Il était un peu plus loin, dans l'enceinte du ponton Via Mare. Christoffer avait le code de la grille, ils sont passés sans problème.

Tobbe est resté là jusqu'à ce que la musique cesse à l'hôtel des Navigateurs, et s'est endormi comme une souche aussitôt revenu au bateau.

Puis il a été réveillé par le policier debout dans l'habitacle.

30

Tobbe évitait le regard de Thomas. Il se mit à se ronger l'ongle de l'index. Thomas remarqua que tous ses ongles étaient rognés jusqu'à la racine. Il en restait si peu que les bouts de ses doigts semblaient gonflés autour des moignons rongés.

Tobbe semblait avoir envie d'être ailleurs. L'expression de son visage était à la fois incrédule et malheureuse.

Ils étaient donc cinq jeunes gens venus à Sandhamn fêter la Saint-Jean. En quelques heures, trois d'entre eux étaient partis, et la soirée avait fini en catastrophe.

Tobbe avait poussé son ancienne petite amie à quitter le bateau, désespérée, et à errer toute la soirée. Puis Felicia s'était effondrée sur le port et son petit ami était mort roué de coups sur la plage. Mais les deux frères, en face de lui, semblaient n'avoir rien remarqué ni même s'être demandé ce qui avait pu se passer.

Ils avaient préféré continuer à faire la fête avec leurs nouveaux copains.

Thomas était choqué par leur inconséquence, mais ne dit rien. Harry Anjou était davantage indigné :

« Tu ne t'es pas demandé où tes amis étaient passés ? dit-il d'un ton tranchant. Ou bien tu n'en avais rien à foutre parce que tu étais trop bourré ? »

Tobbe s'affaissa encore sur son siège. Sa voix tremblait :

« J'ai essayé de joindre les autres pour leur dire qu'on traînait avec Christoffer et ses copains, mais personne ne répondait. J'ai envoyé des sms à Victor, mais il n'a jamais répondu. Je n'en avais pas rien à foutre de lui, ni des filles. On est potes, quand même. »

Il avait l'air sur le point de fondre en larmes.

« Comment aurais-je pu savoir qu'il était mort ? dit-il. Je croyais qu'il était avec Felicia, qu'ils allaient revenir plus tard. Je le jure. »

L'ongle de son pouce, ou ce qu'il en restait, disparut dans sa bouche.

« Si je te comprends bien, Ebba, Felicia et Victor ont disparu vers dix-neuf heures le soir de la Saint-Jean, dit Thomas. Vous ne vous êtes à aucun moment demandé s'il leur était arrivé quelque chose ? »

Il adressa un regard interrogatif au frère aîné. À côté de la silhouette frêle de Tobbe, Christoffer Hökström paraissait adulte, avec ses larges épaules et son polo de tennis.

Mais son regard était vide.

Harry Anjou s'adressa à Christoffer.

« Et toi, tu n'aurais pas dû réagir à toutes ces disparitions autour de toi ? Ton frère et ses copines ont tout juste fini le collège. Tu es bien le seul majeur de la bande ? »

C'était au tour de Christoffer de secouer la tête.

« Je n'y ai pas pensé, dit-il, la gorge serrée. Il y avait tant de monde partout en train de faire la fête. Je n'ai pas compris qu'ils avaient disparu. »

Il déglutit plusieurs fois.

« Je veux dire… J'aurais voulu faire plus attention… Mais je pensais qu'ils allaient bien, qu'ils allaient tôt ou tard refaire surface. »

Inutile de culpabiliser davantage les deux frères. Ils s'en chargeaient très bien tout seuls. Thomas se pencha en avant.

« Les gars, dit-il. Il faut essayer de nous aider, maintenant. Aucun de vous deux n'a la moindre idée d'où votre copain a pu se trouver au cours de la soirée ? D'où il a pu aller ?

— Non », dit Tobbe tout en détournant les yeux en douce.

Thomas saisit au vol ce rapide mouvement d'yeux. Tobbe avait-il posé une question silencieuse à son frère ? Ou n'était-ce que le fruit de son imagination ?

Mais avant qu'il ait le temps d'en dire davantage, Harry Anjou revint à la charge.

« Victor devait-il de l'argent à quelqu'un ? Avait-il un différend avec quelqu'un ?

— Je ne crois pas », dit Tobbe.

Thomas regarda à nouveau le bleu sur la joue de Tobbe. Les deux garçons s'étaient-ils battus ?

« Comment t'es-tu fait ce bleu ? » dit-il.

La main de Tobbe se porta vers sa joue presque automatiquement.

« Je suis tombé.

— Comment ?

— J'ai glissé sur un rocher.

— Ah ? » Thomas attendait une suite, mais Tobbe baissa les yeux vers la table sans rien dire.

Anjou perdit patience.

« Mais enfin, tu dois quand même avoir quelque chose à nous dire ? » s'exclama-t-il.

Thomas vit l'adolescent réagir au ton de sa voix. Il adressa à Anjou un regard pour qu'il se calme, inutile de secouer les deux frères plus qu'ils ne l'étaient déjà. Mais Harry Anjou ne sembla pas capter le signal.

« Ton meilleur copain a été assassiné, dit Anjou. Aide-nous, plutôt que de rester là à marmonner. Tu dois bien savoir quelque chose, non ? »

Tobbe se prit à nouveau le ventre. Thomas décida qu'il était temps d'arrêter.

« Vous pouvez y aller, dit-il, mais je veux que vous restiez sur l'île aujourd'hui, au cas où nous aurions d'autres questions à vous poser. »

Christoffer se leva. Comme son frère ne bougeait pas, recroquevillé sur son siège, il le secoua.

« Allez, viens. »

Tobbe le suivit en silence vers la porte. Mais au moment de sortir, il se retourna et lança à Thomas un regard suppliant.

« Vous êtes vraiment sûr qu'il a été assassiné ? »

31

« Qu'est-ce que tu fais ? »

La voix de Jonas suprit Nora. Elle sursauta devant son ordinateur posé sur la table de la cuisine. Il était dans l'embrasure de la porte, les cheveux ébouriffés. Ses yeux n'étaient que de petites fentes.

« Tu es levé ? dit-elle.

— Il y a longtemps que tu aurais dû me réveiller, dit Jonas, sans conviction. Wilma n'est toujours pas rentrée, hein ?

— Non, malheureusement, je te l'aurais dit tout de suite. »

Nora désigna la cafetière.

« Je viens d'en faire, et il y a du pain frais. Tu devrais manger quelque chose. »

Nora s'entendit lui parler comme elle le faisait à ses fils. Elle changea de ton.

« J'essaie de trouver le nom de famille des copains de Wilma, pour pouvoir les contacter. On pourra peut-être la trouver de cette façon. »

Elle montra l'écran de son ordinateur, et Jonas s'assit à côté d'elle.

Nora promena sa souris sur l'écran. Après plusieurs clics apparut le visage souriant de Wilma. Jonas sursauta en voyant sa fille.

D'un geste vif, Nora ouvrit la rubrique *amis*, juste sous la photo de Wilma. Elle en avait plusieurs centaines.

Une liste de tous ses amis avec leur photo s'afficha, classée par ordre alphabétique des prénoms. Nora la fit défiler jusqu'à la lettre M.

M comme Malena et Mattias.

La photo carrée d'une fille brune apparut.

« La voilà, dit Nora. Wassberg, c'est le nom de famille de Malena. Et son grand frère est... » Elle fit défiler encore un peu. « Ici. »

Elle cliqua sur la photo d'un garçon de dix-sept ans et, immédiatement, le profil Facebook de Mattias Wassberg s'afficha.

On y apprenait qu'il jouait au basket et venait de finir sa première à l'Östra Real, un lycée du centre-ville de Stockholm. Il avait lui aussi des centaines d'amis et aimait la musique de groupes dont Nora n'avait jamais entendu parler.

Il avait de l'allure, elle devait l'admettre, même si une lueur dans son regard indiquait qu'il était conscient de son apparence. Même Nora pouvait comprendre qu'il était cool, à la manière d'un ado.

Était-ce ce qui avait rendu Wilma si amoureuse ?

Il avait dix-sept ans et Wilma seulement quatorze. Trois ans, c'était une grande différence à cet âge, songea-t-elle, sentant l'inquiétude lui nouer le ventre.

« Tu reconnais quelqu'un parmi ses amis ? demanda-t-elle à Jonas.

— Non, il n'y a aucun de ses anciens camarades. »
Il se gratta le menton. « Autrefois, je connaissais la plupart de ceux qu'elle fréquentait, leurs parents aussi. Mais tout a changé quand elle a commencé le collège. C'est autre chose. Beaucoup moins de contacts avec sa classe et les familles. »

Nora ouvrit une nouvelle fenêtre, se connecta aux Pages Blanches et entra rapidement *Malena Wassberg*.

Rien.

Elle essaya *Mattias Wassberg*, et obtint une vingtaine de personnes, dont quatre domiciliées dans la région de Stockholm.

« Bingo », fit Jonas.

Il alla se servir une tasse de café.

« Tu en veux ?

— Non, merci. J'en ai déjà trop englouti. Je vais avoir un ulcère à l'estomac si j'en bois encore aujourd'hui. »

Nora attrapa son téléphone.

« On essaie ? »

Sans attendre sa réponse, elle composa le premier numéro de la liste. Puis elle brancha la fonction haut-parleur, pour que Jonas entende lui aussi.

Après les sonneries, ils tombèrent sur un répondeur : « Bonjour, c'est Mattias, laissez votre nom et un numéro de téléphone, je vous rappellerai dès que possible. »

« C'est la voix d'un homme d'âge mûr, dit Jonas. Pas d'un jeune. »

Par acquit de conscience, Nora enregistra un message lui demandant de la rappeler.

Le Mattias Wassberg suivant s'avéra un père de famille qui tomba complètement des nues quand elle l'interrogea au sujet de Wilma Sköld. Elle s'excusa poliment et raccrocha.

« Il nous en reste deux », dit-elle à Jonas, resté près de la cafetière.

Elle composa le troisième numéro. Les sonneries se succédèrent, pas de réponse. Nora attendait une boîte vocale, mais la communication fut coupée.

« Bizarre, dit-elle. Je réessaie ?

— Vas-y. »

Elle pressa la touche *rappeler*, plusieurs sonneries retentirent. Au moment où elle pensait la communication sur le point d'être de nouveau coupée, quelqu'un répondit.

C'était un jeune homme. À sa voix, il semblait mal réveillé.

« Allô, ici Mattias. »

On entendait quelque chose à l'arrière-plan. Des oiseaux ? On aurait dit des mouettes. Si c'était dans l'archipel, c'était peut-être la bonne personne.

Nora se présenta succinctement.

« Je voudrais savoir si vous connaissez une jeune fille qui s'appelle Wilma, Wilma Sköld ? J'essaie de savoir où elle est passée.

— Wilma ? Aucune idée. »

Après un silence, un clic, il avait raccroché.

Nora fixa son téléphone. C'était désespérant. Un instant, elle avait cru avoir trouvé le bon Mattias Wassberg.

Lentement, elle composa le dernier numéro.

Après deux sonneries un homme âgé répondit, sa voix chevrotait un peu.

« Ici Wassberg. »

Nora soupira.

« Pardon, dit-elle seulement. Faux numéro. »

Jonas se tourna pour poser sa tasse de café sur le plan de travail, mais elle atterrit en déséquilibre sur le bord, tomba et se brisa à terre.

« Mais putain ! éclata-t-il. Et merde ! »

Nora rabattit l'écran de son ordinateur et se leva.

« Maintenant, je vais au PC chercher Thomas, dit-elle. Il est temps que la police fasse quelque chose. »

32

Thomas et Harry Anjou étaient restés au PC après le départ des frères Hökström. C'était l'heure du déjeuner.

« Ces gamins se donnent un genre innocent, dit Anjou. Mais on flaire de loin les enfants gâtés. Pour se bourrer la gueule dans le bateau de papa, ils sont forts, mais quand il s'agit de faire un effort pour aider la police, il n'y a plus personne. »

Il se frotta les yeux et s'étira.

« Tiens, rien que ce bleu qu'a le rouquin. Ça ne m'étonnerait pas qu'il se soit battu avec Ekengreen.

— Tu veux dire, une bagarre qui aurait mal tourné ? » dit Thomas.

Anjou haussa les épaules.

« Les ados bourrés font des conneries. Tu l'as bien entendu : ils ont passé la journée à picoler. Peut-être qu'ils ont fumé ensemble le soir, qu'est-ce que j'en sais ? Pour le moment, il est le seul à affirmer que son copain s'est barré et qu'il ne l'a plus revu, et nous sommes priés de le croire sur parole. »

La porte s'ouvrit. Adrian Karlsson franchit le seuil.

« Je viens vous dire de la part de Jens que deux patrouilles sont sur le port en train de faire du "porte à porte". »

Il forma les guillemets en l'air.

« Ou comment dire quand on fait le tour d'un ponton pour parler aux propriétaires de tous les bateaux ? Des hommes vont arriver d'ici une demi-heure pour relever les gars sur la scène de crime. Jens dit que tu peux l'appeler si tu as besoin d'autre chose.

— Merci, dit Thomas. Comme ça je sais.

— Nous, on file, dit Adrian, mais les autres sont là pour la journée. »

Il étouffa un bâillement et Thomas réalisa qu'il devait être debout depuis plus de vingt-quatre heures. D'ailleurs, Harry lui aussi n'arrêtait pas de se frotter les yeux.

Le week-end de la Saint-Jean avait été très long.

« Tu rentres en ville toi aussi, ou tu restes ? » demanda Adrian à Anjou.

Anjou semblait partagé entre sens du devoir et épuisement. Il tarda à répondre, et Thomas le précéda :

« Tu n'as pas fermé l'œil de la nuit, dit-il à Harry. Rentre dormir quelques heures, on se retrouve demain matin à Nacka. »

Autant éviter de l'épuiser avant même qu'il ait commencé son service à la section investigation.

Thomas jeta un œil à sa montre et vit que Margit allait incessamment arriver sur l'île. Dès qu'elle serait là, il voulait aller chez Nora parler à la petite amie de Victor et à l'autre fille, Ebba.

Il se leva et s'étira le dos.

« Je vous accompagne à l'embarcadère, il faut de toute façon que j'aille chercher ma collègue au ferry dans quelques minutes. »

Il allait enfoncer la poignée quand la sonnette retentit. En ouvrant, il se trouva nez à nez avec Nora. Elle était pâle, ses cheveux attachés en queue-de-cheval et son T-shirt rentré dans un short délavé.

« Thomas, s'exclama-t-elle en lui saisissant le bras. Wilma n'est toujours pas rentrée. Nous avons tenté de retrouver Mattias Wassberg, un garçon qu'elle devait probablement retrouver hier soir, mais nous n'arrivons pas à le joindre. Maintenant, vous devez faire quelque chose, voilà bientôt douze heures qu'elle devrait être à la maison. »

Nora fit un pas et s'aperçut de la présence des autres policiers.

« Oh, pardon », dit-elle, gênée.

Visiblement, elle n'avait pas pensé trouver d'autres personnes dans la pièce.

Adrian la salua de la main.

« Nous nous sommes vus cette nuit, quand vous êtes venue chercher les filles.

— Ah oui. Pardon, je ne vous avais pas reconnu. »

Elle tendit la main pour le saluer, lui et Harry Anjou.

« Ça fait un peu beaucoup, ces dernières heures, dit-elle. La fille de mon compagnon a disparu, nous n'arrivons pas à la retrouver.

— J'allais justement chez toi, dit Thomas.

— Pourquoi ? »

La peur apparut à nouveau dans ses yeux, et Thomas vit qu'elle l'avait mal compris.

« Ça n'a rien à voir avec Wilma, tenta-t-il. Je crois toujours qu'elle cuve quelque part.

— Vous n'imaginez pas comme c'est fréquent, dit Harry Anjou à Nora. Vous n'êtes pas le premier parent à venir nous voir ce week-end.

— Mais il s'est passé quelque chose cette nuit, reprit Thomas. Il faut que je puisse parler à Ebba et Felicia dès que possible.

— Quoi ? C'est grave ? » dit Nora.

Sa voix se brisait. Thomas comprit qu'il ne l'avait pas du tout rassurée. Il lui avança une chaise et s'assit à côté d'elle.

« Évite de répandre le bruit dans le village, mais il y a eu un décès. Un ado a été retrouvé mort ce matin à Skärkarlshamn. »

Nora poussa un cri d'effroi et porta la main à sa bouche.

« Il semble s'agir du petit ami de Felicia Grimstad, c'est pour ça que je me rendais chez toi. Nous devons lui parler, tu le comprendras sans mal. »

Le visage de Nora était livide.

« Ça va ? s'inquiéta Thomas.

— Tu es certain que ça n'a rien à voir avec Wilma ? Et s'il lui était arrivé quelque chose à elle aussi… »

Ces derniers mots disparurent dans un sanglot.

Thomas comprit qu'il n'avait fait qu'empirer les choses avec ses confidences, mais il n'y avait rien à ajouter. Il ne pouvait que se fier à son instinct, qui lui disait que Wilma allait bien.

Adrian Karlsson se leva. Il saisit un sac de voyage noir dans un coin de la kitchenette.

« Il faut qu'on y aille. »

Anjou salua Thomas de la tête et suivit Adrian dehors.

Thomas se leva.

« Ce serait bien si on pouvait aller chez toi, dit-il à Nora. Le bateau de Margit arrive d'une minute à l'autre, elle va venir avec nous. »

Il l'encouragea d'une tape sur l'épaule.

« Au fait, où est Jonas ?

— Resté à la maison. Il essaie d'appeler les autres camarades de Wilma, pour tenter d'avoir des nouvelles. J'espère vraiment que tu as raison... »

Sa voix était mal assurée.

J'espère aussi, pensa Thomas.

33

Margit débarqua la première. Ses cheveux courts semblaient plus rouges que d'habitude au grand soleil. Elle salua de loin Thomas et Nora, un peu à l'écart de la foule qui se pressait devant la passerelle.

« Bonjour Nora, dit Margit en les rejoignant. Si je comprends bien, vous voilà vous aussi mêlée à cette affaire. Quelle triste histoire, c'est toujours dur quand il s'agit de jeunes. »

Nora opina en silence. Elle avait plusieurs fois rencontré Margit et savait combien Thomas appréciait sa collègue et son franc-parler.

Ils se dirigèrent vers la villa Brand, tandis que Thomas résumait à voix basse pour Margit les événements de la matinée.

Des bribes de la conversation parvenaient à Nora, qui marchait quelques pas devant. Sa boule au ventre grandissait. Comment Thomas pouvait-il être aussi certain qu'il n'était rien arrivé à Wilma ? Et s'il se trompait, qu'elle était mêlée à ce qui s'était passé ?

Ils obliquèrent au niveau de l'auberge et s'engagèrent dans l'étroite ruelle qui passait devant la Roche des Enfants, un monticule avec une rigole où des milliers d'enfants avaient usé leurs fonds de culotte. Sa surface était lisse. Quand ils passèrent, quelques bambins s'en donnaient à cœur joie.

Leurs cris joyeux augmentèrent le malaise de Nora, le contraste était trop fort. Elle ralentit le pas pour revenir à la hauteur de Thomas et Margit, et essaya de penser à autre chose. Bientôt, ils arrivèrent à la villa Brand.

Jonas était à la cuisine quand Nora ouvrit. Il se précipita dans le vestibule en les entendant. Nora vit d'emblée sa réaction à la présence de Thomas et Margit : la même peur que celle qu'elle avait ressentie quand Thomas lui avait parlé du décès de la nuit.

Elle se dépêcha de le rassurer.

« Ça ne concerne en rien Wilma. Thomas et Margit sont là pour parler avec les filles de tout autre chose. »

Thomas serra la main de Jonas et lui donna une tape amicale sur l'épaule. Ils s'étaient rencontrés plusieurs fois pendant l'hiver mais pas depuis la naissance d'Elin. De fait, Nora et Thomas ne s'étaient parlé qu'au téléphone ces derniers mois. Il y aurait plein d'autres occasions cet été, avait pensé Nora, quand le bébé aurait grandi et qu'ils auraient pris leurs marques.

Elle n'aurait pas imaginé le revoir dans de telles circonstances.

Sans remarquer les réflexions où était plongée Nora, Thomas se tourna vers Jonas.

« Je disais à l'instant à Nora que Wilma s'est sans doute endormie quelque part. Sachez qu'il y a partout des adolescents avec la gueule de bois, aujourd'hui. »

Jonas sembla se détendre, Nora fut soulagée de voir se dissiper un peu de son inquiétude.

« Elle aurait dû être de retour à une heure du matin, dit-il. Maudite gamine. Mais j'espère que tu as raison et qu'elle va bientôt rentrer la queue entre les jambes. Tu parles qu'après ça, elle va faire une croix sur son argent de poche pendant plusieurs années. »

Un sourire pâle, mais c'était un début.

Une voix vive sur la véranda les fit se retourner.

« Maman, c'est toi ? Je peux aller acheter une glace avec Fabian ? »

C'était Simon. Thomas répondit à la place de Nora.

« La vente de glaces aux petits garçons n'est pas interdite, de nos jours ? Je croyais que la police l'avait décidé.

— Thomas ? »

Simon apparut et rejoignit son parrain, qui l'embrassa chaleureusement. Thomas sortit son portefeuille de sa poche arrière.

« Laisse-moi faire, dit-il en sortant un billet de cent.

— Je peux acheter des glaces pour tout le monde ? dit Simon, ravi.

— Tu peux aussi inviter ton frère.

— Merci beaucoup, beaucoup. »

Il lorgna vers Nora, comme s'il n'était pas certain d'avoir le droit de prendre l'argent, mais elle leva le pouce. Simon prit gaiement le billet et détala.

« Tu le gâtes », dit Nora.

Thomas s'excusa d'un haussement d'épaules, sans avoir l'air de rien regretter.

Margit se racla la gorge.

« On va parler aux filles ? »

Il se tourna vers Nora.

« On pourrait se mettre sur la véranda, si ça te va ?

— Bien sûr. Mais elles dorment encore. Tu veux que je les réveille ?

— Ce serait bien. »

Thomas va bientôt leur raconter ce qui s'est passé, songea Nora en montant vers la chambre d'amis. Les prochaines heures vont être difficiles pour elles.

Elle s'arrêta sur la dernière marche, une pensée la glaça : à moins qu'elles ne soient déjà au courant.

34

Quand Nora ouvrit la porte de la chambre d'amis, Ebba était déjà réveillée. Elle fixait le plafond, étendue sur le dos. Felicia dormait, la couette remontée sur la tête, on ne voyait que les marguerites de la housse et quelques cheveux qui dépassaient.

Le soleil brillait à travers le store léger qui ne faisait pas grand obstacle à la lumière. Dehors retentit la sirène d'un ferry qui s'apprêtait à s'engager dans la passe.

Ebba sursauta à la vue de Nora.

« Comment ça va ? » demanda celle-ci en s'asseyant au bord du lit.

La fille paraissait encore déboussolée, et Nora aurait aimé la réconforter. Elle allait bientôt recevoir une nouvelle qui la bouleverserait encore davantage.

« Tu as faim ? dit Nora.

— Un peu. »

Ebba s'assit dans le lit.

« Tu veux quelque chose ?

— Oui, merci. »

Elle essaya visiblement de sourire.

« Quelle heure est-il ? » demanda Ebba au bout d'un petit moment.

Nora jeta un œil à son poignet.

« Bientôt quatorze heures.

— Si tard ?

— Oui. Ta maman arrive dans trois quarts d'heure environ. Les parents de Felicia sont en route aussi, ils devaient prendre le même ferry. »

Ebba baissa les yeux vers la couette.

« Ils sont fâchés contre nous ? » dit-elle tout bas.

Nora tendit la main et tapota le bras de la fille.

« Ils doivent surtout être soulagés qu'il ne vous soit rien arrivé. À ta place, je ne m'inquiéterais pas trop. »

Ebba se tortillait sur place. Comment Nora allait-elle continuer ?

« Il faut réveiller Felicia, dit-elle doucement. La police est là, ils doivent vous parler.

— La police ? Pourquoi ? »

Une expression d'effroi passa dans le regard d'Ebba.

« Il vaut mieux qu'ils vous le disent eux-mêmes. Mais ce serait bien si tu pouvais t'habiller et descendre dès que possible, deux policiers attendent au rez-de-chaussée. »

Nora se leva et lui montra une pile de serviettes qu'elle avait apportée.

« Si tu veux faire ta toilette, la salle de bains est juste en face. J'ai sorti des brosses à dents pour Felicia et toi. »

Nora tourna les talons pour s'en aller. Un murmure derrière son dos la fit s'arrêter.

« Merci, vous êtes si gentille. »

Une fois revenue à la cuisine, Nora sortit quelques brioches pour Thomas et Margit. Elle prépara un plateau avec des tasses à café, l'assiette de brioches et deux tartines au fromage pour Ebba.

Les tâches quotidiennes la calmaient, c'était un soulagement de faire du café plutôt que de s'inquiéter pour Wilma.

Nora se sentait à bout. L'inquiétude pour Wilma la minait, sa maison était pleine de gens dont elle devait d'une façon ou d'une autre s'occuper. Il fallait qu'elle se concentre sur une chose à la fois, sans quoi elle allait perdre pied.

Adam avait été envoyé au village à la recherche de Wilma, et Jonas était monté dans la chambre pour essayer de joindre les amis de sa fille. Quand elle avait glissé un œil, en passant, il avait le visage fermé, et elle s'était retirée sans le déranger.

Nora savait que ce n'était pas le moment de revenir à la charge auprès de Thomas, il avait assez à faire avec cette enquête.

Elle avait l'impression d'être dans un asile de fous et avait peine à concevoir que c'était sa voix qui avait parlé d'un ton si calme et posé à Ebba.

Avec des gestes mécaniques, elle essuya l'évier. Une chose à la fois, pensa-t-elle en essorant le chiffon avant de le mettre à sécher sur le robinet. Puis elle s'essuya les mains sur un torchon rouge et blanc qui datait du temps de tante Signe. Il portait ses initiales : *SB*.

Thomas et Margit allaient commencer avec Ebba. Pendant ce temps, Nora entreprendrait de lever Felicia. La fille avait besoin de se doucher et de s'habiller, ses parents allaient arriver. Nora avait promis de les attendre au débarcadère.

Il fallait qu'elle tienne le coup encore un peu.

35

Felicia vomissait dans la salle de bains, Nora l'entendait distinctement. Que faire ? La laisser tranquille ou entrer pour essayer de l'aider ?

Un dernier hoquet, puis le bruit de la chasse d'eau.

« Comment ça va ? dit Nora à travers la porte.

— Je suis bientôt prête, lui répondit-on faiblement.

— D'accord, n'hésite pas à demander si tu as besoin de quelque chose. »

Nora attendit un peu mais, quand elle entendit la douche se mettre à couler, elle redescendit à la cuisine.

Un murmure sourd passait par la porte de la véranda, sans qu'il soit possible d'entendre ce qui se disait. Nora crut percevoir un sanglot d'Ebba.

Comment en était-on arrivé là ? Comment un garçon de seize ans pouvait-il finir mort sur une plage, tandis que sa petite amie était retrouvée ivre, à la limite du coma ?

Nora se souvint de ce qu'elle avait ressenti, la première fois qu'elle avait tenu Adam dans ses bras. Son petit visage rouge. Rouge et fripé. Ses traits qui s'étaient peu à peu lissés quand il avait cherché le sein pour téter. Je vais m'occuper de toi, avait-elle alors promis. Tu es en sécurité avec moi.

La maman de Victor Ekengreen avait-elle formulé la même promesse ?

Les yeux de Nora se mouillèrent et elle appuya sa tête contre la porte fraîche du réfrigérateur.

Des pas retentirent dans l'escalier. Nora ouvrit le réfrigérateur et fit semblant d'y chercher quelque chose pour qu'on ne voie pas qu'elle venait de pleurer.

Felicia apparut dans l'embrasure de la porte.

« Viens, je vais te donner quelque chose à manger », dit Nora en déglutissant.

Elle se retourna pour poser l'assiette de tartines et, dans sa hâte, manqua de renverser le petit vase de fleurs jaunes et blanches que Simon lui avait cueillies la veille de la Saint-Jean.

C'était seulement deux jours plus tôt, mais cela semblait à des années-lumière.

« Tu veux un peu de thé ? dit-elle à Felicia. Ou peut-être plutôt un chocolat chaud, si tu es patraque ?

— Du thé, ça ira. »

Felicia s'assit précautionneusement tout au bord de la chaise. Nora lui avait à elle aussi prêté un T-shirt, dont la vive couleur ne faisait que souligner son visage blême.

Felicia regarda d'un air dégoûté les tartines de pâté de foie aux cornichons.

« Je ne sais pas si je peux manger, dit-elle. Je ne me sens pas très bien.

— Pas de problème, dit Nora. Mais tu devrais quand même essayer de prendre quelque chose, on se sent toujours mieux le ventre plein. »

On croirait entendre ma mère, pensa-t-elle.

Felicia avala une minuscule bouchée, puis reposa la tartine.

« Maman et papa doivent être super fâchés. » Sa lèvre inférieure tremblait. « Je leur avais dit que j'allais fêter la Saint-Jean avec Ebba dans sa maison de campagne. Elle avait fait pareil.

— Ça va s'arranger, tu verras », dit Nora, qui se demanda combien de fois elle avait rabâché cette formule usée ces douze dernières heures.

Elle versa du lait et du sucre dans un mug brun sombre en céramique, y plaça un sachet de thé et le remplit d'eau brûlante.

« Tiens, un peu de thé. Goûtes-y, au moins.

— Merci. »

Une ébauche de fossette apparut sur le visage de Felicia, qui demeurait triste. Elle continua à tripoter les tartines, sans rien manger. Au bout d'un moment, elle demanda timidement :

« Excusez-moi, mais savez-vous où sont nos copains ? Victor et Tobbe ? Savent-ils que nous avons dormi chez vous cette nuit ? »

Nora fut sauvée par un appel de Jonas, au premier étage. Elle se leva en hâte, soulagée d'être dispensée de répondre.

« Reste là et mange, je reviens tout de suite. »

Elle monta l'escalier quatre à quatre. Dans la chambre, Jonas lui brandit son portable pour lui montrer l'écran.

« Ça vient d'arriver de Wilma. »

Nora lut. C'était un message d'un seul mot.

Pardon.

« Ah, mon Dieu ! Ouf. »

Nora réalisa qu'elle avait craint le pire, sans se l'avouer.

Les traits de Jonas étaient tendus, mais il inspira profondément.

« Oui, Dieu soit loué. »

Il se laissa tomber sur le lit défait, adossé au mur. Nora s'assit à côté et se blottit contre lui.

Jonas finit par murmurer, comme pour lui-même : « Mais où est-elle donc passée ? »

36

Quand Ebba eut salué Thomas et Margit, elle s'assit dans un des fauteuils en rotin. Thomas lui indiqua l'assiette de tartines.

« Tu n'en manges pas ? C'est pour toi. »

Elle regarda l'assiette à la dérobée. Sans rien dire, elle prit une des tartines et en mangea une bouchée. Puis elle attrapa le mug de thé que Nora lui avait préparé et but quelques gorgées. Toujours en silence, elle le posa et revint à la tartine.

Margit et Thomas la laissèrent manger à son rythme, sans se presser. Il était important de ne pas la braquer. Quand le visage d'Ebba eut retrouvé quelques couleurs, Thomas demanda d'une voix amicale :

« Nous aimerions que tu nous racontes ce qui s'est passé hier soir, avant que tu n'ailles à la police. »

Le sweat-shirt que Nora avait prêté à Ebba était légèrement trop grand, les manches couvraient ses poings. Malgré ça, elle semblait gelée.

« J'ai déjà tout dit à l'autre policier, dit-elle. Celui dans le mobile home, qui a trouvé Felicia sur le port.

— Nous aimerions bien que tu nous le racontes à nous aussi, dit Thomas. Pour que nous puissions nous faire notre propre idée. »

Ebba ne protesta pas davantage. Mais elle tint le mug devant elle, comme pour se cacher derrière.

Devant la grande baie de la véranda, les bateaux de plaisance qui rentraient vers la terre ferme passaient en flot continu.

« Commence par le début, dit calmement Margit. Essaie d'être aussi précise que possible. C'est important de ne rien oublier. »

La fille se mordit la lèvre inférieure, comme si elle avait peur de poser une question.

« Au fait, dit-elle. Vous avez retrouvé nos copains ? »

Elle s'interrompit, hésita, mais poursuivit : « Tobbe, le rouquin, vous savez où il est ? »

Cette question était chargée d'espoir.

Thomas et Margit échangèrent un regard.

« Oui, dit Thomas. Mais écoutons d'abord ce que tu as à nous raconter, on verra ça après. »

Le sourire d'Ebba se fana.

« Que s'est-il passé hier soir ? » dit Margit.

Ebba

Ebba ne savait pas que quelque chose pouvait faire si mal quand Tessan s'est assise sur les genoux de Tobbe. C'était pire que lorsqu'elle avait entendu parler de divorce, à dix ans, quand son père avait annoncé qu'il allait partir. Elle avait alors eu l'impression de ne plus exister, d'être un dessin qu'on chiffonne parce qu'on n'est pas satisfait du résultat.

Cette fois-là, son père l'avait prise sur ses genoux et lui avait promis que sa petite sœur et elle seraient toujours aussi importantes, c'était juste que maman et lui ne s'aimaient plus. Il l'avait serrée fort dans ses bras et elle avait fini par oser croire qu'il disait la vérité.

Papa avait tenu sa promesse, mais à présent, personne ne pouvait la consoler.

Ebba se reconnaissait si bien en Tobbe : parents divorcés, pères remariés, nouvelles familles. Mais sa frangine et elle habitaient chez leur père une semaine sur deux, il ne s'était pas barré comme celui de Tobbe.

Tobbe ne parlait jamais du divorce, sauf à travers des remarques qui lui échappaient parfois, du genre : enfant du divorce et rouquin, il était décidément mal barré.

Il ricanait toujours en disant ça, moitié pour rire, moitié sérieux, mais elle savait qu'il y avait un fond d'amertume.

Tobbe et elle avaient un peu flirté au printemps de la quatrième, mais elle le lorgnait depuis beaucoup plus longtemps.

Avant lui, elle n'avait pas eu de vraie histoire, rien que des trucs courts dans des fêtes. Mais Tobbe avait quelque chose de spécial qui avait éveillé son intérêt. Il était si drôle, impossible de garder son sérieux en sa compagnie.

Après les grandes vacances, ils étaient sortis ensemble.

La troisième avait été à bien des égards une année difficile, mais Ebba se réveillait chaque matin avec une impatience dans tout le corps. Même si Tobbe était fou, elle aimait son entrain et se laissait gagner par son insouciance. Quand il la regardait, elle avait chaud au cœur, c'était la première fois, comme ça, pour de bon.

Puis était arrivé le soir où Victor et Felicia étaient sortis ensemble. Ils s'observaient depuis un bon bout de temps, Felicia ne parlait de rien d'autre que du meilleur ami de Tobbe. Combien il était mignon, sexy.

Les parents de Victor étaient à Paris, il avait toute la maison pour lui. Tout le monde était d'humeur à faire la fête, le sac à dos de Tobbe tintait et, aussitôt chez Victor, il l'avait montré.

« J'ai prévu du bon matos. »

Ses cheveux roux étaient domptés avec du gel. Avec un grand sourire, il avait embrassé Ebba sur la bouche et s'était débarrassé de son blouson. Ils étaient allés dans le séjour s'installer dans le canapé en cuir blanc.

« Tu peux préparer à boire ? » avait-il dit à Victor.

Felicia avait bondi.

« Je peux donner un coup de main, porter le plateau. »

Tobbe avait adressé un clin d'œil à Ebba en voyant Victor disparaître à la cuisine avec Felicia dans son sillage. Il leur avait fallu plus d'une demi-heure pour revenir avec quelques verres et deux saladiers de chips.

Un peu plus tard, la musique retentissait au rez-de-chaussée, il y avait du monde partout. C'était la première fois, mais pas la dernière, qu'Ebba voyait Victor se déchaîner : il était comme transformé, riait comme un fou et pelotait Felicia sans retenue. Ses mots fusaient et il dansait, la chemise trempée de sueur.

Quelqu'un avait bousculé Victor, dont le verre avait éclaboussé Felicia. Elle avait poussé un cri quand le liquide avait atteint son top, qui laissait entrevoir la bordure en dentelle de son soutien-gorge.

« Sorry, je n'ai pas fait exprès, avait dit Victor.

— Ça ne fait rien. » Felicia avait pouffé. « Je suis toute mouillée.

— Je peux te prêter quelque chose, si tu veux. Viens. »

Victor avait pris Felicia par la main et Ebba avait reçu un sourire au passage, avant qu'elle suive Victor à l'étage dans sa chambre.

Après ce week-end, ils ne s'étaient plus quittés, tous les quatre. Au fond, Victor était assez calme, presque timide, mais dès qu'il était ivre, il était comme transformé, exactement comme Tobbe.

Tobbe n'avait plus de limites et Victor cherchait la bagarre.

Plusieurs fois, Tobbe avait fait de grosses conneries : traverser une voie ferrée alors que les barrières étaient baissées, s'asseoir au milieu de la rue en pleine nuit. Une voiture avait failli l'écraser, mais il l'avait esquivée au dernier moment. Ensuite, il s'était contenté de rire en passant son bras autour des épaules d'Ebba. Comme si tout n'était qu'une plaisanterie.

Plusieurs fois, elle avait essayé de parler à Tobbe, mais il refusait d'écouter. Et Victor le poussait. Ses parents ne le surveillaient pas, et ils traînaient souvent ensemble chez Victor. Au printemps, Victor s'était mis à faire la fête même en semaine, pas uniquement les week-ends, et il avait entraîné Tobbe. Ebba tentait de lutter contre, ils étaient en troisième, il y avait une évaluation en fin d'année.

Comme rien ne marchait, comme Tobbe ne voulait rien entendre, Ebba avait commencé à prendre ses distances. Elle pensait qu'il comprendrait, en voyant qu'elle ne voulait plus être avec lui. Que ça ferait tilt. Au lieu de quoi elle s'entendait traiter de rabat-joie, de râleuse.

Le fossé se creusait.

Plusieurs fois, quand elle ne l'avait pas accompagné à une fête, Tobbe avait flirté avec d'autres filles.

Ebba l'avait su par des voies détournées, et en avait été furieuse et blessée. Mais quand elle avait confronté Tobbe, il s'était trouvé des excuses, disant qu'il était tellement bourré qu'il ne se souvenait de rien, ça n'avait pas d'importance, non ? Puis il avait été super gentil et elle avait lâché l'affaire. Mais bien entendu, ça la travaillait, elle savait qu'elle ne pouvait plus lui faire confiance.

Elle avait essayé d'en parler à Felicia, mais cette dernière se dérobait et ne voulait pas comprendre. Felicia était raide dingue de Victor et faisait tout ce qu'il voulait. Il fallait qu'elle soit complètement ivre pour dire non. Sinon, Felicia était d'accord avec Victor. Quand Ebba voulait lui causer, elle trouvait des excuses.

Il était devenu de plus en plus difficile pour Ebba de se confier à Felicia. Elles avaient été meilleures copines et super proches tout le collège, et voilà qu'elle la perdait elle aussi.

Après la rupture avec Tobbe, Ebba ne faisait plus que pleurer.

D'abord, elle ne voulait pas venir à Sandhamn pour le week-end de la Saint-Jean. Puis elle s'était dit que c'était une bonne occasion. Quelque part, elle espérait que tout allait s'arranger. Peut-être Tobbe et elle se remettraient-ils ensemble ?

Elle aurait tant aimé être avec lui.

Puis cette fille était montée à bord. Tessan, avec sa grosse poitrine. Ce qu'elle voulait sautait aux yeux. Et Tobbe s'était servi, il se fichait bien qu'Ebba soit aux premières loges. C'était comme s'il prenait son pied à flirter avec cette gamine sous ses yeux. Il la caressait sans vergogne.

Derrière ses lunettes noires, Ebba luttait contre les larmes, tout en enregistrant chaque geste, chaque caresse. Quand la langue de Tobbe s'est approchée de la bouche de Tessan, elle a fermé les yeux. Elle avait un poids sur la poitrine, du mal à respirer. Il ne fallait à aucun prix que Tobbe voie combien elle était malheureuse : ça aurait été la fin de tout.

Un moment, elle a songé se jeter au cou du frère de Tobbe, pour se venger, mais elle ne pouvait pas. Et puis Christoffer avait toujours été réglo avec elle.

Elle a pourtant fini par craquer.

Elle ne se souvenait pas de ce qu'elle leur avait hurlé dessus, seulement qu'elle ne s'était pas sentie mieux après.

En courant sur le ponton, elle en avait mal à la gorge, mais elle est parvenue à gagner la plage, un peu plus loin. Elle était déserte, et elle a fondu en larmes. Elle a chialé, chialé, toute seule au bord de l'eau.

Maudit Tobbe, avec ses cheveux rouquins. Elle aurait dû s'en foutre, quelle bouffonne elle était d'en faire tout un plat.

Elle a mis longtemps à se calmer. Épuisée, elle s'est couchée sur le sable, et elle a dû s'endormir car, à son réveil, le soleil déclinait et elle avait froid.

Au bout d'un moment, elle est revenue au port et a cherché des toilettes.

Dans le miroir, elle ne ressemblait à rien, son mascara avait coulé et ses cheveux étaient ébouriffés et pleins de sable. Elle a essayé de s'arranger, s'est peignée et lavé le visage.

Ça lui était insupportable de retourner au bateau, mais enfin, elle y avait ses affaires. Mais le bateau était fermé, et personne ne savait où étaient passés ses copains. Elle a essayé d'appeler Felicia et Tobbe sur leurs portables, mais aucun ne répondait.

À la fin, après avoir cherché des heures, elle s'est rendue au mobile home où la police avait sa permanence.

37

Quand Ebba eut fini, elle se blottit dans son fauteuil, épuisée à force de pleurer.

Margit ne put s'empêcher d'aller la serrer contre elle : un instant, la policière expérimentée laissa place à la mère compréhensive de filles adolescentes.

Les filles de Margit, Anna et Linda, n'avaient que quelques années de plus qu'Ebba. Elle connaissait bien les chagrins d'amour chez les adolescentes.

Thomas pensa à Elin, difficile de faire autrement. Puisse-t-elle ne jamais se retrouver ainsi, dans un fauteuil en rotin au milieu d'étrangers, complètement effondrée.

Margit serra l'épaule d'Ebba et lui tendit un mouchoir en papier tiré de sa poche.

Il faut lui dire que Victor Ekengreen est mort, pensa Thomas.

Il aurait préféré attendre d'avoir parlé avec Felicia. Impossible de savoir comment les filles allaient réagir.

On frappa, Nora glissa la tête par l'embrasure de la porte.

« Pardon de vous déranger, mais je voulais juste vous dire que je descends à l'embarcadère accueillir les parents d'Ebba et Felicia. Felicia est levée, elle est à la cuisine. »

Margit regarda Thomas à la dérobée, qui comprit ce qu'elle voulait dire. Allaient-ils parler avec Felicia avant l'arrivée de ses parents ?

Il baissa la tête pour marquer son assentiment.

Ebba était cramponnée à son mug de thé. Une grosse goutte de morve lui pendait du nez. Elle lâcha d'une main le mug pour s'essuyer avec le mouchoir roulé en boule.

« Les parents de Tobbe et Victor n'étaient pas au courant de ce qui se passait ? demanda Margit. Qu'ils faisaient beaucoup la fête ? Ils ne remarquaient rien ?

— Je ne sais pas. » Elle renifla. « Tobbe habite chez sa mère et les parents de Victor sont toujours partis en voyage.

— Ta maman va bientôt venir te chercher, dit tout bas Margit. Comme ça, tu pourras rentrer chez toi et dormir dans ton propre lit. Tu te sentiras mieux d'ici quelques jours, je te le promets. »

Le regard d'Ebba était inconsolable.

38

Adam était de retour. Il appuya négligemment son vélo contre la clôture et s'approchait du portail quand Nora sortit de la maison.

« Salut mon chéri. Tu ne l'as pas trouvée, hein ? »

Adam secoua la tête.

« Merci d'avoir essayé. C'était très gentil. »

Adam s'attarda au coin du portail.

« Pourquoi Thomas est là ?

— Il avait besoin de causer un peu aux filles qui ont dormi chez nous cette nuit.

— Il y a plein de policiers à Skärkarlshamn. Ils ont mis des bandes bleues autour d'un tas d'arbres... »

Nora fit comme si elle ne comprenait pas la question sous-jacente.

« Il faut que j'aille chercher les parents des filles au débarcadère », dit-elle à la place.

Elle prit son vélo et lui donna une petite tape en passant.

« Jonas est là-haut, dit-elle. Dans ma chambre. Il essaie toujours de joindre les copains de Wilma pour vérifier qu'elle ne serait pas chez l'un d'eux. »

D'un pied, Adam traça des traits dans le gravier.

« Est-ce que Wilma est mêlée à ce qui s'est passé à Skärkarlshamn ? Est-ce que c'est pour ça qu'elle ne rentre pas ? »

L'impression de malaise ne quitta pas Nora tandis qu'elle roulait vers le port, impossible de s'en débarrasser.

La terrasse de l'auberge était bondée, des poussettes s'alignaient autour et plusieurs personnes faisaient la queue devant le petit escalier qui menait à la plate-forme en bois. Sur les tables, on apercevait des bocks de bière et des verres de rosé. Mais au ponton des Douanes, deux vedettes de la police étaient attachées. Elles rappelaient les événements de la nuit.

C'était irréel de se dire que Thomas et Margit étaient sur sa véranda, en train d'interroger Ebba et Felicia.

Le manque de sommeil et le stress tambourinaient à ses tempes. Dès son retour, il faudrait prendre un cachet.

L'inquiétude ne la lâchait pas. Wilma pouvait-elle être mêlée à la mort de Victor Ekengreen ? Et si quelqu'un lui avait pris son portable pour envoyer le sms ? Quelqu'un qui la retiendrait prisonnière ?

Arrête, se dit-elle. Ça ne sert à rien de te faire du mauvais sang, surtout quand Thomas n'a pas l'air inquiet.

Nora arriva au débarcadère au moment où le ferry blanc de la compagnie Waxholm traversait la passe. C'était le *Sandhamn*, un des plus gros à desservir l'île. Jeudi dernier, quand elle l'avait pris avec Jonas et les enfants, il était plein à craquer de passagers impatients de fêter la Saint-Jean.

De loin, elle vit qu'il y avait déjà foule sur le ponton. La queue pour monter à bord serpentait jusqu'au kiosque et continuait encore sur une cinquantaine de mètres. Elle reconnut plusieurs habitants de Sandhamn qui attendaient leur tour.

Le ferry accosta, le matelot fit glisser la passerelle. Peu de passagers descendaient, mais trois personnes attirèrent tout de suite l'attention de Nora : un groupe du même âge qu'elle, deux femmes et un homme qui attendaient impatiemment de pouvoir débarquer.

Les deux femmes portaient des jeans blancs et de grands sacs à main, l'homme avait un pantalon bleu et un pull en piqué.

Elle comprit que ce devait être la mère d'Ebba et les parents de Felicia, et leur fit signe.

Que leur dire ? Devait-elle leur parler de Victor ? En avait-elle seulement le droit ?

Felicia regarda Thomas et Margit à la dérobée. Ebba était allée aux toilettes, elle était seule sur la véranda avec les deux policiers.

« On ne peut pas attendre papa et maman ? dit-elle tout bas. Ils vont bientôt arriver. »

Thomas aurait préféré qu'elle ne dise pas ça. Il aurait mieux valu entendre la fille sans ses parents, puis mettre ça sur le compte de l'urgence. Sinon, le risque était grand qu'elle ne parle pas librement. Mais il connaissait le règlement.

Le bruit de la porte qui s'ouvrait trancha.

« Felicia ! » cria une femme, ce qui suffit pour qu'elle quitte d'un bond le fauteuil en rotin.

« Maman. »

Felicia se jeta dans les bras de sa mère. Elle se mit à sangloter violemment, sa mère tentait de la calmer, mais Felicia était incapable de se maîtriser.

Derrière elles, un homme large d'épaules, d'environ quarante-cinq ans. Ce devait être le père de Felicia, Jochen Grimstad, pensa Thomas. Ils avaient les mêmes traits.

La porte des toilettes s'ouvrit et Ebba en sortit. En découvrant sa mère, elle s'effondra elle aussi.

« Pardon, sanglota-t-elle. Je ne le ferai plus jamais. Pardon. »

Dix minutes plus tard, les filles s'étaient calmées et Thomas avait réussi à faire asseoir tout le monde dans la salle à manger de Nora.

Quand celle-ci arriva chargée d'un nouveau plateau de thé, Thomas sentit une pointe de mauvaise conscience. La maison de son amie était transformée en annexe temporaire de la police. Nora semblait pour le moins épuisée, et il se souvint qu'elle avait elle aussi ses problèmes.

« Wilma n'est pas encore rentrée ? demanda-t-il tout bas quand elle revint de la cuisine avec un pot de lait et un plat de biscuits.

— Non, mais elle a envoyé un sms à Jonas.

— Tant mieux. »

Thomas souffla : elle devait donc avoir trop bu et s'être endormie quelque part, exactement comme il le pensait.

Avant que Nora ait le temps de rajouter autre chose, ils furent interrompus par la sonnerie du téléphone de Thomas. C'était Jens Sturup.

« Je voulais juste te prévenir que le corps est parti chez le légiste, dit-il. Mais Staffan Nilsson et son équipe restent un moment sur place.

— OK.

— Il y a aussi un journaliste qui est arrivé, comme ça tu es au courant. De TV4. Il devrait y avoir un sujet aux infos ce soir, ce genre d'affaires se diffuse très vite. »

Ils n'avaient pas besoin de ça, mais Thomas n'avait pas le temps d'y penser pour le moment. Le service de presse s'en occuperait.

Il raccrocha et rejoignit la salle à manger, où les parents s'étaient installés autour de la table avec les deux filles épuisées.

Les deux mamans chuchotaient. Elles semblaient parler de la famille Ekengreen, l'une d'elles avait apparemment essayé d'appeler Madeleine Ekengreen sans y parvenir.

Thomas sentit d'emblée une atmosphère perplexe, presque agressive.

Il était urgent de parler avec Felicia.

« Eh bien voilà, dit Thomas. Nous aimerions poser quelques questions à Felicia, de préférence en privé, si c'est possible. Ensuite nous vous informerons de la situation.

— Ça ne peut pas attendre ? objecta Jochen Grimstad.

— Malheureusement non, dit Thomas. Nous aimerions vraiment lui parler tout de suite.

— Ma fille est assez affectée, comme vous le voyez, dit Jochen Grimstad en posant son bras sur les épaules de Felicia. Nous voulons la ramener à la maison aussi vite que possible. »

Il adressa à Thomas un regard méfiant, comme s'il pressentait que quelque chose de grave s'était produit et qu'il s'apprêtait à exiger qu'ils jouent cartes sur table.

Thomas soupesa le pour et le contre qu'il y avait à dire la vérité. Encore une fois, il parvint à la même conclusion : mieux valait entendre Felicia avant qu'elle soit mise au courant de la situation.

Pour autant qu'elle ne le soit pas déjà.

Margit prit les devants. Elle s'adressa au père de Felicia.

« Ce ne sera pas long, et nous apprécierions vraiment de pouvoir le faire maintenant. Nous venons de nous entretenir avec Ebba, et nous aimerions à présent voir votre fille quelques minutes, si vous n'avez rien contre. »

Felicia ôta une mèche de son front et se leva.

« C'est bon, dit-elle. Mais après, c'est sûr, je pourrai rentrer chez moi ? Vous me le promettez ? »

Thomas hocha la tête pour la rassurer. Felicia précéda les policiers sur la véranda.

Felicia

Pourquoi lui a-t-elle crié dessus comme ça ? Elle aimait pourtant Victor. Énormément. Au carré.

Mais elle ne l'avait encore jamais vu aussi furieux, et ça lui a fait peur. Quand il s'est barré du bateau, elle a couru après lui. Il allait très vite et Felicia a d'abord failli le perdre, puis elle a aperçu son dos dans la foule. Il s'éloignait du port en direction du minigolf. Il l'a dépassé et pris une côte escarpée.

« Victor ! a appelé Felicia. Attends-moi ! »

Elle est parvenue à le rejoindre au sommet de la côte.

« Tu m'attends, dis ? »

Il a sifflé quelque chose comme *Sale connasse*, mais elle espérait avoir mal entendu.

« Victor. »

Elle a tendu la main et agrippé son pull, mais il a détaché ses doigts et a continué à marcher. Elle s'est mise à pleurer, impossible de s'en empêcher. Ça ne pouvait pas se finir comme ça, elle en mourrait.

Je ferais n'importe quoi pour qu'il ne me largue pas, a-t-elle pensé, prise de panique. Tout ce qu'il voudra.

« S'il te plaît, a-t-elle reniflé, on peut quand même se parler. »

Il a un peu ralenti, assez pour qu'elle le rattrape, toujours sans un mot. Elle n'osait pas le toucher et devait trottiner pour rester à sa hauteur, mais elle se taisait, de peur qu'il s'énerve encore davantage.

Ils ont passé une hauteur où la forêt s'ouvrait vers la mer. Une bande était en train de pique-niquer, mais Victor a continué, le long d'une série de cabanons, puis sur un chemin forestier près d'une grande maison de maître. Soudain, il a obliqué en descendant vers la mer, vers une plage qu'elle n'avait encore jamais vue.

Il a continué un bon moment, presque jusqu'au bout de la plage.

« On ne pourrait pas s'asseoir un moment ? » a lâché Felicia.

Elle était essoufflée, n'avait plus la force de suivre.

Sans rien dire, Victor s'est arrêté brusquement sur un petit méplat rocheux entre un grand arbre et une crevasse. Les branches les isolaient du reste de la plage, elle ne voyait personne, rien que quelques maisons grises un peu plus loin qui semblaient inhabitées.

Ils étaient seuls.

Angoissée, Felicia s'est assise à côté de Victor. Elle avait toujours peur de dire un truc qui le pousserait à s'en prendre de nouveau à elle. Elle luttait pour retenir ses larmes, elle sentait qu'il serait encore plus irrité si elle continuait à chialer. Elle ne voulait pas se disputer avec lui, elle voulait juste que tout s'arrange.

Après un long moment, elle a cherché sa main, il l'a laissée la prendre, sans la retirer. Ça allait un peu mieux. Victor souriait même. Mais elle s'est alors sentie mal, une envie de vomir. Victor s'est à nouveau emporté, il a pesté contre elle, bien qu'elle eût demandé pardon.

Au bout d'un moment, elle s'est endormie. À son réveil, il n'était plus là, et elle ne se rappelait pas où elle était. Elle se sentait mal, avait soif et froid, sa tête tambourinait. Elle tenait à peine debout.

D'abord désorientée, elle a fini par retrouver le port. Mais alors Victor et tous les autres avaient disparu.

39

Thomas ouvrit la porte du séjour, où les parents de Felicia attendaient avec Ebba et sa mère. Il indiqua un siège à côté de Jeanette Grimstad.

« Tu veux bien aller t'asseoir, Felicia ? » dit-il.

Il fallait leur dire maintenant, impossible de repousser davantage.

Il se doutait que l'assistance autour de la table n'apprécierait pas qu'il ait gardé pour lui l'information sur la mort de Victor. Mais c'était nécessaire. Felicia n'aurait jamais parlé aussi ouvertement en sachant ce qui était arrivé.

Il attendit que Felicia soit assise, puis prit la parole :

« Je dois malheureusement vous annoncer une triste nouvelle. »

Ebba porta ses mains à sa bouche. Avait-elle compris ce qui s'était passé ? Ou redoutait-elle qu'il s'agisse de son ex-petit ami, le rouquin ?

Felicia semblait à mille lieues de se douter que son petit ami était mort. Rien dans leur conversation ne laissait soupçonner qu'elle était au courant.

Margit vint s'asseoir à côté de Thomas. Il s'efforça de trouver les mots justes.

« Voilà, malheureusement, Victor Ekengreen a été retrouvé mort ce matin. » Thomas s'adressa particulièrement aux deux filles : « Voilà pourquoi nous devions vous parler sans attendre.

— Victor…, lâcha Felicia, avant de s'effondrer dans les bras de sa mère.

— Ma petite », dit Jeanette Grimstad d'une voix tremblante.

Jochen Grimstad posa son téléphone.

« Que s'est-il passé ? Que lui est-il arrivé ?

— Nous pensons hélas qu'il s'agit d'un crime, dit Margit. Victor a été trouvé sur la plage de Skärkarlshamn ce matin, et il semble que quelqu'un l'a tué intentionnellement. »

Elle marqua une petite pause, le temps que l'information soit digérée, puis poursuivit :

« L'enquête vient de commencer, nous n'avons pas beaucoup plus d'informations pour le moment. »

Felicia ne bougeait pas. Elle fixait Thomas, sans que son regard arrive jusqu'à lui. Comme disparue en elle-même.

« Qu'est-ce que ça veut dire ? protesta Jochen Grimstad en fronçant les sourcils. Pourquoi ne pas nous l'avoir dit tout de suite ?

— Nous avons jugé qu'il était préférable de parler aux filles avant qu'elles soient informées du décès, dit Thomas. J'espère que vous pourrez le comprendre. »

Grimstad fusilla les deux policiers du regard. Il tambourina bruyamment des doigts sur la table.

« Je veux savoir si ma fille est soupçonnée de quelque chose, ou si nous pouvons nous en aller ? »

Thomas s'efforça de tenir la bride à ses émotions. Si tu veux te plaindre, vas-y. Nous avons d'autres chats à fouetter que tes blessures d'ego. Mais s'il lui volait dans les plumes, il allait probablement le regretter.

Margit vint à sa rescousse.

« Ni Ebba ni Felicia ne sont soupçonnées de quoi que ce soit à ce jour, dit-elle. Mais nous avons besoin de pouvoir les contacter toutes les deux dans les jours qui viennent, aussi il est souhaitable que vous restiez dans la région de Stockholm. »

Jochen Grimstad ne se laissa pas amadouer.

« Nous serons dans notre maison de campagne de Vinsdalsö. Le numéro est dans l'annuaire, si vous voulez nous joindre, vous n'aurez qu'à l'ouvrir. Maintenant, j'ai l'intention d'emmener Felicia et de partir d'ici. »

Ebba avait le visage blanc.

« Et Tobbe ? chuchota-t-elle.

— Son frère et lui sont toujours sur le bateau, répondit Margit. Il ne leur est rien arrivé, ne t'inquiète pas. »

Thomas vit le soulagement d'Ebba, avant qu'elle baisse la tête.

Nora s'était proposée pour raccompagner la compagnie au port, mais le père de Felicia avait insisté : ce n'était pas la peine.

Pourquoi était-il si malpoli, à la limite de la muflerie ? Même s'il avait honte que sa fille se soit enivrée au point de devoir être prise en charge par la police, il y avait pire. Il pouvait par exemple imaginer

196

la situation de la famille Ekengreen. Mais c'était peut-être là sa manière de faire face au choc.

Jochen Grimstad avait à peine échangé deux mots avec Nora, ni perdu son temps à bavarder en attendant que finisse l'interrogatoire de Felicia. Il poussait à présent sa fille et sa femme à s'en aller au plus vite.

La maman d'Ebba, Lena Halvorsen, était nettement plus sympathique.

« Je ne sais pas comment je pourrai vous revaloir ça, dit-elle en prenant congé, sur le seuil. Je vous suis si reconnaissante de vous être occupée de ma fille au moment où elle en avait besoin. Vous êtes quelqu'un de bien. »

Nora lui adressa un pâle sourire. Impossible de dire la vérité, combien cela avait été éprouvant. Elle préféra garder ça pour elle :

« Oh, c'était si peu de chose. Espérons que les filles vont pouvoir se reposer à présent, ça fait beaucoup, à leur âge. »

Elle tendit la main pour dire au revoir, mais Lena Halvorsen se pencha pour lui donner une chaleureuse accolade.

« Il faudra que nous vous remercions, d'une façon ou d'une autre, dit-elle. J'insiste. Mais nous en reparlerons.

— Vraiment, ce n'est pas nécessaire », répéta Nora.

Elle se tourna vers Ebba.

« Au revoir, alors, Ebba, dit-elle en lui faisant la bise. Prends soin de toi. »

Comme elles allaient partir, Ebba tira doucement sa mère par la manche.

« Mes affaires sont encore sur le bateau. Il faut aller les chercher avant de partir.

— On aura le temps ? » dit Lena.

Nora regarda sa montre. Presque seize heures. Il y avait un ferry pour rentrer à dix-sept et dix-huit heures.

« Ça dépend quel bateau vous comptiez prendre, mais il y en a un presque toutes les heures aujourd'hui.

— S'il te plaît, dit Ebba en trépignant d'impatience. On peut quand même passer voir si Tobbe et Christoffer sont toujours au port ? »

40

Thomas et Margit avaient quitté la villa Brand et regagné le PC. Le bâtiment jaune était vide, et c'était un soulagement de s'y poser après tous ces éclats de voix chez Nora.

Avant de partir, Jochen Grimstad les avait encore une fois critiqués pour avoir, selon ses termes, consciemment caché la vérité sur la mort de Victor. Aucun doute, Grimstad cherchait quelqu'un sur qui déverser toute sa frustration.

Néanmoins, cela irritait Thomas.

Il se sentait vidé et montra de la tête la cafetière dans la kitchenette.

« Un café ? » Pour une fois, Margit déclina.

« Nous n'avons pas grand-chose, dit-elle pensivement en sortant son carnet et son critérium qu'elle secoua avant d'en faire sortir la mine. Soit Victor a rencontré son meurtrier alors que sa petite amie était déjà hors jeu. Dans ce cas, il était vraisemblablement déjà mort et caché sous son arbre à son réveil. En ne le retrouvant pas, elle a paniqué et est retournée au port, sans comprendre que son petit ami était en fait tout près. »

Elle dessina un arbre, un cercle et une flèche sur la page blanche.

« Ou alors, il est revenu plus tard et c'est à ce moment qu'il a croisé son meurtrier, dit Thomas. Il revenait peut-être pour voir ce que devenait sa petite copine. Ils se sont peut-être manqués.

— Je me demande si Felicia nous ment, dit Margit. Tu crois qu'elle aurait tout inventé, parce qu'elle est impliquée ? »

Thomas fronça les sourcils.

« Elle n'aurait jamais eu la force de le traîner sous l'arbre. Regarde-la, elle arrive à peine à porter un sac. Ou alors elle a été aidée.

— Ebba ? spécula Margit.

— Tu veux dire que les deux filles seraient dans le coup ? »

Thomas avait du mal à imaginer des gamines si retorses.

« Et si l'histoire de Felicia était en partie vraie ? dit Margit. Elle a suivi Victor sur la plage pour faire la paix. Au lieu de quoi ils se sont disputés et ça a mal tourné.

— Tu veux dire qu'Ebba a vu sa copine se battre avec son mec et qu'elle a voulu l'aider ?

— Plus ou moins. Victor était plus fort, et une des filles a fini par prendre une pierre pour le frapper. Sûrement pas pour le tuer, mais en réalisant ce qu'elles avaient fait, elles ont pris peur et l'ont caché de leur mieux. »

200

Margit se leva et alla ouvrir la fenêtre. Le courant d'air frais qui déferla dans la pièce surchauffée était un soulagement.

« Felicia a quitté la plage, exactement comme elle l'a dit, reprit-elle, mais plus tard, après la mort de Victor. Elle a juste changé l'heure.

— Et Ebba ?

— Qu'a fait Ebba ? dit Margit en se rasseyant. Elle a erré, choquée, comme Felicia. Elles ne se sont pas retrouvées et, au bout d'un moment, désespérée, elle s'est rendue à la police, ce qui du coup lui a fourni un alibi.

— Peut-on agir si froidement, à cet âge ?

— On a vu bien pire », dit sèchement Margit.

Thomas savait qu'elle avait raison. C'était rare, mais il y avait des exemples d'adolescents ayant commis des crimes atroces.

« Et les garçons, quand entrent-ils en scène ? dit-il. Réfléchissons-y un peu.

— Les frères Hökström ? C'est toi qui les as vus.

— Ils se servent mutuellement d'alibi », dit Thomas.

Il se souvint combien le plus jeune avait paru affecté. Jouait-il la comédie ? Harry Anjou s'était méfié de lui presque tout de suite.

Et d'où venait ce gros bleu sur sa joue ?

« Un jeune gamin irait-il tuer son meilleur copain ? se demanda Thomas.

— Ça arrive, dit Margit. Trop d'alcool, une dispute pour une fille. Ebba a bien dit que les garçons faisaient beaucoup trop la fête. Felicia aussi, d'ailleurs. »

Elle posa son crayon et se gratta la nuque.

« Ça peut même être un scénario analogue, continua-t-elle. Si c'est Tobias qui a surpris Victor et Felicia en train de se disputer. Il a peut-être tenté d'arrêter son camarade, et tout a dérapé. »

Tobias Hökström avait semblé sous le choc quand Thomas lui avait appris le décès. Mais était-ce parce qu'il l'ignorait ou parce qu'il réalisait la gravité de son acte ?

Les deux étaient possibles.

Thomas savait que, statistiquement, le meurtrier et la victime se connaissaient la plupart du temps. Un assassin inconnu était chose extrêmement rare.

« Et sinon, qu'est-ce qu'on a ? dit-il.

— Écoute, pas grand-chose, pour le moment. »

Margit fit une grimace. La couleur vive de ses cheveux renforçait plus qu'elle ne les atténuait les plis profonds entre son nez et sa bouche. Ses yeux très enfoncés étaient soucieux.

« Un gamin de seize ans est mort. Nous n'avons aucune idée de ce qui s'est passé. Je ne sais vraiment pas ce qui est le plus difficile à croire : un meurtrier inconnu, ou quelqu'un de la bande de copains. »

L'air de la pièce sembla soudain lourd, malgré la fenêtre ouverte.

41

Nora était sur la véranda. Elle aurait dû se lever et aller parler avec Jonas, maintenant qu'enfin il n'y avait plus d'étrangers à la maison. Il était toujours dans la chambre à coucher.

Il fallait juste qu'elle en trouve la force.

Je reste encore cinq minutes ici, après je monterai le voir. Cinq minutes.

Elle appuya la tête contre le mur et respira plusieurs fois à fond. Les deux cachets qu'elle avait pris quelques heures plus tôt n'y avaient pas fait grand-chose, une douleur sourde lui malaxait toujours les tempes.

Nous devons trouver Wilma, se dit-elle, rien n'est plus important désormais.

Son téléphone bipa, elle le sortit de sa poche.

J'espère que tout s'est bien passé avec les Grimstad. Maman te salue, depuis Ingarö où elle est restée/ H

Henrik.

Elle avait complètement oublié Monica ! Visiblement, il avait réussi à annuler sa visite.

Merci Henrik !

Avait-elle vraiment pensé ça ? s'étonna Nora. Ce devait être la première pensée aimable qu'elle adressait à son ex-mari depuis des mois.

Elle revit son visage familier, ses cheveux sombres et le profil classique dont elle avait jadis été tellement amoureuse.

Elle n'avait plus l'habitude de le considérer comme un allié.

Tandis qu'elles se dirigeaient vers le port du Club nautique KSSS, Ebba imagina comment Tobbe allait réagir à son arrivée. Il serait d'abord étonné, puis elle verrait la gratitude se répandre sur son visage.

Elle était revenue.

Il serait tellement soulagé quand il comprendrait qu'elle était prête à tirer un trait sur ce qui s'était passé. La mort de Victor l'exigeait. Tout était horrible, terrible, mais désormais ils allaient se consoler.

Victor était le meilleur ami de Tobbe. À présent, il pourrait se laisser aller et pleurer avec elle. Ils porteraient ensemble le deuil. Elle était là pour lui.

Qui, sinon ? Pas son père en tout cas, qui avait fait une croix sur Tobbe et son frère.

Ebba aurait voulu se blottir dans les bras de Tobbe. Elle était prête à tout lui pardonner, même ce qui s'était passé avec Tessan.

Tellement de choses avaient changé, désormais.

« Voilà le bateau, maman. »

Ebba leva les yeux et désigna un Sunseeker toujours amarré à un des pontons du club.

À présent, le port était à moitié désert, de grands vides béaient au bord des pontons et la file des bateaux s'était clairsemée le long du vieux quai de bois.

Quelques gardiens du port en blouson rouge vidaient les poubelles.

Tobbe était-il toujours à bord ? se demanda fugacement Ebba. Savait-il seulement que Victor était mort ?

Elle n'avait pas pensé à le demander aux policiers, elle aurait dû. Mais il était sûrement au courant, à l'heure qu'il était.

« Attends-moi ici, maman, dit Ebba. Je reviens tout de suite. »

Avant que Lena Halvorsen ait le temps de rien dire, Ebba s'élança sur le ponton, vers le bateau qu'elle avait quitté si désespérée vingt-quatre heures plus tôt.

Un pull était jeté sur la banquette du pont arrière, mais elle ne voyait ni Christoffer, ni Tobbe. Soudain elle trouva gênant de se glisser à bord sans s'annoncer.

« Hé ho ! fit-elle à mi-voix. Il y a quelqu'un ? »

Silence.

« Hé ho ! » répéta-t-elle.

Toujours pas de réponse.

Elle regarda alentour, puis monta à bord et descendit dans le cockpit. Par la porte entrebâillée de la cahute, elle vit Christoffer. Il était assis dans le canapé, un mug blanc à la main, sans la voir.

Ebba glissa la tête.

« Salut ! dit-elle prudemment. Tu as entendu ce qui s'est passé ? »

Elle s'interrompit, ne sachant pas quoi ajouter, mais Christoffer opina :

« C'est terrible. Je ne comprends pas comment… »

Il ne finit pas sa phrase, sans qu'elle parvienne à savoir si c'était ou non un sanglot qu'il tentait de retenir.

Christoffer semblait désemparé. Hier, il était d'excellente humeur, le grand frère cool qui était quand même réglo avec Tobbe et ses potes. À présent, il avait l'air perdu.

« Je viens juste récupérer mes affaires, se dépêcha-t-elle de dire, en se dirigeant vers l'endroit où était son sac.

— Dis… »

La voix de Christoffer était tendue, Ebba s'immobilisa.

« Oui ?

— Felicia sait ce qui s'est passé ? Je ne l'ai pas revue depuis qu'elle s'est barrée hier. »

Il évitait de la regarder dans les yeux.

« Vous êtes parties toutes les deux. Est-ce qu'elle sait que… »

Il déglutit.

« … Victor est mort ? »

Ebba hocha la tête, sans un mot. De peur que sa voix ne se brise. Elle alla prendre son sac et celui de Felicia.

« Les parents de Felicia sont venus la chercher, finit-elle par dire. J'ai promis de prendre aussi ses affaires. »

Elle montra le sac jaune de Felicia, comme pour prouver qu'elle n'inventait pas.

Ebba chercha Tobbe du regard. La couchette avant était fermée. Y était-il ? Pourquoi ne sortait-il pas, dans ce cas ?

« Vous allez rester longtemps à Sandhamn ? » demanda-t-elle pour gagner du temps.

Christoffer se cala dans le dossier du canapé.

« Pas tellement, mais la police a sûrement d'autres questions à nous poser. Ils viennent de m'appeler pour me demander de venir. On file dès qu'on peut. »

Ça passe ou ça casse. Ebba posa ses deux sacs sur le tapis clair.

« Où est Tobbe ?

— Il est allé faire un tour à terre.

— Vraiment ? »

Christoffer passa une main dans ses cheveux auburn, si semblables à ceux de Tobbe, sans l'être vraiment.

« D'ailleurs, il est peut-être avec cette fille, là, Tessan. Elle est passée demander de ses nouvelles il y a un petit moment. Tu veux que je lui dise quelque chose ? »

Ebba baissa la tête, pour qu'il ne voie pas son visage se fermer. Elle lâcha, d'une voix étouffée :

« Pas la peine, je ne voulais rien de spécial. »

Elle reprit les bagages et s'en alla.

42

Le visage de Simon pressé contre le carreau inférieur de la porte de la véranda était plat et lisse. Ses traits déformés semblèrent à Nora sortis d'un miroir de fête foraine.

Il frappa bruyamment d'une main.

« Simon ! cria Nora. Arrête. Entre plutôt. »

Il commença par grimacer à travers la vitre, mais finit par obéir. Nora lui ouvrit les bras et le serra fort contre elle. Dire qu'Adam ou Simon auraient pu être retrouvés morts à Skärkarlshamn. Ses yeux se mouillèrent et elle serra son fils de plus belle.

« Tu es triste ? dit Simon. Tu t'es disputée avec papa ? »

Était-ce là l'image que ses fils avaient de sa relation avec leur père ? Si elle avait la larme à l'œil, c'était qu'ils s'étaient encore fâchés ?

Encore de quoi alimenter sa mauvaise conscience. Les raisons ne manquaient pas.

Nora secoua la tête.

« Non, mon chéri. Il ne s'agit pas du tout de ça. Tu sais, papa a été très gentil, il m'a aidée ce matin. »

Simon sourit, ravi.

« Alors vous êtes de nouveau amis ? » dit-il, plein d'espoir.

Nora savait que son vœu le plus cher était qu'ils se réinstallent ensemble.

« Oui, mon grand. Mais pas comme tu penses. »

Son sourire disparut, mais il resta sur ses genoux et s'appuya contre son épaule. Bientôt, il serait trop grand pour s'asseoir comme ça. Son cou sentait le soleil et le bain, Nora flaira sa peau, elle aurait aimé rester ainsi des heures, ne pas avoir à se lever et s'occuper de tout ce qui l'attendait.

« Maman ?

— Mmh ?

— Pourquoi Wilma est dans le cabanon ? »

Sa voix était si basse que, d'abord, Nora n'entendit pas ce qu'il disait. Puis elle leva la tête et dévisagea son fils.

« Qu'est-ce que tu dis ?

— Pourquoi Wilma est dans le cabanon ? »

L'expression de son visage était à la fois innocente et expectative, comme s'il sentait qu'elle allait réagir.

« Mon Dieu, Simon ! s'exclama Nora. Pourquoi ne l'as-tu pas dit tout de suite ? On l'a cherchée toute la journée ! Jonas était tellement inquiet. »

Nora fit descendre Simon et le regarda gravement.

« Elle est vraiment là-bas ?

— Oui ! » Simon lui jeta un regard furieux. « Pas besoin de te fâcher tout rouge. Pardon d'en avoir parlé. »

Nora tomba à genoux devant lui.

« Mon lapin, tu as bien fait d'en parler. C'est sûr, vraiment sûr.

— Mais tu es fâchée…

— Non, promis. »

Elle l'embrassa pour appuyer ses mots.

« J'ai juste été surprise. Quand l'as-tu trouvée ?

— Il y a un petit moment. Fabian et moi, on allait chercher nos cannes à pêche. Elle est assise par terre et elle est très triste. »

Thomas ouvrit la porte du PC pour laisser entrer Christoffer Hökström. Il était plus grand que la moyenne, mais plus petit que Thomas.

« C'est bien que tu aies pu venir, dit-il. Entre. »

Il désigna Margit, au bout de la table, qui se leva pour le saluer.

« Voici ma collègue, l'inspectrice Margit Grankvist. Elle va rester avec nous. »

Christoffer regarda Margit avec méfiance.

« C'est un interrogatoire ?

— D'un point de vue purement formel, c'est une audition libre.

— Est-ce que je devrais avoir un avocat ?

— Tu as naturellement droit à un avocat, si tu veux, mais tu n'es soupçonné de rien, dit Margit avec simplicité. Nous voulons seulement te poser quelques questions. Est-ce que ce n'est pas plus facile de le faire maintenant, pendant que tu es à Sandhamn, plutôt que d'être obligé de venir à la police de Nacka plus tard dans la semaine ? »

Christoffer Hökström sembla trouver ça logique, et il s'assit.

« Tu veux quelque chose à boire avant de commencer ? » demanda Margit.

Il secoua la tête.

Thomas observa le jeune homme de vingt ans. Ce matin, il avait la gueule de bois, était peut-être même encore ivre, et visiblement choqué. À présent, il était douché, rasé, et avait changé de pull. Un chino avec une ceinture tressée complétait sa tenue. Il était toujours affecté, mais s'était ressaisi.

Ses yeux étaient réfléchis, il était clair qu'il avait le rire moins facile que son frère.

Qui s'est occupé de toi quand tu étais petit ?

Cette pensée vint toute seule. Thomas se rappelait ce qu'avait dit Ebba à propos de son père absent.

« Peux-tu nous décrire votre journée d'hier ? » dit Margit.

Christoffer croisa les bras sur sa poitrine.

« Que voulez-vous savoir ?

— Le maximum. Comment se faisait-il que tu étais à Sandhamn avec ton frère et ses copains ?

— Je me suis toujours occupé de Tobbe, dit spontanément Christoffer. Depuis que nous sommes petits.

— Il y a une raison ?

— Ça, on peut le dire. »

Christoffer détourna les yeux, et son regard se fit intérieur.

Christoffer

La voiture de police garée devant la maison était un des premiers souvenirs d'enfance de Christoffer, il devait avoir presque quatre ans. Ils étaient allés à la campagne fêter la Saint-Jean. Johanna avait deux ans et demi. La fille des voisins devait les garder pendant que maman et papa allaient faire les courses pour le week-end.

Pour une raison X, Christoffer n'avait pas voulu rester à la maison, il avait fait un caprice pour pouvoir accompagner ses parents. La baby-sitter et sa copine avaient emmené Johanna à la plage.

Et elles n'étaient pas revenues.

Il avait vu les policiers par la fenêtre de la cuisine. Christoffer se souvenait encore de son excitation quand ils avaient sonné. Il avait couru jusqu'à la porte pour être le premier à leur ouvrir.

Christoffer ne se souvenait pas à quoi ressemblait sa petite sœur. On n'en montrait pas de photos.

Tobbe était né tout juste un an plus tard. On ne le quittait pas des yeux, ce qui ne l'empêchait pas de n'en faire qu'à sa tête. Comme s'il essayait de vivre à la fois sa vie et celle de Johanna. Il avait su marcher à neuf mois, avait été d'emblée déchaîné, on n'arrêtait pas de lui mettre des pansements.

À sept ans, il s'était cassé le bras en grimpant à un arbre pour faucher des pommes chez le voisin – alors que leur jardin était plein de pommiers. Une fois, il s'était cassé un orteil et avait dû marcher avec des béquilles pendant plusieurs semaines. Lors d'un camp de voile, il avait pris une bôme dans le front et avait dû être évacué par hélicoptère, l'année suivante, il s'était fendu l'arcade sourcilière au même camp.

Leur mère avait toujours peur qu'il arrive quelque chose à Tobias. C'étaient des recommandations à n'en plus finir et, instinctivement, Christoffer avait senti que c'était sa responsabilité de s'occuper de son petit frère pour que maman soit tranquille.

Quand Christoffer avait neuf ans et Tobbe cinq, Arthur était devenu associé d'un grand cabinet d'avocats. Il gagnait bien sa vie, ils avaient déménagé dans une plus grande maison. Les frères avaient eu chacun leur chambre et Arthur un vaste bureau au sous-sol, où personne n'avait le droit d'entrer.

Il y passait souvent ses soirées.

Maman avait arrêté de travailler comme enseignante. Elle était toujours là à leur retour de l'école et Christoffer se souvenait qu'elle faisait beaucoup de gâteaux quand ils étaient petits. Mais elle passait de plus en plus de temps couchée dans sa chambre.

« Maman a besoin de se reposer, lui arrivait-il de dire, tu peux aller chercher Tobbe à la garderie, s'il te plaît ? »

Dans le placard de la salle de bains, il y avait des boîtes blanches avec des étiquettes écrites en tout petit et un triangle rouge. Parfois, on voyait qu'elle avait pleuré.

Arthur s'était mis à voyager davantage pour son travail. Quand il ne voyageait pas, il faisait des heures supplémentaires. Une fois, quand Christoffer avait treize ans, il avait surpris son père devant le garage. Arthur s'y était caché pour parler au téléphone. Christoffer devait sortir la poubelle, il ne voulait pas écouter en cachette, mais il n'avait pas pu ne pas entendre la voix, après le coin de la maison.

Ce n'étaient que quelques phrases, mais on voyait qu'Arthur parlait avec quelqu'un qu'il aimait bien. Sa voix était différente de quand il parlait avec la mère de Christoffer. Plus douce, plus gaie.

Christoffer l'avait détesté pour ce ton de voix.

Les voyages d'affaires sont devenus plus longs. Les boîtes de pilules dans le placard de la salle de bains plus nombreuses.

Tobbe traînait avec ses copains. Il n'avait jamais eu de mal à se faire des amis, déjà à la crèche ils formaient une bande unie. Tobbe dormait souvent chez son meilleur copain, Victor. Parfois, il accompagnait la famille Ekengreen pendant les vacances en voyage, ou dans leur maison de l'archipel.

Christoffer y trouvait son compte : quand Tobbe était chez les Ekengreen, il avait moins la pression, était dispensé de s'occuper de son frère. D'une certaine façon, il restait toujours aux aguets.

Tobbe ne semblait pas remarquer l'ambiance tendue à la maison. Comme s'il ne pouvait pas être sérieux, même une seconde.

Ou n'osait pas.

Christoffer était au lycée, il avait hâte de passer son bac pour partir de la maison. Il évitait ses parents, les tentatives gauches de son père pour renouer avec lui et l'air pitoyable de sa mère quand il sortait.

La dernière année, il n'avait pas arrêté de bûcher. Pour entrer à Sup de Co, il fallait avoir les meilleures notes. C'était un soulagement de se concentrer sur ses études, il pouvait se farcir le crâne de maths et de physique, et tenir tout le reste à distance.

Aussitôt fini le lycée, il allait déménager.

Une semaine après son bac, Christoffer avait été réveillé par les sanglots de sa mère. Elle était à la cuisine en chemise de nuit, le téléphone à côté d'elle. Son regard était vitreux.

Arthur venait d'appeler. Il voulait divorcer, et au plus vite. Il le lui avait annoncé au téléphone.

Sa mère était restée alitée. Elle avait cessé de se laver, ses cheveux étaient devenus gras et dégoûtants. Sa chambre s'était mise à sentir mauvais.

Christoffer bouillait de colère quand il essayait de s'occuper d'elle. Ressaisis-toi, aurait-il voulu crier. Je ne suis pas ta mère, je suis ton enfant. C'est au-dessus de mes forces !

Il la méprisait autant qu'il avait honte de sa réaction.

On avait trouvé un appartement, dans un immeuble des environs, et le déménagement s'était effectué en août. Christoffer avait tant bien que mal fait les cartons et chargé le camion.

Le Fossé des divorcées, voilà comment on surnommait la zone où ils s'étaient installés : c'était là qu'échouaient toutes les femmes qui n'avaient plus les moyens de vivre dans leurs jolies villas après leur séparation. À présent, eux aussi habitaient là.

Quand Christoffer avait demandé pourquoi il fallait qu'ils déménagent, Arthur avait été furieux.

« Putain, comment crois-tu que ta mère aurait les moyens de rester ici ? avait-il hurlé. Elle ne travaille même pas. C'est moi qui l'entretiens. Je peux au moins rester dans la maison que j'ai payée. »

Après ça, Christoffer l'avait détesté encore plus.

Désormais, il ne pouvait plus quitter la maison, même s'il avait été admis à Sup de Co, sa mère ne l'aurait pas supporté.

Pour ne pas avoir à retrouver le trois-pièces, il restait à l'école après les cours. Ça lui arrivait de faire des extras comme barman dans une boîte de Stureplan, il laissait parfois Tobbe venir avec lui s'il se tenait à carreau. Son frangin trouvait ça cool, et Christoffer aimait lui faire plaisir.

Quand Tobbe s'était mis avec Ebba, tout s'était apaisé. Elle était bien pour lui, Christoffer appréciait que ce soit une fille avec la tête un peu sur les épaules. Ebba avait elle aussi des parents divorcés, mais son père et sa mère s'entendaient bien.

De temps en temps, leur père leur refilait de l'argent, ou disait à Christoffer qu'il pouvait lui emprunter sa voiture. Christoffer le soupçonnait d'avoir mauvaise conscience. Sa nouvelle femme, Eva, avait emménagé dans leur ancienne maison avec son gros ventre. Il allait avoir un demi-frère ou une demi-sœur de vingt ans plus jeune, et il détestait l'idée.

Souvent, il ne décrochait pas quand Arthur appelait.

Ils ne se voyaient pas très souvent, Christoffer et Tobbe étaient trop grands pour le système de la garde alternée, et Christoffer refusait en plus d'être un invité dans son ancien domicile. Il faisait même des détours pour éviter de voir la maison.

Une seule fois, les deux frères avaient dîné avec Eva et Arthur. Ils étaient allés dans un restaurant chic, mais la soirée avait été tendue. Eva n'avait que dix ans de plus que Christoffer, c'était bizarre d'être assis en face d'elle. De temps en temps, elle posait la main sur son ventre saillant.

Comme d'habitude, Tobbe avait fait le clown et, pour une fois, Christoffer lui en avait été reconnaissant : sans ça, ce dîner aurait été une catastrophe. Il détournait les yeux dès qu'Arthur et Eva se touchaient, il ne voulait pas voir ça.

La Saint-Jean était toujours un moment difficile, maman était très abattue et Arthur préférait s'en aller pour fuir les vieux souvenirs. Il leur avait dit qu'ils pouvaient emprunter le grand bateau s'ils voulaient filer dans l'archipel. Ça disait bien à Christoffer. Il avait des potes de Sup de Co qui avaient annoncé qu'ils iraient à Sandhamn.

Christoffer avait proposé à Tobbe de s'y greffer avec ses copains. Il n'avait rien contre, au contraire : comme ça, il ne se ferait pas de souci pour son frangin.

Au cours de l'hiver, Christoffer avait remarqué que Tobbe faisait beaucoup la fête et, parfois, il se demandait si ça n'allait pas trop loin. Les vêtements de Tobbe sentaient la fumée, il avait souvent la gueule de bois le week-end. Puis il avait rompu avec Ebba. Tobbe

217

s'était refermé quand Christoffer avait essayé de comprendre ce qui s'était passé.

Et puis il y avait eu du grabuge entre Victor et lui, alors qu'ils étaient amis depuis si longtemps. Un soir qu'ils avaient beaucoup fumé, ils en étaient presque venus aux mains. Après, Tobbe n'avait pas voulu expliquer pourquoi.

Victor n'était plus non plus comme avant, trouvait Christoffer, il perdait patience, réagissait au quart de tour. Christoffer l'entendait parfois humilier Felicia. Une fois, elle avait fondu en larmes chez eux, avant de partir se cacher aux toilettes.

Un matin, alors que Tobbe était rentré tard la veille, Christoffer lui avait demandé franchement à quoi il jouait. Tobbe avait botté en touche en ricanant – comme il le faisait toujours.

« J'ai juste fumé un peu d'herbe, comme tout le monde. »

Christoffer n'avait pas insisté. Le programme du printemps était surchargé à Sup de Co, il n'avait pas le temps. Mais il trouvait que c'était une bonne chose de pouvoir garder un œil sur Tobbe pendant le week-end de la Saint-Jean.

43

C'était là un triste tableau, pensa Thomas. D'expérience, il savait combien le deuil d'un enfant pouvait peser sur un couple. Mais les époux Hökström avaient à s'occuper d'autres enfants.

Thomas ne pouvait s'empêcher de se demander si Christoffer avait jamais lâché sa colère contre ses parents : son père qui avait mentalement abandonné ses enfants bien avant le divorce, et sa mère qui avait baissé les bras depuis plus longtemps encore.

Ton père a dû te manquer, pensa Thomas. Surtout le soir, quand ta mère était découragée et que ton petit frère était triste. Ce n'était pas à toi de tout arranger.

« Vos parents savent-ils ce qui s'est passé ? demanda Margit en cherchant le regard de Christoffer.

— Non.

— Tu ne devrais pas les appeler pour les mettre au courant ? »

Haussement d'épaules. Pas besoin de plus. Ce geste résigné déplut à Thomas.

« Ce serait quand même bien que tu préviennes ton père, en tout cas, dit-il. Ça nous facilitera la tâche, étant donné que ton frère est mineur.

— OK.

— Que s'est-il passé, plus tard dans la soirée ? reprit Margit après un moment. Après le départ de Victor et Felicia ?

— On a fait la fête sur l'autre bateau, là où étaient mes potes.

— Peux-tu être plus précis ? dit Margit en se calant au fond de son siège. À qui il appartient, qui t'a invité, qui était là ? »

Christoffer Hökström passa la main dans ses cheveux ondulés, il ressemblait à un étudiant sur le point de prendre la parole dans une salle de cours. Poli et correct.

« C'est un Fairline 46, qui appartient à Carl Bianchi. »

Thomas reconnut ce nom, il l'avait vu dans les journaux. Carl Bianchi avait fait fortune dans la finance, et n'hésitait pas à étaler son argent. Il avait eu maille à partir avec le fisc, qui lui reprochait d'avoir fair sortir des millions du pays pour échapper à l'impôt. L'État avait finalement perdu lors d'un procès très médiatisé où Bianchi s'était répandu en déclarations controversées sur le système fiscal suédois.

Drôle de monde, que celui où un jeune de vingt ans et ses amis pouvaient se servir d'un bateau qui valait largement plus qu'une villa moyenne, mais Thomas n'était pas étonné outre mesure. Il en avait vu d'autres à Sandhamn, depuis le temps.

« Il est drôlement beau, avec un grand flybridge et des moteurs puissants, dit Christoffer avec un enthousiasme passager, comme si le souvenir du yacht chassait son angoisse.

— Flybridge ? répéta Margit.

— C'est une sorte de cabine à l'air libre, sur le toit, expliqua Thomas. On peut piloter de là-haut, ça donne une meilleure visibilité pour accoster.

— Ah ? »

Margit ne semblait pas comprendre l'intérêt, mais passa à autre chose.

« Quelle heure était-il quand vous y êtes allés ?

— Je ne sais pas exactement. Huit heures, huit heures et demie ? Je suis parti chercher des hamburgers à sept heures et demie, et une fois fini de manger, on y est allés.

— Qui ?

— Il y avait Tobbe et moi, Tessan et ses copines. Les autres n'étaient plus là. On ne savait pas où ils étaient passés.

— Les avez-vous cherchés ? » demanda Margit.

Christoffer secoua la tête.

« Non, je ne le sentais pas.

— Et pourquoi ?

— Franchement, j'avais l'impression que Victor et Felicia avaient besoin qu'on les laisse tranquilles un petit moment. C'était aussi bien que Victor puisse se calmer. Il était drôlement bourré depuis la veille déjà, assez agité.

— Et Ebba ? » dit Margit.

Christoffer évita de la regarder.

« C'est un peu compliqué. Tobbe et elle ont été longtemps ensemble... »

Il s'interrompit.

« Je trouvais que ce n'était pas à moi de la surveiller.

— Mais elle n'a que seize ans, et toi vingt, dit Margit. Quand Ebba est partie, elle était bouleversée, tu l'as dit toi-même. Tu ne trouves pas que quelqu'un parmi vous aurait pu se montrer un peu responsable, peut-être la suivre et vérifier qu'elle allait bien ? »

Christoffer rougit un peu.

« Oui, bien sûr. Je n'y ai juste pas pensé. Pas à ce moment-là, en tout cas. »

Tu enfonces des portes ouvertes, pensa Thomas en regardant Margit. Anjou est déjà passé par là. Margit parut saisir le message, car elle changea son fusil d'épaule :

« Tu as mentionné le fait que Tobbe et Victor se sont disputés ce printemps. »

Christoffer se tortilla sur sa chaise.

« Une fois seulement. »

La réponse était rapide. Thomas essaya de déchiffrer l'expression de son visage. Il eut le sentiment que Christoffer regrettait d'en avoir parlé.

« De quoi s'agissait-il ? dit Margit.

— Je ne sais vraiment pas. Je revenais d'une soirée et je les ai trouvés devant la porte.

— Ils se battaient ? »

Christoffer haussa les épaules avec raideur.

« Pas vraiment. Ils se criaient dessus en se bousculant. Il était tard, ils étaient tous les deux éméchés.

— Que s'est-il passé ? demanda Thomas.

— Je leur ai dit de se ressaisir. Victor a filé chez lui et Tobbe est rentré avec moi. Quelques jours plus tard, ils étaient à nouveau copains. »

Christoffer Hökström sembla soudain épuisé.

« Je peux avoir un peu d'eau ?

— Bien sûr », dit Margit.

Elle alla lui chercher un gobelet. Thomas attendit qu'il ait bu quelques gorgées.

« Que s'est-il passé, une fois sur le bateau de Bianchi ?

— C'était la fête. Musique, boissons, bonne ambiance. » Christoffer semblait soulagé de changer de sujet. « Il y avait du monde partout, sur le pont avant et sur le flybridge.

— Tu as retrouvé cette bande à Sandhamn, c'est ça ? dit Margit.

— Oui, des potes de Sup de Co. Mais c'était prévu.

— Il va nous falloir leurs noms et adresses, dit Thomas, et Christoffer hocha la tête. Donc, tu es arrivé là-bas vers huit heures samedi soir. Combien de temps y es-tu resté ?

— Je ne sais pas bien. Jusqu'à deux, trois heures du matin.

— Faisait-il nuit quand tu as quitté la fête ?

— Oui.

— La sono marchait encore ? Il y avait de la musique quand tu es parti ?

— Je ne crois pas.

— Alors c'était après deux heures du matin, en tout cas, dit Thomas.

— Est-ce que quelqu'un peut témoigner que tu n'as pas bougé de là ? dit Margit.

— Oui. J'ai été avec une copine toute la soirée. Après, elle est venue avec moi, et elle est restée sur le bateau. »

Christoffer eut un vague sourire, presque bête. Cette fille était sans doute plus qu'une aventure d'un soir, se dit Thomas.

« Son nom ?

— Sara, Sara Lövstedt. Elle fait Sup de Co, comme moi. Nous sommes dans le même groupe de travail. »

Thomas consulta à nouveau ses notes.

« C'était elle que notre collègue a trouvée avec toi ce matin ?

— Oui, c'est ça.

— Et elle peut certifier que vous êtes restés ensemble dans l'intervalle ?

— Absolument. »

Le ton était empressé, et même empreint de fierté.

Il faisait de plus en plus chaud dans la pièce. Thomas sentit qu'il suait. Il alla ouvrir une autre fenêtre pour créer un courant d'air.

« Peux-tu nous dire ce que ton frère a fait pendant la soirée ? dit Margit.

— Tobbe ?

— Oui.

— Il était avec moi.

— Tout le temps ?

— On est allés là-bas ensemble. Il traînait avec Tessan, celle contre qui Ebba était tellement furax.

— Tessan ? répéta Margit.

— Oui, je ne connais pas son nom de famille. Je crois qu'elle était dans son ancienne école.

— Je ne comprends pas, dit Margit d'une voix traînante. Tu es resté sur ce bateau environ six heures, tu dis que c'était en compagnie d'une jolie fille. Tu n'as pas une seule fois quitté Tobbe des yeux ? »

224

Christoffer Hökström fut aussitôt sur ses gardes.

« Je veux dire... »

Il s'interrompit et recommença.

« Je ne l'ai pas vu à chaque seconde, bien sûr, mais je sais qu'il était là.

— Où étais-tu ? dit Margit.

— À l'arrière du bateau, au début en tout cas. Puis nous sommes allés nous poser sur le pont avant.

— Sara et toi ?

— Oui.

— Comment sais-tu alors où était Tobbe ? dit Margit. Si ce bateau était aussi grand que tu dis, il est impossible d'avoir l'œil sur tout le monde à bord. Ça devait être assez animé.

— Il a passé toute la soirée avec moi, répéta Christoffer. J'en suis sûr. J'aurais remarqué s'il n'était pas resté.

— Tu peux le jurer ? dit Thomas. Le déclarerais-tu sous serment devant un tribunal ?

— Non, dit-il lentement.

— Donc, en fait, tu ne sais pas où ton frère est passé entre vingt heures trente et deux heures du matin ? »

Le jeune homme respirait plus lourdement.

« Non, je ne sais pas », reconnut Christoffer Hökström.

44

Le cabanon de pêche rouge était sur le rocher plat, à quelques mètres seulement du ponton appartenant à la villa Brand. Deux petites fenêtres peintes en blanc laissaient entrer la lumière du jour : le bâtiment ne faisait pas plus de quelques mètres carrés.

Jonas descendit le chemin à petites foulées, suivi de près par Nora. Son soulagement était mêlé d'inquiétude. Wilma était revenue, mais pourquoi s'était-elle cachée dans le cabanon, au lieu de rentrer à la maison ?

Il devait s'être passé quelque chose.

Nora s'arrêta devant le bâtiment.

« J'attends ici, dit-elle. C'est mieux que tu la voies d'abord seul.

— OK. »

Jonas remarqua que Nora était heurtée de sa réponse laconique. Mais il n'avait pas le temps de s'excuser, maintenant il fallait qu'il voie sa fille.

Nora sembla vouloir l'embrasser, mais il avait déjà enfoncé la poignée et ouvert la porte. Il scruta la pénombre.

Elle était assise là, adossée à la paroi latérale, sous de vieux filets à perches pendus à des crochets. Elle avait remonté ses genoux sous son menton et les serrait fort. Malgré la faible lumière, Jonas vit que le visage de sa fille était gonflé de larmes.

« Ma chérie ! s'exclama-t-il. Qu'est-ce que tu fais ici ?

— Papa ! »

Jonas la rejoignit en quelques enjambées et s'accroupit devant elle.

« Papa…, pleura Wilma. Pardon, je ne voulais pas… Pardon. »

Wilma enfouit son visage dans le pull de son père. Ses cheveux ébouriffés étaient pleins de sable, ses pieds étaient nus et sales. Ses vêtements sentaient mauvais, comme du vieux vomi.

« Viens, que je te regarde », dit doucement Jonas.

Il lui souleva le menton pour mieux la voir, mais Wilma détourna le visage. Elle semblait éprouvée et secouée, son visage pâle se détachait contre le bois brut de la paroi.

Jonas s'assit sur le sol poussiéreux et caressa doucement la joue de Wilma. Un de ses coudes était écorché, un peu de gravier restait collé à la plaie.

« Qu'est-ce qui s'est passé ? »

Il était envahi par un pressentiment honteux qu'il ne voulait pas envisager, et encore moins voir confirmer. Il devait pourtant poser la question.

Jonas serra la main de Wilma dans la sienne.

« Chérie, est-ce que quelqu'un t'a fait du mal ? Tu sais que tu peux tout me dire. Quoi qu'il se soit passé.

Est-ce que tu as été agressée d'une manière ou d'une autre… physiquement, je veux dire ? »

Comment lui faire comprendre que rien n'était de sa faute ? pensa-t-il avec insistance, s'efforçant de prendre une voix douce.

Wilma hoqueta. Jonas se blinda.

« Non, chuchota-t-elle. Promis, papa, ce n'est pas ce que tu crois.

— C'est vraiment sûr ? tenta Jonas, retenant son souffle. Il ne faut pas avoir peur de raconter ce genre de choses.

— Promis », chuchota-t-elle à nouveau, sans le regarder.

L'œil humide, il attira Wilma à lui et la serra fort.

Tu es encore si petite, pensa-t-il, tu n'as rien pour te défendre si quelqu'un voulait te faire du mal.

Les minutes passèrent.

Jonas berçait Wilma. Ses jambes s'engourdissaient, mais il ne bougea pas.

« Où est-tu allée ? finit-il par demander.

— Dans la forêt…

— La forêt ? répéta Jonas, sans que Wilma ne réponde. Pourquoi n'as-tu pas répondu au téléphone ? Ou rappelé ? J'ai essayé plein de fois de te joindre, tu n'as pas remarqué ?

— Ça ne servait à rien, finit-elle par lâcher.

— Comment ça ?

— Puisque tu étais chez Nora…

— Quel rapport ? »

Jonas écarta une mèche blonde du front de Wilma. Sa peau était froide, elle avait besoin d'un lit et d'une couette douillette. Et d'une bonne douche.

Une fine veine battait sur le côté de son cou mince.

« Tu ne t'intéresses plus qu'à elle, maintenant, chuchota Wilma.

— Ce n'est pas vrai, ma chérie. »

Jonas la serra plus fort contre lui.

« Je déteste être ici, murmura Wilma contre sa poitrine.

— Tais-toi. »

Les muscles de son dos étaient tellement tendus, il les massa doucement de la main droite.

Détestait-elle à ce point Nora ? Pourquoi ne l'avait-il pas remarqué jusqu'alors ?

« Voilà ce qu'on va faire, finit-il par dire. On rentre à la maison, pour que tu puisses te laver. Ensuite on parlera davantage de tout ça quand tu auras pu te reposer et avaler quelque chose. Tu dois avoir faim ? »

Wilma hocha la tête avec lassitude.

« Allez, viens, ma grande. »

Jonas se leva et aida Wilma à se lever, mais elle s'arrêta avant qu'il puisse ouvrir la porte.

« Tu as dit quelque chose à maman ? »

Sa voix faisait pitié.

« Oui, bien sûr.

— Elle est fâchée ? »

Quand Jonas avait enfin réussi à joindre Margot quelques heures plus tôt, elle s'était mise dans tous ses états et lui avait reproché de ne pas surveiller correctement leur fille. Elle n'avait pas pris de pincettes. Si elle n'était pas accourue sur l'île pour la chercher elle aussi, c'était bien parce qu'elle se trouvait au fin fond de la Dalécarlie.

« Elle s'est énormément inquiétée pour toi, dit-il. Je vais l'appeler tout de suite pour lui dire que tu vas bien. »

Wilma s'essuya le nez du revers de la main.

« Je ne veux pas aller chez Nora, dit-elle tout bas. On ne peut pas plutôt aller chez nous ?

— Je ne sais pas si le courant est revenu, dit Jonas.

— Ça ne fait rien, pourvu qu'on ne la voie pas. »

Ces paroles faisaient mal. Mais ce n'était pas le bon moment pour une discussion.

« Bon, on fait comme ça. »

Wilma sortit tête basse, sans regarder Nora qui attendait dehors, au soleil.

« Elle a besoin de se doucher et de se coucher un moment », dit Jonas.

Un coup d'œil à l'apparence dépenaillée de Wilma suffit à Nora pour cerner la situation.

« OK, dit-elle. Je vais chercher un truc et je vous rejoins.

— On rentre chez nous, dit Jonas. Ce sera mieux comme ça. On a besoin d'être un peu seuls. »

Sans rien ajouter, il s'en alla.

45

Nora suivit Jonas du regard. Comme il semblait distant. Comme si quelque chose s'était brisé, sans qu'elle sache quoi.

C'était une étrange impression de le voir se diriger vers son ancienne maison sans qu'elle y soit la bienvenue.

Vingt-quatre heures plus tôt, elle était heureuse, ils étaient ensemble sur le ponton, tout était simple et évident.

Pourquoi ce changement, à présent ?

Nora s'assit sur le vieux banc du cabanon : des planches échouées posées sur deux grosses pierres. Elle y avait tant de fois profité du coucher du soleil.

Devant elle, le gris clair des frêles pontons délavés se confondait avec les rochers et, sur la rive, de vieilles langues de varech se mêlaient aux herbes marines vert clair. Il y avait si peu de fond autour des pontons intérieurs qu'une barque n'y accédait pas sans racler. Avec la remontée des terres, les anneaux de fer scellés dans la roche étaient si loin du rivage qu'aucun bateau ne pouvait plus y être amarré.

C'était un endroit paisible mais, aujourd'hui, elle n'y trouvait pas la paix.

Le bateau de Thomas était toujours amarré là : il devait encore être sur l'île.

La nouvelle circulait-elle déjà ? Allait-on voir les écrans de télévision se remplir d'images indiscrètes de Sandhamn et des barrages de police autour de l'endroit où le corps du garçon avait été découvert ?

Elle avait le ventre noué et se sentait tremblante, signe qu'elle était en hypoglycémie et devait manger quelque chose de sucré. Il ne fallait pas prendre ça à la légère, une diabétique devait faire attention à soi.

Nora se leva et s'efforça de refouler son malaise tandis qu'elle remontait vers la maison.

Bientôt, elle pourrait enfin aller se coucher, mais Adam et Simon devaient d'abord dîner. Elle avait dans sa poche deux billets de cent tout fripés. Peut-être les garçons pourraient-ils aller au grill acheter des hamburgers, ça la dispenserait d'avoir à cuisiner ?

Son téléphone vibra dans la poche arrière de son short. *Monica*, annonçait l'écran. Nora rejeta l'appel.

Thomas bâilla et jeta un regard à sa montre, dix-huit heures cinq. Le PC était dans l'ombre, la maison voisine cachait le soleil.

Margit et lui étaient toujours seuls sur place. Le lendemain, les employés civils reviendraient pour répondre aux appels d'urgence du pays tout entier. Des écrans doubles équipaient tous les postes de travail mais, pour le moment, tout était calme et silencieux.

« Comment tu le sens, le petit frère de Christoffer Hökström ? dit Margit. Intéressant que Victor et lui se soient disputés. »

Elle montra son carnet avec son stylo.

« En plus, il n'a pas d'alibi, en tout cas son frère ne peut pas lui en donner.

— Il faut vérifier avec cette fille, Tessan, avant de s'avancer », fit remarquer Thomas.

Margit réfléchit.

« Peut-être qu'il était tellement furieux contre son copain qu'il a perdu les pédales, dit-elle.

— C'est possible, mais est-ce vraisemblable ? »

Thomas attrapa la tablette de chocolat qu'il avait achetée un peu plus tôt au kiosque, et s'en cassa un gros morceau. Il avait besoin de faire le plein d'énergie.

« Nous avons trois jeunes sans alibi, dit-il. Ebba, Felicia et Tobbe n'ont personne pour corroborer leurs dires. Tous trois peuvent être mêlés au meurtre. »

Il pencha la tête jusqu'à faire craquer ses vertèbres.

« Les résultats du labo vont être particulièrement intéressants, dit Margit. On en saura davantage demain. J'espère qu'ils vont nous donner du grain à moudre. Au fait, quand part le prochain ferry ?

— Vers dix-neuf heures.

— On essaie de le prendre ?

— Pas moi. » Thomas secoua la tête. « Je rentre sur Harö. Je prendrai le premier bateau demain matin. »

Thomas avait hâte de retrouver Pernilla et Elin. Voir Johan Ekengreen embrasser son fils mort avait été éprouvant. Thomas voulait tenir sa fille dans ses bras.

« On en remet une couche avec Tobias, avant d'y aller ? proposa Margit. Pour voir ce qu'il a à dire à propos de sa dispute avec Victor Ekengreen. Et puis il nous faut aussi le nom de famille de Tessan. »

Thomas hésita. Ils l'avaient déjà entendu une fois sans assistance. Il fallait éviter de dépasser les bornes, surtout avec un père avocat.

Mais c'était bien aussi de profiter de sa présence sur l'île.

Il hocha la tête, et Margit prit son téléphone.

« Bizarre, dit-elle au bout d'un moment. Il ne répond pas.

— Essaie son frangin. »

Elle feuilleta son carnet et trouva le numéro.

« Il ne répond pas non plus, s'étonna-t-elle.

— Bon, il va falloir descendre le chercher au bateau », dit Thomas en se levant.

Il ne leur fallut que quelques minutes pour aller du PC au port du Club nautique KSSS. Les bateaux étaient encore moins nombreux.

Le vide laissé par le bateau des frères Hökström sautait aux yeux.

46

Johan Ekengreen était assis à la cuisine, dans sa villa de Lidingö. Tout y était comme d'habitude : les plantes vertes aux rebords des fenêtres, dans le bow-window les plantes aromatiques alignées dans leurs pots. Sur la table, la coupe de fruits était pleine de nectarines et de pêches et Madelcine avait composé un joli bouquet dans un vase.

Tout était exactement comme d'habitude.

Sauf que Victor était mort.

Johan s'entoura de ses propres bras ct se balança sur sa chaise tandıs qu'un sourd gémissement montait de sa gorge.

Impossible de se défaire de l'image du corps étendu sur la civière. Le visage sans vie de son fils, le sang séché collé dans les cheveux.

Le réfrigérateur ronronnait doucement. C'était le seul bruit perceptible.

Madeleine dormait à l'étage. Un bon ami médecin lui avait prescrit un puissant somnifère.

Johan lui en était reconnaissant.

Madeleine avait été tellement bouleversée pendant leur retour de Sandhamn qu'il avait craint qu'elle se jette par-dessus bord. Quand ils étaient enfin arrivés chez eux, Johan était presque à bout. Heureusement, leur ami les attendait sur le seuil de la villa. Quel soulagement quand elle avait sombré dans le lit double et qu'il n'avait plus eu à veiller sur elle.

Il était resté à son chevet jusqu'à être certain qu'elle dormait profondément. Malgré les cachets, son corps avait continué à être secoué par des sanglots longtemps après qu'elle se fut endormie.

Johan avait peine à faire face au chagrin sans fond de Madeleine. Il déformait ses traits, transformant sa belle épouse en femme mûre inconsolable. Une étrangère, bouche tremblante et voix brisée.

Johan détestait cette façon qu'avait sa femme de perdre le contrôle. C'était indigne. Son propre chagrin n'était pas moindre parce qu'il lui tenait la bride. Mais il ne pouvait pas lâcher le hurlement qui risquait de le détruire.

Il n'osait pas.

Épuisé, Johan alla se verser un verre d'eau glacée au robinet du réfrigérateur. Il en but quelques gorgées avant de se rasseoir, la tête entre les mains.

La cuisine était dans le noir, de longues ombres glissaient le long des murs, mais il n'avait pas le courage d'allumer les lampes. Il fallait qu'il joigne Ellinor avant qu'il soit trop tard. Elle avait passé la Saint-Jean chez des amis en Scanie et ne devait rentrer que le lendemain.

D'une certaine façon, il avait été plus facile de téléphoner à Nicole. Quinze ans séparaient son aînée et son défunt demi-frère. Il pouvait lui parler comme à une adulte.

Nicole avait proposé de prendre le premier avion. Johan l'avait assurée que ce n'était pas la peine, il suffisait qu'elle vienne pour l'enterrement.

Quand du moins il pourrait avoir lieu. Ils ne savaient même pas quand ils pourraient récupérer le corps. Madeleine serait encore plus bouleversée quand elle saurait ça. Elle était catholique, la tradition familiale demandait que l'enterrement ait lieu dans les cinq ou six jours.

Il n'avait pas le courage de penser à ça pour le moment. C'était le coup de téléphone qu'il devait passer à Ellinor qui le minait.

L'idée d'avoir à raconter à sa fille de dix-huit ans ce qui était arrivé le rendait malade.

Sa belle Ellinor s'était toujours occupée de son petit frère. Ils entretenaient une relation particulière. Ils avaient beau avoir eu une longue série de nourrices, c'était toujours Ellinor qui lisait l'histoire du soir à Victor quand Madeleine et lui étaient absents.

Ce qui avait souvent été le cas.

Puis Ellinor était entrée à l'internat Lundberg et Victor s'était retrouvé seul le soir.

Johan regarda autour de lui dans la vaste cuisine. La pièce peinte en blanc donnait une impression impersonnelle, elle était belle, élégante, mais on n'y sentait ni la vie, ni la chaleur d'un foyer.

Combien de fois Victor s'y était-il retrouvé tout seul, avec un plat réchauffé au micro-ondes, pendant que Johan et Madeleine étaient en voyage quelque part ?

La culpabilité submergea Johan, son visage se ferma. Il frappa si fort du poing la dure table en chêne que sa main s'engourdit.

Mais la douleur physique valait mieux que ce qui lui déchirait le cœur.

Ils auraient pu faire tant de choses différemment, tant de choix qu'il regrettait à présent.

Johan sentit des larmes salées couler sur sa lèvre supérieure, mais ne se soucia pas de les essuyer. Quelle importance ?

Il n'y avait plus rien à faire.

Au bout d'un long moment, il sortit son portable de sa poche. Impossible de repousser davantage cet appel.

Les doigts tremblants, il composa le numéro d'Ellinor. Au fond de lui, il espérait qu'elle ne réponde pas, il aurait ainsi encore un moment de répit.

Mais après deux sonneries, il entendit la voix de sa fille.

« Salut, Papa ! »

Sa voix était si gaie. Un instant, il crut étouffer.

« Je ne peux pas », chuchota-t-il tout bas, et ses épaules furent secouées par un sanglot muet. Puis le nœud dans sa poitrine se relâcha.

« Ellinor, dit-il d'un ton accablé. J'ai une terrible nouvelle à t'annoncer. »

Ebba était dans son lit. Elle n'aurait rien souhaité davantage que dormir, s'engourdir pour ne plus penser à ce qui s'était passé. Mais ses poings se serraient sous la couette et les muscles de sa nuque étaient si tendus qu'elle en avait mal.

Impossible de s'apaiser.

Ebba se tournait et se retournait dans les draps sans trouver de position confortable. L'oreiller lui semblait bosselé, la couette trop légère, elle avait froid malgré sa chemise de nuit d'épaisse flanelle et la douceur de la soirée de juin. Elle finit par rajouter le couvre-lit, sans pourtant parvenir à se réchauffer.

Les images se succédaient sur sa rétine.

Tobbe qui bécotait Tessan, Victor furieux qui cognait son verre contre la table, les pleurs de Felicia.

Ebba se rappelait le soleil sur la plage, le sentiment d'être seule au monde.

Comment tout avait-il pu si mal tourner ?

Tobbe lui manquait tant, mais elle savait que c'était vain. Était-il chez lui, ou toujours à Sandhamn ? Peu importait, de toute façon, il se fichait bien d'elle.

Son portable était sur la table de nuit : oserait-elle lui envoyer un sms ?

Elle tendit la main, mais la retira. De toute façon, il ne voulait rien savoir d'elle.

Ebba ferma les yeux, mais elle n'arrêtait pas de voir Victor. Il était couché sur le sable, du sang sur le visage, ses yeux vides et fixes.

Victor est mort, c'était irrémédiable. Il était mort et tout était trop tard.

47

Christoffer reconnut la silhouette, de loin, quand le bateau sortit de la passe et arriva en vue du port. Leur père les attendait sur le ponton.

De la main droite, Christoffer diminua la vitesse. Il ne restait plus qu'une centaine de mètres jusqu'au port d'attache où le Sunseeker avait son emplacement entre deux catways, à seulement cinq minutes à pied de la maison.

Il leur avait fallu presque une heure et demie pour rentrer de Sandhamn. Tobbe n'avait pas dit grand-chose durant le voyage, le regard perdu au large.

Ils s'étaient retrouvés dans un cortège de bateaux de plaisance rentrant de l'archipel après les fêtes de la Saint-Jean. Il avait fallu à Christoffer toute sa concentration pour naviguer en gardant la distance de sécurité. L'éclat éblouissant du soleil du soir n'aidait pas.

Après l'interrogatoire, il avait pris son téléphone et composé sans enthousiasme le numéro de son père, comme les policiers l'y avaient invité.

Après avoir entendu le récit des événements de la journée, Arthur Hökström avait dit qu'ils devaient quitter l'île sur-le-champ.

Christoffer avait tenté de protester.

« La police nous a demandé de rester. Ils ont l'air de vouloir à nouveau parler avec Tobbe.

— Tu n'as pas entendu ce que j'ai dit ? l'avait coupé Arthur Hökström. Vous quittez tout de suite Sandhamn. On ne discute pas. »

Christoffer avait dégluti. À quoi s'attendait-il ? Son père était aussi raide et froid qu'au tribunal. Il n'y avait plus qu'à obéir.

À présent, Arthur les attendait de pied ferme.

Impossible de voir à quoi pensait son père. Des lunettes noires cachaient son regard. Sa mine était âpre.

À cinquante mètres du ponton, Christoffer cria à Tobbe par-dessus le ronronnement du moteur :

« Tu peux aller à l'avant pour amortir l'accostage ? »

Son frère ne réagissant pas, Christoffer le poussa de la main droite. Comme un somnambule, Tobbe quitta son siège, enjamba le pare-brise et grimpa sur le pont avant. Ses yeux étaient bordés de rouge.

Christoffer ralentit encore l'allure. Bientôt, les moteurs tournèrent au point mort. La distance diminuait sans cesse. Lentement, la coque glissa entre les catways. Presque arrivé, Christoffer passa la marche arrière pour que le bateau s'immobilise à cinquante centimètres à peine du bord du ponton.

Accroupi derrière le bastingage, Tobbe tendit le bras pour saisir les amarres que tenait Arthur. Après les avoir nouées, il sauta à terre devant son père.

« Qu'est-ce que tu as raconté à la police ? » lança presque aussitôt Arthur.

Sa voix indignée était suffisamment forte pour que Christoffer l'entende depuis l'arrière du bateau, où il attachait les dernières amarres.

Il se rappela la fois où Tobbe avait cassé une vitre chez le voisin. Leur père avait donné au garçon de neuf ans une gifle si violente qu'il était tombé à la renverse. Désespéré, Tobbe s'était caché dans le garage le reste de la journée. Christoffer avait alors treize ans, bientôt quatorze, il commençait à être grand, mais il n'avait rien osé faire pour s'interposer.

« Papa... », répondit Tobbe.

Christoffer entendit que son petit frère était au bord des larmes.

« Réponds-moi, qu'est-ce que tu as dit à la police pendant ton interrogatoire ? »

Arthur prit Tobbe par l'épaule et le secoua. Il semblait sur le point de le frapper.

Christoffer lâcha l'amarre et se dirigea vers l'avant du bateau. Le visage de son père était à quelques millimètres de celui de son frère.

« Comment as-tu pu être assez stupide pour parler à la police sans moi ? » hurla-t-il.

48

Jonas était resté près de Wilma, assis au bout de son lit, jusqu'à ce qu'elle s'endorme. Sans crier gare, il s'était lui-même assoupi, le dos appuyé au papier peint du mur.

Quand il se réveilla, il était presque dix heures du soir et la nuit commençait à tomber : encore une demi-heure, et le soleil aurait disparu.

Engourdi de sommeil, il s'étira. Wilma dormait profondément, la couette remontée jusqu'au cou. Il lui caressa la joue sans qu'elle réagisse, puis s'éloigna sur la pointe des pieds.

Après avoir refermé la porte de la chambre de Wilma, il descendit à la cuisine et ouvrit le réfrigérateur. Il était presque vide, mais il restait quelques bières dans la porte. Ça ferait l'affaire, il n'avait pas tellement faim.

La bouteille à la main, il gagna le séjour et s'affala dans le canapé d'angle. L'électricité était rétablie, mais il n'alluma pas et resta là, dans la pénombre.

Était-ce parce qu'il ne voulait pas que Nora sache qu'il était réveillé ? Jonas n'en savait rien lui-même.

Mais il vit de la lumière à la fenêtre de sa cuisine, quelqu'un était encore debout dans la villa Brand.

Il but une gorgée de bière et soupesa la bouteille.

Toujours la même question qui le tarabustait : pourquoi n'avait-il pas compris plus tôt les sentiments de Wilma à l'égard de Nora ?

Jonas essaya de se remémorer le printemps. Nora s'était-elle mal comportée vis-à-vis de Wilma ? Il secoua la tête : elle avait essayé de bien s'entendre avec sa fille, tout comme il s'était efforcé de faire la connaissance d'Adam et Simon.

Depuis qu'ils s'étaient mutuellement présenté leurs enfants, ils avaient fait de leur mieux pour que tout fonctionne bien. Après quelques tâtonnements, les choses s'étaient dans l'ensemble bien passées. D'un commun accord, ils avaient pris leur temps.

Il avait passé les vacances de Pâques avec Nora et les enfants à Sandhamn. Ils n'avaient alors pas dormi sous le même toit, mais pris les repas ensemble. Wilma avait été ronchonne, mais pas plus que n'importe quelle ado.

Il se demandait à présent si tous les signes n'étaient pas déjà là.

Penser qu'elle était restée dans les bois parce qu'il était avec Nora le mettait profondément mal à l'aise. Il aurait dû comprendre la situation. Il était adulte, elle encore une enfant.

Le coup de colère de Margot résonnait encore à son oreille :

« Comment as-tu pu la laisser partir comme ça ? Elle n'a que quatorze ans ! Je n'aurais pas cru ça de toi, Jonas, je suis déçue. Il faut que tu agisses de façon responsable avec ta fille ! »

Il imagina Wilma dans la nuit d'été, perdue et frigorifiée, tellement désespérée qu'elle n'avait pas donné de nouvelles.

Quelle angoisse !

Le visage de Nora lui réapparut. Avait-il vécu ces derniers mois dans une bulle ?

Pour la première fois depuis des années il était vraiment tombé amoureux. C'était peut-être pour ça qu'il s'était laissé entraîner. Wilma commençait à être grande, il était évident qu'il ne l'avait plus que pour quelques années encore. Bientôt, elle partirait voler de ses propres ailes.

Et ensuite ? Quand il approcherait la quarantaine et que sa fille unique aurait quitté la maison ?

À sa naissance, il n'avait pas encore vingt ans, il était devenu papa bien avant tous les autres. Il était à contretemps à l'époque, comme il l'était encore aujourd'hui. Ses amis commençaient seulement à fonder une famille et à avoir des enfants. Ils se plaignaient de leurs insomnies, des coliques nocturnes de leurs bébés, pendant que lui se débattait avec des problèmes d'ado et de puberté.

Pendant quatorze ans, il avait construit toute son existence autour de Wilma. Mais l'aspiration à quelque chose de plus durable avait grandi en lui, autre que les brèves rencontres qu'il avait eues avec des femmes ces dix dernières années.

Il s'était ouvert à Nora comme il ne l'avait pas fait depuis longtemps. Quel bonheur de lâcher prise et de tomber vraiment amoureux !

Nora.

Il lui suffisait de penser à elle pour ressentir du désir. Mais il ne pouvait pas faire passer son nouvel amour avant sa fille.

Thomas se redressa dans le lit. Il avait des sueurs froides, et la légère couette d'été était humide là où elle avait touché sa peau.

Elin était-elle vivante ?

Il tourna la tête et entendit le souffle d'une respiration.

Ses rêves s'étaient télescopés. Il avait rêvé d'Elin qui lui souriait, rose et en bonne santé. Puis elle s'était transformée en Emily en train d'étouffer, de lutter, le visage bleu. Thomas essayait de l'aider, mais il ne se passait rien, elle suffoquait malgré ses tentatives d'insuffler de l'air dans sa petite bouche. Il était déjà hors de lui quand, dans son rêve, sa fille lui avait glissé des mains pour disparaître.

L'image de l'enfant qui étouffait dans ses bras était toujours réelle.

Thomas se força à respirer plus calmement, ce n'était qu'un rêve, pas la réalité. Il faisait encore nuit, mais il distinguait sa famille dans la pénombre. Elin dans son lit à barreaux, Pernilla dormant profondément sur le côté. Tout était comme d'habitude.

Les chiffres du réveil luisaient dans le noir, il ne lui restait plus que trois heures avant de devoir se lever pour prendre le premier bateau pour Stavsnäs.

Il avait vraiment besoin de dormir davantage, mais son angoisse ne voulait pas s'apaiser. Son cœur battait fort. Dans le noir, il redressa son oreiller en le retournant, pour que le côté humide soit en dessous.

Il s'efforça de se détendre et se coucha sur le dos, une main derrière la tête. Il n'entendait que les respirations régulières autour de lui. Un insecte entré par la fenêtre passa au-dessus de lui avec un léger sifflement.

Pernilla se serra contre lui dans son sommeil et Thomas effleura des lèvres son épaule nue dont la chemise de nuit avait un peu glissé. Une odeur de cheveux propres, de fleur de pommier monta vers lui.

La gratitude de ne plus être seul l'envahit.

« Je t'aime », chuchota-t-il.

49

Lundi

Des coups de marteau chez le voisin réveillèrent Nora. Après la Saint-Jean, tous les chantiers du village devaient faire une pause, mais quelques affreux qui n'avaient pas eu le temps de finir leurs travaux s'asseyaient sur l'interdiction.

Sa tête reposait à même le drap : dans son sommeil, elle avait fait tomber l'oreiller. La maison était calme, les garçons dormaient sûrement.

Quarante-huit heures plus tôt, Jonas était couché près d'elle, et maintenant son côté du lit était vide.

Nora écarta la couette et gagna la grande fenêtre. C'était une belle matinée. Une petite barque passait en pétaradant, un tas de filets emmêlés à l'avant, mais impossible de voir si la pêche avait été bonne.

Gagnée par la mélancolie, Nora appuya son front à la vitre. Elle était fraîche, et un peu bosselée, comme l'est souvent le verre ancien.

La veille, Jonas n'avait pas donné de nouvelles de la soirée. Depuis la fenêtre de sa cuisine, elle avait cherché de la lumière chez lui, sans distinguer le moindre signe de vie. Il n'était pas venu la voir et elle n'avait pas voulu déranger.

À présent, elle était tout à fait réveillée, et ne savait pas comment se rendormir, alors qu'il n'était encore que sept heures du matin.

Ces six derniers mois, elle avait été plus heureuse que depuis bien des années. Je ne le mérite pas, avait-elle parfois pensé.

La prévenance de Jonas, sa nature facile étaient un soulagement, après ces années avec Henrik. Cela l'avait aidée à guérir après le divorce, elle ne se sentait plus brisée et rejetée. Dans ce nouvel état d'esprit, elle avait cessé de ressasser l'échec de son mariage. Elle n'était plus désespérée d'entendre nommer dans une même phrase Henrik et Marie.

Avec Jonas, elle commençait à croire qu'une autre façon de vivre était possible. Une existence où Henrik et elle pouvaient être heureux, mais chacun de son côté.

Jonas lui avait donné la force de recommencer et, peu à peu, elle s'était mise à se considérer, elle et les garçons, comme une famille à part entière.

Avec ou sans Jonas, elle tenait enfin debout toute seule. Il l'avait aidée à y parvenir.

Mais à présent, elle ne voulait pas le perdre.

Oscar-Henrik Sachsen enfila sans se presser ses gants de plastique blanc. Il avait pris un solide petit déjeuner, il n'y avait pas de raison de négliger le repas le plus important de la journée sous prétexte qu'il y avait du boulot.

Deux tartines jambon-fromage, un yaourt aux fruits et un café fort. C'était le premier d'une longue série, rarement moins de huit par jour, souvent plus.

Ses cheveux raides un peu trop longs atteignaient le col de sa blouse blanche. Une calotte dégarnie trahissait son âge – il allait avoir cinquante-neuf ans. Encore six ans avant la retraite, il ne savait pas s'il la redoutait ou y aspirait.

« Tu es prêt ? » lança-t-il à son assistant, Axel Ohlin, qui travaillait depuis bientôt six mois à l'institut médico-légal.

Un garçon fluet et discret.

« Tu vas me chercher le gamin ? » lança à nouveau Sachsen.

Il était sept heures et quart, Sachsen était du matin.

Quelques minutes plus tard, Ohlin apparut derrière une civière qu'il fit rouler jusqu'au centre de la pièce peinte en gris clair où Sachsen l'attendait.

Sur la paillasse, le long du mur, un ordinateur allumé.

« Bon, fit Sachsen. Jetons un coup d'œil. »

Il ôta le drap qui couvrait le cadavre.

« Toutes les photos sont prises ? On peut y aller ? »

Axel Ohlin répondit d'un hochement de tête.

Le légiste fit le tour du corps inerte, dictaphone à la main. Il veillait toujours à bien fixer sa première impression, qu'il serait impossible de retrouver une fois que le scalpel aurait tranché membres et muscles.

« Voyons voir », dit-il en pinçant un peu la peau.

Très bientôt, les tissus seraient prélevés, les liquides corporels analysés, des échantillons envoyés au laboratoire de la police scientifique, à Linköping. Chaque organe serait extrait, pesé et mesuré.

« Mais je te rafistolerai, marmonna-t-il pour lui-même. Tu seras joli, comme neuf. »

Quand Sachsen aurait fini, la peau serait soigneusement refermée et recousue. L'œil profane n'y verrait que du feu.

Mais pour l'heure, Victor Ekengreen était intact.

Du côté où la plaie sanglante ne se voyait pas et où l'œil était clos, on pouvait presque croire qu'il dormait. Ce n'est qu'un gamin, pensa Sachsen en se permettant de se départir un instant de ses lunettes cliniques. Pauvres parents.

Puis il abandonna cette pensée, presque comme s'il avait laissé la réalité s'approcher trop près, et brusqua son assistant : « Bon, allez, on y va. Décris-moi ce que tu vois. »

Le jeune homme s'approcha un peu de Victor Ekengreen.

Ses cheveux blonds étaient en partie rejetés en arrière, découvrant une peau pâle où couraient de fins réseaux de veines bleues. Le garçon était tourné sur le côté, pour dégager le cou et l'arrière du crâne.

Sachsen lança à Ohlin un regard insistant.

« Qu'est-ce que tu vois ?

— Il a une fracture qui traverse une grande part de la *sutura coronaria* et descend vers le *sinus frontalis*.

— C'est exact, il a une grande plaie à la tête. Continue. »

L'assistant s'efforça de décrire de son mieux les blessures.

Quand Ohlin souleva la tête du garçon pour mieux voir, Sachsen découvrit quelque chose qu'il n'avait pas noté auparavant.

Il s'approcha et se pencha sur Victor.

« Mais qu'est-ce que c'est que ça ? » murmura-t-il.

50

« Salut Thomas, dit Karin Ek quand il entra dans la salle de réunion du troisième étage. Tu arrives directement d'Harö ?

— Premier ferry », dit-il avec un clin d'œil.

Il avait débarqué à Stavsnäs à sept heures moins le quart, puis il ne lui avait fallu qu'une demi-heure pour rejoindre l'hôtel de police de Nacka.

« Pernilla et Elin vont bien ? »

Pour leur assistante Karin, parler famille allait de soi. Elle avait elle-même trois ados fous de sport qu'il fallait toujours conduire d'un entraînement à l'autre. À la naissance d'Elin, elle lui avait offert une barbotcuse dans un joli paquet.

« Tout va bien, dit Thomas. Elles dormaient toutes les deux quand je suis parti. »

Un juron les interrompit.

« Bordel ! »

C'était Margit. Le café noir de son gobelet renversé se répandait sur la table.

« Tiens », dit Karin en lui tendant un rouleau d'essuie-tout.

Thomas fit le tour de la table et s'assit à côté de sa collègue.

« Ça va ? »

Sans répondre, Margit continua d'essuyer le café avant qu'il n'atteigne tous les papiers.

La porte s'ouvrit, et les deux plus jeunes inspecteurs Erik Blom et Kalle Lidwall entrèrent. Comme d'habitude, Erik Blom avait plaqué ses cheveux en arrière avec du gel. Il était déjà très bronzé.

« Salut ! » fit-il gaiement en rangeant ses lunettes dans sa poche de poitrine.

Kalle Lidwall, le cadet de l'assemblée, salua de la main sans rien dire. Il était rare qu'il fasse des confidences personnelles. Thomas en savait étonnamment peu sur son collègue, alors qu'ils travaillaient ensemble depuis plusieurs années. Mais son sens de l'ordre sautait aux yeux, pas un seul papier inutile sur son bureau, Thomas l'avait plusieurs fois remarqué, avec une certaine jalousie.

« Tu as vu le nouveau, Anjou ? demanda Thomas à Karin.

— Il est chez le Vieux. »

Le Vieux était l'unique appellation du chef de la section, Göran Persson.

La porte s'ouvrit à nouveau, et le Vieux entra.

« Bonjour tout le monde », dit-il en prenant un siège.

Il s'installa sur le grand côté de la table, en face de Thomas et Margit.

« Je vous présente Harry Anjou, continua-t-il avec un geste en direction du nouveau venu. Il vient du Maintien de l'ordre, et commence chez nous aujourd'hui. Comme

254

il a participé au déploiement sur Sandhamn durant le week-end de la Saint-Jean, c'est bien qu'il rejoigne cette enquête. »

Le Vieux tendit la main vers le plat de brioches que Karin avait placé là. C'était probablement la dernière chose qu'il fallait qu'il mange, vu sa corpulence, pensa Thomas. À voir son visage rougeaud, l'infarctus le menaçait à tout moment. Son taux de cholestérol devait être stratosphérique.

Mais Thomas était bien content d'en manger, il n'avait pas eu le temps de prendre un petit déjeuner. Une fois rendormi, il n'avait pas entendu son réveil, et avait été à deux doigts de rater le bateau. Il avait ensuite somnolé jusqu'à Stavsnäs.

« Harry, tu pourrais te présenter au reste de la bande ? » dit le Vieux.

Le nouveau venu salua de la tête ses nouveaux collègues. Il se passa la main sur la joue, où une ombre indiquait une forte pilosité, malgré l'heure matinale. Thomas songea aux Wallons immigrés en Suède au dix-septième siècle. Son nom comme son corps trapu le suggéraient.

« Donc je m'appelle Harry Anjou, dit-il. J'ai trente-deux ans, et j'habite Stockholm depuis cet automne. »

Son dialecte du Norrland était reconnaissable entre tous. Anjou articulait sans se presser, avec des « l » traînants. Ses ancêtres wallons devaient être remontés vers le nord.

« Je viens de passer six mois au Maintien de l'ordre. Comme j'ai un service tournant, le moment est venu de passer chez vous. Je m'en réjouis.

— D'où viens-tu ? demanda Margit.

— Ânge. J'ai travaillé dans ce district pendant quelques années après l'école de police, mais comme chacun sait, tout le monde cherche à en partir. »

Il haussa les épaules, comme s'il s'attendait à ce que tous soient au courant de la dépopulation du Norrland.

« Je voulais me frotter un peu à la grande ville. La chasse à l'élan attendra. »

Il eut un sourire en coin.

« Tu as une famille ? » dit Karin.

Harry Anjou secoua la tête. Sa mâchoire était marquée et ses sourcils sombres ressortaient sur sa peau pâle.

« Non, pas encore.

— Bienvenue parmi nous, dit Thomas. On s'est vus hier à Sandhamn, Harry et moi », expliqua-t-il au reste du groupe.

Il se tourna à nouveau vers Harry Anjou.

« Vous avez fait du bon boulot, là-bas. Vous n'avez pas dû chômer, ce week-end.

— Ça, on peut le dire, dit-il en se frottant le nez d'un air las.

— Bon, dit le Vieux. Ça, c'est fait. On fait le point ? La poisse, qu'un truc pareil nous tombe dessus pile au début des vacances ! »

Thomas résuma les événements des dernières vingt-quatre heures. Karin avait affiché au mur une photo du lieu où le corps avait été trouvé. Thomas montra un gros plan de Victor Ekengreen sous les branches.

« Tout semble indiquer que Victor a été assassiné, dit-il. Mais il ne va pas être très facile d'avancer. Il y avait foule sur l'île ce week-end, surtout des visiteurs. Trouver des témoins va être coton. »

Il se tourna vers Margit.

« Tu veux ajouter quelque chose ?

— Comme il vient d'être dit, nous n'avons pas grand-chose sous le coude côté meurtrier et mobile, dit-elle. Tout ce que nous savons, c'est que la victime avait eu une dispute avec son meilleur ami, Tobias Hökström, également présent sur l'île.

— Quand l'autopsie aura-t-elle lieu ? demanda Kalle.

— J'espère dès aujourd'hui.

— J'ai faxé tous les documents à la médecine légale, dit Karin.

— Et j'appelle Sachsen dès qu'on aura fini, ajouta Thomas.

— Nous avons commencé à regarder de près la bande de copains venue fêter la Saint-Jean à Sandhamn, dit Margit. Si on suit la théorie selon laquelle le meurtrier est un proche de la victime, Tobias Hökström, que je viens de mentionner, et la petite amie de Victor, Felicia Grimstad, sont nos deux clients les plus intéressants pour le moment. »

Thomas se rappela les regards rapides échangés entre les deux frères. Les yeux apeurés de Tobias, le soutien qu'il cherchait chez son frère. Il fallait creuser ça.

Tout haut, il dit :

« Il faut que quelqu'un aille parler aux gens à Sandhamn. Il doit bien y avoir là-bas quelqu'un qui a vu ou entendu quelque chose. Je sais que des contacts ont été pris hier, mais nous n'avons pas fini.

— Je peux m'en occuper », dit Erik Blom.

Il se tourna vers son nouveau collègue.

« Tu veux venir aussi ? »

Harry Anjou n'avait pas l'air enchanté. Thomas supposa que c'était parce que Anjou, comme lui, venait juste de rentrer de plusieurs jours éprouvants dans l'archipel.

« Prends plutôt Kalle, dit le Vieux. Harry peut bien rester ici aujourd'hui. Il faut passer la vie de Victor au peigne fin. Commence au plus vite.

— Bien sûr », dit Anjou.

Thomas aurait juré qu'il semblait reconnaissant.

« On nous a attribué Charlotte Ståhlgren comme procureure, dit le Vieux. Margit et Thomas, vous la mettez au parfum ? »

Margit hocha la tête.

« Bon, dit le Vieux en se levant. En avant. »

51

Erik Blom fit un clin d'œil à une jolie fille qui tenait par la main son enfant de cinq ans en attendant que le bateau accoste. L'avant du ferry de la Waxholm était bondé de passagers prêts à débarquer à Sandhamn. La queue était longue jusqu'à la passerelle. L'homme devant eux traînait des sacs de courses, deux dans chaque main.

« Combien y a-t-il de poussettes dans ce ferry, à la fin ? » grommela Kalle, forcé de se plaquer au mur pour laisser passer un nourrisson.

Il avait été grincheux tout le trajet, mais Erik n'avait pas cherché à savoir pourquoi, il y avait peu de chances que son collègue taciturne lui en confie la cause.

« On est bientôt arrivés », botta en touche Erik.

Il continuait à observer la maman avec son enfant. Elle portait un haut moulant et un short blanc. Jolis seins.

Kalle avait acheté les billets et lui en tendit un. Leur tour finit par arriver. Erik montra son titre de transport et descendit sur le quai de béton gris. Il avait le kiosque sur sa gauche et, droit devant, une boutique de vêtements aux couleurs vives avec des plantes en pot en devanture. Au-dessus de la porte, une enseigne en lettres chantournées : *C'est l'été !* Des enfants traînaient devant le kiosque, esquimau à la main.

« On commence par où ? » demanda Erik à Kalle en remontant le zip de son mince coupe-vent bleu.

Kalle venait de chausser une paire de lunettes noires. Avec ses cheveux ras, il avait l'air d'un flic dur à cuire tout droit sorti d'une série américaine.

« Le lieu du crime, ça te dit ? »

Il était décidément aussi laconique que ces personnages à la télévision, songea Erik en mettant lui aussi ses lunettes de soleil.

« OK », dit-il tout haut.

Ce n'était pas la première fois qu'ils avaient à faire du porte-à-porte à Sandhamn, et l'absence de numéros dans les rues ne facilitait pas le travail.

Il n'y avait ni plaques ni noms de rue sur l'île, seulement des appellations locales qui n'apparaissaient sur aucune carte. On habitait « à l'ouest » ou « au nord », ou « devant Oxudden ». Impossible à retenir pour un visiteur occasionnel, seuls les natifs parvenaient à s'y repérer. Ça avait failli le rendre fou, la première fois qu'il avait participé à une enquête à Sandhamn. En plus, pour se déplacer, c'était à vélo ou pedibus. Les véhicules motorisés étaient bannis. On ne trouvait au village que quelques 4 × 4, et deux ou trois tracteurs ou jeeps.

« On y va ? dit-il. Inutile d'attendre le bus, hein ? »

Ils marchèrent d'un bon pas vers Skärkarlshamn et, en à peine dix minutes, parvinrent au périmètre de la scène de crime. Il n'était plus surveillé, mais on s'y sentait isolé. À l'autre bout de la plage s'activaient quelques véliplanchistes, on voyait bien qu'ils évitaient de trop s'approcher.

Les deux collègues passèrent sous la rubalise bleu et blanc et se dirigèrent vers le lieu de la découverte du corps. Ils s'arrêtèrent devant l'aulne, et Erik regarda alentour. Il avait étudié les photos montrées à la réunion du matin, mais ce n'était pas la même chose que de voir l'endroit en vrai.

La police scientifique ayant fini son travail, il n'y avait pas lieu de s'inquiéter de contaminer le site, mais Erik se déplaçait quand même avec précaution. On ne savait jamais, il faudrait peut-être faire des vérifications ultérieures.

Lentement, il s'imprégna de cet endroit baigné de soleil.

Thomas avait dit que c'était caché, mais Erik comprenait seulement maintenant combien c'était à l'écart.

Skärkarlshamn se déployait en demi-cercle, mais ici, seulement, la baie se creusait d'une crique invisible du reste de la plage quand on se tenait derrière l'arbre, dont les branches étaient si basses qu'elles effleuraient la végétation au sol.

Erik dut les écarter pour voir l'endroit où Victor avait été trouvé.

L'herbe était encore aplatie. Erik s'agenouilla pour examiner sa surface. Il pouvait sans difficulté imaginer les contours du corps.

En se relevant, il aperçut quelque chose entre les troncs, de l'autre côté.

Thomas avait dit que les maisons du terrain le plus proche étaient vides quand il était venu. Il n'y avait personne. Mais à présent quelqu'un se déplaçait là-bas, les volets blancs étaient grands ouverts. Thomas avait bien dit qu'ils étaient fermés, la veille ?

« Kalle », dit Erik à mi-voix.

Son collègue était passé de l'autre côté de l'aulne luxuriant, il s'était penché pour examiner un rocher pointu qui dépassait de quelques décimètres seulement de la végétation de la plage. La marche rapide devait l'avoir mis en sueur, il avait ôté son blouson et son polo rayé avait des taches humides sur le dos.

Erik fit un geste entendu en direction des maisons.

« Je crois que les propriétaires sont rentrés. Viens, on va aller leur parler. »

52

Erik et Kalle gagnèrent la clôture et cherchèrent sans succès un portail. Ils finirent par faire le tour par la plage, où la clôture s'arrêtait à seulement un mètre de l'eau : des algues échouées s'entassaient au pied du dernier poteau.

En s'approchant, Erik vit qu'il y avait plusieurs maisons d'hôtes sur le terrain. Le bâtiment principal avait une longue baie vitrée orientée vers la mer. Devant, sur la terrasse en teck, une grande et forte femme d'une soixantaine d'années rempotait un géranium. Son ample short était taché, et elle portait de gros gants de jardinage.

« Bonjour ! » lança Erik en ôtant ses lunettes de soleil.

Elle sursauta et, dans sa surprise, lâcha la plante.

« Ne vous inquiétez pas, se hâta d'ajouter Erik. Nous sommes policiers. Nous aimerions vous parler un petit moment, si vous voulez bien. »

La femme posa son pot sur une table de jardin et descendit le large escalier qui reliait la terrasse au niveau du sol. Elle s'essuya la sueur du front, se mettant de la terre dans les cheveux.

Erik et Kalle se présentèrent, Erik montra sa carte de police.

« Ann-Sofie Carlén, répondit-elle en ôtant un de ses gants avant de leur serrer la main. Mais je ne comprends pas ce que vous faites ici. Je n'ai pas encore porté plainte, cette année. »

Elle croisa les bras avant de continuer.

« Et pourtant, il y aurait de quoi. La délinquance ne fait qu'augmenter, et personne ne prend ça au sérieux si on n'insiste pas. C'est vraiment désolant de voir le peu de moyens que la police y consacre. »

Ils n'avaient pas encore dit ce qui les amenait, constata Erik, qu'elle avait déjà commencé à se plaindre.

Kalle se rembrunit, mais Erik décida de jouer de son charme.

« C'est vous la propriétaire ? demanda-t-il, tout sourire. C'est vraiment joli, ici, quelle vue fantastique. »

Ann-Sofie Carlén se dérida.

« Oui, c'est beau. Nous avons cette maison depuis quelques années maintenant. Je veux dire, mon mari et moi. Mais ça a été du travail pour tout rénover.

— Votre mari est là lui aussi ? demanda aimablement Erik, en souriant de plus belle.

— Non, il est allé faire des courses au village. Nos petits-enfants vont venir nous voir. »

Aucun doute, Ann-Sofie Carlén était fière de sa descendance.

« Nous avons deux filles, continua-t-elle avec enthousiasme. Elles ont toutes les deux des enfants, et notre aînée arrive cet après-midi avec ses petites filles. »

Elle montra le rivage, devant eux, où une étroite bande de sable s'étendait près du ponton. Le varech y avait été ratissé.

« Elles adorent jouer ici. »

Kalle se racla si fort la gorge que sa pomme d'Adam tressauta sous le col de son polo.

« Nous avons quelques questions à vous poser au sujet d'événements survenus au cours du week-end de la Saint-Jean.

— Ça ne m'étonne pas ! s'exclama Ann-Sofie Carlén. Regardez : des détritus partout, et la commune ne fait rien, c'est lamentable. »

Elle reprit haleine.

« Et ces barrages, par-dessus le marché. Qu'est-ce qui se passe donc, là-bas ? »

Son expression passa de l'indignation à la méfiance.

« D'ailleurs, peut-être que vous pourriez m'expliquer ça, vous deux ? »

Ann-Sofie Carlén n'avait visiblement pas entendu parler du mort de Skärkarlshamn. Erik avait vu l'annonce de la mort de Victor Ekengreen dans les journaux du matin, mais elle n'avait pas fait autant de bruit qu'on le redoutait. Un carambolage en Dalécarlie, avec plusieurs morts et de nombreux blessés, faisait les gros titres. Les journaux étaient pleins d'articles sur le danger de la circulation durant le week-end de la Saint-Jean, et de photos détaillées de « la route de la mort », comme les journalistes avaient baptisé le tronçon où avait eu lieu l'accident.

« Il y a eu un mort sur l'île, dit-il.

— Qu'est-ce que vous dites ? »

Ann-Sofi Carlén tombait des nues.

« Un jeune homme est mort sur la plage au cours du week-end, expliqua Kalle. Plus précisément, le jour de la Saint-Jean. C'est la raison pour laquelle le périmètre est bouclé. Nous cherchons à savoir si quelqu'un dans le voisinage a vu ou entendu quelque chose.

— C'est terrible, dit Ann-Sofie Carlén avec autant d'effroi que de curiosité dans la voix. C'était quelqu'un de Sandhamn ? »

Kalle la rassura d'un geste.

« Non, il n'était pas d'ici. Le défunt était venu en bateau. »

Ann-Sofie Carlén releva un peu le menton.

« Je ne peux pas dire que ça m'étonne. C'est un tel bazar, ici, à la Saint-Jean. Ça devait forcément arriver. Et bien sûr, il était ivre ? »

Erik décida d'éluder.

« Nous aimerions savoir s'il y avait quelqu'un chez vous ce week-end, qui aurait pu remarquer quelque chose.

— Désolée. » Ann-Sofie Carlén secoua énergiquement la tête. « Nous étions absents. Nous ne sommes revenus que ce matin.

— Nous cherchons des gens qui auraient pu voir quelque chose à partir de sept heures samedi soir, c'est-à-dire le jour de la Saint-Jean, précisa patiemment Kalle. Vous n'aviez pas d'invités, ici, à ce moment ? »

Il pencha la tête vers les autres bâtiments, qui semblaient suffisamment grands pour loger une, voire deux autres familles.

« Malheureusement, encore une fois, nous n'étions pas là, dit Ann-Sofie Carlén. Nous partons toujours ailleurs pour la Saint-Jean, c'est trop agité ici. On ose à peine sortir de chez soi, avec toutes ces bandes de jeunes qui campent et font du feu dans les bois. »

Les seules maisons avec vue directe sur le lieu du crime étaient celles des Carlén. Erik voulait en avoir le cœur net.

« Il n'y avait donc absolument personne ici, durant le week-end ? »

Ann-Sofie Carlén avait remonté ses lunettes de soleil sur son front. Elle prit son temps pour les reposer sur l'arête de son nez avant de répondre de derrière les verres sombres.

« Enfin, c'est ce que je me tue à vous dire. »

Elle renfila son gant de jardinage, comme si elle était soudain pressée.

« Maintenant excusez-moi, j'ai beaucoup à faire avant l'arrivée de mes petits-enfants. »

Erik regarda Kalle. Cachait-elle quelque chose ?

Kalle se campa tout près d'Ann-Sofie Carlén, il la dépassait d'au moins vingt-cinq centimètres.

« Il s'agit d'une enquête policière, dit-il froidement. Un jeune homme est décédé. Si quelqu'un a séjourné ici pendant le week-end de la Saint-Jean, il faut nous le dire. »

Ann-Sofie Carlén parut interloquée. Elle ouvrit la bouche, mais se ravisa.

Erik eut la forte impression qu'elle avait quelque chose sur le bout de la langue.

« Désolée, je ne peux pas vous aider, » dit-elle avant de tourner les talons et de retourner vers la maison.

Erik la rattrapa en quelques enjambées.

« Si vous avez des informations qui peuvent être utiles à l'enquête, vous devriez nous en parler. »

Ann-Sofie Carlén s'arrêta. Lentement, elle se retourna.

« Je ne sais pas si c'est très important, dit-elle, mais on dirait que quelqu'un est entré dans une des maisons d'hôtes.

— Pourquoi le croyez-vous ? dit Erik en s'efforçant d'être aussi aimable que possible, Kalle l'avait suffisamment brusquée. Y a-t-il eu effraction ?

— Non, mais il y avait une drôle d'odeur, quand j'y suis entrée. » Elle fit une grimace de dégoût. « Infecte, en fait. J'ai découvert ça en allant préparer la maison pour ma fille. La literie aussi était en désordre, ce n'était pas comme d'habitude. »

Elle serra les lèvres, comme si elle regrettait déjà d'avoir parlé.

« Ce n'est sans doute rien, dit-elle. Et puis je ne veux pas être mêlée à tout ça.

— Pouvons-nous jeter un œil ? » demanda Erik.

La femme marchait vers l'escalier.

« Si vous voulez. Mais j'ai déjà tout nettoyé. C'est tout propre et en ordre, maintenant. L'odeur a disparu, Dieu merci. »

53

Thomas composa le numéro de Oscar-Henrik Sach-sen. Le téléphone à l'oreille, il balança en arrière le dossier de son siège jusqu'à effleurer le placard derrière lui.

« Allô ? » lui répondit-on à la cinquième sonnerie.

Était-ce Oscar-Henrik Sachsen ? Il semblait avoir de la bouillie dans la bouche.

« Qu'est-ce que tu fais ? dit Thomas.

— Je mâche. Je suis dans la salle de repos. On s'est offert une part de tarte aux pommes une fois le boulot terminé, il y a une loi contre ?

— Non, non, se hâta de répondre Thomas. Comment ça va, vous avez déjà eu le temps de regarder Victor Ekengreen ?

— Oui, dit Sachsen, la bouche pleine. Ne t'inquiète pas. On a examiné ton bonhomme dès ce matin. On s'occupera plus tard de la paperasse.

— J'apprécie, dit Thomas. Qu'est-ce que tu peux m'en dire ?

— Le gamin est mort d'un puissant coup à la tête porté par un objet contondant. Il est couvert de contusions, une fracture de la voûte crânienne, des lésions cérébrales consécutives au choc ainsi qu'une hémorragie méningée. La mort a dû être assez immédiate. Pour le dire plus simplement, il ne restait plus grand-chose après le passage du meurtrier.

— Peux-tu m'en dire davantage sur le déroulement des faits ?

— Quelqu'un a frappé la tête de ce jeune homme avec quelque chose de rond et dur.

— Est-ce que ça pourrait être un galet ? demanda aussitôt Thomas, en songeant à tous ceux qui jonchaient le rivage.

— Ce n'est pas impossible, vu la marque. »

C'était ce dont il se doutait. Dans ce cas, le meurtrier avait dû agir spontanément.

« Il avait plusieurs plaies à la tête.

— Exact, mais seules les dernières étaient mortelles. Celle à la tempe n'est ni très profonde, ni très grave. Ce n'est juste pas beau à voir, c'est souvent le cas avec ce genre de plaies.

— La première blessure était-elle suffisante pour lui faire perdre connaissance ?

— Peut-être, mais dans ce cas, brièvement. Probablement n'a-t-il été qu'étourdi. Si rien d'autre ne s'était passé, il se serait rétabli sans problème. »

Thomas essayait d'assembler les pièces du puzzle.

« Donc Victor Ekengreen tombe, ou est poussé à la renverse et se cogne contre le rocher. Ça lui provoque cette plaie qui saigne à la tempe, et il perd connaissance, ou du moins reste groggy.

— Exactement. »

Sachsen devait poser un mug dans un lave-vaisselle, on entendit à l'arrière-plan un choc de porcelaine contre du métal.

« J'ai passé en revue les photos du lieu du crime, la plaie superficielle peut très bien avoir été provoquée par le rocher sur lequel on a trouvé des traces de sang. La taille et la pointe correspondraient.

— Mais tu dis qu'ensuite il s'est passé autre chose, d'autres blessures, mortelles ? dit Thomas.

— Tout à fait.

— Une bagarre ? Il s'est battu avec quelqu'un ?

— Je dirais que oui. Il a des griffures au visage. Pas profondes, bien sûr, mais elles sont là. Il y a aussi des bleus aux avant-bras, comme si quelqu'un l'avait attrapé par là avec une certaine force, ainsi qu'un autre bleu au thorax, en plein milieu.

— Que s'est-il passé, à ton avis ?

— C'est plutôt à toi d'y réfléchir. »

Sachsen se tut une seconde.

« Écoute : la première blessure peut être accidentelle, les suivantes non. Un seul coup n'a pas suffi pour provoquer le trauma mortel. Je dirais plutôt deux, et peut-être même trois. »

Un meurtre, donc. Prémédité ?

« Est-ce que tu peux me dire quelque chose de la personne qui a porté les coups ? dit Thomas.

— Probablement quelqu'un d'assez fort. Le crâne est sérieusement enfoncé. »

Thomas imagina Ebba et Felicia. Aucune des deux ne dépassait le mètre soixante-cinq, elles étaient minces, avec des attaches fines. Les statistiques penchaient pour un homme mais, dans des situations désespérées, les femmes avaient plus de force qu'on ne croyait.

« Est-il possible de déterminer l'angle du coup ?

— C'est plus compliqué, dit Sachsen. Mais je pense que la victime se trouvait face à face avec son meurtrier. La pierre, si c'en est une, a porté en biais derrière l'oreille droite. On dirait que le coup venait de côté, victime et meurtrier étaient peut-être en position couchée.

— L'oreille droite ? répéta Thomas. Dans ce cas, le meurtrier devait tenir la pierre dans la main gauche, s'ils étaient l'un en face de l'autre ?

— Exact. »

Gaucher ? se dépêcha de noter Thomas dans son carnet.

Il essaya d'imaginer Victor après le premier coup. Était-il trop groggy pour se défendre ? Combien de temps avait-il fallu au meurtrier pour trouver une pierre assez grosse pour l'achever ?

Une poigne solide, un bras levé. Un coup mortel suivi de plusieurs autres. Il n'en fallait pas davantage.

« C'est tout ? » demanda Thomas en regardant sa montre.

Il devait retrouver Margit dans cinq minutes, mais ce n'était pas la fin du monde s'il arrivait un peu en retard.

« Pas tout à fait. »

Sachsen se racla la gorge.

« Les analyses chimiques ne sont pas terminées, comme tu peux l'imaginer. Le labo central va prendre son temps. Mais j'ai trouvé autre chose, qui devrait t'intéresser.

— Quoi ?

— Il semble que ta victime a fait usage de drogue pendant une longue période. De cocaïne, plus précisément. J'ai trouvé des petites traces de poudre blanche dans les narines, et certaines des muqueuses nasales sont attaquées. Pas grand-chose, c'est à peine visible à l'œil nu, mais on peut voir que la cloison nasale est abîmée. On trouve en outre un fort afflux sanguin et de l'eau dans les poumons, il est donc possible qu'il ait pris encore autre chose. Mais on ne peut pas dire quoi avant les résultats du labo central.

— Cocaïne », répéta Thomas.

Il goûta l'information.

Victor Ekengreen consommait des drogues. Personne ne l'avait mentionné lors des interrogatoires.

54

Quand Thomas entra dans le bureau de Margit, il la trouva appliquée à peler une banane légèrement trop mûre.

« Je viens de parler avec Sachsen. Le corps a été autopsié ce matin.

— Parfait, dit Margit. Alors, quelles nouvelles ? »

Thomas s'assit en face d'elle et lui résuma la conversation.

« Tout indique donc que la mort de Victor était intentionnelle, conclut-il. Il n'y a pas d'autre interprétation possible.

— Ce qu'on pensait, en d'autres termes.

— Et une dernière chose, dit Thomas. Selon Sachsen, Victor Ekengreen avait pris de la cocaïne avant de mourir. »

Margit reposa sa banane.

« Mais il n'avait que seize ans. C'est un peu tôt pour prendre de la cocaïne, surtout vu son milieu favorisé.

— C'est *surtout* dans ces banlieues-là qu'on en sniffe, tu veux dire ? »

Thomas n'avait pas pu s'empêcher, mais il sourit pour adoucir l'ironie.

« De la cocaïne…, continua Margit sans faire attention au commentaire de Thomas. C'est une drogue festive, non ?

— Mais ça peut aussi rendre agressif, surtout consommée régulièrement et en combinaison avec l'alcool, dit Thomas. Victor avait passé la journée à ingurgiter de la vodka, tous nous l'ont dit. Tobbe a dit que Victor était complètement parti.

— En oubliant juste de nous préciser qu'il ne s'agissait pas seulement d'alcool, dit Margit en tambourinant des doigts sur la table. Alcool et drogue, un cocktail explosif, décidément.

— En plus, Sachsen pense qu'il avait pris encore autre chose.

— Et ce serait quoi ?

— Trop tôt pour le dire. Mais pas forcément une drogue illégale, ça peut aussi être des médicaments. »

Thomas réfléchit.

« La cocaïne, c'est cher. S'il avait épuisé ses réserves, il a peut-être choisi une solution meilleur marché.

— Ce qui n'arrange rien, dit Margit.

— Non, pas vraiment. »

Thomas se souvint d'une affaire, longtemps auparavant, où une personne, après avoir pris un cocktail d'antalgiques et d'alcool, avait démoli sa famille et son logement. Il était complètement fou quand Thomas et ses collègues étaient arrivés sur place, il avait fallu trois hommes pour le maîtriser. Le lendemain, il ne se souvenait de rien. Il n'arrivait pas à croire que c'était lui qui avait perdu les pédales.

« Au fait, dit Margit. J'ai réussi à joindre cette fille que tout le monde appelle Tessan, celle qui était avec Tobias Hökström. Son nom complet, c'est Therese Almblad, elle a quatorze ans et vient juste de terminer sa quatrième, comme nous l'a dit le frère de Tobias. Je viens de raccrocher. »

À l'air de Margit, on voyait bien qu'elle avait du neuf.

« J'écoute, dit Thomas.

— Elle dit avoir quitté Tobias peu après qu'ils sont passés sur l'autre bateau.

— Elle en est sûre ?

— Yes. Selon Therese, ils sont arrivés ensemble, vers huit heures, et sont allés se serrer avec les autres à l'arrière du bateau. Visiblement, il y avait du monde. Ils avaient des bouteilles de vodka, ils se sont mis à picoler, mais au bout d'un moment, Tobbe a voulu retourner à terre. Soi-disant pour aller aux chiottes. Mais d'après la fille, il n'est jamais revenu. Elle a fini par en avoir assez de l'attendre et a trouvé un autre partenaire.

— À quelle heure l'a-t-elle vu pour la dernière fois ?

— Vers vingt heures, vingt heures trente.

— Il a donc disparu des radars plusieurs heures au cours de la soirée, constata Thomas.

— Exact. Il n'a pas d'alibi et, en plus, il nous a menti à ce sujet.

— C'est intéressant, surtout après ce que Sachsen nous a dit : Victor s'est battu avant sa mort. »

Margit fronça les sourcils.

« Tobias Hökström avait un gros bleu sur la joue. »

Elle se pencha au-dessus de sa corbeille à papier pour y lâcher la peau de banane qu'elle tenait du bout du pouce et de l'index.

« Je me pose une autre question, dit-elle alors.

— Quoi ?

— Si nous supposons qu'Hökström s'est trouvé sur place pour arrêter une dispute entre Victor et Felicia, il suffisait qu'il s'interpose. Pourquoi aurait-il tué Victor de la façon que décrit Sachsen ? En lui portant en plus plusieurs coups ? Ça ne colle pas. »

Thomas essaya d'imaginer la scène, sur la plage.

Felicia qui appelle désespérément à l'aide, Tobbe qui se pointe sur la plage. Peut-être a-t-elle eu le temps d'envoyer un sms pour prévenir que Victor avait pété un plomb ? Tobbe arrive, entend ses cris, accourt. Il tente vainement de faire lâcher prise à son ami, dans la bousculade Victor tombe et se cogne la tête.

« Je me demande si le coup à la tête n'aura pas eu un effet sur Victor, dit lentement Thomas. En combinaison avec l'alcool et la drogue. Ça l'a peut-être rendu agressif, il est devenu comme un étranger avec son meilleur ami. Et si Tobbe avait simplement voulu se défendre, qu'il avait attrapé une pierre... ?

— On devrait convoquer Tobias au plus vite, dit Margit. Et aussi Felicia. Ils ne nous ont pas tout dit. »

Thomas regarda la pendule au mur. Bientôt l'heure de la réunion de l'après-midi.

« Il faut faire ça dès demain matin. »

55

L'air semblait immobile. Thomas essayait de s'éventer avec son carnet, assis d'un côté de la longue table de réunion. Il faisait au moins vingt-cinq degrés dans la pièce. Le Vieux, en bout de table, avait des auréoles sombres aux aisselles. Son front était luisant de sueur.

Tout le groupe, moins Erik et Kalle, encore à Sandhamn, s'était rassemblé pour faire le point avant la fin de la journée.

« Qu'est-ce que tu as trouvé sur la victime ? demanda le Vieux à Harry Anjou, assis derrière une pile de papiers.

— Victor Ekengreen avait seize ans, il avait terminé le collège en juin avec de bonnes notes, dit Anjou en feuilletant ses documents. La famille habite une grande villa à Lidingö. Son père s'appelle Johan Ekengreen, sa mère Madeleine, femme au foyer. Ils sont mariés depuis dix-neuf ans, c'est la deuxième épouse de son père. Il y a une grande sœur de dix-huit ans et deux enfants du premier mariage, plus âgés, tous deux installés à l'étranger.

— Pas de problème d'argent chez ces gens-là »,
lâcha à mi-voix Margit.

C'est peut-être justement là le problème, pensa
Thomas, si un gamin de seize ans a les moyens de
s'acheter régulièrement de la cocaïne.

« Ekengreen aimait les sports aquatiques et le ski
alpin, continua Harry Anjou. J'ai pu joindre plusieurs de ses camarades de classe. Les avis divergent.
Certains le décrivent comme un gars sportif, peut-être
un peu timide. Mais d'autres disent qu'il était cassant,
pas toujours bon camarade.

— Comment ça ? » demanda Margit.

Harry Anjou chercha dans ses papiers.

« Un garçon, en particulier, a déclaré qu'Ekengreen
était arrogant. Il la ramenait avec le nom de son père,
par exemple. »

Le Vieux secoua la tête et Anjou continua à lire
ses notes :

« Selon la même source, il lui arrivait de dénigrer
des camarades de classe qui ne lui revenaient pas.

— Tu veux dire qu'il s'est fait des ennemis ? dit
Thomas. Peut-être qu'il y a là une piste à suivre ? »

Harry Anjou haussa les épaules.

« Personne n'a été aussi explicite. Mais quelques-uns
ne devaient pas spécialement l'apprécier. Caractériel,
bagarreur, voilà d'autres mots employés.

— Ça n'avait pas l'air d'être un rigolo, dit Karin
Ek, assise près du bout de la table.

— Et sa petite amie ? dit le Vieux en se tournant
vers Margit. Tu devais lui parler.

— Elle s'appelle Felicia Grimstad, dit Margit. Ils
étaient dans la même classe au collège, et n'habitent

pas très loin. Issue d'une famille de trois enfants, elle est décrite comme soigneuse, manquant peut-être d'indépendance. Elle est sortie avec Victor pendant l'automne, et ils sont restés ensemble depuis. Son père travaille dans une agence de recrutement et sa mère est documentaliste dans une des écoles de la commune.

— Elle va venir ici demain matin, glissa Thomas. Comme Tobbe Hökström. »

Le Vieux s'essuya le front avec un mouchoir. Les auréoles sous ses bras s'étaient élargies, son visage était écarlate.

« Et les fadettes ? dit-il. Que savons-nous de ses contacts téléphoniques ?

— J'en ai fait la demande, dit Thomas. On les aura dans la semaine. On est en train d'éplucher ses sms, mais on n'a rien trouvé pour le moment.

— Et côté médico-légal ? dit le Vieux en fourrant le mouchoir dans sa poche. Comment ça se passe, pour Sachsen ?

— L'autopsie a été effectuée ce matin », dit Thomas.

Il rendit compte de sa conversation avec Sachsen, et résuma les observations du légiste. Il avait presque fini quand une sirène stridente fit irruption par la fenêtre ouverte. Il s'interrompit le temps qu'elle s'estompe au loin.

« Il faut voir ce que donneront les analyses chimiques du labo central », conclut Thomas.

Le Vieux réfléchit.

« Victor consommait donc des drogues. Ce serait intéressant d'en savoir plus.

— Oui, opina Thomas. On abordera ça demain, à l'interrogatoire.

— Ekengreen devait avoir un dealer, continua le Vieux. Il faut chercher à savoir qui c'était. Ça peut valoir la peine d'y regarder de plus près. »

Harry Anjou se pencha en avant, comme s'il voulait ajouter quelque chose.

« Oui ? dit le Vieux en levant un sourcil.

— Il y a eu beaucoup plus de drogue à Sandhamn que les autres années. Il faudrait peut-être voir ça avec les Stups, ils avaient six hommes en civil sur place tout le week-end. Je crois que c'était la première fois qu'ils avaient autant de monde. De fait, plusieurs figures du milieu des trafiquants ont été vues sur le port. »

Anjou se racla la gorge.

« Avez-vous entendu parler de Goran Minosevitch ? Il était là samedi. »

Minosevitch, la cinquantaine, un dealer mafieux condamné et emprisonné pour d'importants trafics, d'après ce qu'avait entendu Thomas.

« C'est un affreux, continua Harry Anjou. Grand et costaud, très tatoué. Il était sur l'île avec son entourage, sur un bateau au milieu du port. Tous des types dans son genre. »

Le Vieux se tourna vers Thomas et Margit.

« Contactez les Stups, et voyez avec eux. C'est peut-être une piste. Mais ne laissez pas tomber celle des copains pour autant. »

Thomas nota dans son carnet. Nous avons encore plusieurs théories, pensa-t-il. Il faut garder toutes les portes ouvertes. Il peut s'agir d'une banale histoire de deal qui tourne mal.

Il mit de côté ce qu'il avait imaginé sur la plage. Tout devait être repris sans a priori.

Nora était à la fenêtre de la cuisine de la villa Brand. Elle ne pouvait s'empêcher de lorgner du côté de son ancienne maison, où se trouvaient Jonas et Wilma. La porte d'entrée était dans l'ombre. D'habitude elle était ouverte, à présent fermée.

Jonas ne s'était pas manifesté de la journée. Une boule de tristesse grossissait dans sa gorge. Nora espérait le voir sortir sur le perron, qu'elle ait une occasion de lui parler.

Quelques minutes de conversation, c'était tout ce qu'il lui fallait, peut-être une caresse sur la joue, un baiser rapide.

Elle voulait le toucher. Sentir que le contact physique était naturel, allait de soi, que rien n'avait changé. Cela chasserait tous ses mauvais pressentiments.

Mais personne ne semblait bouger là-bas, et elle hésitait à s'y rendre sans bonne raison.

Quelques mouches mortes gisaient sur le rebord de la fenêtre. Avec une feuille d'essuie-tout, Nora ramassa les insectes noirs. Au moment de les jeter, elle découvrit que le sac-poubelle était plein à craquer. Comme d'habitude, les garçons avaient tassé la poubelle jusqu'à ce qu'elle déborde. Quelques sachets de thé usagés en étaient tombés, ainsi qu'un trognon de pomme. Les dernières gouttes d'un pack de lait retourné avaient coulé en flaque jaunâtre au fond du placard de l'évier.

Avec un soupir, elle se pencha pour nouer le sac-poubelle et en placer un neuf. Après dîner, il faudrait faire une promenade jusqu'à la benne à ordures, au port.

Peut-être tomberait-elle sur Jonas à cette occasion ? L'idée lui remonta le moral.

Elle posa le sac-poubelle dans l'entrée pour ne pas l'oublier et tâta son mobile, dans sa poche. Et si elle envoyait un sms pour prendre des nouvelles de Wilma ?

Il n'y avait rien d'étrange à ce qu'elle veuille s'assurer que la fille de Jonas allait bien. Il n'y trouverait rien à redire. Elle se faisait elle aussi du souci pour Wilma.

Avant d'avoir le temps de se raviser, elle composa le numéro de Jonas et écrivit un bref message :

Comment va Wilma ? Mieux ? Bisou, Nora.

Le mobile bipa quand elle appuya sur *envoyer*.

56

Après la réunion, Margit suivit Thomas dans son bureau et s'installa dans le fauteuil du visiteur tandis qu'il sortait son téléphone et enclenchait la fonction haut-parleur.

Thomas chercha le numéro de Torbjörn Landin, chef de groupe aux Stups, responsable de la surveillance des trafics à Sandhamn. Avec un peu de chance, il était encore dans la maison, même après les heures de bureau.

Une voix grave et laconique répondit.

« Landin. »

Le nom, rien d'autre.

« Il s'agit de l'ado retrouvé mort à Sandhamn, commença Thomas, avant de lui exposer la situation.

— Nous avons entendu dire que Göran Minosevitch se trouvait sur l'île pendant la Saint-Jean, ajouta Margit.

— Avec lui, ça ne rigole pas, prévint aussitôt Landin.

— Qu'est-ce que tu as sur lui ?

— Qu'est-ce que tu veux savoir ? »

Même s'il savait que Landin avait été en service vingt-quatre heures sur vingt-quatre ces derniers jours,

Thomas se doutait bien que ce ton las cachait davantage que le manque de sommeil. La frustration était largement répandue au sein des services d'investigation, ce n'était pas un secret. Les Stups portaient un lourd fardeau, avec des ressources insuffisantes.

« On a tout ce que tu veux sur Minosevitch, continua Landin. Il ne déclare aucun revenu, comme la plupart dans ce milieu. Je crois qu'il a été au moins une fois en congé maladie de longue durée. Il a fait plusieurs séjours en taule, principalement pour trafic de drogue. Mais il a aussi écopé pour des trafics d'armes et une ardoise au fisc.

— Est-il violent ?

— Il a été condamné pour violences et menaces contre représentant de la force publique. Ils sont presque tous comme ça.

— D'où vient-il ? demanda Margit.

— D'ex-Yougoslavie. »

Landin n'avait pas besoin d'en dire davantage. Ces trente dernières années, des criminels originaires des Balkans s'étaient établis dans la plupart des secteurs criminels. Ils avaient survécu aux arrestations ciblées de la police et aux bandes criminelles rivales.

« Ce Minosevitch, est-ce qu'il vend de la drogue aux jeunes ? demanda Thomas.

— Ça dépend comment on voit les choses. Si tu demandes s'il en vend personnellement, la réponse est non. Mais ses dealers… absolument.

— Quels produits ?

— À peu près tout. Marijuana, cannabis, benzo, cocaïne, bien sûr, surtout à Stockholm, et amphétamines. L'ecstasy aussi est répandue. On trouve de tout en abondance, chaque fois qu'une nouvelle drogue est répertoriée, il en apparaît d'autres, sans qu'on puisse faire grand-chose. »

Thomas se reconnaissait dans son découragement, mais pas dans son cynisme.

« Le cannabis, c'est bien ce que les jeunes consomment le plus ? demanda-t-il.

— Oui. Viennent ensuite les amphétamines et la cocaïne.

— Et les mélanges, médicaments et alcool ? » dit Margit.

Landin émit un bruit indéfinissable.

« C'est fréquent, mais vraiment dangereux. Ça rend très mou ou au contraire ça donne une pêche artificielle, il y a des cas d'empoisonnement, de profonde perte de conscience. Parfois, ça rend incontrôlable, agressif, violent. C'est un putain de cocktail.

— Mais la plupart de ces médicaments sont sur ordonnance, non ? dit Margit.

— Ça n'empêche rien. Tu peux très facilement te procurer des analgésiques comme le Tradolan ou le Citodon, ou des calmants, comme le Sobril. Sinon ils se procurent du Rohypnol ou de l'Éphédrine sur Internet. L'usage des médicaments augmente malheureusement en flèche, surtout chez les ados. »

Thomas comprenait bien pourquoi : les condamnations pour consommation ou détention n'étaient jamais prononcées s'agissant de mineurs, il n'y avait presque rien à faire.

« C'est alarmant.

— Je ne te le fais pas dire.

286

« — Et comment se passe le deal chez les collégiens ? demanda Thomas.

— Le deal de rue ?

— Oui. »

Landin ricana.

« On pourrait y affecter une armée de policiers, rien que dans la région de Stockholm. Il apparaît sans cesse de nouveaux dealers, avec plusieurs numéros de téléphone qui se passent entre jeunes, certains dealent de l'alcool, d'autres des trucs plus forts. Ce trafic s'est nettement développé ces dernières années, surtout dans la périphérie de Stockholm.

— Vous aviez bien mis Minosevitch et sa bande sous surveillance pendant la Saint-Jean ? demanda Margit.

— Oui, dit Landin.

— Nous soupçonnons la victime de s'être disputée avec son dealer, et que ça ait dégénéré, dit Thomas. Nous avons besoin d'aide pour reconstituer les faits et gestes de Minosevitch et ses sbires durant certaines plages horaires.

— Dans ce cas, je vous propose de passer nous voir demain matin. J'aurai rassemblé l'équipe présente à Sandhamn. »

Margit avait pris des notes pendant l'entretien. Thomas remarqua qu'elle avait souligné les mots *mélanges* et *agressif* à traits épais.

Les camarades de Victor attestaient ses sautes d'humeur. L'image de deux jeunes en train de se battre se forma à nouveau dans l'esprit de Thomas.

57

Tobbe était couché dans le canapé du séjour. La télé était allumée, mais il n'avait aucune idée de la chaîne ni de l'émission qu'il regardait.

Le lendemain matin, il devait se présenter à la police de Nacka.

La femme au téléphone ne lui en avait pas laissé placer une. Elle parlait comme son ancienne prof d'allemand.

Pourquoi devait-il y retourner si vite ?

Peut-être étaient-ils fâchés que Christoffer et lui aient filé de Sandhamn. Ce n'était pas sa faute, c'était leur père qui avait décidé ça. Mais quand la police avait appelé, Arthur n'était pas là et Tobbe n'avait pas osé protester. Il avait promis de venir à dix heures.

Il n'y avait personne d'autre dans l'appartement. Christoffer était allé traîner avec des potes et maman avait pris la voiture pour aller faire des courses. Hier, elle les attendait avec de la crainte dans les yeux, mais Tobbe était passé devant elle sans rien dire, avant de s'enfermer dans sa chambre.

De toute façon, elle ne comprenait rien.

Arthur les avait ramenés à la maison, le visage fermé.

« Maintenant, plus un mot à la police sans m'en parler avant. »

Ses derniers mots avant de repartir. Rien sur la mort de Victor. Il n'avait même pas demandé comment se sentait Tobbe.

« Vieux con, marmonna Tobbe. Tout ce qui t'intéresse, c'est ce que les autres pensent de toi. Tu te fous bien de Christoffer et moi, depuis toujours. Tout ce que tu sais faire, c'est payer. »

L'argent n'avait jamais été un problème pour son père. Après le divorce, Tobbe en recevait quand il avait de bons résultats à l'école. Cinq cents couronnes pour un B, un billet de mille pour un TB. Ça, Arthur s'en occupait.

Ça faisait beaucoup d'argent, nettement plus que ce dont disposaient ses camarades de classe. Victor avait été impressionné en apprenant ce que recevait Tobbe. Ils étaient sur un banc de la cour de récréation et venaient d'avoir le résultat du premier contrôle de maths de l'automne. Tobbe avait eu un B.

« Et cinq cents balles dans la poche, s'était-il réjoui.

— Ton père doit se sentir drôlement coupable, avait dit Victor en allumant une cigarette. Tu parles d'une mauvaise conscience ! »

Il lui avait tendu le paquet, où Tobbe avait attrapé une Marlboro avant de craquer une allumette.

« C'est plutôt un remboursement », avait-il ricané.

C'était huit mois plus tôt. Autant dire cent ans.

Apathique, Tobbe attrapa une grande bouteille de Coca-Cola sur la table basse et but directement au goulot. La boisson était tiède, mais il s'en fichait. Il n'avait rien mangé de la journée, mais de toute façon il n'avait pas faim.

Victor était mort, c'était incompréhensible.

Tobbe déglutit, et le goût du Coca se mêla à celui des larmes.

58

L'heure du dîner approchait, mais Jonas n'avait pas spécialement faim. Il avait à peine échangé un mot avec Wilma de la journée, alors qu'il était resté à la maison pour elle. Elle avait dormi tard puis s'était levée, avait pris les tartines qu'il lui avait préparées et était retournée dans sa chambre.

Quand il était allé frapper à sa porte, elle avait fait semblant de dormir : elle voulait sans doute repousser le moment où il faudrait qu'ils parlent.

C'était aussi bien, il se sentait usé, éprouvé par l'inquiétude de la veille. Ça lui faisait du bien d'être tranquille, il avait besoin de se reprendre.

D'après les bips de son téléphone qu'on entendait à travers sa porte, Wilma échangeait des messages avec ses copines. Elle ne devait pas être si épuisée que ça.

Jonas prit le journal du soir et sortit au jardin avec une tasse de café. Il s'assit sur le banc de jardin blanc, qui était encore au soleil mais serait bientôt dans l'ombre de la maison.

En le feuilletant, il tomba sur une page entière titrée « Meurtre à Sandhamn ». Il avait sous les yeux une grande photo de Skärkarlshamn, avec le périmètre sécurisé par la police.

« La police lance un appel à témoins », annonçait le chapeau.

Son mobile sonna, Jonas regarda l'écran. Margot.

Allait-il à nouveau se faire sermonner ?

Jonas posa son café et répondit sans grand enthousiasme.

« Salut, Margot.

— Comment ça va ?

— Comme ça. Je suis dans le jardin, Wilma dans sa chambre. À dire vrai, je crois qu'elle m'évite.

— Je viens de lui parler. »

Sa voix sombre avait un ton sérieux, plus grave que d'habitude.

Jonas entendit un frou-frou, il l'imagina nouant ses cheveux bruns et luisants en queue-de-cheval, un geste qu'il lui connaissait depuis l'école. Ils étaient sortis ensemble la dernière année du lycée, et Margot était tombée enceinte à peu près quand elle avait eu son bac. En emménageant tous les deux dans un petit appartement, ils n'avaient pas la moindre idée de ce qui les attendait. Peu après le deuxième anniversaire de Wilma, Jonas avait intégré une formation de pilote à Ljungbyhed et ensuite, leur couple s'était brisé.

Mais ça n'avait pas été une rupture dramatique et, à l'exception de ses années de formation en Scanie, ils avaient partagé la garde de Wilma.

Cela faisait longtemps qu'elle ne lui avait pas fait de scène comme la veille. Jonas ne se rappelait pas quand il l'avait vue dans cet état pour la dernière fois. Avec le temps, ils avaient développé une amitié chaleureuse, et il lui arrivait d'aller fêter Noël avec Margot et sa nouvelle famille.

« Alors, où était-elle passée ? dit-il. Qu'est-il arrivé ? »

Margot tarda à répondre.

« Je lui ai promis de ne rien te dire. Désolée, mais si tu vas lui parler, tu comprendras. »

Un petit silence se fit. Ce que disait Margot ne lui convenait pas, mais Jonas entendait au ton de sa voix qu'il valait mieux ne pas insister.

Il commença une phrase, mais s'interrompit. Elle fit donc une nouvelle tentative.

« Écoute, je suis désolée de m'être emportée comme ça contre toi, dit-elle lentement. J'étais juste tellement inquiète qu'il soit arrivé quelque chose à Wilma. »

Jonas ne pouvait pas vraiment lui reprocher ses mots durs, car, au fond, il était d'accord avec elle.

« C'est bon, dit-il. On oublie ça. »

Margot ne voulait pas changer de sujet.

« Tu es un bon père, et tu as toi aussi le droit de rencontrer quelqu'un. Je suis très contente que Nora et toi vous soyez ensemble. Elle a l'air très sympathique. »

Nora se trouvait chez Jonas un soir où Margot était passée prendre quelques affaires dont Wilma avait besoin. Elles avaient bavardé quelques minutes dans le hall, sans éprouver la moindre gêne.

Margot eut un rire un peu forcé.

« Crois-moi, dit-elle. Je veux que tu refasses ta vie. Et pourquoi pas que tu aies d'autres enfants, comme moi. Tu n'es pas encore croulant. »

Ces mots lui firent chaud au cœur. Mais pour l'heure, fonder une nouvelle famille lui semblait une perspective très lointaine.

Un bourdon butinait gaiement l'épais buisson de groseilliers qui poussait juste devant la clôture. Les petites grappes jaune clair qui pendaient sous les branches annonçaient une bonne récolte.

Était-ce Nora qui avait planté les groseilliers dans la plate-bande ? Le cœur de Jonas se serra à cette idée.

« Je voulais juste te dire ça, finit Margot. Voilà, tu sais.

— OK. Merci. »

Courte pause.

« Si j'étais toi, reprit Margot, je laisserais Wilma tranquille ce soir, pour discuter demain, calmement. Vous avez besoin de prendre un peu de recul. Ça a dû être éprouvant. »

Le bourdon fit un dernier tour avant de filer dans le jardin du voisin.

« Ça m'a l'air d'une bonne idée, dit Jonas. Tu as sûrement raison. »

Sans une once d'ironie, il ajouta : « Comme d'habitude. »

Margot rit, cette fois avec chaleur.

« Prends soin de toi », dit-elle avant de raccrocher.

Jonas remit le téléphone dans sa poche. Il aurait une discussion avec Wilma demain, quand ils seraient tous les deux bien reposés.

59

Pernilla ne répondit qu'après quatre sonneries, alors que Thomas se préparait à laisser un message. Il était toujours au commissariat. Il avait passé les dernières heures au téléphone, à essayer d'en savoir le plus possible au sujet de Tobbe Hökström.

Une image commençait à prendre forme.

« Allô ? »

Sa voix était un peu essoufflée, comme si elle avait couru pour répondre. C'était une jolie soirée, elle s'était peut-être attardée près du ponton au coucher du soleil.

Il imagina la baie calme, les picux où venaient se poser les mouettes, le ponton de baignade plus loin.

« Salut, c'est moi.

— Bien le bonsoir. »

Cette expression désuète le fit sourire. C'était tellement typique de Pernilla.

« Quelles nouvelles ? continua-t-elle. Laisse-moi deviner, tu es encore au boulot et maintenant il est trop tard pour attraper le dernier bateau. Tu ne rentres pas ce soir. »

Pernilla le connaissait si bien.

Thomas allait répondre quand un hurlement de colère retentit dans l'écouteur. Elin n'avait que quelques mois, mais elle avait du coffre.

« Ta fille n'est pas de très bonne humeur aujourd'hui, dit Pernilla en essayant de couvrir le vacarme. On se parlera plus tard. Je peux te rappeler quand elle se sera endormie. »

Thomas posait son téléphone quand on frappa. Harry Anjou glissa la tête dans l'embrasure de la porte.

« Tu as un moment, ou tu allais partir ?

— Entre donc, dit Thomas en lui indiquant de la tête un fauteuil. Assieds-toi. »

Il écarta les restes du hamburger qui avait constitué son dîner. Harry Anjou s'assit et passa la main sur sa barbe de trois jours.

« J'ai réfléchi à cette histoire de drogues, dit-il en se calant au fond de son siège. Si Victor Ekengreen voulait vraiment s'éclater pour la Saint-Jean, il avait sûrement emporté un sacré stock. Mais quelque chose s'est passé. Il s'est fait voler, ou a fait tomber la dope à l'eau, que sais-je ? En tout cas, ça l'a mis drôlement en rogne. Et par-dessus le marché il était saoûl, nous le savons.

— D'après ses camarades, l'alcool ne lui réussissait pas, dit Thomas.

— Tout à fait, dit Anjou. J'imagine qu'il est parti à la recherche d'un dealer, et qu'il est tombé sur un des types de Minosevitch.

— Comme on le disait tout à l'heure. »

Il se demandait où son collègue voulait en venir.

« C'est ça, dit Anjou. Tu te souviens de sa petite copine, qui a déclaré qu'Ekengreen était pressé quand elle lui a couru après dans la pente derrière l'hôtel des Navigateurs ? Ce n'était peut-être pas un hasard. Et s'il avait déjà pris rendez-vous avec un dealer ?

— Felicia a dit que Victor ne voulait pas d'elle, admit Thomas. Elle a dû insister pour pouvoir le suivre.

— C'est exactement ce que je me suis dit, s'enthousiasma Anjou. La petite amie croyait peut-être qu'ils allaient à Skärkarlshamn par un pur hasard, mais l'endroit où Ekengreen a été retrouvé est à l'abri des regards. Un endroit parfait pour un deal discret. »

Un sourire en coin.

« Crois-moi, continua-t-il. Le port grouillait de policiers, mais là-bas, on n'y allait presque jamais. Il y avait juste une patrouille qui faisait de temps en temps une ronde pour s'assurer que personne ne faisait de feu dans la forêt.

— Donc, si nous parvenions à savoir avec qui Ekengreen avait rendez-vous…, dit lentement Thomas.

— Alors nous aurions un témoin, ou même peut-être un possible meurtrier. Je mettrais ma main au feu qu'on ferait un grand pas en avant en trouvant son dealer. Peut-être qu'Ekengreen ne pouvait pas ou ne voulait pas payer le prix demandé, et qu'il a alors tenté de rouler le vendeur. Ces types-là sont des durs.

— C'est aussi ce qu'a dit Landin. »

Anjou se pencha vivement vers Thomas.

« Imagine : Ekengreen se met à jouer au con au moment de conclure. Ils finissent par se battre et Ekengreen est sonné. Le dealer s'inquiète alors, il ne veut pas risquer qu'Ekengreen aille porter plainte à son réveil, alors il l'achève.

— Tu veux dire qu'il l'a tué par précaution ? dit Thomas. Ça m'a l'air un peu tiré par les cheveux. »

Anjou secoua la tête.

« Pas forcément. Beaucoup de ces dealers n'ont pas de permis de séjour permanent. S'ils se font prendre pour trafic de drogue, ils sont presque toujours expulsés à l'issue de leur peine de prison. C'est cher payé, beaucoup sont prêts à tout pour ne pas devoir quitter le pays. »

Anjou fit un geste vague.

« En tout cas, c'est une hypothèse.

— On va voir ce que Landin nous dit demain », dit Thomas en s'étirant les bras tout en réfléchissant.

Ils avaient vérifié les personnes mêlées à la bagarre au couteau sur le port, sans découvrir aucun lien. Mais il serait intéressant de voir si les collègues des Stups avaient remarqué Victor, ou autre chose, avant qu'il ne soit tué.

Anjou semblait avoir trop chaud.

« Et sinon, ça va ? demanda Thomas. C'est un démarrage en trombe, pour toi.

— Ça, on peut le dire. Mais plutôt ça que déblayer de la paperasse. Je pensais qu'on allait me mettre aux chiens écrasés pour commencer. »

Thomas sourit en imaginant Anjou au milieu de piles de documents judiciaires.

« À part ça, tu te plais à Stockholm ?

— Ça va. Ça pulse plus que dans le Norrland. Mais j'aime la grande ville, les gens ne passent pas leur temps à fouiner. »

Anjou fit la grimace.

« Tu sais ce que c'est, les petites villes, les rumeurs qui circulent. Tout le monde a son avis sur tout. Je préfère de loin ici. »

Thomas regarda sa montre, bientôt vingt et une heures trente. Il bâilla.

« On ferme boutique ? » dit-il en se levant.

60

Thomas s'assit au volant de sa Volvo et attacha sa ceinture. Pernilla n'avait pas appelé, mais Elin devait s'être endormie. Il sortit son téléphone.

« Salut, c'est moi, dit-il quand Pernilla décrocha. Elle dort ?

— Oui, Dieu merci, dit Pernilla en riant tout bas, avant de redevenir sérieuse. Je me demande si elle n'a pas des coliques, vu comme elle crie. On devrait peut-être essayer ces gouttes qu'ils ont à la pharmacie. Je ne pense pas pouvoir continuer à gérer ça encore bien longtemps. »

La mauvaise conscience se rappela à son souvenir. Il aurait dû être à Harö pour s'occuper de sa fille. Au lieu de quoi il faisait des journées de douze heures au bureau.

« Comment ça se passe, pour vous ? dit Pernilla.

— Pas terrible, admit Thomas. Mais ce n'est que le début de l'enquête. Il y a du pain sur la planche, comme toujours.

— J'ai lu les journaux. Impossible de ne pas être touchée, même si je n'ai jamais rencontré Johan Ekengreen ni sa femme. »

Un bruit de porte refermée, puis un moteur de bateau au loin. Pernilla était probablement sortie s'asseoir sur le ponton, avec vue sur la mer.

« C'est dur ? »

La voix de Pernilla était compatissante, sans le moindre reproche sur le fait d'être resté en ville. Thomas l'aimait pour ça.

« Tu sais ce que c'est, dit-il. Mille choses à vérifier, et peu de personnes pour le faire. Nous avons emprunté quelques hommes au Maintien de l'ordre pour répondre au téléphone et effectuer des vérifications. Mais ça prend du temps. »

Thomas avait dépassé Danvikstull et approchait de Folkungagatan, où il devait tourner pour rejoindre son appartement de Söder. Il dut s'arrêter à un feu rouge. Au terminal, sur la droite, était amarré un grand ferry pour la Finlande, tout illuminé.

« L'autopsie est terminée, dit-il. Aujourd'hui on a eu plusieurs réunions pour faire le point. Vu de l'extérieur, tout va bien, ces jeunes sont bien élevés et privilégiés. Mais dès qu'on gratte un peu la surface… »

Le feu passa au vert et Thomas prit sur la gauche.

« Décidément, l'argent ne fait pas le bonheur, dit-il. C'est vraiment déprimant.

— Et toi, quelle piste suis-tu ? demanda Pernilla.

— Ces dernières heures, je me suis intéressé au meilleur copain du mort, qui était avec lui à Sandhamn. Nous essayons de comprendre ce qui s'est passé là-bas. »

L'image de Tobbe s'était peu à peu étoffée, à mesure que Thomas avait parlé à ses enseignants et à d'autres personnes le connaissant. La plupart le décrivaient comme un joyeux luron, toujours prêt à lâcher une vanne. Un garçon qui cherchait à attirer l'attention pour s'affirmer. Beaucoup trouvaient qu'il faisait sans doute un peu trop la fête mais, dans l'ensemble, il était apprécié.

« Tu rêves ? » dit Pernilla.

Thomas réalisa qu'il s'était perdu dans ses réflexions.

« Je pensais à ces jeunes.

— Tu as trouvé quelque chose ?

— Trop tôt pour le dire. Nous devons passer au peigne fin la vie de tous ceux qui étaient avec Victor au cours de cette dernière journée, ça prend du temps. »

Il entendit Pernilla pousser un petit soupir triste.

« Il n'avait que seize ans, hein ? dit-elle d'une voix lente. Tellement jeune.

— Oui. »

Le silence se fit, Thomas savait qu'ils pensaient tous les deux à Elin.

« Je vais essayer de rentrer demain », dit Thomas avant de raccrocher.

Ses pensées revinrent à Tobbe.

Un garçon paumé, sans boussole intérieure, d'après ce que Thomas avait pu entendre. Ses notes étaient correctes, mais plusieurs professeurs disaient que Tobbe était bavard, qu'il avait du mal à rester tranquille et à se concentrer. La plupart s'accordaient à le dire : le divorce de ses parents avait eu un effet négatif sur lui. Durant cette dernière année au collège, il était devenu encore plus agité.

Comme Victor consommait des drogues, il était très probable que Tobbe aussi.

La drogue l'avait-elle lui aussi rendu agressif ?

S'agissait-il l'autre soir d'une bagarre entre deux jeunes drogués sur la plage ?

61

Nora et les garçons étaient devant la télévision, dans l'ancienne pièce de couture de Signe. Ils s'étaient blottis dans l'élégant canapé-lit en velours aux broderies multicolores de Dalécarlie, qui se trouvait là d'aussi loin que Nora se souvienne. C'était là que le jeune frère de Signe avait failli s'étouffer, la fois où le lit s'était ouvert accidentellement, et qu'il était resté coincé sous le matelas.

L'histoire lui avait été racontée si souvent que chaque fois que Nora s'y asseyait, elle pensait à Signe et à son frère, c'était inévitable. Par précaution, elle avait pris un marteau pour bloquer le mécanisme avec un clou. Ses fils ne devaient pas risquer de s'étouffer sous le matelas.

Au mur, au-dessus du canapé, était accroché un des tableaux préférés de Signe, une belle vue de l'archipel du peintre Axel Sjöberg. Il avait vécu la plus grande partie de sa vie à Sandhamn et avait sa statue au port, devant le musée de l'archipel.

Il allait être onze heures du soir, le ciel de ce début d'été avait viré au bleu sombre. Ça sentait le pop-corn dans toute la maison, Adam adorait ça, il en avait rempli deux saladiers.

La tête de Simon sur ses genoux, Adam à côté d'elle sur le canapé, Nora essayait de profiter de l'instant. La journée de la veille avait été si bouleversante, à présent elle voulait se couper du monde extérieur et simplement être avec ses garçons.

Je vous aime tant, pensa-t-elle en caressant la joue de Simon. Il le remarqua à peine, les deux garçons étaient concentrés sur l'action du film. Adam mangeait du pop-corn sans quitter l'écran des yeux. Quelques boules blanches étaient tombées sur le tapis.

Nora posa sa main sur la nuque de Simon. Il transpirait un peu et elle-même commençait à avoir chaud, mais ce contact lui plaisait. Il lui rappelait leurs premières années, quand les garçons se blottissaient comme des grenouilles sur sa poitrine pour s'endormir, quand ils ne voulaient être nulle part ailleurs qu'avec leur maman.

Lentement, les muscles de Nora se détendirent.

La lampe à pétrole sur la commode grise répandait une chaude lumière grise qui attirait quelques insectes égarés dans la pièce autour de sa flamme. La fenêtre était entrouverte, les fins rideaux en dentelle ondulaient dans la tiède brise du soir.

Elle avait beau essayer de se concentrer sur le film, elle n'arrêtait pas de penser à Jonas. Il n'avait pas répondu à son sms, ni donné de ses nouvelles de la journée.

N'était-ce pas naïf de croire que tout fonctionnerait juste parce qu'ils étaient si amoureux ? Peut-être étaient-ils allés trop vite ce printemps ?

Nora sentait bien que le changement avait été trop grand pour Wilma.

Ebba éteignit sa lampe de chevet et remonta la couverture sur son menton. Il fallait qu'elle dorme, à présent, mais elle ne pouvait cesser de penser à Tobbe, elle se demandait sans arrêt comment il allait, ce qu'il faisait. Hier, elle avait veillé jusqu'aux premières heures sans parvenir à s'endormir.

Elle se rappelait le sourire espiègle de Tobbe quand il essayait de la faire rire en classe pendant des cours ennuyeux, la chaleur quand ils se tenaient la main aux récréations, le sentiment qu'il n'y avait qu'eux deux au monde.

Elle se rappelait la première fois qu'il avait dormi chez elle. Sa mère était en voyage et Ebba avait dit qu'elle irait chez Felicia. Au lieu de quoi elle avait ramené Tobbe et ils s'étaient endormis ensemble dans son lit.

Elle n'avait jamais été si heureuse qu'en ouvrant les yeux ce matin-là et en le trouvant couché à côté d'elle, ses cheveux roux ébouriffés sur l'oreiller.

Tobbe chéri, pensa-t-elle.

Son mobile bipa sur sa table de chevet. Ebba l'attrapa sans allumer. Si sa mère voyait qu'elle envoyait des messages si tard, elle serait folle.

Elle eut l'espoir que ce soit Tobbe qui donnait des nouvelles. Mais en prenant son téléphone, elle vit que c'était un sms que Felicia envoyait de Vindalsö.

Ebba devait rester toute la semaine à Lidingö, car les vacances de sa mère ne commençaient que la semaine suivante. Elles devaient ensuite partir quatorze jours sur l'île de Gotland.

Ebba lut le court message.

Tobbe doit aller à la police demain, moi aussi.

Une boule se forma dans la gorge d'Ebba. Elle déglutit plusieurs fois.

Mais pq ? écrivit-elle en hâte, avant d'envoyer.

La réponse arriva aussitôt.

Sais pas.

Quelques secondes passèrent, puis un nouveau bip. Les lettres luisaient dans la pénombre.

J'ai vu Tobbe sur la plage quand Victor est mort. Qu'est-ce que je vais dire à la police ?

62

Une seule lampe était allumée dans la bibliothèque où Johan Ekengreen était assis dans un fauteuil de cuir brun. La lumière formait un faible halo, les rayonnages qui couvraient les murs restaient dans l'ombre. Le CD de Johnny Cash était fini depuis longtemps, mais Johan ne trouvait pas le courage de se lever pour en mettre un autre. Il tenait un verre à cognac à moitié plein, la bouteille sur la table était presque vide.

Ellinor avait atterri tôt dans la matinée, blême et effondrée. En le voyant dans le hall d'arrivée de l'aéroport, elle avait fondu en larmes. Johan s'était blindé, il ne pouvait pas, lui aussi, se mettre à pleurer en public. Il avait déjà remarqué que plusieurs personnes l'avaient reconnu. Il avait serré si fort les dents que sa voix était âpre.

« Donne ta valise. La voiture est dehors. »

Il avait hâté le pas pour être sorti avant de perdre le contrôle. Ellinor avait dû trotter derrière.

Pontus, son aîné, était encore à Ibiza. Il était le seul à ne pas s'être effondré en apprenant la nouvelle.

Pourvu qu'il puisse jouer au golf et faire du ski, il était content, pensa sévèrement Johan.

Pontus vivait et Victor était mort.

C'était absurde de penser ça. Injuste. Mais il ne pouvait pas s'en empêcher. Ce n'était pas en Pontus qu'il plaçait ses espoirs. Son aîné était gai et charmant, mais pas beaucoup plus. Il était falot, tenait de sa mère, c'était la triste vérité.

Dans la pénombre, Johan se l'avoua : c'était en son fils cadet qu'il se reconnaissait, c'était Victor qui aurait repris le flambeau.

Pourtant, les conditions de vie de Victor étaient radicalement autres que ce qu'il avait connu. Johan n'avait rien eu gratuitement. Ses parents travaillaient à la mine pour le nourrir, lui et ses grandes sœurs. Durant toute son enfance, sa mère avait souffert d'un mal de dents chronique, mais il n'y avait pas assez d'argent pour le dentiste. À la fin, elle avait été forcée de se les faire toutes arracher.

Le souvenir de son dentier sur la table de nuit ne le quittait pas.

Très tôt, Johan s'était montré fait pour les études. Malgré le manque d'argent, sa mère avait insisté pour qu'il aille au lycée, au lieu d'arrêter l'école après le certificat d'études comme les autres garçons de la petite ville.

Johan avait été le premier de sa famille à passer son bac.

Il aurait dû se souvenir de ce jour avec joie, pensa-t-il. Mais tout ce qui lui en restait, c'était l'humiliation, sa honte d'être avec ses parents dans la cour du lycée. Son père avec sa casquette élimée et sa mère avec son tricot pelucheux sur sa robe à petites fleurs.

Il avait été invité aux réceptions de ses camarades de classe. La bonne blague, leur rendre la pareille était impensable.

Aussitôt après l'école, il avait fait son service dans les chasseurs-côtiers. Ça avait été la meilleure période de sa vie : c'était vraiment à regret qu'il avait commencé l'université. Mais il avait des facilités, des bonnes notes et, bientôt, il avait découvert, non sans étonnement, son succès auprès de ses camarades féminines.

De nouveaux mondes s'ouvraient à lui.

Comme un caméléon, il s'était adapté, en étudiant en cachette ses amis aisés et leurs manières. Comment faire la cour à une femme, comment s'adresser à une personne plus âgée ? Il assimilait tout.

Discrètement, il avait ajouté quelques lettres à son patronyme pour qu'il sonne mieux. Ekgren étaient devenu Ekengreen. Ses nouvelles relations le conduisirent à un bon poste, avec une chemise blanche et des chaussures cirées. À trente ans, il gagnait plus que ses parents n'auraient jamais pu rêver.

Il leur rendait rarement visite.

Peu à peu, il avait pris de l'avancement, occupé un autre poste, puis encore un autre, pour finir directeur exécutif à la trentaine. On l'avait invité à des débats, interviewé dans la presse économique, puis, quelques années plus tard, le président du conseil d'administration d'un gros groupe coté en Bourse l'avait appelé pour lui proposer un poste de P-DG.

Il gagnait encore plus, sans se sentir chez lui nulle part. Mais il le cachait soigneusement, avec sa maison cossue dans une banlieue chic et ses costumes sur mesure.

La mère de Nicole et Pontus avait fait une partie du chemin avec lui. Durant des années, elle avait fermé les yeux sur les rumeurs de ses aventures extraconjugales. Puis elle en avait eu assez et avait fini par le quitter.

Quelques années plus tard, il avait rencontré Madeleine à un dîner en ville. Elle était parfaite, seize ans de moins que lui, d'une famille de financiers connus, sa mère de vieille noblesse polonaise. Ellinor était née la première, puis, deux ans plus tard, Victor. Tous deux blonds et élégants comme leur mère.

Ellinor et Victor.

Il serra plus fort son verre de cognac.

Sur le rebord de la cheminée étaient posées des photos des enfants. Ses *quatre* enfants. Désormais plus que trois en vie. Victor ne reviendrait jamais. Seule la mort était irrévocable.

Pour la première fois de sa vie, Johan se sentit plus vieux que son âge.

Il but une grande gorgée qui lui brûla la langue.

L'incertitude autour de la mort de Victor le tourmentait plus qu'il n'aurait imaginé. Soudain, il comprenait pourquoi les proches de victimes de naufrage pouvaient se battre des années pour que les corps soient retrouvés.

Le besoin de savoir ce qui s'était passé était physique, l'incertitude le faisait souffrir.

Qui avait assassiné son fils ?

Dans l'après-midi, il avait appelé la police pour savoir comment avançait l'enquête, mais n'avait reçu que des réponses évasives.

« Nous vous contacterons dès que nous en saurons davantage », l'avait assuré Thomas Andreasson.

Ça ne suffisait pas.

Le ventre de Johan se noua en songeant à ces paroles creuses. Allait-il devoir attendre des semaines, peut-être des mois, pour avoir une réponse ?

« Vous devez forcément avoir déjà trouvé quelque chose, avait-il tenté.

— Nous vous contacterons », avait répété le policier.

Johan sentait que ce manque d'informations allait l'étouffer. La frustration l'envahissait. Il ne pouvait pas rester là assis à ne rien faire.

Il reposa violemment son verre et se leva de son fauteuil. Il fit quelques pas au hasard. Il se retrouva devant le bureau, où il s'appuya.

Il promena son regard autour de la pièce.

Dans la bibliothèque du fond, sur l'avant-dernier rayon, il y avait l'annuaire anniversaire des chasseurs-côtiers, la compagnie d'élite basée à Korsö, devant Sandhamn. Johan y avait été classé troisième de sa promotion.

Il y avait peiné comme une bête, la réputation de durs à cuire des chasseurs-côtiers n'était en rien usurpée. Mais il avait appris à se blinder et à ne jamais perdre sa concentration, ce qui lui avait été ensuite d'une utilité inestimable dans sa carrière. L'esprit de corps était extrême, rien ne pouvait briser la loyauté au sein du groupe.

Johan hésita, puis il se redressa et gagna la bibliothèque. Il saisit l'annuaire et le feuilleta jusqu'à la page de sa promotion.

Ils avaient été trente-six cette année-là, au milieu des années soixante. Il n'avait de contact régulier qu'avec quelques-uns, mais savait qu'il pouvait à tout moment demander à ses camarades de promotion de l'aide, quelle qu'elle soit.

L'annuaire à la main, il tourna la tête et regarda la photo de Victor.

Son fils lui souriait, ses cheveux blonds un peu ébouriffés. Sa chemise bleu clair au col ouvert laissait voir la croix de confirmation en argent qu'ils lui avaient offerte. C'était seulement un an plus tôt, lors d'un camp de voile dans l'archipel.

Le souvenir du visage inerte de Victor sur sa civière, mèches sanglantes au front, devint de plus en plus présent.

Respirer lui faisait mal.

L'annuaire à la main, Johan regagna le bureau et ouvrit le tiroir du haut, où était rangé son vieux carnet d'adresses. Ses doigts cherchèrent tout seuls le numéro de téléphone. Il le composa sur son portable.

« Allô, c'est Johan Ekengreen. J'ai besoin de ton aide », dit-il tout bas.

63

Mardi

Wilma dormait encore. Jonas se dit que c'était aussi bien. Il l'avait laissée tranquille le soir précédent, suivant le conseil de Margot, mais ce matin, il fallait qu'ils parlent.

Il referma sans bruit la porte de sa chambre et redescendit l'escalier. Il enfila machinalement ses baskets et sortit sur le perron. L'air était tiède, même s'il n'était que huit heures du matin.

La villa Brand se dressait au sommet de Kvarnberget, tout près, mais il évita de regarder du côté de la maison jaune et partit en petites foulées vers la Mission, à travers bois.

Son tour de jogging traversait toute l'île, le long du rivage au sud jusqu'à Trouville, puis retour par la sablière. Deux tours prenaient à peine une heure, quarante-cinq minutes s'il forçait l'allure.

C'était une libération d'arriver parmi les paisibles pins. Leurs hautes cimes bruissaient doucement dans la brise matinale, il n'entendait que le bruit de ses pieds sur le sentier couvert d'aiguilles qui serpentait parmi les myrtilles et les bruyères.

Jonas se concentra sur sa course. Il respirait régulièrement et s'efforçait de vider sa tête de tout le reste.

Il avait passé la nuit à s'agiter dans son lit. Pour l'heure, il n'aspirait qu'à laisser son corps éliminer tout son stress.

Jonas accéléra en prenant le sentier qui menait à la plage sud. Elle était plus à l'écart que la plage fréquentée de Trouville, et n'avait pas un sable aussi fin. Mais elle était plus belle.

C'était là qu'il avait parlé à Nora pour la première fois. Vraiment parlé.

Elle se promenait seule, ils s'étaient croisés par hasard. C'était en septembre, six mois seulement après sa séparation.

Cette fois-là, elle semblait si triste, ses yeux ne voulaient pas suivre le sourire de sa bouche et, à un moment, elle avait failli pleurer.

Elle l'avait ému, cette rencontre sur la plage, sa bouche tremblante. Il avait réussi à la faire sourire en faisant des ricochets.

Ils étaient rentrés ensemble au village et, avant de se séparer, il s'était entendu lui proposer de dîner avec lui. Ses propres mots l'avaient étonné, il avait à peine eu le temps d'y penser avant de parler, mais avait été incroyablement heureux qu'elle accepte.

Ils avaient passé une longue soirée détendue au bar des Plongeurs et, une semaine plus tard, s'étaient à nouveau croisés par hasard. Tous deux avaient alors un week-end sans enfants et ils avaient fini par passer la nuit ensemble.

Il était presque aussitôt tombé amoureux.

Une femme avec qui vivre, avait-il pensé instinctivement.

Pour la première fois depuis des années, il avait aimé se réveiller auprès de quelqu'un, au lieu de se hâter, dans la gêne, de quitter sa compagne d'une nuit.

La sueur coulait le long de son dos, Jonas accéléra. C'était une libération de se concentrer sur l'effort de ses muscles et ses poumons douloureux. Il s'agissait de trouver le bon passage sur la plage, pas trop haut pour ne pas s'enfoncer dans le sable, ni trop bas pour que les vagues ne viennent pas lui lécher les chaussures. Il allait bientôt arriver au terrain de foot de l'île où, depuis des années, les jeunes venaient taquiner le ballon.

Un peu plus loin, au bord de l'eau, deux femmes en peignoir se préparaient pour leur baignade du matin, Jonas leva la main pour les saluer en passant.

Il arriva en vue de deux maisons de caractère, avec tour et rocaille. Pour ne pas gêner leurs propriétaires, il obliqua dans les bois, gravissant un monticule rocheux. Résolument, il courut de plus belle, et un goût de sang se mêla dans sa bouche à celui du sel.

Un chien aboyait au loin. Jonas prit pied sur le caillebotis qui conduisait au chemin du village. Les simples planches ployaient sous ses pas et, en quelques minutes, il parvint à la dernière ligne droite.

Le sang tambourinait dans ses veines. La sueur lui coulait dans les yeux et gouttait sur son T-shirt déjà trempé.

Il avait beau courir de toutes ses forces, ses pensées le rattrapèrent.

Était-il forcé de choisir entre sa fille et Nora ? En était-on arrivé là ?

64

Les Stups occupaient l'étage au-dessus de la section investigation, dans l'hôtel de police en brique rouge. Margit et Thomas ne mirent que quelques minutes à s'y rendre par l'escalier. En route, Thomas rapporta sa conversation de la veille avec Harry Anjou.

À leur arrivée, Torbjörn Landin avait rassemblé trois collègues autour d'une table ronde dans une petite salle de réunion sans fenêtres. C'était un homme de grande taille au teint rougeaud, comme atteint d'une forme de couperose autour du nez et des joues. Sa poignée de main était ferme.

« Bienvenue », dit-il en leur indiquant deux sièges libres.

Thomas connaissait tout le monde de vue, mais Landin fit les présentations, deux hommes et une femme : Harald Rimér, Kurt Ögren et Emma Hallberg.

« Vous avez devant vous la moitié des policiers en civil présents à Sandhamn pendant le week-end de la Saint-Jean, dit Landin. Les autres sont en RTT, mais nous pourrons les entendre plus tard au besoin. »

Thomas les salua et sortit son carnet.

« Je leur ai parlé de votre enquête, dit Landin, tout le monde est au courant. Qu'avez-vous besoin de savoir, plus spécifiquement ? »

Tout ce qui peut éclairer les dernières heures de Victor Ekengreen, pensa en silence Thomas.

Il sortit une photo de Victor. Ses parents la lui avaient donnée. Elle était prise en extérieur, en mer. Victor était bronzé et portait un gilet de sauvetage à rayures rouges. Il regardait quelque chose derrière l'objectif.

Thomas eut l'impression soudaine que Victor était triste. Mais peut-être était-il juste ébloui, comment savoir ?

« Voici Victor Ekengreen, dit-il. L'un d'entre vous l'a-t-il remarqué pendant le week-end de la Saint-Jean ? »

La photo fit le tour de la table, mais tous secouèrent la tête.

« Beau gosse, commenta tout bas Emma Hallberg.

— Une de nos hypothèses est qu'il avait rendez-vous avec son dealer sur le lieu du crime, dit Margit. Et que ça a mal tourné.

— Nous nous demandons si l'une des personnes que vous surveilliez pourrait être mêlée à ça, dit Thomas.

— Il a été trouvé à Skärkarlshamn, hein ? » dit Emma en reposant la photo.

Thomas et Margit opinèrent du chef.

« C'est trop loin, dit Emma.

— Comment ça ? demanda Margit.

— Il y avait beaucoup de trafic sur le port. Ça semble tordu qu'un acheteur et un vendeur aillent si loin pour faire affaire, alors qu'il suffit d'aller au coin de la rue et de régler ça en cinq minutes.

— Emma a raison, dit Landin. Le gros du commerce se déroule à bord des bateaux. La rumeur circule vite, il ne faut pas longtemps pour que tout le monde sache où aller se fournir. Ce n'est pas le vendeur qui se déplace, c'est l'acheteur. Ça prendrait trop de temps si les dealers devaient aller rencontrer leurs clients à différents endroits.

— On a fait plusieurs saisies sur des bateaux au cours du week-end », dit Harald Rimér. Il avait le crâne complètement rasé et très bronzé. « Ce n'est pas difficile de voir où a lieu le commerce, quand on sait ce qu'il faut regarder. »

Landin fit craquer ses doigts.

« Il y a certains bateaux où de nouveaux venus se présentent environ tous les quarts d'heure, dit-il. Ils ne restent que dix minutes. Le client monte à bord, serre des mains et disparaît dans la cabine. Cinq ou dix minutes plus tard, il réapparaît et prend congé. Au bout d'un moment se pointe un nouveau client. C'est là qu'on commence à flairer quelque chose de louche. »

Les autres acquiescèrent en silence.

« Alors pourquoi un dealer se donnerait-il la peine d'aller jusqu'à Skärskarlshamn rien que pour attendre les clients ? » pensa Thomas à voix haute.

Il songea à sa conversation avec Harry Anjou. Skärkarlshamn était l'endroit idéal pour le trafic de drogue, avait dit ce dernier. Assez loin du port.

« Je m'étais imaginé que Skärkarlshamn pouvait être un bon endroit pour dealer », dit-il.

Emma secoua la tête.

« Bien trop compliqué.

— Dis-moi une chose, dit Kurt Ögren. Le mort, est-ce qu'il avait sur lui des "enveloppes hollandaises" ? »

Thomas reconnut l'expression. La façon la plus courante de transporter quelques grammes de cocaïne était de prendre un bout de papier carré, format Post-it, qu'on pliait en travers comme un bec.

« Pas que nous sachions, dit-il.

— Et des boules ? » dit Landin.

Le chef de groupe faisait allusion aux boules de film plastique utilisées pour transporter de plus grosses quantités de drogue. En vrillant le film entre le pouce et l'index, on crée une poche de poudre.

« Non, dit Margit, pourquoi cette question ?

— Je me disais juste que si la victime avait sur lui des emballages intacts, il n'avait pas besoin d'acheter davantage de drogue. »

Bien raisonné, pensa Thomas, mais ils n'avaient rien trouvé autour de Victor, à part une petite enveloppe, envoyée au labo.

La piste de la drogue était-elle une impasse ? Devaient-ils abandonner l'idée que la mort d'Ekengreen était liée aux dealers présents à Sandhamn ?

Il était trop tôt, Thomas voulait en savoir plus.

« Ce Minosevitch, vous l'avez vraiment surveillé toute la soirée ? Il y avait beaucoup de monde sur le port. Vous avez suivi toutes ses allées et venues ?

— Ça, je peux le dire, dit Emma. Toute sa bande gueuletonnait au restaurant de l'hôtel des Navigateurs.

— Tu en es sûre ? dit Margit.

— Affirmatif. Ils occupaient une grande table dans la partie est. Je ne peux pas jurer qu'ils étaient tous

320

là, mais la bande avait l'air de s'être rassemblée, ils étaient au moins dix ou douze à boire et à manger. » Elle marqua une petite pause. « Il ne sont pas très discrets, on peut le dire. Ils prennent de la place.

— Peux-tu préciser l'heure ? dit Thomas.

— Euh, répondit Emma en haussant les épaules. En tout cas, ils étaient là quand le drapeau a été descendu. Je faisais un tour dans le restaurant quand j'ai entendu le coup de canon.

— À vingt et une heures, dit automatiquement Thomas. C'est là qu'on descend le drapeau.

— Alors c'était dans ces eaux-là. »

Dans ce cas, Minosevitch et ses dealers ont dîné sur la véranda est du restaurant à peu près au moment où Victor Ekengreen se faisait tuer sur la plage. Il suffisait qu'une seule personne n'y soit pas. Ou qu'elle les ait rejoints plus tard. Ils ne savaient pas exactement de combien de personnes la bande était constituée.

Pourquoi Victor s'était-il rendu à Skärkarlshamn ? Cela restait une question clé. Ce pouvait être un pur hasard, mais dans ce cas…

Margit prit la parole.

« Bon, disons-le comme ça : est-il vraisemblable qu'un de ces types tue un ado à cause d'une bisbille sur quelques grammes de coke ? »

Elle s'adressa directement à Landin.

« Qu'est-ce que tu en penses ? »

Landin gratta son nez couvert de boutons rouges.

« En fait, ça n'a pas l'air très plausible, dit-il. Ils s'en prennent rarement aux gamins. »

Nora descendit à la cuisine préparer le petit déjeuner. Il était presque neuf heures, elle s'était réveillée plus tard que d'habitude. Elle se sentait engourdie et lourde, sans aucune énergie.

Les garçons dormaient, ils n'allaient sans doute pas se réveiller de sitôt. Comme tous les ados, Adam pouvait dormir jusqu'au déjeuner si elle ne le réveillait pas. Simon était encore du matin, mais il avait veillé tard, car le film ne s'était terminé qu'après minuit.

Le temps s'était couvert, mais la cuisine exposée au sud-ouest était lumineuse. Comme la villa était juchée tout en haut de Kvarnberget, rien ne masquait la vue. De la fenêtre, Nora voyait jusqu'à Stavsnäs, du moins l'imaginait-elle.

Là-bas, du côté d'Eknö, un ferry blanc de la compagnie Waxholm faisait route vers Sandhamn, et derrière lui, un gros tanker avait commencé à virer pour contourner l'île par l'ouest, en route vers la Baltique.

Le mobile de Nora était au centre de la table de la cuisine. En le prenant, elle vit aussitôt qu'elle avait reçu un nouveau message. Il devait être arrivé après qu'elle était allée se coucher.

Il était de Jonas.

Wilma va assez bien. Merci d'avoir demandé. Je rappelle. J

Elle se figea, le mobile à la main, et relut ces mots.

Il allait rappeler. Que voulait-il dire ?

C'était tellement bizarre, ils habitaient à moins de cinquante mètres l'un de l'autre, mais impossible de venir lui parler. Était-ce donc si dur ?

Furieuse, elle effaça le message.

65

Le ciel était nuageux à la fenêtre de Thomas. Il allait être neuf heures ce mardi matin, et Felicia Grimstad devait bientôt arriver. Thomas n'était pas pressé de revoir son arrogant de père.

Il sortit son carnet et feuilleta les notes de sa réunion avec Landin. Il faudrait qu'ils parlent avec le reste de l'équipe des Stups présente à Sandhamn. Ils seraient au complet jeudi matin, avait assuré Landin. D'ici là, le travail ne manquait pas.

Le téléphone sonna. Un numéro interne.

« Allô ?

— Ici Nilsson, dit le légiste.

— Bonjour, dit Thomas. Comment ça se passe ?

— On a préparé les échantillons à envoyer au labo central, mais il reste un truc à régler d'abord. Nous avons trouvé un petit bout de tissu jaune près du corps, d'à peine un demi-centimètre.

— Et ?

— Et je me demandais s'il ne proviendrait pas d'un gilet réfléchissant de la police. »

Thomas reposa sa tasse.

« Ah ?

— Probablement qu'un collègue en uniforme s'est accroché à une branche, mais cela veut dire qu'il nous faut rassembler tous leurs gilets pour pouvoir exclure ce bout de tissu des analyses. Je ne veux pas envoyer un échantillon superflu, tu comprends bien.

— Je m'en occupe, dit Thomas. Je vais demander à Anjou de s'en charger au plus vite, il vient de sortir de mon bureau.

— Très bien, dit Nilsson. À plus. »

Thomas se leva et gagna le bureau d'Harry Anjou. Concentré devant son ordinateur, il cliquait furieusement sur l'écran.

Un gobelet de café à moitié bu en côtoyait plusieurs autres vides au fond séché et une boîte de gros tabac à chiquer.

« Tu peux me donner un coup de main ? demanda Thomas.

— Bien sûr, dit Anjou en levant les yeux.

— Nilsson veut récupérer tous les gilets fluo de l'équipe qui est intervenue à Sandhamn. Tu peux t'en occuper tout de suite ?

— Mais pourquoi ?

— Il a trouvé un bout de tissu jaune qui doit pouvoir être éliminé des preuves. Il provient probablement du gilet d'un des agents envoyés là où Victor a été retrouvé.

— Je m'en occupe », dit Anjou, délaissant si brusquement sa souris qu'il en fit tomber la boîte de chiques. Le tabac brun s'éparpilla sur le sol.

« Et merde ! »

Thomas s'efforçait de ne pas sourire de son malheur, et fut sauvé par la sonnerie de son téléphone.

« Il faut que j'y aille.

— Je m'occupe des gilets », dit Anjou sans lever les yeux, tout en tentant de nettoyer le plus gros du bout de sa chaussure.

L'appel concernait Felicia Grimstad. Elle venait d'arriver. Thomas glissa la tête chez Margit.

« On y va ? Felicia est à l'accueil. Karin est descendue la chercher. »

Quand Thomas et Margit ouvrirent la porte de la salle d'interrogatoire, ils trouvèrent Felicia Grimstad tassée sur une chaise. Ses cheveux étaient noués en queue-de-cheval et elle portait une jupe courte et un chemisier en coton sagement rentré à la taille.

Cette fois, heureusement, elle n'était qu'avec sa mère. Jeanette Grimstad salua aimablement les deux policiers.

« Avez-vous trouvé le meurtrier de Victor ? demanda-t-elle tout bas.

— L'enquête est loin d'être terminée, répondit Thomas. Mais c'est justement pour cette raison que nous vous avons demandé de venir.

— Comment te sens-tu ? demanda Margit.

— Pas très bien. »

Jeanette Grimstad caressa la joue de sa fille du revers de la main.

« Ma pauvre petite, dit-elle tendrement.

— Tu as pu un peu te reposer ? » demanda Thomas.

Felicia secoua la tête.

« Un peu, mais j'ai du mal à m'endormir. »

Thomas voulait avancer avec doigté. Pas question de braquer la fille d'emblée.

« Nous souhaiterions parler encore un peu avec toi de ce qui s'est passé le dernier soir, quand tu étais avec Victor, dit-il.

— Avant qu'il meure, dit-elle lentement.

— C'est ça. »

Felicia joignit les mains sur ses genoux.

« Nous aimerions savoir s'il y avait d'autres personnes sur la plage, susceptibles d'avoir remarqué quelque chose, dit Margit. Est-ce que tu te souviens comment c'était autour de vous deux ? Y avait-il d'autres jeunes dans les parages, ou peut-être des campeurs ? Tous les détails sont importants, nous avons du mal à trouver des témoins, tu comprends ? »

Jeanette Grimstad posa le bras sur les épaules de sa fille.

« Essaie de réfléchir, chérie. »

Thomas lui était reconnaissant pour son calme. Avoir à batailler avec la susceptibilité de Jochen Grimstad ne leur aurait pas facilité la tâche.

« Je ne sais rien d'autre, dit Felicia. Vous m'avez déjà posé toutes ces questions.

— Prenons une chose à la fois, dit Margit. Quand tu es arrivée à Skärkarlshamn, y avait-il quelqu'un d'autre dans les environs ? »

Felicia se mordit la lèvre inférieure et réfléchit quelques secondes.

« Je crois qu'il y avait une bande, au début.

— Au début de la plage, tu veux dire ?

— Oui.

— Où, exactement ?

— Près d'une grande maison avec une longue clôture. Jaune. Pas très près de l'endroit où nous étions. »

Au nord de la plage, donc, pensa Thomas, à quelques centaines de mètres de là. Impossible de faire plus loin du lieu du crime.

Il avait espéré une autre réponse.

« Mais tu ne les as pas reconnus ? continua Margit.

— Non.

— Est-ce que tu les reconnaîtrais, si tu les voyais maintenant ?

— Je ne crois pas. »

Margit changea son fusil d'épaule.

« Tu nous as dit précédemment que Victor et toi vous étiez assis près d'un grand arbre, là où plus tard le corps de ton petit ami a été trouvé. »

Felicia sursauta en entendant le mot *corps*. Elle déglutit et dit d'une petite voix : « Oui.

— Combien de temps penses-tu que vous êtes restés là, avant que tu ne t'endormes ?

— Je ne sais pas. Un moment.

— Tu n'as vraiment aucune idée du temps ? dit Thomas. C'est assez important pour nous de tirer ça au clair.

— Non.

— Une heure, ou trente minutes ? Davantage ?

— Je ne sais pas. »

Question impossible, pensa Thomas. Elle n'avait pas la moindre idée de combien de temps elle était restée sur place. Qu'elle ait été ivre et bouleversée n'arrangeait rien.

Le légiste leur avait indiqué une fenêtre de quelques heures, impossible de déterminer plus précisément l'heure du décès. Il leur fallait l'affiner ou, mieux, l'obtenir.

Thomas adressa un sourire apaisant à Jeanette Grimstad, qui semblait sur le point d'intervenir.

« Ce n'est pas si facile, mais nous devons poser certaines questions à votre fille.

— Je comprends, dit Jeanette Grimstad en se tournant vers Felicia : la police fait seulement son travail. Ce sera sûrement bientôt fini. »

Il avait la question de la drogue sur le bout de la langue. Thomas se doutait que la mère allait être choquée. Mais la remettre à plus tard n'était pas une bonne idée.

« Il y a quelque chose dont nous devons parler, dit Thomas. Nous avons compris que vous buviez de l'alcool sur le bateau, de la vodka mélangée à des sodas, si je me souviens bien. »

Il fixa son regard sur le visage de Felicia.

« Nous avons des raisons de penser qu'il y avait aussi des drogues en circulation. »

Jeanette Grimstad sursauta et Felicia porta la main à sa bouche.

« Des drogues ? » dit Jeanette.

Margit ne détourna pas les yeux de Felicia.

« L'autopsie montre que ton petit ami avait consommé de la cocaïne le soir de sa mort, dit-elle. Étais-tu au courant ? »

La bouche de Felicia trembla.

« Étais-tu au courant ? répéta Margit.

— Oui. »

Sa voix était presque inaudible.

« Peux-tu répéter pour l'enregistrement ?

— Oui, dit Felicia en baissant la tête.

— Il faut nous dire la vérité, maintenant, continua Margit. T'est-il arrivé à toi aussi de prendre de la cocaïne ? Par exemple le jour de la Saint-Jean ?

— Oui », murmura Felicia sans regarder sa mère.

Jeanette Grimstad inspira si violemment qu'elle se mit aussitôt à tousser. La main sur la bouche, elle se détourna et sa quinte de toux sembla se transformer en sanglot.

Thomas attendit quelques secondes.

« Depuis combien de temps preniez-vous des drogues ? demanda-t-il à Felicia. Qu'est-ce qui t'a poussée à commencer ? »

Felicia

C'était la première fête après les vacances de Noël, la température était tombée à moins dix, le sol était couvert de neige. Quand ils sont descendus du bus, il faisait un froid glacial, Felicia avait les pieds gelés malgré ses Uggboots fourrés.

Ça se passait chez Filip, ils étaient avec Ebba et Tobbe. Il allait être vingt-trois heures, la musique retentissait dans toute la maison. Les gens dansaient comme des fous dans le séjour et la salle à manger, où une grande table avait été poussée contre le mur.

Ils se sont débarrassés de leurs manteaux dans le vestibule. Felicia voulait entrer pour aller s'amuser, mais Victor ne tenait pas en place. Il semblait chercher quelque chose et quand Felicia essayait de lui parler, il répondait à peine.

Il était encore bronzé après ses vacances en famille au Mexique, où il avait fait très beau.

« Je disais : on va danser ? »

Felicia a donné un coup de coude à Victor et réajusté sa robe noire. Elle l'avait reçue en cadeau à Noël, elle coûtait la peau des fesses mais Victor ne lui en avait rien dit.

« Pas maintenant, a-t-il dit en regardant autour de lui.

— Et pourquoi ?

— J'ai un truc à faire d'abord.

— Quoi ?

— On s'en fout. Je reviens après. »

Felicia a pris un air si buté qu'il s'en est aperçu.

« Mais je veux rester avec toi. »

Elle s'est léché les lèvres, roses et luisantes, en essayant d'attirer son attention.

Les yeux de Victor ont brillé, sans qu'elle comprenne pourquoi. Puis il a haussé les épaules en rejetant ses cheveux en arrière. Ils avaient poussé et lui couvraient le cou. Felicia aimait sa nouvelle coupe, c'était cool quand il les ramenait derrière l'oreille.

« Bon, d'accord, viens avec moi. »

À droite du séjour, il y avait une petite pièce qui servait de bibliothèque : murs couverts de rayonnages et deux fauteuils en cuir vert près de la fenêtre.

Victor est entré, suivi de Felicia. Il a soigneusement refermé derrière eux et s'est assis dans un des fauteuils. Puis il s'est tourné vers elle, la toisant du regard.

Sans rien dire, il a sorti de sa poche arrière un petit miroir et une mince enveloppe.

Felicia se doutait de ce que Tobbe et lui fabriquaient quand ils s'éclipsaient pendant les soirées. Ils revenaient toujours les yeux brillants et avec un nouvel élan. D'un coup, ils étaient d'excellente humeur. Mais Victor ne le lui avait jamais montré ouvertement.

Soigneusement, Victor a versé une poudre blanche sur le miroir, et l'a disposée en rail. Puis il s'est penché pour inhaler, d'un mouvement contrôlé.

Son corps a rapidement réagi à la drogue. Victor a attiré Felicia à lui pour l'embrasser fougeusement.

En la relâchant, il lui a montré l'enveloppe de cocaïne sur la table.

« Il y en a encore. Tu en veux ? »

Victor lui a malaxé les seins à travers sa fine robe et l'a de nouveau embrassée. Puis avec un sourire supérieur, il lui a effleuré une narine en poussant le miroir vers elle.

« Tu ne veux pas essayer ? »

Felicia a hésité, changé d'appui dans le fauteuil.

« Allez, quoi, c'est toi qui voulais venir.

— Bon, d'accord », a-t-elle murmuré.

D'une main sûre, il a préparé une nouvelle ligne.

« C'est sûr, ce n'est pas dangereux ? »

Felicia avait trouvé ça tentant, mais à présent elle hésitait.

« Allez, pas d'histoires. Je vais bien, non ? Drôlement bien, même. »

Il l'a de nouveau attirée à lui pour l'embrasser goulûment. Felicia a craqué. Elle a cessé ses objections, penché sa tête en tendant le visage vers la table. Elle a pressé son index sur sa narine droite, comme Victor, pour inspirer de l'autre. La pointe de son nez effleurait presque le miroir.

Une sensation nouvelle s'est répandue dans son corps.

À présent, tout allait bien. Ça n'avait rien d'horrible, pourquoi avait-elle tant hésité ?

Victor guettait l'effet. Elle a alors tourné vers lui ses yeux brillants.

66

Felicia évita de regarder sa mère, assise les mains serrées sur les genoux.

« Consommiez-vous souvent de la cocaïne ? » demanda Margit après un moment de silence.

Thomas vit cette question faire sursauter Jeanette Grimstad. Aller droit au fait, c'était le style de Margit.

« Eh bien… ça dépendait. Surtout dans les fêtes. »

Felicia baissait la tête. « Victor et Tobbe en prenaient beaucoup plus que moi, c'est sûr.

— Et Ebba ?

— Elle ne voulait pas. Tobbe et elle se sont disputés à ce sujet, avant leur rupture.

— Aviez-vous les moyens ? demanda Margit. Ce n'est pas donné, sept ou huit cents couronnes le gramme, c'est le tarif habituel, parfois plus. »

Felicia se pencha encore, ses cheveux lui tombèrent sur les yeux. Tout bas, elle dit :

« Victor prenait l'argent que ses parents lui laissaient pour manger. Ils étaient si souvent absents, il avait l'habitude de leur raconter qu'il achetait des pizzas pour toute sa bande. Je crois que Tobbe recevait d'une façon ou d'une autre un petit supplément de son père.

— Et ça suffisait, vraiment ? » demanda lentement Margit.

La jeune fille hésita.

« Parfois, Victor prenait de l'argent… à ses parents.

— Donc il les volait ?

— Oui, murmura Felicia.

— Et toi aussi, tu l'as fait ? » dit Thomas.

Felicia se déplaça un peu sur sa chaise, comme pour s'écarter de sa mère.

« Oui, murmura-t-elle. Quelquefois. »

Jeanette Grimstad serra les lèvres. Elle regarda sa fille, effarée.

« Tu as pris de l'argent… dans mon portefeuille… ? »

Felicia n'essaya pas de se défendre. Une larme coula sur sa joue et goutta de son menton.

« Preniez-vous autre chose que de la cocaïne ? demanda Thomas au bout d'un moment. À part l'alcool ? »

Elle baissa les yeux.

« Qu'est-ce que c'était ? » dit Margit.

Son ton était plus doux, comme si elle avait compris que Felicia était sur le point de craquer.

« Je ne sais pas bien. »

Sa voix était si faible qu'il fallait faire un effort pour comprendre les mots.

« Plusieurs fois, Victor a chipé des médicaments à sa mère. Et parfois il achetait des cachets, mais je ne sais pas bien ce que c'était. »

Margit prit le pichet et servit un verre d'eau à Felicia. Elle vacillait littéralement sur place.

« Bois un peu, lui ordonna-t-elle. Tu es verte. »

Thomas attendit que Felicia ait bu quelques gorgées. Quand elle eut reposé le verre, il dit :

« À qui achetait-il ces drogues ?

— Au début, à un pote de Christoffer. Tobbe le connaissait, un type arrangeant. Je crois que Victor voulait être sûr, ne pas risquer de se faire arnaquer. Mais, après, il a trouvé un autre fournisseur.

— Tu y étais ? dit Margit.

— Pas directement.

— Comment ça ?

— J'attendais un peu plus loin.

— Mais tu l'as vu traiter ses affaires ? dit Thomas. Comment ça se passait ? »

Felicia cligna plusieurs fois des yeux.

« Victor envoyait un sms. Puis, après l'école, un type arrivait dans une voiture noire. Victor lui donnait l'argent par la portière et recevait sa commande. Ça allait très vite.

— Christoffer était-il au courant de ce qui se passait ? »

Elle leva les deux mains.

« Je crois qu'il n'avait rien pigé. Franchement. Les drogues, c'est pas son truc.

— Savais-tu ce que ton petit ami s'était procuré pour la Saint-Jean ? demanda Margit.

— Non, je n'y étais pas cette fois-là. Et je n'ai pas posé la question.

— Comment ça se fait ? »

Felicia entreprit de s'arracher une croûte au coude.

« Ça n'allait plus trop entre nous, répondit-elle au bout d'un moment. Et puis il faisait la tête parce que

Ebba venait aussi, mais sans elle je ne pouvais pas venir. »

Un peu de sang coula de la plaie à vif.

« Je pensais qu'il redeviendrait... gentil. Une fois à Sandhamn. Que ça s'arrangerait entre nous. »

Margit se pencha au-dessus de la table.

« Pourquoi ça n'allait plus trop ?

— Il faisait tellement la fête. Parfois, il exagérait... On se disputait pas mal. »

Jeanette Grimstad, jusque-là abasourdie, lança à sa fille :

« Mais pourquoi ne pas lui dire non, tout simplement ? Comment as-tu pu laisser Victor te convaincre de prendre des drogues ? On en avait pourtant parlé. Tu m'avais promis de ne pas y toucher. »

Le visage de Felicia se tordit.

« Je l'aimais, sanglota-t-elle. J'avais peur qu'il me largue.

— Tu veux dire qu'il aurait rompu si vous n'aviez pas pris de drogues ensemble ? » dit Margit, sceptique.

Felicia hocha la tête, désespérée.

« Un rien suffisait à le fâcher. Des fois, c'était le plus gentil du monde, mais d'autres, c'était un vrai salaud. Il ne disait que des méchancetés, que j'étais débile, tout ça. »

Pour la première fois depuis le début de l'interrogatoire, Felicia s'adressa directement à sa mère.

« Tobbe a largué Ebba parce qu'elle ne voulait pas essayer. Et si Victor avait fait pareil ? »

Felicia posa les deux bras sur la table et se mit à sangloter, la tête cachée dedans. Jeanette Grimstad se passa la main dans les cheveux, comme si elle ne savait pas par quel bout prendre ce qu'elle venait d'entendre.

« Assez, dit-elle. Ça va trop loin.

— Nous avons presque fini, tenta Margit. Il ne nous reste que quelques questions. C'est très important que nous puissions aller jusqu'au bout. »

Jeanette soupira. Elle s'affaissa contre le dossier de sa chaise sans rien ajouter.

Thomas se dit que la mère et la fille se ressemblaient, mais Jeanette était plus ronde, et quelques cheveux gris se mêlaient aux blonds. La profonde ride à son front trahissait un malaise intense.

« Tu veux te moucher ? » dit Margit à Felicia en lui passant un paquet de mouchoirs en papier.

Mais Felicia ne leva pas les yeux.

« Felicia, dit Thomas. J'ai une question à laquelle il est très important que tu répondes honnêtement. »

Il la vit presque se recroqueviller derrière la table.

« Y avait-il sur la plage quelqu'un d'autre, que toi et Victor connaissiez ? » dit-il.

Felicia tourna la tête vers la fenêtre ouverte. Les quelques gouttes de pluie de l'après-midi n'avaient pas apporté beaucoup de fraîcheur. Il faisait lourd, il y avait de l'orage dans l'air.

Elle est sur ses gardes, pensa Thomas. Elle sait quelque chose de plus, qu'elle ne veut pas nous dire. Protège-t-elle quelqu'un ?

« Quand Victor a pété un plomb et s'est mis à te crier dessus, sur la plage, personne n'est venu t'aider ? dit Thomas.

— Tu as peut-être téléphoné à Ebba ou Tobbe, dit Margit, pour leur demander de venir ? »

338

Énergique secousse de tête.

« Non. »

Sa voix était plus forte.

« Je n'ai appelé personne. C'est certain. »

Margit continua.

« As-tu envoyé des sms à tes amis ?

— Non. Je le jure, je n'ai rien envoyé. »

Ce changement d'attitude prit Thomas au dépourvu. Une minute plus tôt, Felicia paraissait perdue, complètement effacée. Et là, d'un coup, elle se ressaisissait.

Alors il comprit.

La question de Margit était formulée de façon telle que Felicia pouvait nier sans mentir. Elle n'avait pas téléphoné ni envoyé de sms. Ce qui ne l'empêchait pas d'avoir vu quelqu'un sur la plage ce soir-là. Voilà ce qu'elle ne voulait pas dévoiler.

Thomas la dévisagea jusqu'à ce qu'elle prenne un mouchoir, comme pour ne plus avoir à parler.

Il demanda alors : « Tu as rencontré quelqu'un sur la plage juste avant que Victor soit tué, c'est ça, hein ?

— Non, murmura-t-elle la tête baissée, le mouchoir en papier devant la bouche. Non, ce n'est pas ça.

— Quoi, alors ? »

Les yeux de Felicia se remirent à luire.

« Allez, dis-nous, dit Thomas d'une voix douce, pour ne pas l'effrayer.

— Je l'ai vu.

— Qui ?

— Tobbe. »

Une larme coula.

« J'ai reconnu ses cheveux.

— Felicia. »

Le ton de Margit était impérieux, comme pour lui faire comprendre combien il était important qu'elle réponde franchement.

« Est-ce que Tobbe a essayé de t'aider quand tu t'es disputée avec Victor ?

— Je ne sais pas, dit-elle en se recroquevillant. Je ne sais pas, je ne me souviens de rien d'autre, j'ai déjà dit tout ça.

— Regarde-moi, s'il te plaît, dit Margit à Felicia qui, lentement, leva les yeux vers elle. Quand tu t'es sentie mal et que Victor a perdu les pédales, Tobbe était-il là ?

— Je ne me souviens pas. »

Jeanette Grimstad avait l'air de se faire violence pour ne pas intervenir dans la conversation, un poing pressé contre la bouche.

Tu ne te doutais vraiment de rien ? songea Thomas. Est-il possible d'en savoir si peu sur son propre enfant ?

Il se jura que cela n'arriverait jamais avec Elin.

« Nous pensons, dit Thomas en articulant lentement pour que ses mots s'impriment en Felicia, qu'à force d'alcool et de drogue, Victor n'était plus lui-même. »

Il marqua une courte pause avant de poursuivre.

« Nous pensons qu'en tentant de t'aider, Tobbe s'est battu avec Victor. Nous pensons que ton petit ami a fini par mourir sous les coups de Tobias Hökström. Est-ce que ça n'a pas pu se passer ainsi ?

— Je ne me rappelle pas, répéta Felicia en recommençant à sangloter, désespérée. Mais enfin, je vous l'ai dit ! Je ne *sais* pas. »

67

Felicia suivit sa mère hors de l'hôtel de police jusqu'à l'Audi blanche stationnée dans la rue. Jeanette ouvrit la portière. Elle n'avait pas dit un mot depuis la fin de l'interrogatoire.

« Maman, pardon », dit Felicia dès qu'elles furent dans la voiture.

Ses cuisses nues se collèrent aussitôt au cuir brûlant du siège. Ses doigts moites finirent par venir à bout de la ceinture de sécurité, qui se fixa d'un clic.

Sa mère semblait ne pas l'avoir entendue.

Jeanette mit le contact. Le moteur démarra et elle passa en première. Mais au lieu de partir, elle resta là, les mains sur le volant.

Felicia jeta un coup d'œil à Jeanette : n'allaient-elles pas rentrer à la maison ?

Sa mère regardait dans le vague, devant elle.

Il n'y avait presque pas d'autres voitures dans la rue. À quelques mètres, un parcmètre gris. Felicia remarqua une mouche morte coincée entre l'essuie-glace et le pare-brise.

Plusieurs minutes passèrent. Felicia regardait Jeanette à la dérobée, elle n'osait rien dire.

« Comment as-tu pu ? »

Felicia n'avait jamais entendu sa mère aussi déçue et blessée.

« Pardon, répéta-t-elle. Je suis désolée. Je suis tellement désolée pour tout. »

Jeanette s'essuya le front. Il était luisant de sueur.

« Je n'aurais jamais cru ça de toi. Papa et moi, on pensait que tu saurais te tenir. On te faisait confiance. Et tu nous as menti, tu t'es droguée, tu m'as volé de l'argent... »

Sa voix mourut.

Felicia joignit les mains en voyant le visage défait de sa mère, quelle tristesse.

J'aimerais être morte, pensa-t-elle, comme Victor. Il aurait mieux valu que je meure moi aussi. Rien ne sera plus comme avant.

Elle déglutit.

« Tu vas le dire à papa ? »

Felicia entendit son ton suppliant, mais elle n'y pouvait rien. La peur de la réaction de son père lui nouait le ventre. Il se mettait dans de telles colères, parfois.

Jeanette se secoua, comme pour se réveiller. Elle leva les mains et pressa les doigts sur ses tempes.

« Il faut déjà que je digère ça, dit-elle à mi-voix, sans répondre à la question de Felicia. Il faut que j'essaie de comprendre ce qui s'est passé. »

Sans crier gare, elle frappa du poing contre le tableau de bord, si violemment que Felicia sursauta.

« Est-ce que tu as tout dit, maintenant ? Est-ce que tu peux me jurer qu'il n'y a rien d'autre que je devrais savoir ? »

Elle attrapa l'épaule de sa fille, ça faisait mal, mais Felicia était trop choquée pour dire quoi que ce soit. C'était son père qui s'emportait d'habitude, pas sa mère. Jeanette était celle qui s'interposait quand son père se fâchait. Elle n'élevait presque jamais la voix.

« Maman, s'il te plaît. »

Jeanette lâcha Felicia, mais continua à la dévisager comme une étrangère. Sa bouche n'était plus qu'un trait.

Elle se pencha alors et coupa le moteur, la main crispée sur la clé de contact.

« Raconte-moi la dernière fois que tu as vu Victor, dit-elle. Je veux savoir exactement ce qui s'est passé ce soir-là. Fini les mensonges, Felicia. »

Felicia

Ils étaient couchés dans le sable, à l'abri de l'arbre. Victor était toujours fâché. Felicia a commencé à lui caresser le ventre, en descendant vers l'entrejambe. D'habitude, c'était un bon moyen de le mettre de bonne humeur.

Elle essayait de refouler le sentiment de s'asseoir sur son amour-propre.

Comme elle ouvrait la braguette de son short, Victor a écarté sa main et s'est redressé.

« Tu n'as pas envie ? a-t-elle dit, confuse.

— On va juste y ajouter un peu de piquant », lui a-t-il souri.

Il a sorti une petite enveloppe de sa poche. Felicia ne savait pas où se mettre. Victor était déjà si imprévisible, s'il se mettait maintenant à sniffer une ligne, le risque était grand qu'il parte à nouveau en vrille.

« Tu es obligé ? » a-t-elle tenté.

Les yeux de Victor se sont rétrécis.

« Quoi ? »

Felicia a battu en retraite.

« Je trouvais juste qu'on était bien, comme ça. Pas besoin de prendre autre chose…

— J'ai des nouveaux trucs. »

Il a fait tomber deux cachets au creux de sa main en lui adressant un clin d'œil.

« Un pour toi, un pour moi.

— Qu'est-ce que c'est ?

— Ça commence par un "e" », a-t-il dit.

Felicia n'avait encore jamais consommé d'ecstasy, mais elle n'a pas osé protester.

Docilement, elle a pris une des pilules, qu'elle a fait passer avec la vodka de la flasque que Victor avait sur lui. C'était répugnant d'avaler ça, mais elle l'a quand même fait, pour lui.

Au bout d'un moment, elle a commencé à se sentir vraiment bien, la lumière du soir était si belle, elle s'est mise à chantonner. Victor avait à nouveau envie de sexe, mais impossible, il n'y arrivait pas.

Elle a d'abord craint qu'il se fâche, mais ça n'avait pas l'air de le déranger. Ils sont restés à moitié couchés, côte à côte, à regarder le ciel.

Il a fallu qu'elle aille faire pipi derrière l'arbre, et c'est là qu'elle a vu Tobbe sur la plage. Mais il était un peu plus loin, et elle était si ramollie qu'elle n'avait pas la force de l'appeler, elle n'a même pas dit à Victor qu'il était là.

Au bout d'un moment, elle a commencé à se sentir mal, la sensation agréable a disparu, remplacée par des haut-le-cœur. Ses mains tremblaient, elle se sentait bizarre.

Son malaise augmentait et, soudain, elle a dû vomir.

Victor a été un peu éclaboussé. Il avait lui aussi commencé sa descente. Furieux, il a crié, juré, et Felicia s'est recroquevillée, elle n'avait jamais eu autant peur avec lui.

Quelqu'un s'est alors approché, elle se souvenait d'une ombre derrière Victor.

Puis tout a disparu.

68

L'homme qui accompagnait Tobias Hökström à l'interrogatoire portait un costume bleu et une chemise blanche. Sa cravate bleu clair avait de minces rayures sombres.

Il se présenta : Arthur Hökström, père de Tobias. Sa poignée de main était ferme, Thomas vit que c'était un homme habitué à obtenir ce qu'il voulait, comme le père de Felicia.

« Je suis avocat, dit-il. Associé du cabinet Zetterling, vous connaissez peut-être.

— Vous vous occupez de droit pénal ? demanda Margit.

— Non, pas du tout. Je suis spécialiste du droit des affaires. Surtout des fusions-aquisitions, ce genre de transactions. »

Le droit des affaires était bien mieux coté que le droit pénal, Thomas le savait. C'était aussi beaucoup plus lucratif.

Thomas avait déjà croisé ce genre d'oiseau. Des avocats rigides qui n'avaient plus touché au droit pénal depuis leurs études, et qui estimaient pourtant en savoir plus long que les flics qui les interrogeaient.

« Prenez place », dit Margit en leur indiquant deux chaises de l'autre côté de la table dans la pièce peinte en blanc.

Elle se pencha vers le magnétophone et leur lut rapidement les mentions légales.

Arthur Hökström sortit son téléphone et le posa devant lui.

« Rangez ça, s'il vous plaît, dit Margit.

— Comment ça ? »

Il haussa un sourcil, mais remit le mobile dans sa poche.

Margit se tourna vers son fils, tassé sur son siège, et lui tapota la main :

« Comment te sens-tu, Tobias ?

— Tobbe, murmura-t-il. Tout le monde m'appelle comme ça. »

Il était d'une pâleur frappante, avec des ombres bleuâtres sous les yeux.

« Tu n'as pas l'air très en forme, dit Margit. Tu as un peu dormi, ces derniers jours ?

— Pas beaucoup. »

Tobbe s'ébroua. Le jean qui lui tombait sur les hanches paraissait quelques tailles trop grand. Son caleçon dépassait à la taille et son T-shirt blanc flottait autour de son corps.

« J'ai fait des cauchemars.

— Tu as rêvé de quoi ? »

Il s'assit plus près du bord de son siège.

« De Victor. Comment il est mort, ce genre. Si ça lui a fait mal quand… »

348

Sa voix mourut. Il réessaya.

« Je veux dire, quand… »

Impossible.

« Est-ce qu'il y a une raison pour que tu fasses ce genre de rêves ? dit Margit sans quitter des yeux son visage. Est-ce qu'il y a quelque chose dont tu voudrais nous parler ? »

La bouche de Tobias Hökström bougea tandis qu'il formait des mots qui refusaient de sortir. Il tambourinait des doigts sur ses genoux.

« Tu te sentirais peut-être mieux si tu nous disais ce qui s'est passé, continua-t-elle. Parfois, tu sais, ça fait du bien de dire ce qu'on a sur le cœur. »

Sans rien dire d'autre, le garçon tourna la tête vers son père. Mais avant qu'il ait le temps de répondre, Arthur Hökström prit la parole.

« À quoi riment ces questions, à la fin ? »

Margit se redressa sur son siège.

« Un jeune homme a été assassiné il y a deux jours, dit-elle. Nous avons besoin d'en parler avec votre fils. »

Elle se tourna à nouveau vers Tobbe.

« Tu voulais dire quelque chose ? »

Ce n'était plus le moment.

« Non, rien de spécial », dit-il.

Ignorant le père, Thomas s'adressa directement à l'adolescent.

« Nous voudrions que tu nous dises où tu te trouvais samedi dernier entre vingt heures trente et deux heures du matin. »

Tobbe avait le regard vide.

« J'étais sur ce bateau avec mon frangin. Je vous l'ai déjà dit.

— Quelqu'un peut l'attester ?

— Mon frangin, et une fille qui s'appelle Tessan. On y était ensemble. »

Thomas enfonça le clou : « Nous avons parlé avec ton frère et avec Therese Almblad, qui affirment que tu n'y étais absolument pas. En fait, Therese dit que tu es descendu à terre pour aller aux toilettes vers vingt heures trente, et que tu n'es plus revenu. Elle déclare ne pas t'avoir revu après ce moment-là. »

Les épaules de Tobbe s'affaissèrent.

« Tessan a dit ça ?

— Oui.

— Il était avec son frère, les coupa Arthur Hökström. C'est déjà établi.

— Non, le coupa Margit. Ton frère aîné ne peut pas l'assurer. Christoffer a passé la nuit avec une camarade de cours prénommée Sara, et il n'a aucune idée d'où était son petit frère pendant ce temps-là.

— Alors il se souvient mal, dit Arthur Hökström sans se démonter.

— C'est possible, dit Thomas, mais peu probable. J'ai peine à croire que votre fils aîné nous ait menti effrontément. Mais vous voulez peut-être suggérer qu'il va à présent changer son histoire ? Dans ce cas, cela signifierait qu'il nous a baladés la dernière fois. »

Arthur Hökström fit d'abord mine de protester, puis il croisa les bras en serrant les lèvres.

Thomas se demanda comment il prendrait la révélation de la consommation de drogue de son fils. Était-il, comme Jeanette Grimstad, complètement ignorant de la toxicomanie des jeunes ?

« Pouvons-nous continuer ? » dit Thomas.

L'avocat hocha la tête en silence.

« Bon, Tobbe, dit Thomas, nous avons appris que tes camarades et toi consommiez de la drogue depuis un an. De la cocaïne, par exemple, mais pas seulement. »

Troublé, Arthur Hökström se tourna vers son fils :

« Nom de Dieu, qu'est-ce que vous avez fabriqué ? dit-il à Tobbe qui se ratatina sur son siège. Vous vous êtes défoncés ?

— Il semblerait, hélas », dit Thomas, en espérant que le père ne s'en mêlerait pas davantage.

Il s'adressa directement au garçon :

« Nous savons que Victor et toi étiez à la fois ivres et sous l'effet de stupéfiants le jour de la Saint-Jean. Nous savons aussi que tu étais sur la plage le soir où Victor est mort. »

Tobbe secoua la tête, désemparé.

« Nous pensons que quelque chose a dégénéré à Skärkarlshamn, qui a conduit à la mort de ton ami. Peut-être as-tu tenté d'aider Felicia quand Victor a perdu les pédales ? Vous vous êtes battus, et tu as fini par le frapper avec une pierre ?

— Dans le feu de l'action, glissa Margit. Pas intentionnellement. »

Tobbe regarda Thomas et Margit avec effroi.

« Papa », gémit-il.

Arthur Hökström agrippa le bord de la table.

« Vous n'êtes quand même pas sérieux ? s'exclamat-il.

— Est-ce qu'il ne vaudrait pas mieux que tu nous dises comment ça s'est passé ? dit Margit à Tobbe. Tu te sentiras mieux après, c'est toujours comme ça.

— Je suis allé à la recherche d'Ebba ! s'écria Tobbe d'une voix rauque. C'est vrai. Je n'ai rien fait à Victor. Je le jure. »

Il se tourna vers son père.

« Je te jure, papa, je n'ai rien fait. Ce n'est pas moi.

— Maintenant, ça suffit, dit Arthur Hökström. Tu ne réponds plus à aucune question. »

Il se leva si brusquement que sa chaise se renversa.

« Tout ça, c'est des idioties. Mon fils ne s'est rendu coupable d'aucun acte criminel. Nous mettons fin à cet interrogatoire et nous partons.

— Asseyez-vous ! » fit Thomas.

Arthur Hökström parut surpris du ton sec de Thomas.

« Réfléchissez un peu, continua-t-il d'une voix plus douce. Il vaut mieux pour toutes les parties que nous tirions ça au clair tout de suite. Nous avons demandé la collecte des données de l'antenne-relais de Sandhamn. Cela signifie que nous aurons accès à tous les appels et sms entrant et sortant de l'île, donc aussi à ceux concernant le mobile de votre fils. »

Arthur Hökström restait debout, sans bouger.

« Je peux vous assurer, dit Thomas à l'avocat, que si Tobias n'a rien à voir avec tout ça, cela apparaîtra. Mais pour tous, il vaudrait mieux en finir au plus vite. Ça n'arrangera rien de traîner maintenant, à part nous obliger à reconvoquer votre fils pour d'autres interrogatoires.

— Nous avons bientôt fini, ajouta Margit. Mais il est vraiment important que nous fassions la lumière sur ce qui s'est passé ce soir-là. Un juriste comme vous doit comprendre ça. »

Les mots semblaient rester coincés en travers de la gorge d'Arthur Hökström.

Thomas devina une fissure dans sa façade. En juriste d'affaires expérimenté, il devait savoir que, dans de telles circonstances, les policiers avaient tout loisir d'interroger son fils, mineur ou non. La question était juste de savoir quel type de contrainte ils devaient employer.

D'une main, Hökström lissa ses cheveux grisonnants. Ils contrastaient fortement avec les boucles du fils, sa tignasse rousse ne semblait pas venir du côté de son père.

« Vous ne nous laissez pas le choix », lâcha-t-il.

Il se retourna et, à contrecœur, ramassa la chaise tombée à terre.

« Ce n'est qu'un gamin, allez-y doucement avec lui. »

Hökström appuya sur l'épaule de son fils. Pour la première fois depuis le début de l'interrogatoire, Thomas devina une lueur de tendresse dans les yeux du père.

Tobbe les regarda avec anxiété, et Margit posa une main sur son bras.

« Raconte-nous maintenant ce qui s'est vraiment passé ce soir-là à Sandhamn. Dis-nous la vérité, Tobias. »

Tobbe

Tobbe a suivi Christoffer sur le Fairline de Carl Bianchi amarré au ponton Via Mare. Tessan le collait, mais il n'était plus d'humeur. Son corps commençait à éliminer l'alcool et il n'avait pas envie de sniffer une autre ligne.

L'image d'Ebba s'enfuyant en larmes ne voulait pas le quitter.

Il essayait de se défendre contre la mauvaise conscience en se mettant en colère contre elle. Foutue Ebba qui essayait de le commander. Elle n'était quand même pas sa mère.

Pourtant, il n'arrêtait pas de ressasser.

Après la scène en plein air, ils ont continué vers les derniers pontons. Un peu avant la station-service, des familles avec enfants faisaient la queue pour embarquer dans le ferry du club nautique KSSS qui reliait l'île d'en face, Lökholmen. Une petite fille léchait un gros cornet de glace qui gouttait sur son short.

Tessan bavassait à côté de lui. Elle a essayé de lui prendre la main, mais il l'a retirée.

Une fois au ponton Via Mare, Christoffer a saisi le code, et ils ont franchi la grille. Le bateau des potes de Christoffer était sur la droite. Il devait valoir la peau des fesses, un 46-pieds avec coque blanche étincelante et mobilier en acajou. De la techno se déversait de deux haut-parleurs extérieurs, il y avait déjà beaucoup de monde à bord.

Christoffer a salué Dante Bianchi et a lancé un « coucou » à une jolie fille d'une vingtaine d'années, assez grande. Elle avait d'épais cheveux bruns séparés par une raie au milieu, et portait un T-shirt bleu et un jean blanc coupé.

Christoffer s'est comme illuminé en la voyant approcher. Il l'a présentée comme Sara, une camarade de Sup de Co, mais Tobbe a tout de suite compris que ce n'était pas toute la vérité. Et aussi qu'ils avaient envie qu'on les laisse tranquilles.

« Tobbe, par ici ! » l'a appelé Tessan en lui indiquant une place libre à côté d'elle.

Il n'en avait pas envie, mais il y est allé quand même. S'asseoir à côté d'elle lui semblait déplacé. Il a regardé Christoffer, qui avait pris la main de Sara en souriant. Elle l'occupait entièrement.

Ça rappela à Tobbe quand tout allait bien avec Ebba.

Elle l'attendait à la porte du bahut, il était toujours en retard, ils devaient toujours courir pour arriver à temps à la première leçon. L'hiver dernier, elle avait un bonnet ridicule avec un pompon en fourrure qui se balançait quand elle bougeait. Il la taquinait en lui disant qu'elle ressemblait à sa grand-mère en vacances à la montagne.

À la première neige, en décembre, ils avaient fait un bonhomme de neige dans son jardin. Il lui avait arraché son bonnet et l'avait culbutée dans la neige. Elle avait tendu les deux bras pour l'attirer à elle. Malgré le froid, sa bouche était chaude contre la sienne.

Ils étaient restés côte à côte dans la neige jusqu'à se mettre à claquer des dents.

« Tobbe ? »

La voix de Tessan l'a ramené à la réalité. L'air contrariée, elle avait soif :

« Il n'y a rien à boire, ici ? »

Tobbe a sorti la bouteille de vodka de son sac et a préparé quelques verres, en mélangeant avec du Fanta. Therese a bu une gorgée et s'est penchée vers Tobbe. Tout en appuyant sa poitrine contre lui, elle a ouvert les lèvres.

Il ne pouvait pas. Il s'est vite levé en marmonnant qu'il fallait qu'il aille aux toilettes sur le port.

« Je reviens tout de suite », a-t-il menti en se dépêchant de partir.

Tessan lui a crié quelque chose, mais il a fait semblant de ne rien entendre.

Tout en cherchant les toilettes hommes derrière la promenade de la plage, il s'est demandé ce qu'il fabriquait. Maussade, il s'est mis dans la queue des chiottes. Après, au moment de se laver les mains, il a vu son visage malheureux dans le miroir. Deux types bruyants sont entrés pendant que Tobbe se rinçait les mains. Il n'y avait plus de serviettes en papier : il s'est essuyé sur son pantalon avant de sortir.

Tobbe est resté planté là, devant l'entrée des toilettes. Il n'avait pas envie de retourner au bateau, mais ne savait pas où aller. Il était neuf heures moins le quart. Il a sorti son mobile pour demander par sms à Victor où il était passé. Un bon moment s'était écoulé depuis que Felicia et lui avaient filé.

Il a à nouveau regardé son téléphone.

Ebba avait l'air si triste quand elle était partie en courant. Ne devrait-il pas l'appeler pour vérifier que tout allait bien ? Mais pourquoi aurait-elle voulu lui parler ? C'était lui qui s'était comporté comme un salaud.

Au fond, il savait exactement pourquoi ils avaient rompu. C'était allé trop loin avec la drogue, beaucoup trop loin.

Au début, c'était pour rire. Il n'avait jamais hésité à faire de nouvelles expériences, et quand l'occasion d'essayer la cocaïne s'était présentée, il n'avait pas pu résister. Il était surtout curieux, un copain lui avait dit que ça permettait de faire la fête toute la nuit.

Victor lui aussi voulait essayer et, sans qu'il le voie venir, ils s'étaient mis à sniffer tous les week-ends. Victor était sur le coup, pourquoi Tobbe se dégonflerait-il ? Il aimait la sensation, même si elle n'était jamais aussi forte que la toute première fois.

Victor avait trouvé un nouveau dealer, et il achetait de tout. Quand il n'avait pas de blanche, il carburait à autre chose. Bientôt, il avait commencé à fournir de la cocaïne à d'autres potes de sa bande. Il y en avait de plus en plus, et Tobbe n'était pas assez idiot pour ne pas comprendre que Victor n'aurait pas eu les moyens de financer sa consommation personnelle s'il ne s'était pas mis à dealer.

Parfois, Victor était fermé et grincheux, parfois irritable et susceptible. Tobbe commençait à songer à arrêter, mais impossible d'en discuter avec Victor. Et puis Tobbe ne voulait pas donner cette satisfaction à Ebba. Il avait été tellement en rogne contre elle, tout le printemps. Ça lui faisait mal de reconnaître qu'elle avait raison.

Mais le comportement de Victor l'inquiétait.

Son père avait loué une maison à Majorque en juillet, Christoffer et Tobbe devaient y passer quelques semaines. Ça semblait une bonne occasion pour arrêter.

La Saint-Jean, ce serait sa dernière ligne, il se l'était promis.

Tobbe a rangé son mobile dans sa poche arrière et s'est mis à marcher, a contourné par l'arrière l'hôtel des Navigateurs avant de s'engager dans une côte raide. Quelque part, il espérait tomber sur Ebba. Pouvoir s'asseoir avec elle pour discuter.

Après avoir marché un moment, il est arrivé à un point de vue. À côté d'une vieille ancre, sur les rochers, un couple d'une trentaine d'années se tenait par la main.

Tobbe aurait voulu que ce soit Ebba et lui.

Au hasard, il a suivi la côte jusqu'à des rochers plats le long du rivage. Il a continué au bord de l'eau jusqu'à la plage où une bande s'était réunie autour d'un feu de camp. Il les entendait rire, mais ne les connaissait pas.

Ebba n'était pas là.

Au bout d'un moment, il a regagné les rochers plats et s'y est étendu. Indifférent, il a fixé le ciel. Retourner sur le bateau Bianchi ne lui disait rien, Tessan était sûrement toujours là-bas.

Il a dû finir par s'endormir car, à son réveil, le soleil s'était couché et, au loin, on entendait la musique retentir sur le port. Il a trébuché dans le noir et s'est cogné le visage. Ça faisait drôlement mal, il a failli se mettre à pleurer, mais il a réussi à regagner le bateau. Là, il s'est assoupi sur le canapé.

69

La voix de Tobbe se brisa, il s'interrompit.

Thomas échangea un regard avec Margit. Tobias Hökström ne pouvait pas confirmer où il se trouvait au moment critique et, malgré l'existence d'un témoin oculaire, il ne voulait pas admettre avoir approché Victor.

Les soupçons demeuraient entiers, la question était de savoir comment avancer.

« Tu maintiens donc n'avoir rien à voir avec le meurtre de Victor ? » dit Thomas.

Tobbe lui adressa un regard désolé.

« Je n'avais aucune idée de ce qui s'était passé avant que la police n'en parle, je le jure. » Son débit était rapide et saccadé. « Maintenant, j'ai tout dit. »

Ce que tu dis ne prouve rien, pensa Thomas en regardant le garçon de seize ans. Mais les apparences sont contre toi.

« Comme nous l'avons déjà mentionné, nous avons eu confirmation que tu te trouvais à Skärkarlshamn à peu près au moment où ton ami d'enfance a été tué, dit-il. Felicia t'a vu. Est-ce que tu comprends à présent pourquoi nous te pensons mêlé à la mort de Victor ? »

Tobbe regarda son père à la dérobée. Arthur Hökström avait pâli. Aucun des deux ne dit mot.

« Reconnais-tu t'être trouvé sur la plage au moment où ton camarade a été tué ? demanda Margit.

— Mais il n'y était pas quand je suis arrivé ! dit Tobbe d'une voix qui montait presque en fausset. Ni lui, ni Felicia. Pourquoi ne me croyez-vous pas ? »

Thomas ne le quittait pas des yeux.

« Ce que nous pensons, c'est que vous vous êtes battus. Une fois Victor mort, tu t'es caché. Les anfractuosités rocheuses sous Dansberget ont fait l'affaire. Peut-être t'es-tu en effet endormi, la tension aidant. À ton réveil, ne sachant pas où aller, tu as fini par rentrer au bateau, faute de mieux. »

Arthur Hökström s'était à nouveau levé pendant l'exposé de Thomas. Ses mâchoires travaillaient, comme s'il voulait dire quelque chose sans y parvenir. Puis il se rassit. Quand il posa ses mains devant lui sur la table, elles tremblaient.

« J'ai raison ? » dit Thomas en regardant Tobbe.

L'adolescent secoua la tête sans rien dire. Son visage était cramoisi, son bleu à la joue ressortait d'autant plus.

« Cette marque, sur ta joue, dit Thomas. On en a parlé, sans que tu puisses nous donner d'explication convaincante. Comment tu t'es fait ça, en réalité ?

— Mais je vous l'ai dit. J'ai trébuché sur les rochers, je me suis cogné dans le noir.

— Donc tu ne t'es battu avec personne ?

— Non. Non, pas du tout.

— Tu ne t'es pas battu avec Victor ? Ça a l'air d'une trace de coup de poing.

— Arrêtez ! Je vous ai dit que j'étais tombé ! »

Margit posa à nouveau sa main sur son bras.

« Tu comprends la gravité de la situation ? Tu viens de reconnaître nous avoir menti la première fois, à Sandhamn. Tu as passé sous silence le fait que Victor et toi consommiez de la drogue. Donne-moi une seule raison de te croire maintenant. »

L'adolescent dévisagea Margit et Thomas, les yeux exorbités.

« Je ne pensais pas vous mentir, la dernière fois. Je ne voulais juste pas dire… » Ses joues rougirent. « … que j'avais essayé de retrouver Ebba.

— Et pourquoi ? dit Thomas.

— Mais parce que c'était ma faute si elle était partie. C'est pour ça que j'ai dit que j'étais resté sur le bateau Bianchi, avec les autres. »

Il rougit de plus belle.

« C'était affreux, qu'elle soit allée à la police parce qu'elle ne nous retrouvait pas… qu'elle ait eu si peur. »

Sa voix mourut. Tobbe se mit à mordiller ce qui restait de l'ongle d'un pouce.

« J'avais honte », dit-il d'une voix étouffée.

Arthur Hökström se pencha pour doucement écarter la main de la bouche de son fils.

« Arrête ça. »

Thomas observa le geste entre le père et le fils. Ça ne se présentait pas bien du tout pour Tobbe. Il leur avait menti, il n'avait pas d'alibi ni d'explication convaincante pour son bleu à la joue. Mais il n'y avait pas de preuves matérielles.

Pour le moment.

Ils auraient eu besoin d'examiner les vêtements qu'il portait ce week-end, mais, pour cela, il leur fallait une décision de la procureure.

Il vit que Margit était sur la même longueur d'onde. Thomas se décida.

« Nous interrompons un moment l'interrogatoire. Je veux m'entretenir avec la procureure avant de poursuivre. »

Tobbe était très pâle quand Thomas et Margit revinrent, dix minutes plus tard. Ils s'assirent et Thomas relança le magnétophone.

« Nous avons parlé avec la procureure », dit Thomas en marquant une petite pause pour trouver les mots justes.

Il n'y avait qu'une façon de formuler ce qu'il avait à dire :

« Tu es mis en examen pour meurtre ou homicide. Tu as droit à un avocat, aux frais de la puissance publique.

— Papa ! cria Tobbe d'une voix stridente. S'il te plaît, fais quelque chose. »

Arthur Hökström entoura son fils de son bras et l'attira à lui. Il sembla d'abord que Tobbe n'était pas habitué au contact physique avec son père. Puis il cacha son visage contre Arthur, ses cheveux roux écrasés sur le tissu rêche du costume.

« Ça va s'arranger », dit tout bas Arthur Hökström à son fils, sans se soucier de Thomas et Margit de l'autre côté de la table. « Ça va s'arranger. »

Comme s'il cherchait à s'en convaincre lui-même en plus de son fils, il répéta, plus fort : « Ça va s'arranger. »

« La procureure a ordonné une perquisition de ton domicile ainsi que la saisie des vêtements que tu portais ce week-end, dit Thomas. Tu vas également devoir te soumettre à un prélèvement ADN avant de partir d'ici.

— Mais je n'ai rien fait ! lâcha Tobbe.

— Il vaudrait beaucoup mieux que tu collabores avec nous, dit Margit. Ça ne va pas arranger ton cas de continuer comme ça. »

Elle se pencha vers lui.

« Nous ne pensons pas que tu aies fait ça intentionnellement, continua-t-elle d'un ton aimable. Tu ne veux pas nous raconter comment ça s'est passé, quand tu t'es bagarré avec Victor ? Nous savons que vous vous étiez déjà disputés auparavant, ton frère nous l'a dit.

— Christoffer », soupira Tobbe.

Les yeux d'Arthur Hökström avaient pris une expression vitreuse. Thomas s'était plus ou moins attendu à ce qu'il interrompe l'interrogatoire et exige un avocat pour son fils sur-le-champ. Mais le père était visiblement trop secoué pour raisonner ainsi.

« Victor était mon copain, balbutia Tobbe. Pourquoi le tuer ?

— Pas intentionnellement, l'encouragea Margit. Tu avais beaucoup bu samedi dernier ?

— Je ne me souviens pas bien.

— Essaie. Trois verres de vodka, ou plus ? Combien d'alcool, ce jour-là ?

— Peut-être quatre ou cinq verres, pas plus.

— Tu as aussi pris de la cocaïne ? » le pressa Margit.

Il hocha la tête, penaud.

« Oui.

— Et quand ?

— Dans l'après-midi.

— À quelle heure ?

— Je ne sais pas, quatre heures peut-être.

— Donc ce soir-là, tu étais à la fois ivre et drogué.

— Mais je ne l'ai pas tué. Je ne l'ai pas fait ! »

La voix de Tobbe était un cri.

« Tu es sûr de bien te souvenir ? dit Margit d'une voix grave. Si j'avais avalé une demi-bouteille de vodka et pris de la drogue par-dessus le marché, je doute que je me serais souvenue de quoi que ce soit. »

Margit se pencha.

« Pourquoi t'obstiner ? dit-elle.

— Je n'ai rien fait », sanglota Tobbe, la morve au nez.

Thomas toucha le bras de Margit. Le gamin était démoli, ça suffisait.

« Je crois qu'on n'ira pas plus loin aujourd'hui, dit-il. Comme nous te l'avons dit, tes vêtements vont être saisis, ainsi que ton mobile. »

L'air était lourd dans la petite pièce.

« Je vais parler avec la procureure pour t'informer si tu es écroué ou non, dit Thomas en se levant. Restez ici en attendant, ton père et toi.

— Je ne peux pas rentrer à la maison ? » chuchota Tobbe.

70

« Bon, et maintenant, qu'est-ce qu'on fait ? » demanda Margit à Thomas.

Dans le bureau de ce dernier, ils essayaient d'analyser l'interrogatoire du matin.

« Tu as toi-même entendu ce qu'elle a dit, répondit Thomas. Ce qu'on a ne suffit pas pour l'écrouer. »

La procureure Charlotte Ståhlgren n'avait pas voulu prendre la décision d'écrouer Tobias Hökström. Elle estimait qu'ils n'avaient pas assez d'éléments à charge. Écroué, il aurait été aussitôt remis aux services sociaux, puisque mineur. Mieux valait attendre.

« Au moins, on a saisi ses vêtements, dit Margit. Et son mobile. »

Elle regarda sa montre et se leva.

« On sort déjeuner ? On peut bien proposer à Harry de venir avec nous ? »

Ils choisirent un restaurant à quelques minutes à pied de l'hôtel de police, dans le quartier de Nacka Strand, au bord de l'eau.

Thomas choisit de la morue bouillie avec une sauce aux œufs, un bon vieux plat familial, pas très sophistiqué mais qui lui convenait. Margit préféra une copieuse portion de lasagnes probablement trop cuites mais qui sentaient bon. Harry Anjou prit lui aussi des pâtes.

Son plateau à la main, Thomas suivit Margit, qui se dirigea vers l'extérieur.

Malgré le temps gris, l'air était doux. La terrasse était un enclos de treillis où étaient disposées des tables aux nappes à carreaux rouges. Elles étaient presque toutes occupées, les vacances n'avaient pas encore vraiment commencé.

Thomas posa son plateau à côté de celui d'Harry Anjou.

« Tu as froid ? » taquina-t-il son collègue, qui portait un épais blouson de cuir brun sombre.

Il était, lui, en chemise.

« Je me sens un peu patraque », dit Harry.

Il n'avait pas l'air très en forme, pensa Thomas, avec ses yeux cernés injectés de sang. Ne s'était-il pas remis du week-end de la Saint-Jean ?

« J'espère que tu n'es pas en train de tomber malade, dit Margit. On a besoin de tout le monde. »

La conversation versa sur l'enquête en cours, comme souvent. Difficile de se déconnecter du boulot.

« Il nous faut davantage de témoins, dit Margit. Kalle et Erik n'ont pas trouvé une seule personne sur l'île qui ait vu ou entendu quelque chose. À part cette voisine, et ça n'a pas donné grand-chose.

— Ça t'étonne ? » dit Thomas.

Les autres jeunes présents sur la plage avaient très probablement acheté de l'alcool par des voies illégales. En plus, beaucoup étaient là sans l'autorisation de leurs parents. Dans ces conditions, pas étonnant qu'ils refusent de sortir du rang.

Margit reprit sa fourchette. Thomas savait qu'elle réfléchissait en mastiquant.

« Je pensais vraiment qu'on en avait assez pour le faire écrouer, dit-elle. Avec le témoignage de Felicia et ce que Tobbe lui-même a déclaré, nous pouvons prouver qu'il se trouvait sur le lieu du crime au moment de la mort de Victor. Nous savons en outre que les deux garçons s'étaient déjà bagarrés auparavant, et qu'ils étaient tous les deux sérieusement imbibés.

— Mais Felicia ne sait pas exactement ce qui s'est passé, lui rappela Thomas. Elle aussi avait pris de la drogue, et Tobbe nie toute implication.

— Je sais bien, mais avoue qu'il est quand même mal barré. Il devait être tellement shooté qu'il ne se souvient de rien.

— En plus, il y a ce bleu sur la joue, dit Harry, jusque-là concentré sur son assiette.

— J'ai du mal à croire qu'il s'est cogné en trébuchant, dit Margit.

— Oui, ça ressemble à une mauvaise excuse », admit Thomas.

Margit disparut dans le restaurant pour chercher du café et revint bientôt avec trois gobelets.

« Je vais téléphoner à Nilsson après déjeuner, pour causer un peu, dit Thomas. On verra s'il a du nouveau pour nous.

— Ce sera intéressant de voir ce que donneront les vêtements, dit Margit. Mais ça va bien prendre une semaine.

— À moins que le gamin craque et avoue, dit Harry Anjou en sortant sa boîte de tabac à chiquer. Je trouve qu'on pourrait lui mettre un peu plus la pression. Je serais prêt à parier un mois de salaire que c'est lui. »

71

C'était un soulagement de quitter la maison pour quelques heures, pensa Johan Ekengreen en entrant sur la voie rapide. Quand Madeleine ne dormait pas, assommée par ses cachets, elle errait de pièce en pièce comme un fantôme.

Il ne le supportait plus.

La réunion du conseil d'administration était à quatorze heures, dans cinquante minutes : il avait de la marge. Mais il préférait attendre dans la voiture que rester à la maison.

Il avait des cigarillos dans la boîte à gants. Johan n'était qu'un fumeur occasionnel, mais aujourd'hui il prit le paquet et s'en alluma un.

Son mobile sonna. Johan le chercha à tâtons dans la poche intérieure de sa veste. Machinalement, il jeta un œil à l'écran.

L'enveloppe du téléphone parut se glacer.

« Allô ?

— J'ai parlé avec les enquêteurs », dit le chef de la police. Il avait la même voix qu'à l'époque de leur service à Korsö, quarante-trois ans plus tôt. Plus la patine de l'expérience. « Il semble qu'ils soupçonnent fortement un des camarades de ton fils. »

Johan serra plus fort son téléphone.

« Tu as un nom ?

— Tobias Hökström, tu le connais ? »

Il lâcha le cigarillo, qui tomba sur ses genoux. Le bout incandescent traversa l'étoffe de son pantalon et lui brûla l'intérieur de la cuisse. Il le chercha à l'aveuglette.

« Allô ? Tu es toujours là ? »

Johan répondit d'une voix rauque.

« Oui. Tobias Hökström est… était le meilleur ami de Victor. »

La voiture devant lui freina, Johan l'évita de justesse en déboîtant sur la file de gauche juste sous le nez d'un taxi jaune.

« Je ne comprends pas, dit-il, toujours estomaqué. Tobbe y serait mêlé ?

— Apparemment. Les enquêteurs pensent qu'il y a eu une bagarre entre les garçons, ils étaient visiblement tous les deux sous l'emprise de la drogue.

— Qu'est-ce que tu dis ?

— Ils ont trouvé des traces de cocaïne dans le corps de ton fils. »

Ce policier, là, Thomas Andreasson, avait fait allusion à l'état de Victor, et mentionné des stupéfiants, quand ils s'étaient parlé au téléphone la veille. Mais Johan avait refusé de l'entendre.

« Je suis désolé, je pensais que tu étais au courant, continua son ancien camarade des chasseurs-côtiers. Apparemment, les garçons se sont disputés sur la plage, et Hökström a fini par tuer ton fils. Puis il a caché le corps sous un arbre, dans la panique. Quelqu'un a trouvé le corps en promenant son chien quelques heures plus tard seulement. »

Sans le remarquer, Johan avait accéléré, il roulait à présent à cent cinquante. Le paysage défilait beaucoup trop vite au-dehors. Il se fit violence pour lever le pied.

« Tobbe a-t-il reconnu les faits ? demanda-t-il d'une voix serrée.

— Non, pas encore. Mais il a été interrogé aujourd'hui avec son père. »

Arthur Hökström. Johan ne le connaissait que vaguement. Madeleine ne l'aimait pas.

« Il a été mis en examen pour meurtre ou homicide. La procureure a ordonné une perquisition du domicile et ses vêtements ont été saisis. Ils se préparent à l'écrouer, mais la procureure veut plus de preuves matérielles, et les analyses vont prendre au minimum une semaine, sinon davantage. En plus, il est mineur, ce qui complique tout.

— Je comprends, murmura Johan.

— Ils vont bientôt le convoquer à nouveau, ils sont en train d'examiner ses vêtements et son téléphone portable. »

Le chef de la police marqua une courte pause.

« Je te rappelle dès que j'en sais plus.

— Merci. »

Johan posa le téléphone sur le siège passager. Son cœur tambourinait dans sa poitrine. Il aperçut au loin une station-service, changea de file sans regarder dans le rétroviseur, prit la sortie et gagna le parking.

Quand il coupa le contact, de la sueur froide ruisselait dans son dos.

Tobbe. Tobbe, le meurtrier de son fils ? Le même gamin qui partait avec eux en voyage pendant les vacances, ou dans leur maison de campagne ? Un joyeux drille qui s'était retrouvé pris entre deux feux quand ses parents avaient divorcé, voilà quelques années.

La police devait se tromper.

Johan Ekengreen se mit à trembler violemment. Son pouls s'emballa. Il serra le volant pour se calmer.

Qu'avait dit Thomas Andreasson, au téléphone ? Johan l'avait contacté pour savoir où en était l'autopsie et quand ils pourraient récupérer le corps pour l'enterrer. Madeleine ne parlait que de ça, elle s'accrochait à la vieille tradition familiale selon laquelle il fallait l'enterrer le plus vite possible.

Johan se remémora la voix d'Andreasson, très clairement :

« Votre fils était sous l'emprise de drogues quand il est mort. Cet état contribue à faire durer les analyses. Nous vous contacterons dès que possible. Ça ne devrait pas être trop long, j'espère. »

Des drogues.

Johan avait refusé de le croire, son fils n'était pas un drogué. Il avait refoulé l'idée, n'en avait pas dit un mot à Madeleine.

Bien sûr, il avait entendu parler de la drogue qui circulait dans leur quartier résidentiel. C'était un des inconvénients d'habiter là : les jeunes y étaient gâtés, ils disposaient de plus d'argent qu'ils n'étaient capables d'en gérer. Quelques-uns dépassaient les bornes et cherchaient les sensations fortes. Mais Johan faisait confiance à ses enfants pour se garder de ces choses-là. Ils avaient tant reçu de lui.

L'odeur de brûlé du pantalon flottait dans la voiture. Dehors, il commença à pleuvioter, des gouttelettes s'écrasaient et coulaient sur le pare-brise.

Victor devait avoir été poussé à essayer la cocaïne. C'était la seule explication plausible.

Johan reprit son téléphone. Il fallait qu'il en ait le cœur net. Il composa rapidement le numéro du policier.

« Thomas Andreasson », répondit une voix après quelques sonneries.

Il avait l'air d'être à l'extérieur, une voiture klaxonnait à l'arrière-plan.

« Allô, ici Johan Ekengreen. Vous avez dit hier que l'autopsie montrait que Victor était sous l'emprise de la drogue. Comment ça ? »

Ses mots se bousculaient. Johan essaya de se calmer, s'il prenait un ton trop insistant au téléphone, il n'obtiendrait pas ce qu'il voulait savoir.

« C'est hélas exact, dit Thomas. Le légiste a trouvé des traces de cocaïne lors de l'autopsie.

— Vous en êtes certains ?

— Je ne pense pas qu'il se soit trompé. Des témoins confirment également que votre fils avait consommé de la cocaïne dans la journée de samedi.

— Qui dit ça ? »

Son ton restait trop pressant. Calme-toi, pensa-t-il.

« Des personnes présentes à Sandhamn avec votre fils. »

Andreasson évitait d'entrer dans les détails. Ça ne lui suffisait pas.

« Pouvez-vous être plus précis ? Avec qui avez-vous parlé, des personnes de confiance ? »

Johan attendit, tendu.

« Nous avons interrogé sa petite amie et son meilleur ami. »

Felicia et Tobbe avaient donc confirmé que Victor se droguait.

Les fines gouttes d'eau sur le pare-brise rendaient tout flou devant lui. Ou étaient-ce ses yeux ?

« Savez-vous pourquoi ? dit-il. Pourquoi il se droguait ? »

La réponse se fit attendre, comme si Andreasson pesait ses mots. Il finit par dire :

« C'est sans doute son copain qui a commencé avec les drogues. Mais tous les trois en prenaient depuis longtemps. »

Silence à l'autre bout du fil.

« Je suis désolé, dit Thomas Andreasson, mais votre fils souffrait, semble-t-il, d'une grave addiction. »

Il avait l'air de vouloir terminer la conversation. Mais Johan voulait en savoir plus.

« Une dernière question. Avez-vous un suspect ?

— Je ne peux malheureusement pas vous répondre.

— Il s'agit de mon fils. Je vous en prie. »

Il était désespéré, impossible de le cacher. Mais, apparemment, cela fit céder Thomas Andreasson.

« Nous avons mis une personne en examen pour homicide. Je ne peux pas vous en dire davantage à ce stade. »

Sonné, Johan raccrocha.

Tobbe.

C'est par son intermédiaire que Victor était entré en contact avec la drogue. Il avait attiré Victor dans la dépendance, puis l'avait tué.

Un goût de bile envahit sa bouche sans crier gare. Johan ouvrit la portière à la volée et vomit tout ce qu'il avait dans l'estomac. Cela fit une flaque rosâtre sur l'asphalte noir.

Une fois soulagé, Johan appuya son front sur le volant, le regard vide.

Le salaud.

72

Des vêtements jonchaient le sol de la chambre de Wilma, sous le lit un bikini rouge avec une serviette humide. Sur la table de nuit de la vaisselle sale.

Mais Jonas n'était pas là pour lui demander de faire le ménage.

Wilma était assise sur son lit, genoux repliés, adossée au mur jaune. De la musique se déversait de l'ordinateur posé sur son ventre, son téléphone était à portée de main sur le drap chiffonné.

Elle était encore en chemise de nuit, alors qu'il était quatorze heures passées. Ça sentait le renfermé, comme si personne n'avait aéré depuis plusieurs jours.

Jonas s'assit au bord du lit.

« Salut ma chérie. Comment tu vas ? »

Wilma continua à fixer son écran, sans lever les yeux.

« Ce ne serait pas le moment de parler un peu, toi et moi ? »

Sans se soucier de l'absence de réponse, Jonas se pencha et donna à Wilma une petite tape sur la joue.

« Je sais que tu as parlé avec maman, mais à moi aussi, il faut que tu me dises ce qui s'est passé samedi dernier. Quand tu vis chez moi, tu dois respecter mes règles. Tu comprends, non ? »

L'attention de Wilma était fixée sur l'écran de son ordinateur. Les morceaux frénétiques se succédaient, sans que Jonas n'en reconnaisse aucun.

L'avait-elle seulement entendu ?

« Écoute, range ça, maintenant. »

Sans enthousiasme, sa fille posa son ordinateur. Son mobile bipa et Wilma tendit automatiquement le bras pour s'en saisir.

Jonas posa doucement ses doigts sur les siens.

« Tu pourrais laisser ça un moment ?

— Et pourquoi ? »

Wilma ne voulait pas le regarder dans les yeux. Jonas avait un commentaire cassant sur le bout de la langue, mais s'abstint.

À contrecœur, Wilma posa son mobile.

Par où commencer ? Tous les mots lui paraissaient des mines prêtes à exploser s'il ne choisissait pas le bon. Margot aurait dû être présente, ils auraient dû être deux pour cette conversation.

Partagé entre colère et inquiétude, il cherchait la bonne formulation.

« Ça ne va pas du tout. J'espère que tu le comprends. Tu avais un horaire à respecter, que nous avions convenu. Nora et moi, nous avons été très inquiets qu'il te soit arrivé quelque chose de grave samedi dernier.

— Ça ne regarde pas Nora, dit Wilma avec un tremblement inattendu dans la voix. C'est pas ma mère. »

C'était une erreur d'avoir mentionné le nom de Nora, comprit Jonas. Mais il était trop tard pour revenir en arrière.

« J'étais vraiment inquiet, je pensais qu'il t'était arrivé quelque chose d'horrible. »

L'accent portait cette fois sur *je*. Wilma réagit en levant un peu le menton mais elle restait dans une posture de rejet.

Jonas cherchait une fois encore la bonne formulation.

« Quand la police est arrivée, j'ai cru que c'était pour toi, tu comprends ça ? Qu'il t'était arrivé quelque chose de grave. En plus tu ne répondais pas au téléphone, tu ne te rends pas compte de la peur que tu m'as faite ? J'ai passé la moitié de la nuit dehors à te chercher. »

En prononçant ces mots, Jonas réalisa à quel point son effroi affleurait, juste sous la surface. Il avait essayé de masquer son inquiétude avec des explications rationnelles. Tout, pour éviter de croire au pire. Mais au fond, il avait été terrorisé.

Sa gorge se noua en songeant à tout ce qui aurait pu arriver. Impossible d'oublier qu'une autre famille avait perdu son fils cette même nuit.

« Ça ne va vraiment pas », répéta-t-il, sans se soucier que sa voix le trahisse.

Wilma sanglota et Jonas dut se faire violence pour se maîtriser. Soudain, elle lui sauta au cou.

« Pardon, papa, pardon.

— Promets-moi de ne plus jamais me faire ça. Jamais, jamais, tu entends ? »

Jonas serra fort sa fille contre lui.

Après un long moment, il dit à son oreille :

« Maintenant, il faut vraiment que tu me racontes pourquoi tu as fait ces bêtises.

— Je suis obligée ? » murmura-t-elle.

Quelque chose dans sa voix était brisé, et l'inquiétude lui serra à nouveau la poitrine. Il lui tapota doucement la joue.

« Qu'est-ce qui s'est passé, à la fin, Wilma ? S'il t'est arrivé quelque chose, il faut le dire. »

Wilma

Malena attendait déjà devant Strindbergsgården. Avec un sourire de victoire, Wilma a ouvert son sac pour lui montrer, au fond, les bouteilles volées.

« Putain, cool, a sifflé Malena. Allez viens, on se tire.

— On va où ?

— À la plage des tennis. Les autres y sont déjà. »

Bras dessus, bras dessous, elles se sont dépêchées de traverser le port, devant les groupes de mecs bourrés qui traînaient devant le bar des Plongeurs. Quelques-uns leur lançaient des compliments, Wilma faisait semblant de ne pas entendre, mais c'était excitant.

Il leur a fallu environ dix minutes pour trouver les autres, assis dans le sable. Un feu de camp flambait au milieu du cercle.

Elle a tout de suite repéré Mattias, couché sur le dos, les mains derrière la tête, une bouteille de bière ouverte à côté de lui.

Ça lui a chatouillé le ventre de le voir, il était vraiment trop mignon. Elle a fait semblant de ne pas le remarquer et a salué tout le monde de la tête avant d'aller s'asseoir par terre, à seulement quelques mètres de Mattias. Elle a eu l'impression qu'il l'observait, mais sans rien dire.

En bombant la poitrine au maximum, elle a sorti les bouteilles de vin de son sac.

« Quelqu'un en veut ? » a-t-elle lancé à la cantonade, en se tournant comme par hasard vers Mattias.

Il se redressa sur un coude.

« Non, les gamines apportent de quoi picoler, maintenant ? a-t-il ricané. Et comment tu comptes l'ouvrir, hein ? »

Gênée, Wilma a réalisé qu'il lui manquait un tire-bouchon. Quelle idiote de ne pas avoir pris des bouteilles à capsule, quand elle était descendue à la cave !

Elle a rougi en cherchant quelque chose à dire pour masquer son embarras.

« Utilise ça », a dit un mec assis en face.

Il s'appelait Micke. Il lui tendait un tire-bouchon en métal à poignée rouge.

« Tu veux que je te l'ouvre ? »

Gentiment, il a tendu le bras pour attraper une de ses bouteilles.

« Merci », a marmonné Wilma.

Elle lorgnait vers Mattias : voilà, pour lui, elle n'était qu'une gamine bonne à rien. Elle se serait botté les fesses d'avoir été aussi empotée.

Mais Mattias ne s'intéressait déjà plus à elle. Il s'était recouché sur le dos et parlait avec une des filles plus âgées. Ses cheveux bruns frôlaient le sable, Wilma aurait voulu tendre la main et les toucher.

La fille a pouffé et Wilma a senti qu'ils parlaient d'elle. Évidemment, ils se moquaient de sa tentative maladroite de jouer les filles cools.

Micke lui a tendu la bouteille débouchonnée :

« Tiens, elle est ouverte.

— Merci », a-t-elle murmuré, les yeux toujours rivés sur Mattias qui ne semblait pas du tout faire attention à elle.

Malena, qui était assise à côté, lui a donné un coup de coude :

« On peut goûter ? »

Malena a bu au goulot. Wilma l'a imitée. Elle a réprimé une grimace en sentant le goût. Vite, elle s'est forcée à avaler, et a pris une autre grande gorgée, pour que personne ne remarque que c'était la première fois qu'elle buvait pour de bon.

Une heure et demie plus tard, les deux bouteilles étaient presque vides. Wilma s'était peu à peu rapprochée de Mattias, et était à présent assise à seulement quelques centimètres de lui. Soudain, l'autre fille s'est levée pour aller faire pipi dans les bois.

Wilma s'est penchée vers Mattias. Elle avait un peu le vertige et a dû appuyer une main par terre. Mais elle s'est jetée à l'eau :

« Tu veux faire un truc ? »

Elle avait la langue un peu pâteuse, mais espérait qu'il ne le remarquerait pas. Il avait lui aussi pas mal bu, sa bière était vide et il en tenait une autre à la main. Une grande bouteille de vodka avait fait plusieurs tours.

Mattias l'a observée. Il avait un petit coup de soleil au front, il allait sûrement peler là où c'était rouge. Il a ricané.

« Comme quoi, par exemple ? »

Elle a haussé les épaules, avec son sourire le plus engageant. Pourvu qu'elle n'ait pas de traces de vin rouge sur les dents.

« On pourrait faire un truc, toi et moi ? »

À présent, il la dévisageait vraiment : Wilma arrivait à peine à respirer.

« Allez, viens », a-t-il dit en se levant sans prévenir.

Elle s'est dépêchée de se mettre sur pieds pour le suivre. D'abord un peu chancelante, mais c'est vite passé.

« On revient, a-t-il lancé aux autres par-dessus son épaule. À tout à l'heure. »

Mattias lui a pris la main, Wilma a cru mourir de bonheur. Ils ont un peu marché jusqu'au bout de la plage, avant d'arriver à une clôture entourant une maison grise. Mattias l'a enjambée, comme si c'était la chose la plus naturelle du monde.

Wilma est restée plantée de l'autre côté. Sa tête lui tournait, mais elle essayait de se concentrer sur Mattias.

« Euh… qu'est-ce que tu fabriques ?

— Ma tante habite là. Chère tata Ann-Sofie. »

Wilma ne comprenait rien.

« On va chez ta tante ? Et pourquoi ?

— Il n'y a personne, et je sais où les clés sont cachées. Viens. »

Il s'est dirigé vers la grande maison, et Wilma l'a suivi en hésitant. D'un côté, il y avait un grand tas de bûches. Mattias a plongé la main derrière. Quelque chose a brillé d'un éclat métallique.

« Elle ne va pas être super fâchée en voyant ça ? a chuchoté Wilma.

384

— Qui va lui dire ? »

Muni du trousseau de clés, Mattias a continué sur le terrain jusqu'à l'une des maisons d'hôtes. Sans hésiter, il a introduit une des clés et ouvert.

Soudain, une voix a retenti, un peu plus loin. Wilma a tourné la tête pour voir qui c'était.

« Merde, c'est la police, a-t-elle dit à mi-voix.

— Ils sont drôlement nombreux sur l'île, cette année, a dit Mattias. Ne t'inquiète pas, ils n'en ont pas après nous. »

Il a baissé la tête et a entraîné Wilma dans le cabanon.

« Ils nous ont vus ? a-t-elle chuchoté.

— Aucune idée, mais on s'en fout. S'ils demandent, je dirai juste que ma tante habite ici. »

Il a refermé derrière eux et regardé quelques secondes par la fenêtre. Wilma attendait à côté, tendue.

« C'est bon, il est parti », a dit Mattias.

Il s'est alors tourné vers Wilma et l'a serrée contre lui.

En un tournemain, il lui avait ôté son haut blanc, elle n'avait plus que son soutien-gorge. Déjà, ses doigts cherchaient la fermeture de sa jupe, qui a fini par terre.

Wilma a fixé sa jupe à ses pieds. Gênée, elle a fait un pas pour s'en débarrasser, mais se sentait bête, plantée là, à moitié nue.

« Comme ça », a dit Mattias en lui tripotant les seins.

Il a commencé à l'embrasser, mais s'est bientôt interrompu :

« Tu as une protection ? »

Penaude, elle a secoué la tête.

« Non. »

Soupir agacé. Wilma se sentait de plus en plus mal, ce n'était pas comme ça qu'elle avait imaginé sa soirée avec Mattias. Tout allait trop vite.

Elle pensait qu'ils allaient discuter, faire connaissance, et peut-être se bécoter un peu sur la plage. Elle s'était mille fois représenté leur premier baiser, mais jamais ça, qu'il lui malaxerait les seins à lui faire mal.

Mattias l'a conduite jusqu'à l'un des lits et, quand son bord a heurté le creux de ses genoux, la douleur l'a fait basculer sur le lit où elle s'est retrouvée sur le dos, Mattias couché de tout son poids sur elle. Ses doigts fouillaient dans sa culotte.

Elle était au bord des larmes. Tout avait mal tourné. Le vin rouge lui donnait le vertige et la nausée. Mais elle n'osait pas le repousser.

Mattias a pressé sa bouche contre la sienne, écarté de force ses lèvres. Elle a eu un haut-le-cœur en sentant sa langue contre la sienne.

« Non, a-t-elle tenté, non, je ne veux pas. Il faut que je rentre. Arrête, Mattias. »

Sans faire attention à ses protestations, il a fait glisser son soutien-gorge pour lui tripoter les seins de plus belle.

« Arrête, je te dis ! »

Désespérée, elle a essayé de lui échapper, mais le poids de la moitié de son corps sur elle l'en empêchait.

« Allez, quoi », a-t-il murmuré en continuant à l'embrasser.

Ça avait le goût de bière et de cigarette, elle ne pouvait plus refouler la nausée qui montait.

« Je vais vomir », a-t-elle eu le temps de lâcher, juste avant de passer la tête par-dessus le bord du lit et de déverser un flot rougeâtre sur le sol.

« Mais putain ! s'est exclamé Mattias en sautant hors du lit. Salope, regarde ce que t'as foutu, bordel ! »

Il avait été éclaboussé, mais le gros était tombé sur le tas des vêtements de Wilma. La bouillie coulait sur le sol en rigoles sombres.

« Et merde, comment je vais expliquer ça, hein ? » lui a-t-il crié dessus.

Wilma le fixait, comme paralysée. Puis elle a rassemblé ses affaires et ouvert la porte à la volée.

Elle est sortie en titubant et a regardé alentour. Il fallait qu'elle parte de là. Tout de suite.

Wilma a couru à toutes jambes vers les arbres. Pourvu qu'il ne la poursuive pas. Elle a trébuché sur une racine, failli tomber, mais retrouvé l'équilibre et continué en haletant dans la forêt. Sa poitrine la brûlait, elle n'en pouvait plus. Après encore quelques mètres, elle s'est effondrée.

Les sanglots venaient en longs paquets, elle se sentait idiote et naïve. Qu'est-ce qu'elle croyait ?

Un bruit l'a fait sursauter. Était-ce Mattias ? La panique l'a reprise, mais apparemment il n'y avait personne.

Au bout d'un moment, elle a commencé à avoir froid, et s'est serrée dans ses vêtements, malgré leur mauvaise odeur. Ensuite elle a dû s'assoupir, car quand elle a rouvert les yeux il faisait nuit. Elle ne savait pas où elle était, rien sinon qu'elle se sentait si mal qu'elle n'avait pas la force de bouger ou de répondre au téléphone.

Toute la nuit, elle est restée là, toute seule.

À l'aube, elle s'est réveillée, et faufilée jusqu'au village.

Jonas était chez Nora. En approchant de la villa Brand, Wilma n'a pas osé entrer. Elle savait que son père allait comprendre ce qui s'était passé, et elle avait tellement honte. Elle ne pouvait pas se montrer dans ces vêtements couverts de vomi. Surtout pas devant Nora.

Elle a plutôt essayé de rentrer chez eux, mais c'était fermé et elle n'avait pas de clé. Le froid nocturne la faisait claquer des dents. Où aller ?

C'est alors qu'elle a eu l'idée du cabanon de pêche.

73

Wilma se cacha le visage dans les mains.

« Je me sens si bête, sanglota-t-elle. Si conne.

— Quel sale porc ! » dit Jonas en essayant de se maîtriser.

Il était tellement indigné qu'il crut qu'il allait s'étouffer.

« Si je mets la main sur ce Mattias, je lui tords le cou, éclata-t-il.

— Je croyais être amoureuse de lui, dit Wilma d'une voix brisée. Je croyais que je lui plaisais pour de bon. Je l'ai vraiment cru. »

Il fallait qu'il se calme, le plus important était de s'occuper de Wilma. Jonas se força à baisser la voix.

« Ma petite », dit-il en serrant sa fille contre lui.

Comment lui faire comprendre que ce Mattias n'était qu'un ado bourré et en rut qui méritait un poing sur la gueule ? En fait, il faudrait porter plainte contre lui. Wilma n'avait que quatorze ans. Une mineure qu'il avait agressée.

La vue de Jonas s'obscurcit en songeant à ce qui aurait pu arriver si elle n'avait pas vomi avant de s'enfuir.

« Ce n'est pas ta faute, rien de tout ça n'est ta faute », la consola-t-il.

S'ils portaient plainte contre Mattias, Wilma serait exposée à des questions blessantes, il le savait bien. Ce serait parole contre parole. Il y aurait des interrogatoires, on lui demanderait des détails, son sentiment de honte ne ferait qu'augmenter.

Il n'allait pas lui infliger ça, impossible.

Il fallait juste que Wilma comprenne qu'elle ne portait pas la responsabilité de ce qui s'était passé. Mattias était un salaud, mais ça n'avait rien à voir avec elle.

« Oublie cet idiot. S'il tombe un jour entre mes mains, il… »

Il s'interrompit.

« Il va le regretter, je te le promets », finit-il par dire.

La position inconfortable sur le bord du lit commençait à lui donner mal au dos. Jonas se leva et s'étira.

« Qu'est-ce que tu dirais de prendre une douche et de t'habiller, qu'on puisse aérer un peu ? On pourrait aller au restaurant ce soir, juste toi et moi.

— Sans Nora ? »

Jonas soupira en silence.

« Sans Nora. »

74

Johan Ekengreen était assis dans sa bibliothèque. Il avait annulé sa réunion et était rentré. Là, il s'était enfermé avec une bouteille de whisky.

Il n'était plus sobre depuis un bon moment, mais il n'avait aucun problème pour garder les idées claires. Encore et encore, Johan se repassait la courte conversation téléphonique, l'information qui avait tout fait basculer pour lui.

Il refusait toujours d'y croire. Mais son ancien camarade de l'armée était sûr de son fait. Tobbe était soupçonné de meurtre.

La gorge de Johan se serra en songeant à la trahison dont sa famille avait été victime.

Un souvenir lui revint. Le séjour à Chamonix où Tobbe les avait accompagnés. Les garçons avaient été turbulents et pénibles toute la semaine, surtout Victor, irritable et incapable de se concentrer. Un soir, les gamins avaient filé en discothèque, et le lendemain, aucun des deux n'avait voulu aller skier.

À Madeleine, ils avaient parlé de gastro, mais Johan s'était douté que c'était la gueule de bois. Cette fois-là, il en avait souri : ces gosses qui ne tenaient pas l'alcool ! Biture d'ados.

À présent, il réalisait : ils s'étaient drogués, et la descente était rude. Comment cela avait-il pu lui échapper ? Il avait été aveugle, n'avait rien compris.

Et pourtant, le doute ne le lâchait pas. Tobbe était le meilleur ami de Victor, ce n'était qu'un gosse.

La sonnette retentit, il entendit Ellinor ouvrir. Un faible murmure de voix. Puis on frappa doucement à sa porte.

« Papa, dit Ellinor en entrebâillant la porte. Le père de Tobbe est là, il veut te parler. »

Il fallut à Johan quelques secondes pour réagir.

« Arthur ? » dit-il, stupéfait.

Elle hocha la tête et céda le passage.

Arthur Hökström franchit le seuil en costume-cravate. Sa tenue indiquait qu'il arrivait tout droit de son cabinet d'avocats.

« Bonjour, Johan », dit-il en tendant la main droite.

Machinalement, Johan se leva pour la serrer.

« Je peux m'asseoir ? » Sans attendre la réponse, Arthur Hökström s'assit en face de lui, raide dans son fauteuil. « Mes sincères condoléances. Nous aimions beaucoup Victor dans notre famille. »

Ces phrases banales étaient difficilement soutenables. Johan sentit monter sa colère. Que faisait ici Arthur, lui dont le fils était toujours en vie ?

Arthur lui montra un sac qu'il avait apporté.

« Ce sont les affaires de Victor, elles étaient restées sur le bateau.

— Qu'est-ce que tu veux qu'on en fasse ? le coupa Johan. Victor est mort. »

Impossible de réfréner son amertume.

Arthur Hökström resta déconcenancé, comme s'il avait répété ce qu'il comptait dire et avait oublié sa réplique.

Il prit à nouveau son élan.

« Je voulais te parler de Tobias.

— Et pourquoi ? » dit Johan en saisissant son verre.

Son visiteur semblait avoir du mal à sortir ce qu'il avait sur le cœur. Il finit par reprendre :

« Nous étions à la police ce matin, pour un interrogatoire.

— Ah bon ? »

Je sais, aurait-il voulu dire. Je sais tout.

« C'était… éprouvant. »

Arthur s'interrompit pour desserrer un peu sa ceinture, il avait le front en sueur.

« Ils ont dit que Tobbe était sur la plage où Victor a été trouvé. Apparemment, Felicia l'y a vu dans la soirée, avant que Victor meure. Elle a elle aussi été interrogée. »

Était-ce pour ça que la police était certaine que Tobbe avait tué Victor ? Grâce au témoignage de Felicia ?

Cette information rendit Johan malade, mais il n'en montra rien à Arthur.

« La police croit que c'est Tobbe qui l'a fait, parvint à lâcher Arthur. Que Tobbe a tué Victor. Ils ont même perquisitionné chez nous, saisi ses vêtements. C'est absurde, bien sûr. »

Il essuya son front humide.

« Tobbe et Victor étaient les meilleurs copains depuis la crèche. Mon garçon n'aurait jamais fait de mal à ton fils. Il faut que tu le comprennes. »

La voix d'Arthur monta dans les aigus.

« Je t'en prie, Johan, il faut que tu dises à la police qu'ils font fausse route, que les garçons étaient meilleurs amis. Mon fils est innocent. »

Il s'était remis à pleuvioter et par la fenêtre parvenait le bruit de la légère pluie d'été. Petit, Victor aimait patauger dans les flaques. Johan se souvenait qu'il filait toujours dehors sauter dedans jusqu'à être trempé, ses bottes pleines d'eau.

« Dieu sait que j'ai fait des erreurs, dit Arthur Hökström à voix basse. Ces dernières années n'ont été faciles pour personne. Je sais que je n'ai pas été un bon père, que je n'ai pas assumé la responsabilité de mes gamins. Mais je ne suis qu'un homme... Et maintenant Tobbe est puni... »

Il baissa la tête, comme si ce qu'il avait à dire dépassait ses forces.

« C'est terrible que Victor soit mort, mais que Tobbe soit désigné comme meurtrier n'y changera rien. Tobbe n'a rien à voir avec ça. Nous le savons toi et moi. »

Ce n'était qu'un chuchotement.

« Tu es le seul à pouvoir faire comprendre aux policiers quelle erreur ils ont commise. Je ferai tout si tu nous aides. »

Le bruit du verre brisé les surprit tous les deux.

Johan regarda fixement le verre à whisky qu'il avait réussi à écraser, malgré son épais cristal. Les tessons jonchaient l'authentique tapis persan. Le whisky avait disparu dans le motif oriental rouge sombre.

« Ton fils est en vie, dit-il d'une voix atone, et tu viens me demander de défendre le meurtrier de mon fils. »

Des éclats s'étaient fichés dans la paume de sa main, un mince filet de sang coulait sur la peau.

Les lèvres de Johan étaient si tendues qu'elles ne voulaient pas lui obéir pour former les mots. Il fallait qu'il les sorte de force, syllabe par syllabe.

« Disparais d'ici, dit-il. Va-t'en ! »

75

Nora ouvrit le robinet extérieur pour y remplir son arrosoir en plastique vert. Ses pots de géraniums avaient besoin d'eau, la terre était sèche et commençait à s'effriter.

Le ciel était toujours gris du côté de la terre ferme, mais s'était découvert au-dessus de Sandhamn. Il faisait souvent plus beau dans l'archipel.

Elle portait le lourd arrosoir quand elle aperçut du coin de l'œil Jonas de l'autre côté de la grille. Elle se fendit d'un grand sourire neutre et posa l'arrosoir sur la première marche du perron.

« Salut, dit-elle, dans l'expectative.

— Salut. »

Il resta près de la clôture, sans entrer.

« Comment ça va ? dit-il.

— Bien. Très bien, dit-elle gaiement. Comment va Wilma ?

— Ça va. Elle a beaucoup dormi, et maintenant ça doit aller mieux.

— Contente d'entendre ça. »

Nora arracha quelques feuilles jaunissantes du pot le plus proche.

« Que s'est-il passé ? demanda-t-elle avec une feuille flétrie à la main.

— Un mec. Et de l'alcool, bien sûr. »

Jonas serra un poing en l'air, sans rien ajouter. Il était évident qu'il ne voulait pas entrer dans les détails, et Nora ne voulait pas être indiscrète.

Le silence se fit.

« Tu veux un café ? proposa-t-elle, faute de mieux.

— Pas maintenant, dit-il tout bas. J'aurais besoin de joindre Thomas.

— Et pourquoi ? »

Ces mots lui avaient échappé.

« Il semble que Wilma et ses copains se trouvaient sur la plage de Skärkarlshamn le soir où ce garçon a été assassiné. Il faudrait que la police le sache. J'ai lu dans le journal qu'ils cherchaient des témoins.

— Ah bon. »

Sa réponse était si creuse. Alors que tout ce qu'elle voulait, c'était lui faire comprendre combien elle l'aimait. Bien entendu, tu dois faire passer ta fille en premier, aurait-elle voulu dire. J'ai des enfants moi aussi, je comprends très bien ce que ça fait. Mais tu n'as pas besoin de m'exclure pour autant. Pourquoi faut-il que ce soit tout ou rien ?

Impossible d'exprimer rien de tout cela pour le moment. Au lieu de quoi, elle jeta un œil à ses mocassins de voile et lui fit remarquer : « Ton lacet est défait.

— Quoi ? »

Jonas baissa les yeux et vit le cordon de cuir qui pendait.

« Merci », dit-il en s'agenouillant pour le rattacher.

Ils n'étaient qu'à deux mètres l'un de l'autre, mais c'était comme si un mur de verre s'était dressé entre eux. Chaque tentative de conversation rebondissait contre des obstacles invisibles. Nora songea à ces mimes tout de blanc vêtus, la bouche maquillée de noir. Les paumes ouvertes, ils faisaient semblant de toucher des murs qui n'existaient pas – et pourtant si réels.

Le numéro de Thomas. Elle fouilla dans sa poche, sortit son mobile et pianota pour afficher le numéro. Elle montra l'écran à Jonas, qui le saisit dans son téléphone.

« Il faut que je retourne auprès de Wilma, dit-il quand il eut fini. On pourra prendre le café un peu plus tard. »

Il tendit la main vers elle comme pour lui caresser la joue, mais Simon débaula alors sur son vélo. Il freina avec un dérapage contrôlé si violent qu'il envoya des gravillons sur Jonas et laissa de profondes marques au sol.

Il jeta négligemment le vélo et se faufila devant Jonas, par la grille, jusqu'à Nora.

« On dîne bientôt ? lança-t-il. J'ai super faim. »

Le charme était rompu.

« Il faut que j'aille mettre en route le dîner », dit-elle, avant de remonter le perron sans se retourner.

76

« Papa ? »

Ellinor ouvrit la porte de la bibliothèque où Johan Ekengreen était resté depuis le départ d'Arthur Hökström. Elle avait les yeux gonflés et les cheveux blond cendré attachés à la va-vite avec une pince. Quelques mèches lui pendaient autour du visage. Elle portait un bracelet de petites billes de plastique plusieurs fois enroulé autour du poignet.

« Qu'est-ce que tu fais ? demanda-t-elle.

— Je réfléchis. »

Son regard fut attiré par la photo de Victor sur le rebord de la cheminée. Impossible de s'en empêcher. Ellinor suivit son regard et étouffa un sanglot.

Elle serra un mouchoir en papier.

« On ne va pas dîner, aujourd'hui ?

— Je n'ai pas trop faim, ma petite. Mangez toutes les deux, maman et toi.

— Maman dort. » Ellinor fit un geste d'impuissance. « Et puis il n'y a plus rien dans le frigo, personne n'est allé faire des courses. »

Johan sortit son portefeuille et en tira un billet de cinq cents.

« Tu ne pourrais pas aller en ville acheter quelque chose ? Prends ce que tu veux. Ça te fera peut-être du bien de sortir un moment. »

Sortir de ce mausolée, pensa-t-il, sans le dire tout haut.

Une partie de lui aurait voulu pleurer avec Ellinor, mais il ne pouvait se permettre de laisser libre cours à son chagrin. Pas encore, il fallait d'abord qu'il s'occupe d'autre chose.

Ellinor prit l'argent et glissa le billet dans la poche arrière de son pantacourt bleu clair.

« Et toi, tu ne veux rien ? dit-elle en tripotant son bracelet.

— Je n'ai pas trop d'appétit.

— D'accord. »

Ellinor allait tourner les talons quand il la retint.

« Attends. Il faut que je te demande une chose. »

Sa fille s'arrêta.

« J'ai parlé avec la police, tout à l'heure. Je me posais une question.

— Quoi ? »

Elle n'avait aucune idée d'où il voulait en venir, Johan le voyait. Est-ce que même Ellinor n'avait pas compris ce qui se passait ?

« Ils prétendent que Victor consommait de la drogue, dit-il. Ils disent qu'il avait de la cocaïne dans le corps au moment de sa mort. »

Ellinor saisit le dossier d'un des fauteuils.

« Ah, papa... »

Johan ne la quitta pas des yeux. Le visage d'Ellinor se referma.

« Tu étais au courant ? » demanda-t-il.

Ellinor

Quand Victor s'est réveillé le matin du Nouvel An, Ellinor était assise au bord de son lit. Elle avait attaché ses cheveux en queue-de-cheval et portait son nouveau bikini bleu. Par la fenêtre parvenaient des rires lointains des abords de la piscine, c'était déjà la mi-journée.

Victor avait l'air pitoyable.

« Tu as beaucoup bu, hier ? » a demandé Ellinor.

Elle n'avait jamais vu son frère aussi bourré que le soir précédent. Était-ce seulement parce qu'ils n'étaient pas en Suède qu'il buvait tant ? Ces dernières années, ils étaient partis fêter Noël à l'étranger. Cette année, c'était Mexico, où ils avaient atterri en pleine vague de chaleur.

« Vous êtes grands, maintenant, avaient dit leurs parents la première fois qu'il en avait été question. Du soleil et de la chaleur, ce ne serait pas mieux, plutôt que ce froid ? »

Ellinor savait que Victor aurait de loin préféré rester fêter Noël en Suède. Il avait toujours aimé cette ambiance. Petit, le jour de Noël, il se précipitait dans le séjour pour regarder tous les paquets sous le sapin, plein d'espoir. Il pouvait ensuite rester des heures à retourner les paquets dans tous les sens, en attendant que le reste de la famille se réveille.

Madeleine avait l'habitude d'emporter des cadeaux qu'ils pouvaient ouvrir le 24, mais ce n'avait plus jamais été la même chose. Pas comme en Suède au cœur de l'hiver.

« Tu bois trop », lui a dit Ellinor.

Elle voyait qu'il n'allait pas protester, qu'il savait qu'elle avait raison.

« Mais c'était le réveillon du Nouvel An, a-t-il gémi.

— Laisse tomber. »

Elle n'avait que vingt mois de plus, mais elle s'était toujours occupée de lui. Cet automne, pourtant, elle avait très peu été à la maison, ses études avaient absorbé tout son temps. Elle n'était rentrée que quelques week-ends, consacrés surtout à revoir ses vieux amis. Elle n'avait pas eu de temps pour traîner avec son petit frère.

Victor restait beaucoup trop seul à la maison, elle le trouvait souvent déprimé quand elle appelait. On avait l'impression que maman et papa étaient toujours absents.

Heureusement, il s'était mis avec Felicia au cours de l'automne, sinon elle se serait encore plus inquiétée. Felicia était mignonne et, comme ça, Victor avait de la compagnie quand les parents s'absentaient.

Quand Ellinor était rentrée, le dernier week-end avant les vacances de Noël, Felicia était là. En cachette, elle avait complimenté son frère d'un pouce en l'air. En voyant combien cela lui faisait plaisir, elle s'était pourtant sentie coupable : elle devinait qu'elle lui manquait plus qu'elle ne l'imaginait. Elle savait qu'il devait travailler dur à l'école, papa mettait la barre très haut. Mais elle n'avait pas compris combien cela lui tenait à cœur.

Et voilà qu'elle était choquée de voir à quel point il buvait.

« Tu as commencé quand, à boire autant ? »

Ellinor a remonté la bretelle de son bikini, qui avait laissé une légère marque blanche sur sa peau bronzée. Elle a donné un coup de coude à son frère, qui s'est enfoui la tête dans l'oreiller.

« Laisse-moi tranquille, a-t-il marmonné. Pas d'interrogatoire !

— Victor… » Ellinor ne s'avouait pas vaincue. « À quoi tu joues ? Et si maman et papa avaient remarqué quelque chose ?

— Mmm. »

Leurs parents avaient réveillonné avec les autres familles qui participaient au voyage, et personne ne s'était mêlé de savoir comment « les jeunes » fêtaient le Nouvel An.

Tard dans la nuit, Ellinor avait aperçu son père sur la terrasse, qui fumait un cigarillo. Une femme qui ne ressemblait pas à Madeleine était avec lui.

« Victor, a répété Ellinor. Qu'est-ce qui se passe ? Tu as bu tous les jours depuis qu'on est arrivés. »

Ils logeaient dans un hôtel en pension complète. Se procurer à boire dans l'un des nombreux bars ne posait aucun problème. Mais y avait-il autre chose ? Cette odeur douceâtre, l'autre jour ?

« Tu as aussi fumé de l'herbe ? a-t-elle dit en entendant elle-même combien sa voix ressemblait à celle de sa mère. Mais tu n'as que quinze ans !

— Seize dans un mois, a-t-il mollement protesté.

— Tu fais pareil, quand tu vas à l'école ? »

Elle s'est radoucie :

« Je suis très inquiète pour toi, tu ne comprends pas ?

— Je ne le ferai plus. »

En cet instant, il semblait sincère. Il sautait aux yeux qu'il n'allait pas bien, comme s'il avait la langue collée au palais.

« Je vais vomir », a-t-il balbutié en disparaissant dans la salle de bains.

De bruyants vomissements ont retenti à travers la porte.

À son retour, Ellinor était adossée au cadre du lit, les genoux remontés contre le menton. Elle l'a suivi des yeux tandis qu'il se recouchait.

« C'est dur, au bahut ? Vous vous êtes disputés, Felicia et toi, ou il y a autre chose ?

— J'en ai juste tellement marre de tout.

— Qu'est-ce qui se passe ? »

Il n'a pas répondu.

« Victor !

— Qu'est-ce que tu veux savoir ? a-t-il marmonné au bout d'un long moment. Que papa et maman ont toujours une connerie à faire ? Ou qu'ils ne s'occupent que de mes notes et se foutent bien du reste ? Tu ne sais rien de comment je me sens. »

Victor a roulé sur le dos et fixé le plafond.

« Ça ne change rien… De toute façon, je ne serai jamais aussi bien que toi. Il n'y en a qu'une, dans la famille, qui réponde à toutes les attentes.

— Mais Victor ! »

Ellinor était effrayée de ce flot d'amertume. Elle n'avait jamais entendu ça dans la bouche de son frère. Il serrait les mâchoires, l'air de vouloir mettre à quelqu'un son poing dans la figure.

« Qu'est-ce qui t'arrive ? s'est-elle exclamée. Pourquoi es-tu aussi en colère ? »

Le téléphone noir de l'hôtel, sur la table de nuit, les a interrompus.

Ellinor a décroché et écouté quelques secondes avant de raccrocher.

« C'était maman. On va déjeuner au restaurant du golf à deux heures. Il faut que tu te douches tout de suite, on a rendez-vous à l'accueil dans un quart d'heure. »

Tout le reste du voyage, Victor l'a évitée.

Elle n'a plus eu d'occasion de lui parler.

77

« Je ne l'avais jamais vu boire de cette façon, dit Ellinor. Je ne sais pas s'il a aussi pris de la cocaïne, mais je suis presque sûre qu'il a fumé de la marijuana quand nous étions au Mexique. »

Ellinor se frappa le front.

« Je ne comprends pas que ni toi ni maman n'ayez rien remarqué. Mais enfin, il était ivre presque tous les soirs. »

En entendant ces mots, Johan eut le cœur serré.

« Pourquoi tu n'as rien dit ? »

Le regard accablé lui donna la réponse : vous n'auriez pas écouté.

Sans un mot, elle se leva et sortit. La porte se referma derrière elle.

Tu ressembles tellement à Victor, songea-t-il. Mêmes cheveux, mêmes yeux bleus. Mon bel enfant. Que Tobias Hökström m'a enlevé.

Le chagrin déferla à nouveau, mais il le refoula pour se concentrer sur sa colère. Il se leva et gagna le vieux bureau, devant la fenêtre. Il l'avait acheté aux enchères, voilà quelques années. Beaucoup de visiteurs croyaient que c'était un meuble de famille, il s'était amusé à ne pas les détromper.

Il prit son carnet d'adresses dans le tiroir du haut, il savait exactement qui appeler. Carl Tarras, chef de la sécurité dans le groupe dont Johan était P-DG. Un ancien militaire reconverti après les coupes drastiques du budget de la Défense. Il dirigeait désormais un florissant cabinet de consultants qui s'occupait de tout, des mesures de sécurité à la protection rapprochée des dirigeants d'entreprises.

Carl Tarras avait des contacts dans toutes les couches de la société.

Johan prit son mobile. D'une main de plomb, il composa le numéro. Mais il raccrocha avant la sonnerie.

C'était le chaos total. Il fallait qu'il réfléchisse.

Il sortit du bar une nouvelle bouteille de whisky qu'il débarrassa lentement de sa capsule verte. Puis il s'en servit un verre, qu'il compléta avec de l'eau. Il retourna dans le fauteuil, se cala et ferma les yeux.

Une fois encore, il se remémora tout ce qui s'était dit au téléphone dans la voiture.

Mot pour mot, phrase pour phrase.

Son informateur était sûr de son fait. Tout accusait Tobias Hökström. Arthur l'avait lui-même confirmé en parlant du témoignage de Felicia. Tobbe était sur la plage où est mort Victor. Felicia l'avait vu.

La drogue, c'était la racine du mal. Mais c'était la faute de Tobbe, si Victor avait commencé à en prendre.

Tobbe était à la fois la cause et l'effet.

Ce n'était qu'une question de temps avant que la police n'arrête Tobbe, une formalité technique, c'était le chef de la police qui le lui avait dit au téléphone. Alors, il serait hors d'atteinte. Il serait probablement placé en foyer fermé un an, deux tout au plus. Bientôt, il ressortirait et pourrait continuer sa vie.

Tandis que Victor avait disparu à jamais.

Le souvenir du visage mort de Victor lui revint. Son corps étendu sur la civière dans ce cabanon de Sandhamn. Le passage de la lumière à la pénombre du vestibule où il avait dû identifier le cadavre de son fils.

Les pleurs désespérés de Madeleine.

Ils n'avaient pas été là pour Victor de son vivant. Il lui faudrait vivre avec ça le restant de ses jours. Mais il ne pouvait pas rester là sans rien faire.

Il y avait une dette à payer.

Arthur Hökström était venu implorer son aide, et tout ce qu'aurait voulu Johan était de lui mettre son poing dans la gueule.

De toute sa vie, il n'avait rien ressenti d'aussi fort que la rage qui l'envahissait. Elle battait dans ses veines, tambourinait à son front.

Comment diable cet homme avait-il pu croire que Johan allait lever le petit doigt pour aider son fils ?

Pourquoi Tobbe vivrait-il, alors que Victor était mort ?

78

Thomas allait passer Mölnvik quand son téléphone sonna. Il ne lui restait que vingt minutes pour attraper le dernier ferry à Stavsnäs. Il y avait peu de chances qu'Elin soit réveillée à son arrivée mais, au moins, il la verrait et Pernilla ne resterait pas toute seule.

Le nom de Staffan Nilsson s'afficha. Ils s'étaient ratés au téléphone dans l'après-midi.

« Et ces gilets ? dit Nilsson de but en blanc.

— Quels gilets ? » répéta Thomas.

Il avait dépassé le dernier radar, et s'autorisa à accélérer un peu.

« Vous deviez rassembler les gilets fluo de tous les agents présents à Sandhamn ce week-end. On en a parlé ce matin.

— Ah oui. J'ai demandé à Harry Anjou de s'en occuper. Je pensais que vous les aviez déjà.

— Pas encore. » Nilsson semblait irrité. « Le problème, c'est qu'on a trouvé sur le corps plein d'autres fibres qu'on doit analyser. Ce serait bien de pouvoir éliminer ça au plus vite.

— Bien entendu. Je vois avec Anjou dès demain matin. Ça ira ?

— Il faudra bien.

— Vous n'avez rien trouvé d'autre ? Qu'est-ce que donnent les habits de Tobias Hökström ?

— On est en train de s'en occuper. Tu sais que ça prend du temps. Je te tiens au courant. »

Un clic indiqua à Thomas que Nilsson avait raccroché.

Il accéléra autant que le permettait la route qui serpentait entre le club de golf de Värmdö et le pont de Fågelbro.

L'horloge digitale du tableau de bord indiquait dix-neuf heures vingt-trois, tandis que la route se rétrécissait et que le canal Strömma était en vue. Quelques voiliers faisaient la queue pour passer, mais les barrières rouges n'étaient pas encore descendues.

La sirène avertissant de l'ouverture du pont retentit tandis que Thomas le traversait. Mais il était à présent du bon côté. Du canal, il fallait au plus dix minutes pour arriver à Stavsnäs.

Le téléphone sonna à nouveau. Thomas répondit sans regarder qui c'était.

« Salut Thomas, c'est Jonas Sköld. »

Jonas. Pourquoi appelait-il ? Thomas ne savait même pas qu'il connaissait son numéro.

« Salut, dit-il après une seconde d'hésitation.

— Nora m'a donné ton numéro direct, expliqua Jonas, lisant dans ses pensées. Il s'agit de Wilma. »

Une pointe de mauvaise conscience. Thomas n'avait pas une seule fois pensé à Wilma ces derniers jours. Il n'y avait pas eu la place. Bien sûr, il aurait pu prendre des nouvelles auprès de Nora, mais ça ne s'était pas fait.

« Comment va-t-elle, après tout ce qui s'est passé ?

— Comme ci, comme ça, dit Jonas avant de se racler la gorge. C'est en partie la raison de mon appel. »

Thomas allait arriver à Stavsnäs. Avec juste quelques minutes pour garer la voiture.

« De quoi s'agit-il ?

— Wilma m'a dit qu'elle était sur la plage de Skärkarlshamn avec une bande de copains samedi soir. J'ai pensé qu'il fallait te le signaler, vu les circonstances. »

Courte pause.

« J'ai lu dans les journaux que vous cherchiez des témoins.

— Je comprends. »

Thomas réfléchit rapidement. Le *Tärnan*, le bateau qui reliait Harö, continuait ensuite jusqu'à Sandhamn. S'il y descendait, il pourrait tout de suite voir Wilma. Ensuite, Nora pourrait peut-être le ramener sur Harö avec le bateau familial.

Ça ne ferait pas plaisir à Pernilla, mais ça ne devrait pas prendre plus de quelques heures.

Ça en valait la peine.

« Je suis en train de partir pour l'archipel. Est-ce que je pourrais lui parler dès ce soir ?

— Bien sûr. Quand veux-tu passer ?

— Le bateau devrait arriver vers vingt heures trente. Je peux venir directement chez vous.

— D'accord. » Jonas se racla la gorge. « Nous sommes chez nous, dans l'ancienne maison de Nora. »

N'était-il pas dans la villa Brand, la dernière fois ?
À y songer de plus près, Jonas n'avait pas l'air très
gai. Mais Thomas ne voulait pas poser de questions
trop personnelles.

Jonas raccrocha sans avoir éclairé sa lanterne.

Il arriva à Stavsnäs, se gara, acheta à toute vitesse
un ticket de parking, qu'il jeta sur le tableau de bord,
sous le pare-brise. Puis il courut jusqu'au bateau, où
le marin était en train de larguer les amarres.

« Vous avez de la chance, ricana-t-il. C'était la toute
dernière minute. »

Thomas hocha la tête, essoufflé, et se dépêcha d'embarquer. Il trouva sans difficulté une place dans la salle
du fond, juste au moment où le bateau reculait pour
s'écarter du quai. Ça faisait du bien de s'asseoir un
moment tranquille. La journée avait été longue. Il se
cala, ferma les yeux quelques instants, puis se rappela
qu'il devait informer Pernilla qu'il serait en retard.
Autant vérifier aussi tout de suite si Nora pourrait le
conduire chez lui après son entretien avec Wilma.

Il envoya un sms à Nora, auquel elle répondit aussitôt.

*Je ne savais pas que tu venais, mais je te ramène-
rai volontiers/ Nora*

Bizarre que Jonas ne lui ait pas parlé de sa venue,
se dit Thomas.

Il composa le numéro de Pernilla, en espérant
qu'elle ne prenne pas mal qu'il arrive plus tard que
prévu.

79

Jonas vint sur le perron à la rencontre de Thomas. Ses cheveux étaient humides, comme s'il sortait de la douche.

Ils allèrent dans l'ancienne cuisine de Nora. Rien n'avait changé, et pourtant si. Jonas avait fait disparaître torchons usés et vieilles maniques pour les remplacer par d'autres, aux couleurs vives, rouges et vertes. Sur le plan de travail s'alignaient diférentes huiles d'olive et quelques pots de basilic et de romarin se serraient sur un plateau rond, sur la table de la cuisine.

« Tu veux du café ? proposa Jonas. Ou plutôt une bière fraîche ? »

Techniquement, il n'était pas en service, mais il voulait d'abord parler avec Wilma.

« Volontiers une bière, dit Thomas, si je peux l'avoir après avoir vu ta fille.

— Bien sûr. »

Jonas gagna l'escalier qui menait à l'étage.

« Wilma ! appela-t-il. Thomas est arrivé. Tu descends, s'il te plaît ? »

Au bout de quelques minutes seulement, Wilma entra dans la cuisine. Elle portait un tricot à manches longues sur un short bleu et était pieds nus, comme son père.

« Bonjour, dit-elle, un peu gênée.

— Bonjour, dit Thomas en lui serrant la main. C'est bien qu'on puisse se voir ce soir. »

Il se tourna vers Jonas.

« On s'assoit ici ?

— À toi de voir, on peut aussi aller dans le séjour, si tu préfères.

— La cuisine fera l'affaire », dit Thomas.

Il avait toujours aimé la cuisine spacieuse de Nora, illuminée par le soleil du soir.

Wilma tira à elle une des chaises blanches. Elle s'assit, croisa les jambes, remontant un genou pour y appuyer le menton, et enserra sa jambe des deux bras.

Thomas s'assit en face, tandis que Jonas restait debout, appuyé au plan de travail.

Jonas dit gentiment à sa fille : « Allez, raconte à Thomas qui tu as rencontré sur la plage samedi dernier.

— Il faut tout lui dire ? »

Sa réticence était tangible.

« Allez, ma chérie, dit Jonas en encourageant sa fille du regard. Il suffit que tu dises qui était présent, et ce que tu as vu ce soir-là. C'est important que Thomas le sache. »

Wilma regarda Jonas à la dérobée après avoir achevé son récit. Il l'encouragea d'un sourire.

« Tu as été d'une grande aide, dit sincèrement Thomas à Wilma. C'était très bien que je puisse te parler. »

D'un coup, il avait accès à toute une série de témoins qui, sans cela, lui seraient sûrement restés inconnus.

Wilma déplia la liste où elle avait inscrit les noms et numéros de téléphone qui lui revenaient, et la tendit à Thomas. Il la mit dans sa poche.

« Merci. » Il se tourna alors vers Jonas : « Maintenant, je prendrais bien cette bière, si c'est OK.

— Bien sûr. »

Jonas alla chercher deux canettes dans le réfrigérateur, en garda une et tendit l'autre à Thomas.

« Nous avons du mal à trouver des témoins à Sandhamn, le numéro vert n'a pas exactement été pris d'assaut, dit Thomas. Au fait, qu'est-ce que tu as fait de Nora ? Elle m'a promis de me reconduire sur Harö quand nous aurions fini. »

Jonas se plaça dos à la porte. Il détourna le visage.

« Je crois qu'elle est chez elle. »

Wilma se leva.

« Je peux m'en aller ?

— Oui, je pense », dit Thomas. Il retint pourtant Wilma sur le point de quitter la cuisine :

« Juste une dernière question. Ce policier que tu as mentionné, au moment où vous alliez entrer dans le chalet, tu te souviens de quoi il avait l'air ? »

Elle secoua la tête.

« Non, pas vraiment.

— Mais tu es certaine qu'il était seul ? »

Elle opina.

« Était-il blond, ou brun ? Grand ou petit, gros ou mince ? »

Wilma hésitait.

« Ça s'est passé si vite. Mais Mattias s'en souvient peut-être, il l'a vu beaucoup mieux que moi.

— Et tu ne te souviens de rien d'autre ? »

Thomas essayait d'avoir l'air détaché. Il ne voulait pas bousculer la jeune fille, mais il était bizarre qu'aucun de ses collègues en uniforme n'ait signalé s'être trouvé à Skärkarlshamn pendant les heures critiques. Cela relevait de la routine, dans de telles circonstances.

Thomas posa sa canette de bière sur la table.

« Rends-moi un service, dit-il à Wilma. Ferme les yeux et essaie de revoir la scène. »

Wilma ferma les yeux.

« Reviens au moment où tu as compris qu'il y avait un policier dans les environs, dit Thomas. Qu'as-tu vu, alors ? »

Wilma cligna des yeux, puis regarda Thomas en face :

« Il portait un gilet jaune. »

80

Vous le trouverez chez Salvatore, une pizzéria au coin de la place Paradistorget, pas loin du métro. Venez à vingt-deux heures, il sera là. Il faut avoir dix mille en liquide pour qu'il vous prenne au sérieux. Il exige que vous veniez en personne, c'est son assurance-vie.

Les instructions de l'ancien chef de la sécurité étaient claires.

Johan voyait la gare d'Huddinge par le pare-brise, depuis la banquette arrière de son taxi. Il avait beaucoup trop bu pour prendre le volant : il ne pouvait pas prendre le risque de se faire arrêter pour un contrôle d'alcoolémie.

Pas ce soir.

Par précaution, il avait d'abord commandé un taxi qui l'avait conduit en centre-ville. Là, il était descendu en payant en liquide. Aussitôt la voiture repartie, il s'était rendu à la gare centrale, sur Vasagatan, et mis dans la queue des taxis, devant l'entrée principale. Son tour arrivé, il avait choisi une voiture d'une autre compagnie que celle qu'il venait d'emprunter.

Avant de partir de chez lui, il s'était vissé une casquette bleue sur la tête et avait mis des lunettes noires.
Malgré la chaleur, il portait des gants fins pour ne pas
laisser d'empreintes digitales.

Ça semblait copié sur un mauvais film, mais il n'était
pas idiot. Il n'y avait aucune raison d'être reconnu. Il
n'allait pas prendre le moindre risque.

« Gare d'Huddinge », avait-il murmuré, la tête basse.

Il n'avait pas fallu longtemps pour laisser le centre
de la capitale derrière lui. La voiture avait pris la
rocade sud puis la voie rapide 226, Huddingevägen.
La circulation était modérée, ils étaient arrivés en un
quart d'heure.

Johan attendit près d'un grand arbre que le taxi
soit reparti. Il se dirigea alors d'un pas décidé vers
Paradistorget.

Le restaurant apparut de l'autre côté de la rue. Son
enseigne en néons blancs poisseux lui indiqua qu'il
était arrivé. Devant l'entrée, sur le trottoir, un triangle
en plastique blanc énumérait les différentes pizzas ser-
vies par l'établissement.

Au loin, au-delà de la voie ferrée, s'agglutinaient
des immeubles aux balcons surchargés. Une femme
voilée se pressait avec sa poussette en évitant de croi-
ser le regard d'une bande de jeunes qui traînaient avec
leurs mobylettes près du kiosque à saucisses, une centaine de mètres plus loin.

Il avait beau être à une heure à peine de son ver-
doyant quartier résidentiel, Johan se sentait aussi
étranger que dans un autre pays.

Un malaise l'envahissait, il aurait voulu repartir. Il
regrettait à présent de ne pas avoir dit au chauffeur de

l'attendre. Mais il n'avait pas voulu prendre ce risque, le type aurait pu se souvenir de lui.

La porte de la pizzéria glauque s'ouvrit : un homme de grande taille sortit dans la rue s'allumer une cigarette. Le bout incandescent se voyait clairement dans le noir.

Dans l'ombre, Johan hésita.

Il pouvait toujours renoncer, rebrousser chemin et prendre le train. D'ici une heure, il serait revenu auprès de sa femme et de sa fille.

Mais il revit le visage meurtri de son fils.

L'homme à la cigarette avait fini de fumer. Il jeta son mégot et l'écrasa sous son talon. Puis retourna à l'intérieur.

Johan jeta un œil à sa montre : bientôt vingt-deux heures cinq. Il fallait y aller.

Dans sa poche, il avait l'enveloppe de billets. Il conservait toujours chez lui une certaine somme en liquide. Il avait un coffre à la cave, où il était allé chercher ce qu'il fallait.

Sa main se referma sur les billets. La liasse était mince, malgré le montant. Dix billets de mille couronnes.

Pour la même somme, il pouvait obtenir une protection pour lui et les siens. C'était le tarif usuel quand un proche faisait l'objet de menaces. Cela suffisait pour envoyer une mise en garde dans le milieu : ne pas toucher à cette famille. Comme beaucoup de personnes haut placées, il était au courant de ces pratiques louches.

Mais à présent, il s'agissait de tout autre chose. Cette fois, ce n'était qu'une avance. Un ticket d'entrée.

Un grincement au loin lui fit tourner la tête vers la gare. Un train venait d'arriver, il ne tarderait pas à repartir vers Stockholm. Il n'était pas trop tard pour s'en aller.

Il serra plus fort la liasse de billets.

81

Nora déposa Thomas à son ponton sur Harö. À part les remous provoqués par son bateau, la petite crique était absolument calme. Sur la plate-forme de baignade traînaient une serviette-éponge et une tétine rose.

« Tu veux entrer dire bonjour à Pernilla ? dit Thomas.

— Il faut que je rentre m'occuper des garçons. Mais on pourrait se voir ce week-end ? Vous pourriez venir goûter, si vous voulez. »

Le moteur tournait au point mort, et Nora tenait le bord du ponton pour que son bateau ne parte pas à la dérive. Thomas avait sa veste jetée sur l'épaule.

« On peut garder l'option ? Ça dépend un peu de l'enquête.

— Bien sûr. On s'appelle vendredi ? dit Nora avant de se donner de l'élan d'une poussée de la main. Bonjour chez toi », lança-t-elle par-dessus le bruit du moteur.

Quand elle eut contourné Harö, Sandhamn apparut et Nora mit le cap sur les maisons en bois jaunes et rouges à l'entrée du chenal. La haute tour des remorqueurs s'élevait au-dessus des cimes des pins.

Des décennies durant, la surveillance y avait été constante. Les marins s'y relayaient pour qu'il y ait toujours quelqu'un. Aujourd'hui, tout était informatisé, la tour était abandonnée.

Son canot n'avait pas de feux de position, mais c'était inutile. Le ciel était clair, les nuages de la journée avaient disparu et, dans son dos, le soleil couchant formait une grosse boule orange.

Sur un coup de tête, elle ralentit l'allure et laissa le bateau dériver.

Thomas avait eu l'air interloqué en arrivant à la villa Brand, après sa visite chez Jonas et Wilma. Nora avait esquivé sa question muette. Elle avait pris son blouson, les clés du bateau, et était descendue la première au ponton mettre en route le moteur.

Le hors-bord se balançait sur les petites vagues. Nora se pencha au-dessus du bastingage pour tremper la main dans l'eau. Elle était assez froide, comme toujours si loin vers le large. Mais elle aimait cette sensation de fraîcheur au bout de ses doigts et la laissa durer avant de remonter sa main.

À l'ouest de Sandhamn arrivait un gros ferry battant pavillon estonien. Le soleil couchant se reflétait dans ses fenêtres, qui semblaient teintes en rose et rouge.

La pensée qu'elle tentait d'éviter lui revint :

Thomas avait rendu visite à Jonas, dans son ancienne maison, sans qu'elle soit invitée.

Johan Ekengreen enfonça la poignée et entra.

Une dizaine de tables étaient disposées dans la salle tout en longueur, lambrissée de bois sombre. C'était plus grand qu'il ne semblait du dehors, on apercevait les cuisines sur la gauche et plusieurs portes noires en face.

Quelques clients étaient éparpillés sur les tables proches des fenêtres. Il flottait une forte odeur de sauce tomate et de pizza tout juste sortie du four. Tout au fond du restaurant, dos au mur, était assis un homme costaud, dont les cheveux bruns s'étaient dégarnis sur le front. Ceux qui restaient étaient taillés ras. Autour de son cou brillait une fine chaîne en argent et il portait un large anneau en acier brossé autour du pouce.

Sous des sourcils broussailleux, ses yeux étaient sur leurs gardes.

Il s'appelle Wolfgang Ivkovac. Il sait que vous venez. Je ne peux pas faire plus.

Jonas s'avança vers la table ronde.

Ivkovac était en compagnie de trois hommes, eux aussi costauds, mais il était le seul assis devant une assiette de nourriture, une calzone à moitié mangée.

Johan leva le menton et croisa le regard d'Ivkovac.

« Vous savez pourquoi je suis là », dit-il à voix basse.

Ivkovac fit un mouvement de la tête et un des hommes se leva pour faire une place à Johan.

Il s'assit gauchement. Soudain, il se sentit prêt à s'évanouir, la langue comme une boule informe dans sa bouche. Mais il était trop tard pour changer d'avis.

« Mon fils est mort, dit-il lentement.

— Mes condoléances, dit Ivkovac en écartant son assiette. Que puis-je faire pour vous ? »

Concentre-toi, pensa Johan. Il s'efforça de retrouver ses réflexes militaires. Le froid qui l'envahissait quand toutes les fibres de son corps s'orientaient vers un but unique. Quand le monde entier disparaissait, que plus rien d'autre ne comptait.

« Je sais qui a causé sa mort », dit-il.

Johan sortit de sa poche intérieure une photo de Tobbe et la posa sur la table. Il la poussa vers Ivkovac.

Ce dernier la prit et l'étudia de près.

« Il est jeune, dit-il.

— Mon fils l'était aussi », dit Johan.

Ivkovac secoua pensivement la tête.

« Moi aussi, j'ai des enfants. Deux fils et deux filles. Les parents ne devraient pas survivre à leurs enfants. »

Il vida son verre de bière. Une pâle cicatrice à son cou bougea quand il déglutit.

Johan montra la photo.

« Au dos, il y a son nom et son adresse.

— Vous avez l'argent avec vous ? » dit Ivkovac.

Johan toucha la poche où était l'enveloppe, pour que l'homme en face de lui la voie.

« Oui.

— Ceci va coûter davantage. »

Il inscrivit un chiffre sur un papier et le montra à Johan. C'était nettement moins que le coût d'un séjour de ski à Chamonix.

Un goût de bile lui emplit à nouveau la bouche.

« Vous aurez un numéro de compte dans une banque à l'étranger. On ne doit pas voir la provenance de l'argent. »

Un geste entendu.

« Vous comprenez, non ?

— J'arrange ça demain matin. »

Johan avait fait des affaires en Turquie pendant plusieurs années. Il avait là-bas une vieille connaissance de confiance. Si Johan l'appelait, il transférerait sans poser de questions la somme demandée sur le compte d'Ivkovac et, par la suite, une facture de consultant serait adressée à l'une des sociétés de Johan. L'origine de l'argent serait indétectable.

Je suis malin, pensa-t-il. Même dans de pareilles circonstances. J'ai des relations qui peuvent m'aider pour tout.

Le savoir ne lui procurait aucune joie.

« Quand voulez-vous que ce soit fait ? demanda Ivkovac.

— Dès que possible. »

Discrètement, Johan sortit l'enveloppe de billets et la passa à Ivkovac sous la table. Le Yougoslave l'escamota tout aussi discrètement.

« Une dernière chose, dit Johan. Ça doit avoir l'air d'un accident. »

Ivkovac échangea un regard avec ses gardes du corps.

« C'est important ?

— Oui, c'est plus sûr, pour moi. »

Sa voix était ferme, sa décision était prise.

« Je veux que ça ait lieu sous les yeux de son père. »

83

Mercredi

Il faisait chaud dans la chambre, Tobbe avait du mal à s'endormir. Il ne portait qu'un caleçon et avait beau s'être débarrassé de son drap, il était en sueur.

Le film d'action qu'il avait essayé de regarder s'était terminé juste après deux heures du matin, il aurait dû avoir sommeil, mais n'arrivait pas à se détendre.

L'appartement était silencieux, trop silencieux. Maman avait depuis longtemps pris un de ses somnifères, Christoffer était chez Sara. Il avait proposé de rester, mais Tobbe avait dit que ce n'était pas la peine.

Maintenant, il le regrettait. Il aurait aimé que Christoffer soit là, mais ne voulait pas lui téléphoner en pleine nuit.

Papa lui avait demandé s'il souhaitait habiter avec eux quelque temps, mais il avait secoué la tête. Déménager chez papa et Eva n'arrangerait rien. Tobbe savait que maman y verrait une nouvelle trahison. Il en avait assez de ses regards tristes et de ses reproches.

Les siens lui suffisaient.

Chaque fois qu'il essayait de dormir, il se remémorait son interrogatoire. La policière l'avait dévisagé comme s'il était un monstre. À leurs yeux, il était un criminel, un jeune délinquant...

Un meurtrier.

Allait-il finir en prison ? Il n'avait que seize ans, il devait commencer le lycée en août. Il n'y avait qu'aux USA qu'on enfermait des adolescents dans de vraies prisons, se répétait-il. Mais la peur lui serrait le ventre. Et s'il avait tort, qu'on l'enfermait avec des adultes qui allaient le violer ?

Sa lèvre inférieure tremblait.

Il regrettait tant de choses, qu'il aurait pu faire autrement, s'il en avait eu l'occasion. Tout était de sa faute, mais rien ne pouvait être changé.

C'était encore en désordre après la visite de la police. Ils étaient en train de fouiller dans ses tiroirs et dans la corbeille à linge sale quand il était rentré. C'était irréel, la voiture de police dans la rue et maman en pleurs à la cuisine. Des voisins étaient sortis épier. Tête baissée, il s'était dépêché de franchir la porte.

Si seulement il avait eu quelqu'un à qui parler.

Ebba.

Elle aurait compris ce qu'il ressentait. Quel idiot il avait été de la repousser.

La police avait saisi son ordinateur portable. Il alla dans le séjour s'installer devant le PC que sa mère utilisait. De là, il se connecta à Facebook et chercha le profil d'Ebba. En tout cas, elle ne lui en avait pas bloqué l'accès. D'une certaine façon, l'idée le consolait.

Lentement, il parcourut les dernières mises à jour de son statut : quelques-unes seulement, et pas une seule après le week-end de la Saint-Jean.

L'album photo était tentant. Quand ils étaient ensemble, il y avait beaucoup de photos d'eux deux, à présent toutes supprimées. On ne pouvait pas l'en blâmer, et pourtant, il avait souhaité qu'il en reste quelques-unes. Mais il aimait regarder les photos d'Ebba, ça le calmait.

Au bout d'un moment, il tomba sur une photo avec Victor et Felicia. Tout se mit à tanguer et il se dépêcha de faire défiler, pour ne plus voir Victor.

La dernière photo d'Ebba était prise le dernier jour d'école, en juin. Elle portait une robe en coton blanc avec des broderies et de fines bretelles. Souriante, elle regardait l'objectif en brandissant l'enveloppe contenant son bulletin de notes final.

Il se rappela combien la vie lui avait paru simple ce jour-là. La joie des vacances, la mélancolie que la classe soit finie.

Ils étaient restés au soleil dans la cour de récréation, ne voulaient pas se séparer.

Avant d'avoir le temps de changer d'avis, il cliqua sur la boîte de dialogue d'Ebba. Une petite case s'ouvrit à l'écran. Les lettres s'écrivaient toutes seules.

« Pardon. »

84

Quand Thomas se gara devant l'hôtel de police de Nacka et se hâta de rejoindre l'ascenseur, il était déjà sept heures et demie. Le bateau en provenance d'Harö avait quelques minutes de retard, et il avait par-dessus le marché été bloqué par une ouverture du pont sur le canal.

La réunion du matin allait commencer, il jeta en passant son blouson dans son bureau et se précipita vers la salle de conférences où Erik, Kalle et Karin étaient déjà installés. Margit arriva en même temps que lui de l'autre côté, il s'arrêta sur le seuil pour lui céder le passage.

« Je suis tombée sur Nilsson dans l'ascenseur, dit-elle en s'asseyant sur le côté de la table le plus proche. Il m'a dit que vous aviez parlé des gilets réfléchissants, ceux qu'Anjou devait rassembler.

— Oui, c'est ça. Il en manquait quelques-uns. »

Un bruit du côté de la porte les interrompit. Harry Anjou franchit le seuil, un gobelet de café à la main. Il n'avait pas l'air très réveillé, les traits tirés, et le teint grisâtre.

« Parfait, dit Margit. Justement, on parlait de toi. Tu en es où, des gilets ? »

Harry posa son café et tira une chaise à lui.

« Je les ai livrés, dit-il. Je viens juste de descendre les derniers.

— Parfait. » Margit regarda ses yeux creusés. « Comment tu te sens ?

— Comme ça. »

Karin leva les yeux de son bloc.

« J'ai de l'Alvedon dans mon tiroir, si tu en veux », dit-elle aimablement.

Anjou répondit d'un petit hochement de tête.

« Autre chose, dit Thomas. Sachsen a appelé. Ils remettent le corps aujourd'hui, l'enterrement doit apparemment avoir lieu dès demain matin, si j'ai bien compris.

— Ça, c'est expédié, dit Margit.

— La mère est catholique. »

Margit leva un index de mise en garde :

« Alors espérons que Sachsen n'aura pas besoin de faire des vérifications. Ce n'est pas amusant de faire ça après l'enterrement. »

Son téléphone sonna au moment où Thomas sortait de la réunion. C'était Nora.

« Salut, tu as une minute ?

— Si c'est vraiment juste une minute. »

Il rit pour arrondir les angles.

« Euh… » Nora était déconcertée. « Je voulais juste savoir si tu étais bien rentré. »

Thomas eut d'emblée l'impression qu'elle pensait dire tout autre chose.

432

« Tu le sais, puisque c'est toi qui m'as déposé.

— Mais oui. D'accord alors. Salut. »

Décidément, elle avait quelque chose sur le cœur.

« Attends une seconde que je sois dans mon bureau », dit Thomas.

Il y entra et ferma la porte.

« Il s'est passé quelque chose ? demanda-t-il en s'asseyant dans son fauteuil. Tu ne m'appelles quand même pas seulement pour ça ? »

Un soupir pitoyable à l'autre bout du fil. Thomas se souvint du ton qu'elle avait quand elle se disputait avec Henrik.

« Ça ne va pas trop bien entre Jonas et moi en ce moment, dit Nora au bout d'un moment.

— Je m'en doutais. Je me demandais pourquoi tu n'étais pas là hier soir.

— Jonas a dit quelque chose à propos de moi ?

— Non, pas un mot, répondit sincèrement Thomas. J'ai juste demandé où tu étais, il a répondu à la villa Brand. »

Le silence se fit.

« Je peux savoir ce qui se passe ?

— C'est cette histoire avec Wilma. Elle ne m'aime pas, ça a été pénible depuis le début. Elle a dû avoir du mal à accepter que Jonas ait une petite amie.

— C'est dans l'ordre des choses, dit Thomas.

— Quand elle a disparu toute la nuit samedi dernier, Jonas a été vraiment inquiet. Depuis qu'elle a réapparu dimanche, on s'est à peine parlé. Je crois que, d'une certaine façon, il me tient pour responsable. Je ne sais pas quoi faire. »

Nora s'arrêta soudain. Presque abruptement.

« Je crois que Jonas a besoin de se concentrer sur Wilma pour le moment, dit prudemment Thomas. Elle a besoin de son papa. »

D'après le récit de Wilma, Thomas avait compris qu'il lui était arrivé quelque chose de pénible. Même si elle n'était pas entrée dans les détails, on pouvait lire entre les lignes. Quand Wilma avait quitté la cuisine, Jonas avait suggéré que ce Mattias avait dépassé les bornes. Mais il avait clairement indiqué qu'il refusait de porter plainte.

Ce n'était pas à Thomas d'en parler à Nora. Il fallait que Jonas le fasse.

« Mais je ne sais même pas ce qui lui est arrivé ! s'exclama Nora. Il ne me dit rien. »

Thomas essaya de trouver une demi-mesure.

« Nora, je ne peux pas te donner des détails sur ce que Wilma m'a dit, mais elle est très fragile en ce moment, c'est une histoire avec un garçon qui a mal tourné. Pas étonnant que Jonas s'occupe autant d'elle.

— Mais pourquoi il ne me le dit pas, alors ?

— Tu sais bien comment nous fonctionnons, nous, les hommes, dit Thomas en essayant de plaisanter. Nous ne sommes capables de nous concentrer que sur une chose à la fois.

— Donc tu penses que je n'ai pas de raisons de m'inquiéter ?

— Tu connais Jonas beaucoup mieux que moi. Mais j'aurais sans doute réagi à peu près de la même façon.

— Vraiment ? Merci, tu es gentil, tu n'imagines pas le bien que ça me fait que tu dises ça. »

Le soulagement était tangible dans sa voix. Mais Thomas se souvenait de l'ombre sur le visage de Jonas quand il lui avait demandé des nouvelles de Nora.

85

Il allait être dix heures. Thomas avait cherché Mattias Wassberg sur Facebook et étudié sur l'écran le visage du jeune homme de dix-sept ans. Il portait un T-shirt blanc à manches courtes. On voyait qu'il faisait du sport, ses bras étaient musclés.

Aucun doute, le gamin avait belle allure, mais Thomas trouvait son sourire suffisant. Mais peut-être était-ce ce qu'il avait entendu à son sujet la veille qui déteignait.

Thomas ne savait que trop bien combien de salauds maltraitaient les femmes dès leur adolescence. Heureusement pour Wilma, elle en était quitte pour une simple frayeur.

Thomas composa le numéro de Mattias Wassberg que Wilma lui avait donné. Au bout de cinq sonneries, une voix endormie lui répondit.

« Allô ? »

Thomas se présenta.

« Nous aurions besoin de te poser quelques questions au sujet d'événements survenus à Sandhamn le week-end dernier.

— Je fais de la voile, marmonna une voix pâteuse.

— Où es-tu ?

— Au large de Gotland.

— Quand reviens-tu à Stockholm ? Nous voudrions vraiment te voir.

— Je ne sais pas. »

La ligne se mit à grésiller. Mattias Wassberg toussa et dit quelque chose que Thomas ne comprit pas, puis la communication fut coupée.

Thomas rappela, mais cette fois, une voix métallique l'informa que l'abonné ne pouvait pas être joint pour le moment.

La couverture réseau en mer n'était pas parfaite, Thomas le savait bien. Il essaya encore, sans succès.

Pour le moment, impossible de joindre Mattias Wassberg.

Staffan Nilsson était penché sur une paillasse en inox, dans la grande salle lumineuse où la police scientifique avait ses quartiers.

Sur une table, à côté, s'empilaient des gilets à bandes réfléchissantes jaune fluo, chacun soigneusement marqué au nom du policier à qui il appartenait. Dans un bac, par terre, étaient jetés ceux qui avaient déjà été examinés.

« Voyons voir. »

Nilsson marmonnait un peu dans sa barbe tout en les examinant un à un. Il faisait toujours ça, sa femme avait coutume de dire qu'il ressemblait à un vieillard.

Dix-sept gilets déjà examinés.

Il attrapa le dix-huitième. Il portait le nom d'Adrian Karlsson.

Nilsson vit d'emblée qu'il manquait un petit bout de tissu jaune dans un coin.

« Qu'est-ce que j'ai fait de ma pincette ? »

Il se retourna et la trouva sur la paillasse. Avec, il sortit d'un sachet scellé un petit fragment de tissu jaune. Il portait un numéro de pièce à conviction, répertorié dans la procédure.

Avec des gestes précautionneux, il approcha le fragment du trou du gilet, pour voir si le morceau retrouvé sur les lieux du crime s'ajustait.

« Merde alors ! » s'exclama-t-il.

Johan respirait plus légèrement. La maison était silencieuse, Madeleine se reposait au lit, Ellinor était chez une copine.

Dès qu'il avait quitté le restaurant d'Huddinge, il s'était senti mieux. Les pièces du puzzle se mettaient en place. Le coupable allait payer pour Victor.

Fort de cette conviction, il était rentré à la villa et, contre toute attente, avait réussi à dormir quelques heures auprès de Madeleine.

Tout valait mieux que de rester passivement à se désoler sans rien faire.

Après le petit déjeuner, il avait pris les dernières mesures. Il avait appelé en Turquie dès le matin, en utilisant par précaution une carte prépayée achetée dans un kiosque.

Comme prévu, ça n'avait pas fait un pli, son vieil ami était prêt à l'aider, sans poser de question.

Dans quelques mois arriverait une facture, tout à fait légitime, pour des services d'expertise en lien avec un projet d'entreprise avorté.

Planifier, exécuter, analyser : il l'avait appris lors de sa formation militaire chez les chasseurs-côtiers, et s'en était servi depuis. Cela l'avait accompagné dans toute sa carrière. Ne jamais regarder en arrière une fois la décision prise.

Déjà, à l'époque, savoir une opération bien exécutée lui procurait la paix intérieure. Mais il n'aurait jamais imaginé que ces compétences lui serviraient dans la situation la plus difficile de sa vie.

L'enterrement devait avoir lieu le lendemain, dans l'église catholique de Folkungagatan. Pour tenir, Madeleine s'accrochait aux préparatifs de la cérémonie et aux détails de la décoration. Ils donneraient ensuite une réception, elle avait insisté, même si Johan doutait qu'elle supporte cette pression. Mais il la laissait faire à son idée pour tout ce qui concernait l'enterrement de leur fils. Sa seule exigence était qu'il n'y ait pas de fleurs blanches.

Les lys blancs, c'était bon pour les vieux, morts après une vie bien remplie.

« Johan. »

En levant les yeux, il trouva Madeleine dans l'embrasure de la porte. Ses cheveux étaient gras aux tempes, et pendaient sans vie autour des oreilles. Elle avait boutonné de travers son chemisier blanc à manches courtes.

« Johan, répéta-t-elle en brandissant un costume bleu foncé. Il faut que j'apporte des vêtements aux pompes funèbres. Ils veulent savoir ce que Victor portera demain. »

Johan regarda les vêtements sur leur cintre. Une cravate grise pendait au revers de la veste.

« Ce serait peut-être mieux, un jean et une chemise, dit Madeleine. Le genre de vêtements qu'il avait l'habitude de porter. La chemise rose qu'il avait achetée avec son propre argent. Ça, ça ne ressemble pas à Victor. »

Ses yeux étaient luisants de larmes. Elle avala plusieurs fois sa salive et revint à la charge.

« Qu'est-ce que tu en penses ? »

Johan secoua la tête. Quelle importance, ce que porterait Victor ? Dans vingt-quatre heures, son cercueil serait mis en terre. Plus personne ne le reverrait jamais.

« Mais le costume, c'est plus digne, dit Madeleine. C'est quand même plus convenable. »

Sa voix se brisa.

« Aide-moi, dit-elle. Je ne sais pas ce qui est le mieux. »

Elle s'appuya au chambranle de la porte.

« S'il te plaît, Johan. »

Il se leva rapidement et tenta de lui retirer le cintre des mains.

« Tu devrais aller te reposer un peu, dit-il gentiment, alors qu'il souhaitait juste qu'elle s'en aille. Va te coucher un moment. Je vais y penser, on peut décider plus tard. »

Madeleine lâcha le cintre et Johan lui donna une tape maladroite sur l'épaule. Il fallait qu'il essaie d'être gentil, même s'il supportait à peine d'être dans la même pièce qu'elle.

Il ne supportait ni sa propre peine, ni celle de son épouse.

86

La porte du bureau de Staffan Nilsson était fermée quand Thomas vint y frapper.

« Entrez ! répondit une voix ferme à l'intérieur de la pièce.

— Tu m'as demandé de venir ? dit Thomas en entrant.

— Oui, je voulais te montrer quelque chose, dit Nilsson en se levant. Suis-moi. »

Il le précéda dans le laboratoire. Des gilets réfléchissants s'empilaient sur une table en inox.

Nilsson en prit un et le lui montra. Le bas était déchiré.

« Donc la question est réglée ? dit Thomas.

— Pas vraiment.

— Comment ça ?

— Certes, il manque ici un petit bout de tissu, mais quand je le compare avec celui que nous avons trouvé sur le lieu du crime, il y a quelque chose qui ne colle pas.

— Tu peux être plus clair ? »

Nilsson se retourna. Il prit le sachet plastique contenant le fragment de tissu et le tendit à Thomas.

« Vois toi-même.

— Ça ne coïncide pas ? demanda Thomas sans vraiment comprendre où Nilsson voulait en venir.

— Regarde la coupure sur le tissu du gilet. »

Thomas se pencha et étudia de près la toile synthétique.

« Elle est nette.

— C'est bien le problème. »

Nilsson prit le sachet des mains de Thomas et le posa sur le gilet réfléchissant d'Adrian Karlsson pour que le trou soit juste à côté du petit bout de tissu.

« Dans le sachet, tu vois du tissu qui a été arraché, comme s'il s'était accroché quelque part. À première vue, on pourrait croire que le fragment provient du gilet de Karlsson. Mais ce qui manque de son gilet a été en partie découpé, même si on dirait qu'on l'a arraché à la fin. »

Nilsson s'appuya à la paillasse, bras croisés. Thomas étudia son visage.

« Qu'est-ce que tu en dis ?

— Le tissu a été manipulé pour avoir l'air déchiré. Quelqu'un veut nous faire croire que ce fragment vient justement de ce gilet. »

Thomas s'efforçait de comprendre ce que cela signifiait.

« Tu veux dire qu'Adrian Karlsson aurait intentionnellement utilisé des ciseaux pour faire croire que le fragment de tissu venait de son gilet ?

— À peu près, oui.

— Mais pourquoi faire ça ?

— C'est bien ma question, dit le technicien. Pourquoi faire ça ? »

Thomas descendit à l'étage de la section Maintien de l'ordre.

Quelque chose ne collait pas, comme Nilsson l'avait souligné. Pourquoi Karlsson aurait-il coupé son propre gilet ?

Thomas alla voir Jens Sturup, responsable de la force d'intervention à Sandhamn pendant la Saint-Jean. Sa porte était entrouverte, Thomas entra. Sturup était assis à son bureau, un grand classeur ouvert devant lui. Un mug à café bleu orné du texte *Ordnung muss sein* était posé sur la table.

« Salut, dit Thomas. Je cherche Adrian Karlsson. Tu ne saurais pas par hasard où il est passé ? »

Sturup regarda sa montre.

« Je crois qu'il est de l'équipe du soir aujourd'hui, il prend son service à quinze heures. De quoi s'agit-il ?

— J'ai quelques questions à lui poser, c'est à propos du gamin tué à Sandhamn. Tu peux lui demander de monter me voir, dès qu'il arrive ?

— Je m'en occupe », dit Sturup. Il retourna à son classeur, mais Thomas resta sur le seuil.

« Tu as une minute ? »

Sturup leva la tête.

« Tous les policiers en uniforme travaillaient par paire, à Sandhamn, n'est-ce pas ? Il n'y a bien que les collègues des Stups qui travaillent en solo ?

— Théoriquement, oui.

— Qu'est-ce que tu veux dire ?

— En principe c'est comme ça, mais si c'est assez calme, ou si, par exemple, quelqu'un a besoin d'aller aux toilettes, il peut arriver qu'un agent fasse une ronde tout seul.

— Donc il est possible que quelqu'un ait patrouillé sans partenaire ?

— Oui, je pense. »

Wilma avait dit avoir aperçu un seul policier. Avec un gilet jaune fluo.

Si Adrian Karlsson avait déchiré son gilet sur le lieu du crime, il pouvait tout simplement le signaler, ça n'aurait pas fait un pli. Qu'il ait choisi une autre voie voulait donc dire quelque chose.

Dans une enquête pour meurtre, ce qui était intéressant, c'étaient les écarts, ce qui sortait du cadre. Mais là, qu'est-ce qui ne cadrait pas ?

« Tu le connais bien ? dit pensivement Thomas. Karlsson, je veux dire ? Je l'ai juste croisé en coup de vent à Sandhamn dimanche dernier.

— Un peu, dit Sturup. On travaille ensemble depuis un an. Il faisait déjà partie de la force d'intervention l'an dernier.

— Comment est-il, comme personne ? »

Sturup croisa les bras.

« Soigneux, franc, assez calme. C'est un type bien, un bon flic.

— Quel âge ?

— Trente-quatre ans, je crois, peut-être trente-cinq.

— Situation familiale ?

— En couple, un enfant. Je crois qu'il y en a un autre en route pour cet automne.

— Dis-moi une chose. » Thomas tarda à formuler sa question, pour que ses mots n'aient rien de trop dramatique. « Saurais-tu par hasard s'il a déjà fait l'objet d'un rapport ? S'il a commis des faux pas ?

— Comment ça ?

— Je me demandais juste. »

Jens Sturup remonta ses lunettes sur son front.

« Non, là, il faut que tu me dises de quoi il s'agit. Si tu demandes ça, il y a forcément une raison. »

Thomas hésita, puis il décida de minimiser la chose.

« Ce n'est rien, juste un truc un peu bizarre. Ça se clarifiera sûrement dès que je lui aurai parlé. »

Il s'apprêta à s'en aller.

« Mais n'oublie pas de me l'envoyer », dit-il avant de quitter la pièce.

« Le numéro que vous demandez n'est pas disponible pour le moment. »

Thomas coupa la voix artificielle mais resta le téléphone à la main. Mattias Wassberg devait toujours être en mer.

Un bruit à la porte le fit réagir. Adrian Karlsson entra dans son bureau, en uniforme.

« Tu m'as demandé de venir. À quel sujet ?

— Assieds-toi. »

Thomas posa son téléphone, il chasserait Wassberg plus tard.

« Je dois prendre mon service dans quelques minutes, dit Karlsson. Ce sera long ? »

Il regarda démonstrativement sa montre, mais s'assit en face de Thomas.

« Je ne crois pas, j'ai juste besoin de contrôler une chose, dit Thomas, en décidant d'aller droit au fait. J'ai une question au sujet d'un gilet réfléchissant que tu as rendu hier. Il est abîmé, on dirait que tu en as coupé un bout. Pourquoi ?

— De quoi tu parles ? »

Adrian Karlsson semblait interloqué. Thomas dévisagea son collègue.

« Ton gilet réfléchissant est abîmé, et on dirait que tu l'as fait exprès. Je me demande pourquoi.

— Il était intact quand je l'ai donné, dit Adrian. Je peux le jurer. »

Thomas essaya d'attirer l'attention de Margit, qui se trouvait dans la salle de pause avec une dizaine de collègues. C'était l'anniversaire de Karin Ek, elle avait apporté un gâteau pour le goûter.

En apercevant Thomas, Margit posa son assiette et s'excusa. Thomas s'écarta de quelques mètres, pour que les autres ne puissent pas entendre.

« Adrian Karlsson ? dit d'emblée Margit quand elle l'eut rejoint.

— Je viens de lui parler.

— Comment ça s'est passé ?

— Il jure que son gilet était intact quand il l'a donné.

— Quoi ?

— J'ai posé une question directe, et obtenu une réponse directe. »

Thomas s'adossa au mur.

« Karlsson refuse de reconnaître qu'il l'aurait abîmé de quelque façon que ce soit. J'ai essayé de lui mettre la pression, et il s'est indigné, presque hostile. Il s'est demandé si quelqu'un ne serait pas en train de tenter de le faire plonger.

— Ça semble très bizarre, dit Margit. Le gilet est déchiré, et Nilsson est certain que c'est arrangé.

— Deux personnes seulement l'ont eu entre les mains avant Nilsson.

— Si Adrian dit que ce n'est pas lui, il ne reste qu'Harry.

— C'est justement ce qui m'inquiète. »

Une salve de rires éclata dans la salle de pause : Erik devait certainement divertir l'assistance, il était fort pour mettre de l'ambiance.

« Je n'aime pas les coups tordus, dit tout bas Margit. Surtout quand ça concerne quelqu'un de la maison. Est-ce que ça pourrait être le mauvais gilet ? Peut-on changer le nom sans que ça se voie ?

— Nilsson s'en serait tout de suite rendu compte.

— On n'a pas de temps à perdre avec des magouilles internes. »

De nouveaux rires éclatèrent autour du gâteau.

« Il faut tirer au clair ce qui s'est passé avec ce gilet, dit Margit.

— Je vais parler à Harry.

— Il n'est pas à l'anniversaire. En fait, je ne l'ai pas vu de tout l'après-midi. »

87

Johan Ekengreen était seul sur la terrasse avec un verre de vin rouge.

Le dîner était fini, ils avaient mangé thaï, des plats à emporter qu'il avait pris dans un restaurant du centre-ville. Madeleine y avait à peine touché, mais avait quand même avalé quelque chose. Ellinor et Nicole aussi.

Nicole était arrivée dans l'après-midi et faisait de son mieux pour donner un coup de main. Elle s'occupait surtout d'Ellinor, ce dont Johan lui était reconnaissant.

Pontus avait eu du mal à trouver un billet d'avion, mais il était en route. Son vol arrivait tard dans la soirée, il serait là vers minuit.

Quand tout serait fini, Johan avait l'intention de se rendre sur leur île. Seul. Là, il pourrait donner libre cours à sa douleur.

Il se repassait sans relâche sa rencontre de la veille. D'une certaine façon, cela le calmait. À chaque fois, il en arrivait à la conclusion que son plan était parfait, rien n'avait été laissé au hasard. On n'attendait plus que la confirmation du paiement.

Son nouveau téléphone à carte prépayée bipa dans sa poche, il le prit et se leva. Son mobile à la main, il s'éloigna sur la pelouse impeccablement tondue.

L'indicatif qui s'affichait était celui de la Turquie.

« Mon ami, dit la voix familière dans son mauvais anglais. Le paiement s'est déroulé exactement comme tu le souhaitais. La banque a faxé sa confirmation. On s'est occupé de tout.

— Compris. »

Johan s'assit sur un des bancs en fonte. Quelques taches de rouille juraient sur la surface blanche, il fallait les repeindre tous les trois ans, c'était pour cet été.

« Je t'en dois une, dit-il tout bas.

— C'est ce que font les vieux amis. Je suis ravi d'avoir pu t'aider, tu le sais bien.

— Merci. »

Johan raccrocha.

Devant lui, le soleil du soir scintillait dans l'eau. Au ponton était amarré le Delta 42, le bateau qu'ils avaient l'habitude de prendre pour se rendre dans leur maison de vacances.

Il se souvint de sa joie quand il l'avait reçu, presque exactement un an plus tôt. Victor l'avait accompagné pour en prendre livraison au chantier naval. Ils l'avaient conduit à tour de rôle jusqu'à Lidingö, poussant le moteur à fond. Son fils tenait le volant, ses cheveux blonds flottant au vent.

Johan regarda le boîtier noir de son téléphone. Au bout de quelques minutes, il composa un autre numéro, dix chiffres qu'on lui avait notés sur un bout de papier la veille pour qu'il les apprenne par cœur avant de quitter le restaurant.

Au bout de trois sonneries, il reconnut la voix qui répondait laconiquement.

« L'argent est sur le compte, dit Johan sans se présenter. Comme convenu hier. »

Il raccrocha et se leva. D'un pas lent, il descendit le chemin de gravier jusqu'au ponton. Les planches ployèrent un peu sous ses semelles. Il continua jusqu'à l'emplacement du Delta 42, le dernier. Près d'une bouée plus petite, entre le bateau à moteur et le rivage, le scooter des mers de Victor était comme toujours un peu négligemment amarré, les bouts des cordages trempant dans l'eau.

Johan sentit son cœur se serrer en le voyant. C'était tellement typique de Victor de se contenter d'un nœud fait à la va-vite, menaçant de se détacher si le vent se levait. Il se pencha pour arranger le nœud. Puis il se redressa et gagna l'extrémité du ponton.

D'un geste sec, il lança le téléphone aussi loin qu'il put. Il y avait vingt mètres de fond, personne ne le retrouverait jamais.

Le mobile disparut avec un petit *plouf* juste au moment où deux cygnes passaient avec leur tête hautaine. Leurs plumes blanches se reflétaient sur la surface lisse de l'eau, un poussin duveteux ramait à la traîne.

Les yeux brûlants, Johan regarda les beaux oiseaux. La colère et le chagrin formaient une boule sourde dans sa poitrine. Il n'avait pas de larmes pour adoucir sa douleur.

Pas encore.

88

Thomas se frotta les yeux. Il avait passé plusieurs heures dans son bureau à étudier des dossiers.

Il espérait que Nilsson allait se manifester. Pourvu que l'analyse préliminaire des vêtements de Tobbe ait donné quelque chose.

Il faisait beaucoup trop chaud dans la pièce, l'air conditionné ne fonctionnait vraiment pas très bien.

Frustré, il se leva et étira ses bras, le dos raide, avant de faire pivoter sa tête pour assouplir les muscles des épaules.

Quand il se retourna, Margit était là.

« Comment ça va ? dit Thomas.

— J'ai réussi à joindre la mère de Mattias Wassberg. Elle m'a dit qu'il était chez un copain qui a une maison de vacances sur Utö.

— Utö, répéta Thomas. C'est au nord de Nynäshamn, alors qu'il prétendait être au large de Gotland. »

Il allait être dix-neuf heures trente. Il se faisait tard.

« Qu'est-ce que tu dirais d'y aller demain matin ? dit-il. Je veux lui parler dès que possible. »

Thomas se souvint de l'expression du visage d'Adrian Karlsson quand il l'avait interrogé sur le gilet abîmé. Comment il avait farouchement nié toute implication.

« J'aimerais savoir à quoi ressemblait ce policier que Wilma a mentionné, ajouta-t-il. Mattias pourra peut-être donner un meilleur signalement. »

Thomas contourna son bureau et se rassit.

« Tu as pu parler à la frangine de Mattias ?

— Elle fait un camp d'équitation sur la côte ouest, mais sa mère essaie de la joindre pour moi.

— Et les autres noms mentionnés par Wilma ? Il y en avait au moins quatre autres.

— Kalle et Erik sont toujours sur le coup. Mais les grandes vacances ont commencé, ça prend du temps de joindre les gens.

— Quelqu'un dans la bande devrait avoir remarqué Victor et Felicia, dit Thomas. Ils ne pouvaient pas être à plus de quatre cents mètres. »

Margit haussa les épaules et tourna les talons, mais se ravisa sur le seuil.

« Au fait, tu as pu joindre Harry ?

— Non. Il ne répond pas sur son portable.

— Tu ne crois pas qu'il est malade ? Il était drôlement patraque ce matin.

— Dans ce cas, il aurait dû le signaler. »

Thomas prit son téléphone et composa le numéro d'Harry Anjou. À nouveau, il tomba directement sur le répondeur.

« Bizarre, c'est la quatrième fois que j'appelle. »

Thomas attrapa son blouson sur le dossier de son fauteuil.

« Tu sais quoi ? Je vais aller voir chez lui. »

Margit hocha la tête.

« Tu as besoin de compagnie ?

— Pas la peine. »

Harry Anjou habitait un appartement près d'Älta Centrum, au sud de l'hôtel de police de Nacka, ça mettrait au plus un quart d'heure en voiture. Son téléphone sonna au moment où Thomas entrait sur le rond-point avant la bretelle de la voie rapide. L'écran afficha Staffan Nilsson.

Enfin.

Nilsson alla droit au but. Il semblait pressé.

« J'ai découvert quelque chose. »

Les vêtements de Tobbe, pensa aussitôt Thomas.

« Raconte, dit Thomas en s'insérant sur la voie rapide, après un bref contrôle dans son rétroviseur latéral.

— On nous a indiqué qu'il y avait vingt-huit personnes dans la force d'intervention de la police à Sandhamn ce week-end. C'est ce que dit la liste. »

Thomas fut pris par surprise. De quoi parlait-on ?

« C'est possible. Je ne les ai pas bien comptés.

— En passant en revue les gilets, il s'est avéré que je n'en avais reçu que vingt-sept. Il en manque un. En pensant à notre dernière conversation, je n'aime pas ça du tout. »

Thomas devina soudain où Nilsson voulait en venir.

« Sais-tu qui n'a pas rendu son gilet ? demanda-t-il.

— Oui. C'est Harry Anjou. »

89

Une dizaine d'immeubles identiques s'alignaient devant Thomas. Anjou habitait au deuxième étage du troisième. Thomas se gara devant et verrouilla ses portières.

Tandis qu'il se dirigeait vers l'entrée, il réalisa combien il connaissait peu son collègue. Qui était vraiment Harry Anjou ? Depuis leur rencontre, quelques jours plus tôt à Sandhamn, ils n'avaient pas échangé plus de quelques mots en privé.

La porte de l'immeuble d'Anjou était équipée d'un digicode mais, tandis que Thomas réfléchissait à la façon d'y entrer, un type d'une trentaine d'années l'ouvrit.

Thomas s'élança dans l'escalier. Au deuxième étage, une des portes avait un bout de papier manuscrit scotché par-dessus la plaque :

Harry Anjou.

Thomas sonna. La sonnerie s'entendait distinctement de l'extérieur.

Comme il sonnait pour la troisième fois, la serrure joua. La poignée s'enfonça et le visage d'Anjou apparut dans l'embrasure. Il n'avait pas l'air en forme du tout.

Au moment où Thomas allait lui demander comment il allait, il sentit une forte odeur d'alcool. Il n'en croyait pas ses narines.

« Quoi ? Tu étais en train de picoler ? »

Anjou ouvrit un peu la porte. Il semblait au bout du rouleau, le menton couvert de poils encore plus sombres qu'à l'ordinaire.

« Pourquoi tu ne réponds pas au téléphone ? dit Thomas. J'ai essayé toute la journée de te joindre. On est en pleine enquête, au cas où ça t'aurait échappé.

— Entre », dit Anjou en tournant les talons.

Sans attendre Thomas, il le précéda dans une cuisine lumineuse, avec un lino noir et blanc, une table ronde et quelques chaises.

Une bouteille de Smirnoff à moitié pleine était posée sur le plan de travail.

« Qu'est-ce que tu fous ? » dit Thomas en montrant la bouteille.

Anjou tira une chaise et lui en indiqua une autre.

« Assieds-toi, dit-il avec un soupir las. J'ai fait une grosse connerie.

— Ça se présente mal. »

Anjou resta planté là, indécis. Puis il se retourna, prit un verre dans un placard et le remplit au tiers de vodka.

Thomas le regarda faire sans rien dire. L'alcool n'allait rien arranger, mais il était vain de le lui faire remarquer.

« Harry, l'exhorta-t-il. Tu n'as pas rendu ton gilet réfléchissant, celui de Karlsson est déchiré mais il jure qu'il était intact quand il te l'a donné. Qu'est-ce qui se passe ? »

Il ne restait plus que quelques gouttes dans le verre qu'Anjou tenait à la main. Il le posa et considéra Thomas d'un air impénétrable.

« Les gilets, dit-il avec un rire amer. Tu m'as demandé de rassembler les gilets.

— Oui.

— J'ai paniqué. »

Il se tut et passa la main dans ses cheveux aplatis sur son front humide.

« Le fragment de tissu provenait donc de ton gilet ? » demanda Thomas.

Harry Anjou opina, visage fermé.

« Nilsson aurait tout de suite vu que c'était le mien qui était déchiré.

— Donc tu as fait un trou dans le gilet d'Adrian Karlsson pour faire croire que le fragment de tissu venait de là ? »

Le regard noir d'Anjou répondit à sa question.

« Mais pourquoi ?

— C'était idiot. » Anjou secoua la tête. « Je voulais juste me débarrasser du problème. Karlsson était le premier arrivé sur les lieux, il pouvait très bien s'être accroché à une branche et avoir déchiré son gilet. Personne n'y aurait plus pensé. »

Thomas comprit la situation.

Tout le monde pensait qu'Harry Anjou était arrivé sur les lieux du crime après les constatations de Nilsson : il se trouvait en effet dans le mobile home de la police pendant que l'équipe technique ratissait les lieux. Il n'y aurait eu aucune explication naturelle à la présence du fragment du gilet d'Anjou près du cadavre de Victor Ekengreen.

« Harry, s'inquiéta-t-il. Qu'est-ce qui s'est passé, ce soir-là ? Pourquoi y avait-il un morceau de ton gilet près du corps de Victor ? Qu'est-ce que tu as fait ? »

Harry Anjou

Harry Anjou n'aurait jamais pu imaginer combien l'intervention à Sandhamn serait pénible. Tard dans la soirée de la Saint-Jean, il commençait à regretter de s'être porté volontaire.

À ce moment, il avait travaillé quasi d'une traite depuis la veille, sans presque avoir le temps de manger ni dormir. Il y avait toujours quelque chose qui exigeait son attention et, neuf heures du soir approchant, il était mort de fatigue.

Jens Sturup l'a alors relayé à la coordination dans le mobile home. Anjou en a profité pour aller faire un tour. Après des heures devant l'ordinateur, il ressentait un grand besoin de se bouger, et a décidé de pousser jusqu'à Skärkarlshamn pour échapper au vacarme du port.

Normalement ils se déplaçaient par deux, mais comme il avait passé beaucoup de temps à l'intérieur, il n'avait pas de collègue pour l'accompagner. Ça ne faisait rien, il appréciait d'être seul un moment.

À grands pas, il a dépassé Dansberget et les terrains de tennis. Il a vite rejoint le chemin de Trouville et, au bout d'un moment, a obliqué sur le sentier couvert d'aiguilles de pin et de racines noueuses qui descend vers Skärkarlshamn. Il l'a suivi jusqu'à la plage, où il s'achève devant une clôture.

Une silhouette se déplaçait un peu plus loin. Près d'un grand aulne, au bord de l'eau, il a vu un garçon tituber. En s'approchant, Anjou a découvert une fille à terre, inerte. Évanouie ?

Le gars était un ado, grand et musclé, blond. Il tenait mal debout et semblait très ivre.

Il lui aurait fallu l'aide d'un collègue, mais il n'avait pas le temps d'appeler des renforts. Anjou s'est dépêché d'aller voir si la fille allait bien, quelque chose lui disait qu'il y avait un problème.

Il s'est arrêté à quelques mètres du jeune, qui tenait une bouteille d'alcool. Il avait l'air hostile, agressif même.

Plus tard, il apprendrait que c'était Victor Ekengren.

« Qu'est-ce que c'est que ça ? » a dit Anjou en montrant de la tête la fille évanouie à terre.

Elle gisait sur le dos, et n'avait pas réagi à son arrivée. Elle ne portait qu'un léger T-shirt et une jupe courte retroussée sur les cuisses.

Était-ce une agression, ce type s'apprêtait-il à la violer ? Les pensées se précipitaient dans l'esprit d'Harry, il sentait monter l'adrénaline.

Comme Victor ne répondait pas, Anjou s'est encore un peu approché, il n'y avait plus qu'un mètre environ entre eux.

« Qu'est-ce qui se passe, ici ? a-t-il dit d'un ton plus sec. Qu'est-ce qui est arrivé à cette fille ? Tu lui as fait quelque chose ? »

On voyait que Victor essayait de fixer son regard. Ses pupilles étaient noires, il respirait bruyamment. Ses narines tremblaient, rouges et meurtries. Il n'avait pas pris que de l'alcool.

Mais tu es shooté, a pensé Anjou.

Il a serré sa matraque. Les drogues rendaient les gens imprévisibles, il le savait d'expérience. Qu'avait donc fait ce gamin ?

« Dégage, sale flic ! lui a lancé Victor en levant le poing. Te mêle pas de ça ! »

Anjou est parvenu à se maîtriser, malgré sa fatigue : « On se calme. Qu'est-ce qui s'est passé ? »

Il espérait qu'il y aurait d'autres policiers dans les environs. Mais ils étaient comme dans un recoin de la plage, cachés par l'arbre.

Sans crier gare, Victor a attaqué.

Il s'est jeté de tout son poids sur Anjou, en faisant des moulinets avec les bras. Anjou n'était pas prêt à l'attaque. Il a titubé et reculé d'un pas. Ils avaient tous deux à peu près la même taille, mais Victor l'avait pris par surprise.

Le garçon avait une force étonnante, et Anjou a dû lutter pour se défendre. Mais au moment où Victor allait le plaquer au sol, Anjou a réussi à envoyer un violent coup de poing dans la cage thoracique de Victor.

Qui a perdu l'équilibre.

Derrière lui, cachée à la vue d'Anjou, une pierre dépassait de terre. En tombant, Victor a tourné d'un quart de tour et sa tempe est venue la heurter.

Ça a craqué.

Sans un bruit, il a roulé sur le côté, les yeux clos.

Anjou a fixé l'adolescent inconscient. Du sang coulait de son front.

Bordel.

Il a d'emblée compris ce qui arriverait s'il était découvert. Inquiet, il a regardé alentour, mais on ne voyait rien. Dans le sable, la fille était encore complètement partie, elle ne pourrait pas l'identifier.

Sans vraiment avoir décidé quoi faire, Anjou s'est agenouillé près de Victor pour examiner sa blessure. De près, elle n'avait pas l'air si grave, la plaie devait être superficielle.

Victor respirait sans problème.

« Ce n'est certainement pas si grave, a murmuré Anjou. Il est juste évanoui, il va bientôt se réveiller. »

Il a encore jeté un coup d'œil nerveux aux environs, sans voir personne.

Soudain, il a entendu des rires, au loin sur la plage, et la peur d'être découvert l'a rattrapé.

Harry Anjou s'est levé et, tête baissée, s'est dépêché de repartir par là où il était venu.

90

« Il était en vie quand je suis parti, dit Harry Anjou. Tu dois me croire, Thomas. Je ne l'aurais jamais laissé si je l'avais pensé gravement blessé. »

Il saisit la bouteille et se resservit de la vodka.

« C'est lui qui m'a agressé, pas l'inverse. C'est pure malchance s'il est tombé sur cette pierre. J'essayais juste de me défendre.

— Et donc, tu es parti, comme ça ? dit Thomas sans cacher son indignation. Victor aurait pu être gravement blessé. Felicia aussi. »

Dehors, le soleil disparut derrière un nuage, la pièce s'assombrit et, dans la pénombre, des cernes noirs apparurent sous les yeux d'Anjou.

« Pourquoi n'en avoir pas parlé plus tôt ? dit Thomas. Tu es drôlement mal barré… tu imagines bien. En plus de ce que tu as fait, tu as dissimulé des informations importantes pour l'enquête. »

La vodka tangua quand Anjou reposa le verre. Les marques de ses doigts moites y étaient bien visibles.

« Il s'est passé des trucs à Ånge, dit-il en se rasseyant. C'est pour ça que j'ai demandé ma mutation à Nacka.

— Quoi ?

— Je me suis pris plusieurs plaintes. »

Il s'interrompit, toussa.

« La première remonte à longtemps, c'était sans fondement, un junkie à côté de ses pompes. Mais il y a environ un an, il s'est passé quelque chose de plus grave.

— Quoi ?

— J'ai perdu les pédales. »

Sa voix se serra, plus basse. Thomas comprit que l'événement tourmentait encore Anjou.

« Quelques jeunes avaient caillassé un collègue au point qu'il allait perdre l'usage d'un œil. Je les ai reconnus en ville le lendemain, et j'ai pété les plombs. C'était l'époque où on était en train de rompre, ma copine et moi, je ne dormais pas bien, je buvais trop. Ça a dérapé. J'y suis allé beaucoup trop fort avec eux, surtout un. Il n'était qu'en quatrième, mais baraqué. Je n'ai pas réalisé qu'il était si jeune, sinon j'aurais peut-être pu me maîtriser.

— On a porté plainte contre toi ?

— Oui, bien sûr.

— Et alors ?

— Il y a eu une enquête. J'ai été blanchi, mon collègue m'a couvert en disant qu'il n'avait rien vu, que le gosse avait dû glisser et se cogner. Ils ont dû classer l'affaire, faute de preuves. »

Il se massa la tempe. Thomas sentit de l'amertume dans ce geste.

« Mais après ça, plus personne n'a plus voulu travailler avec moi. Même le syndicat ne m'a pas soutenu.

— Et tout ça est dans ton dossier, dit Thomas.

— Oui. Ça n'apparaît pas quand on demande une mutation, mais là, si on avait appris que, par le passé, je m'étais déjà accroché avec un jeune qui avait été gravement blessé... »

Thomas comprit. Une troisième enquête interne pour usage abusif de la force aurait très probablement mis fin à la carrière d'Anjou dans la police.

« Je ne suis pas un mauvais flic, dit Anjou d'une voix rauque. Il y a des brebis galeuses pires que moi dans la maison, tu le sais bien. »

Ses yeux le brûlaient.

« Donne-moi une chance d'arranger tout ça. Tu n'as pas besoin de dire quoi que ce soit. Tu peux juste dire que tu m'as trouvé malade, que c'était pour ça que je ne répondais pas au téléphone. Les autres n'ont pas besoin de connaître la vérité. Victor Ekengreen est mort, de toute façon, quelle importance qu'on se soit battus ? L'important est de trouver des preuves pour faire tomber Hökström. »

Il attrapa le bras de Thomas.

« Si tu me couvres sur ce coup, je bosserai jour et nuit pour faire avancer l'enquête, je le promets. »

Thomas se dégagea.

La première blessure était superficielle, pensa-t-il. Le légiste l'avait dit. C'étaient les autres coups qui avaient tué Victor.

À quel moment Tobbe entrait-il en scène ? Harry disait-il la vérité, Victor n'était-il qu'évanoui quand il était parti ? Ou bien mentait-il encore ?

« Tu as trafiqué le gilet d'Adrian Karlsson, dit Thomas. Tu as tenté de faire plonger un collègue. »

Harry Anjou papillonna des yeux.

« C'était idiot, j'ai paniqué. Mais j'ai pensé que personne ne croirait sérieusement qu'il était mêlé à ça. Je voulais gagner du temps, en attendant qu'on trouve le vrai coupable.

— Ta théorie selon laquelle Victor se serait disputé avec un dealer, c'était aussi pour détourner de toi les soupçons ? »

Anjou opina, honteux.

Ça démangeait Thomas. Il avait beaucoup de mal à rester dans la même pièce qu'Anjou. Il recula sa chaise et se leva.

« Ce que j'ai fait n'a pas influé sur l'enquête », s'obstina Anjou.

Il se leva pour barrer le passage à Thomas.

« C'est pas moi qui ai refroidi Victor Ekengreen. C'est son copain, le rouquin. Tobias Hökström était sur les lieux, il l'a lui-même reconnu. Il a dû y arriver après moi. Victor était déjà fou avant que je le rencontre. Tout le monde sait que c'est ce rouquin qui a fait le coup. »

L'agressivité dans le regard d'Anjou se mua en supplication.

« Putain, on est collègues, merde. »

Thomas écarta Anjou et se dirigea vers la porte.

« Désolé, dit-il. Je dois faire un rapport. Complet. »

Quand il eut enfoncé la poignée, il se retourna et regarda son collègue.

« Mais qu'est-ce qui t'a pris ? »

91

Thomas venait de raccrocher après avoir parlé au Vieux quand son téléphone sonna à nouveau. Il vit que le numéro venait de la police. Mais l'Inspection des services ne pouvait quand même pas réagir si vite ?

Il répondit.

« Ici Landin. Tu es dans la maison ?

— Non, dans ma voiture.

— Bon, on fait ça au téléphone, alors. C'est aussi bien. J'ai entendu un truc qui concerne ton enquête.

— Ah ?

— On surveille depuis quelque temps un type de la mafia yougo. Un gars vraiment polyvalent, il fait de tout, de la drogue à la protection, en passant par les exécutions. La Criminelle est aussi sur le coup.

— Son nom ?

— Wolfgang Ivkovac. »

Thomas ralentit. Encore haut, le soleil du soir l'éblouissait.

« Le fait est que, hier soir, il a reçu la visite d'une personne qui t'intéresse, continua Landin.

— J'écoute.

— Johan Ekengreen, le père de l'ado assassiné, a rencontré Ivkovac dans un restaurant d'Huddinge. Il est arrivé vers dix heures du soir, et est resté à sa table environ vingt minutes.

— Ekengreen ? dit Thomas. Qu'est-ce qu'il faisait là ?

— C'est justement ce qu'on se demande. Son nom n'apparaît dans aucune affaire de ce genre, j'ai vérifié dans le registre. Il n'existe aucun lien connu entre lui et Ivkovac.

— Tu crois qu'il joue les détectives privés ? dit Thomas.

— Je ne sais pas. Mais je me suis dit en tout cas qu'il fallait te mettre au courant.

— Est-ce qu'il accuse Ivkovac d'avoir fourni de la drogue à son fils ? Est-ce qu'il veut se venger ?

— Ce serait catastrophique. Je ne crois pas qu'Ekengreen se rende compte du calibre d'un type comme Ivkovac.

— Sais-tu de quoi ils ont parlé ?

— Pas la moindre idée. Nos gars ne pouvaient rien entendre, mais ils l'ont reconnu. »

Thomas était presque arrivé. Il s'arrêta au dernier feu rouge avant chez lui.

« Qu'est-ce qu'il a fait après ce rendez-vous ?

— Je ne sais pas. Nos hommes surveillaient Ivkovac. Ils ont juste vu Ekengreen disparaître en direction de la gare. »

Le silence se fit.

« Ces types sont dangereux, dit Landin. Ils ne plaisantent pas. Ekengreen peut vraiment morfler s'il essaie de faire tomber le Yougo. Tiens-le à l'œil. »

Thomas raccrocha et posa son mobile sur le siège passager. Le feu passa au vert, il rcdémarra. À son grand étonnement, il trouva une place de stationnement en bas de chez lui. En coupant le contact, il ressentit sa fatigue.

La confession d'Anjou l'avait secoué plus qu'il ne l'aurait imaginé. La tentative de faire plonger Adrian Karlsson enfonçait son collègue, qui pouvait désormais s'attendre à une mise en examen et à une radiation.

Les paroles de Landin le hantaient. À quoi jouait le père de Victor ? Cette famille avait assez souffert, elle n'avait pas besoin de se lancer dans une vendetta privée contre le trafic de drogue.

Fallait-il tenter de ramener le père à la raison ?

Dans ce cas, après l'enterrement, demain. Ce n'était pas le moment de le déranger.

Couché sur le couvre-lit froissé, Tobbe fixait le plafond. Le store était baissé, la chambre plongée dans la pénombre. Il n'avait rien mangé de la soirée, mais n'avait pas le courage de se lever pour aller chercher quelque chose à la cuisine.

Chaque fois que le téléphone sonnait, il s'attendait à voir la police venir le chercher. Ce n'était qu'une question de temps.

En cachette, il avait préparé un petit sac avec une brosse à dents, un pull et des caleçons de rechange, afin d'être prêt quand ils viendraient. Il était glissé sous le lit, pour que maman ne se mette pas dans tous ses états en le voyant.

Tobbe renifla. S'ils n'étaient pas allés à Sandhamn pour la Saint-Jean, s'il n'avait pas commencé à se droguer, s'il était allé à la plage un peu plus tôt...

Ça n'avait pas de sens, on ne pouvait rien y changer, et pourtant il n'arrêtait pas de ressasser. Les images défilaient sans répit derrière ses paupières.

Qu'avait-il fait ?

Dans sa penderie, sur un cintre noir, était suspendu le costume sombre qu'il devait porter à l'enterrement le lendemain. Arthur le lui avait offert quelques semaines plus tôt, à l'occasion du bal de printemps des troisièmes. Ce costume lui avait donné l'air plus âgé, comme s'il était déjà lycéen. Il s'était senti drôlement bien sapé.

Comme tout ça semblait absurde, à présent.

Maman lui avait aussi repassé une chemise blanche, pendue à côté. Il irait à l'église avec Christoffer et elle, ils partiraient à midi, avec donc une bonne marge.

Arthur s'y rendrait également, mais Tobbe ne voulait pas y aller avec Eva et lui. Il trouvait mieux d'arriver en compagnie de Christoffer et maman.

Les gens le regarderaient-ils comme un assassin ?

Les soupçons de la police circulaient-ils déjà ? Tout le monde était-il au courant de la perquisition de son domicile ?

Il se recroquevilla sur le lit.

Impossible de ne pas songer au cercueil, avec Victor sous le lourd couvercle. Comment pouvait-il être couché là, dans le noir, tout seul ?

La boule grossit dans sa gorge. Il avait mal à la tête.

L'envie de cocaïne avait disparu. Jamais plus, s'était-il promis. Ni alcool, ni drogues. Tout était de sa faute. C'était lui qui avait poussé Victor à commencer.

La première fois, il avait acheté de la blanche par l'intermédiaire d'un pote de Christoffer, c'était juste avant les vacances d'automne. Ils chillaient chez Victor. Tobbe avait sorti la mince enveloppe et l'avait montrée à son ami. Il l'avait vidée sur un petit miroir de poche, ça avait fait un tas de fine poudre blanche.

Ils avaient déjà fumé quelques joints, mais là, c'était nouveau.

Tobbe se souvenait comment, avec un petit canif, il avait tassé la poudre. Puis il s'était penché et avait inhalé en douceur.

Il n'avait jamais rien ressenti d'aussi fort de sa vie. Il se souvenait comment Victor avait regardé fixement les grains blancs :

« Mon paternel me tuera s'il apprend ça. »

Tobbe se souvenait de sa propre réponse, comme sortie d'un autre monde.

« *So what ?* avait-il ricané, sans s'en faire. C'est cool, ce truc. Il faut que t'essaies. Allez, tu peux pas te dégonfler, maintenant. »

92

Jeudi

Thomas était passé prendre Margit : le bateau pour Utö partait à huit heures et demie d'Årsta Havsbad.

Mattias Wassberg était peut-être le meilleur témoin oculaire qu'ils puissent espérer. Si c'était Harry Anjou que Wilma avait fugacement aperçu ce soir-là, Wassberg avait peut-être vu ce qui s'était passé après. Si quelqu'un était venu ensuite.

L'horaire collait parfaitement.

Anjou avait déjà été appréhendé et écroué, les enquêteurs de l'Inspection des services avaient agi immédiatement.

Thomas vit au loin un bateau s'approcher du ponton. C'était la compagnie Waxholm qui exploitait la ligne, et ils auraient aussi bien pu être en partance pour Sandhamn. Même sorte de bateau, même sorte de gens dans la queue. Thomas et Margit attendaient derrière une jeune famille avec poussette et quelques touristes allemands en vélo.

Pendant le trajet en voiture, Thomas avait raconté sa visite chez Harry Anjou.

« Et s'il mentait ? » dit Margot de but en blanc, alors qu'ils attendaient sur l'embarcadère.

Le soleil brillait, mais l'air matinal était encore humide.

« Quoi ?

— Et si Harry mentait ? »

Elle s'interrompit pour éternuer violemment.

« Il est peut-être exact qu'Ekengreen a commencé par glisser et se cogner, continua-t-elle après s'être essuyée avec un mouchoir, mais qui nous dit que ce n'est pas Harry qui l'a ensuite achevé pour ne pas être démasqué ? Peut-être que nous faisons malgré tout fausse route en soupçonnant Tobbe ?

— On va peut-être le savoir aujourd'hui », dit Thomas.

Il espérait beaucoup de Mattias Wassberg.

« Vous montez ? leur lança le matelot depuis la passerelle.

– Oui, attendez-nous », dit Thomas en se dépêchant.

Il leur fallut à peine une heure pour rallier Utö. Jadis, les mines de fer dominaient l'île. Puis, au dix-neuvième siècle, un riche homme d'affaires avait tout racheté et transformé Utö de fond en comble en villégiature paradisiaque pour artistes et stockholmois aisés.

Par bien des aspects, l'île rappelait Sandhamn, pensa Thomas, mais son paysage était plus vert, pas aussi dénudé que dans l'archipel extérieur. En outre, Utö était beaucoup plus grande, avec circulation automobile et routes goudronnées.

Ils devaient descendre à un ponton nommé Gruvbyn, c'était là que logeaient Mattias et ses copains, selon sa mère.

Thomas regarda sa montre : presque neuf heures et demie. Au même instant, une voix grésilla dans un haut-parleur pour annoncer l'arrivée imminente à Gruvbyn, avant que le bateau continue vers Spränga.

Thomas et Margit débarquèrent sur le large quai entouré de cabanons rouges aux toits noirs. De part et d'autre d'un ponton en béton s'alignaient des bateaux de plaisance. En face, sur un bâtiment couleur rouille, un grand panneau en lettres blanches : *Port d'Utö*.

Droit devant, un embranchement en T, d'où partait une pente très raide vers l'auberge d'Utö.

« Tu as le plan ? » demanda-t-il à Margit.

Elle extirpa de sa poche un papier manuscrit.

« Voyons voir. Il faut prendre à droite, dépasser la boulangerie. Après, c'est une maison sur la gauche. Ça ne doit pas être très loin. »

Un peu plus loin, Thomas aperçut une enseigne *Boulangerie* sur ce qui ressemblait à une vaste grange.

« Viens, on y va. »

La maison était si bien cachée par une haie de lilas qu'ils faillirent la manquer.

« C'est ici ? hésita Margit en regardant la bâtisse blanche en bois, aux angles gris. Tu parles d'une végétation !

— On va bien voir », dit Thomas.

Il poussa le portail et s'avança sur le chemin de gravier qui menait à la porte d'entrée. En l'absence de sonnette, il frappa plusieurs fois. Comme personne ne répondait, il recommença, plus fort. Soudain, une fenêtre s'ouvrit au premier étage.

« Quoi ? » dit une voix mal réveillée. Une fille blonde ébouriffée sortit la tête. « Qu'est-ce que c'est ?

— Nous cherchons un certain Mattias Wassberg, cria Thomas.

— Il n'est pas là, il est sûrement au bateau », dit la fille en leur claquant la fenêtre au nez.

Thomas fit une grimace et tambourina à nouveau.

La fenêtre se rouvrit.

« Il n'est pas là, je vous dis.

— Nous sommes de la police, expliqua Thomas. Ouvrez ! »

Quelques secondes s'écoulèrent, puis le bruit d'une clé tournée dans la serrure. Bientôt, la fille blonde se présenta devant eux dans un T-shirt vert menthe qui s'arrêtait au niveau d'une culotte blanche. Ses yeux étaient collés et son visage portait encore la marque de l'oreiller.

Il y avait visiblement eu une fête la veille.

« Il s'est passé quelque chose ? » dit-elle en regardant nerveusement Thomas.

Margit s'était elle aussi avancée jusqu'au pied du perron.

« Ne vous inquiétez pas, dit-elle. Nous avons juste besoin de poser quelques questions à Mattias. Où pouvons-nous le trouver ?

— Euh… »

La blonde se gratta les cheveux tout en réfléchissant.

« Le bateau est à quai au niveau du kiosque.

— Il ressemble à quoi ?

— C'est un voilier. » Elle hésita. « Je ne connais pas le modèle.

— Pouvez-vous le décrire ? »

Elle secoua d'abord la tête, puis :

« Ah, si, il est rouge en bas.

— Très bien, dit Thomas. Merci de votre aide, désolé pour le réveil. »

Il tourna les talons et se dirigea vers le portail.

Il leur fallut à peine dix minutes pour regagner la zone du port. Revenu au kiosque, Thomas balaya le quai des yeux. Soudain, il observa du mouvement à bord d'un bateau amarré avec l'étrave vers le ponton, environ cent mètres plus loin. Sa coque miroitait d'une couleur chaude, qui tirait sur le rouge, non ?

Un jeune homme apparut sur le pont avant et sauta à terre. Il tourna rapidement la tête avant de se diriger en hâte vers la pente qui conduisait à l'auberge.

Thomas comprit aussitôt de qui il s'agissait.

« Ça doit être Wassberg, lança-t-il à Margit avant de s'élancer à ses trousses.

— Qu'est-ce qui lui prend de se sauver ? cria-t-elle dans son dos en partant elle aussi au pas de course. On veut juste lui parler. »

Thomas coupa par la pelouse, devant les cabanons. Wassberg avait de l'avance, la côte était longue et raide. Après quelques minutes, Thomas était essoufflé, mais il continua aussi vite qu'il put.

Au sommet, il se retrouva face au bâtiment blanc de l'auberge, au coin duquel la route se divisait.

Thomas hésita : Wassberg avait-il couru tout droit, ou pris sur la gauche ?

Quelques clients de l'hôtel prenaient le petit déjeuner en terrasse. L'un d'eux devait avoir saisi la situation, car il leva le bras pour indiquer l'est.

« Il est parti par là ! » cria-t-il.

Thomas repartit, au moment où Margit arrivait en haut de la côte. Au bout d'une centaine de mètres, le hameau s'achevait, remplacé par de hautes clôtures. Au-delà, de part et d'autre de la route, de grands étangs entourés de parois rocheuses accidentées : d'anciennes carrières inondées.

Thomas s'arrêta pour essayer de voir à travers la clôture. Des feuilles de nénuphar couvraient la surface de l'eau et les feuillages cachaient la lumière.

« Mais où est-il passé ? » dit-il à Margit.

Elle plissa les yeux pour mieux voir. Le bruit d'une pierre tombant dans l'eau brisa soudain le silence.

Thomas perçut un mouvement sur le rocher, de l'autre côté.

« Là ! cria-t-il en se précipitant vers l'autre bout de l'étang. Il est passé par-dessus la clôture, il essaie de se cacher là-dedans. »

93

La clôture faisait au moins deux mètres de haut, avec des panneaux qui interdisaient l'accès aux personnes non autorisées. Tout en haut, les barbelés luisaient dans le soleil d'un éclat inquiétant.

Thomas courut le long de la clôture, cherchant par où l'escalader. Il finit par arriver devant deux gros rochers. Ça ferait l'affaire : s'il grimpait sur le plus gros, ça devrait aller.

Une fois dessus, il se mit sur la pointe des pieds pour atteindre le haut de la clôture, tout en essayant d'éviter de son mieux les barbelés.

À la force des deux bras, il se souleva et sauta de l'autre côté. Son jean s'accrocha et sa poche fut arrachée, mais il atterrit sur un étroit sentier qui passait juste de l'autre côté de la clôture. Il ne faisait qu'une cinquantaine de centimètres de large, s'il perdait l'équilibre, il tombait dans l'étang.

Aussi vite qu'il l'osait, il repartit à la poursuite de Mattias Wassberg, qui semblait à présent avoir repéré Thomas : Wassberg avait quitté sa cachette et avançait sur la bande étroite, le long de la clôture.

Il n'était plus qu'à une vingtaine de mètres.

« Mattias ! cria Thomas de toutes ses forces. Stop, police, on veut juste te parler. »

Devant eux, la clôture finissait. C'était sans issue. Wassberg resta un instant immobile, regarda par-dessus son épaule.

« Stop ! » cria à nouveau Thomas.

Il était presque sur lui quand Mattias Wassberg se jeta à l'eau. Il disparut d'abord sous la surface, puis se mit à nager vers l'autre bout de l'étang.

Margit, qui avait à son tour franchi la clôture, fit demi-tour et courut dans l'autre direction, pour barrer la route à Wassberg.

Thomas hésita, puis plongea. Le froid le surprit, mais il l'ignora et continua à nager. De loin, l'étang ne paraissait pas si grand : il réalisait à présent que c'était un vrai lac. Il devait avoir une profondeur ver-tigineuse, pensa-t-il tout en nageant vigoureusement pour rattraper l'adolescent en fuite.

Mattias Wassberg avait presque atteint l'autre rive quand Thomas le rattrapa.

« Stop ! » cria Thomas pour la troisième fois.

Wassberg l'ignora, mais Thomas était meilleur nageur. En deux brasses, il arriva sur lui.

Il tendit la main et saisit Wassberg.

« Tu es sourd ? hurla-t-il. Je suis policier. Du calme. »

Wassberg paniqua. Il agita les bras et frappa Thomas. Puis il se jeta en avant, désespéré, en essayant d'en-foncer Thomas sous l'eau.

Avant d'avoir eu le temps de réagir, le policier se retrouva sous Wassberg. L'eau froide lui entra dans le nez quand il essaya de se débarrasser de l'adolescent. Soudain Margit fut là, elle tira Wassberg de l'autre côté et Thomas put remonter à la surface.

Ensemble, ils réussirent à attraper Mattias, qui se débattait, et à le maîtriser. Nageant à demi, ils le traînèrent vers une corniche dans la roche noire, où il était possible de prendre pied.

Haletant, à genoux, Thomas sortit une paire de menottes. Il les passa à Wassberg et se laissa tomber à côté de lui.

Mattias Wassberg respirait violemment, mais gardait le silence.

Du coin de l'œil, Thomas aperçut quelqu'un qui trifouillait un cadenas et ouvrait une grille. Un vigile en uniforme apparut.

« Qu'est-ce que vous foutez, bordel ? s'indigna le vigile. C'est une zone interdite, ici. Vous ne savez pas lire ?

— Nous sommes de la police, haleta Thomas en se levant. Nous venons d'arrêter ce garçon pour refus d'obtempérer. »

Margit s'était elle aussi relevée, les vêtements ruisselants. Quand elle tendit le bras pour désigner Wassberg, la manche de son pull goutta.

« Regarde, Thomas », dit-elle tout bas.

Il se retourna et suivit son regard.

C'était la première fois que Thomas voyait Wassberg de face : son visage était couvert d'écorchures. Des griffures et des plaies qu'il ne pouvait pas s'être faites à l'instant en luttant contre les policiers.

Mattias Wassberg portait une écharpe qui s'était déserrée, découvrant à son cou des bleus sans équivoque : ils devaient avoir au moins plusieurs jours, et commençaient à prendre différentes nuances de bleu et de jaune.

On voyait clairement que quelqu'un, peu de temps auparavant, lui avait violemment serré la gorge.

94

Le téléphone sonna au moment où Nora, de retour de la boutique, poussait la porte de la villa Brand. Elle vit aussitôt que c'était le numéro d'Henrik.

Les vélos d'Adam et Simon avaient disparu, la maison était vide. C'était l'heure du déjeuner, mais ça ne valait pas la peine de commencer à le préparer avant que les garçons soient revenus.

Le mobile à la main, elle sortit sur la véranda avant de répondre.

« Allô ?

— Comment ça va, dans l'archipel ? s'enthousiasma Henrik. Ça doit être magnifique à Sandhamn, aujourd'hui. »

Nora fut prise au dépourvu par ce ton plein d'entrain.

« Ça va, dit-elle. Il s'est remis à faire très beau.

— Je préférerais être dans l'archipel que dans le noir devant mes radios.

— J'envisageais presque une excursion à Alskär cet après-midi, avoua Nora.

— Ah, Alskär... »

Henrik prononça lentement ce nom, et Nora aurait pu jurer qu'il y avait une nostalgie sincère dans sa voix.

« C'est très beau, là-bas », dit-il.

Le silence se fit.

« Dis-moi, reprit Henrik. Je me demandais une chose, au sujet de l'échange des enfants, vendredi. »

Pourvu qu'Henrik ne commence pas à faire des embrouilles lui aussi, elle avait bien besoin de ça ! Pour la première fois depuis longtemps, Nora n'était pas malheureuse de laisser les enfants pour deux semaines : au contraire, elle attendait avec impatience d'avoir du temps seule avec Jonas. Elle ne savait plus par quel bout le prendre. Il n'avait plus donné de nouvelles, et elle était réticente à lancer la première une discussion.

Sa déception des derniers jours remonta.

« Oui ? tarda-t-elle à répondre.

— Si tu veux, je peux venir à Sandhamn chercher les garçons, dit Henrik. Ce sera moins compliqué pour toi. »

Ce n'était pas du tout ce à quoi elle s'attendait.

« Pardon ? s'exclama-t-elle.

— Je me disais juste que ça t'éviterait de venir jusqu'à Saltsjöbaden avec les enfants. Je peux plutôt prendre un bateau vendredi après-midi et passer les récupérer. »

Sa méfiance ne baissait pas la garde si facilement.

« Mais pourquoi ? dit-elle. Pourquoi tu ferais ça ?

— Pour être gentil, quoi. »

Il rit, et elle reconnut son rire d'autrefois. Celui dont elle était tombée amoureuse quand il étudiait la médecine et elle le droit. À l'époque où il fallait tout le temps qu'ils se touchent.

« Allez, quoi, dit Henrik. Pourquoi faudrait-il toujours qu'il y ait une arrière-pensée ? Je ne suis quand même pas si affreux ? »

Nora ne put s'empêcher de sourire.

« C'est sûr, ça m'aiderait, dit-elle d'un ton plus chaleureux.

— On pourrait peut-être dîner ensemble, dit Henrik. Ça plairait sûrement aux garçons. On peut aller à l'auberge, si tu veux. Tu aimes leur marmite de poisson, non ? »

Nora ne savait que penser.

« Et qu'en dit Marie ? Tu avais peut-être prévu qu'elle vienne aussi ? »

Un léger glissement s'entendit dans la voix d'Henrik.

« Nous avons décidé de prendre nos vacances chacun de notre côté, cet été, dit-il. Je crois que c'est mieux comme ça. Nous avons besoin de faire une petite pause.

— Ah ? » laissa échapper Nora.

Henrik fit semblant de ne pas remarquer son étonnement.

« Alors, qu'est-ce que tu en dis ? On dîne au resto vendredi ?

— D'accord. Volontiers. »

Toujours étonnée, Nora alla à la cuisine ranger ses courses.

Henrik avait vraiment été aimable, cela faisait longtemps qu'ils n'avaient pas eu une conversation aussi civilisée. Les garçons seraient bien sûr contents qu'ils dînent tous ensemble avant les deux semaines avec Henrik.

Par la fenêtre, elle vit la porte de son ancienne maison s'ouvrir. Jonas apparut sur le perron. Il semblait épuisé, les épaules basses.

Il resta là quelques secondes, puis se dirigea vers Nora et la villa Brand.

95

On avait mis un local à leur disposition à l'auberge d'Utö, dans le bâtiment cossu en face du restaurant.

Thomas et Margit s'étaient installés dans un des groupes de fauteuils de la spacieuse véranda. L'hôtel leur avait prêté des vêtements secs tirés des réserves du personnel, et leurs effets mouillés avaient été mis dans deux sacs plastique.

Margit avait eu la présence d'esprit de laisser son mobile sur le bord avant de plonger, mais le téléphone de Thomas avait rendu l'âme pour de bon.

Devant eux, la mer scintillait dans le soleil de l'après-midi. Le bâtiment occupait le point culminant de l'île : on y avait une vue panoramique sur l'archipel. Les hautes fenêtres chantournées donnaient plein ouest.

Le soleil ne les frapperait pas avant plusieurs heures, mais la porte de la véranda était déjà entrouverte pour laisser entrer de l'air frais.

Mattias Wassberg était affalé dans un fauteuil en rotin, dos aux fenêtres. Ses cheveux étaient encore un peu humides, le col de son T-shirt d'emprunt était mouillé.

L'arrogance de sa photo Facebook était comme balayée. Son dos était voûté, il n'avait pas dit grand-chose depuis sa tentative de fuite ratée.

Il était salement amoché, cela sautait aux yeux en pleine lumière.

La marque de la main qui, quelques jours plus tôt, avait saisi Wassberg à la gorge était d'une netteté à faire froid dans le dos. Le pouce et l'index avaient fait d'énormes marques qui bleuissaient, contrastant avec la peau environnante. Une grande écorchure apparaissait sur sa joue et de sérieuses griffures lui lacéraient l'autre joue et le menton.

Margit avait sur les épaules une serviette-éponge avec le logo de l'hôtel. Elle se frictionna les cheveux et dit : « Maintenant, je veux savoir ce qui s'est passé à Sandhamn. »

Mattias regarda Thomas et Margit droit dans les yeux, comme quelqu'un qui a baissé les bras.

« Ce n'est pas ma faute », dit-il.

Mattias

Foutue fille. D'abord elle lui a vomi dessus, puis elle s'est barrée.

Mattias regardait le platras, par terre. Il pouvait laisser ce merdier à sa tante. Mais elle se douterait probablement que ça venait de lui : elle lui avait montré la cachette des clés, Mattias serait son premier suspect, à son retour sur l'île.

Il fallait trouver une solution.

Il a pris une serviette pendue à un crochet et essuyé de son mieux. Il pourrait ensuite s'en débarrasser dans la forêt, elle ne manquerait pas à sa tante.

Tout en nettoyant, il pestait en silence contre Wilma.

Quelle salope ! Elle l'avait chauffé toute la soirée et s'était offerte comme une vraie pute. Et puis, au dernier moment, elle n'avait plus voulu.

Quand il a eu fini, ça sentait encore le vomi mais, au moins, il n'en restait plus beaucoup par terre.

Par la fenêtre, soudain, des éclats de voix. Quelqu'un criait.

Mattias a posé la serviette pour aller jeter un œil à travers la vitre. Il faisait plus sombre, mais on y voyait encore un peu. Le dos d'un homme a traversé brièvement son champ de vision, ça ressemblait à un uniforme de police.

Ça grouillait de flics ce week-end, il n'en avait jamais vu autant sur l'île.

La serviette dégoûtante à la main, il est sorti en fermant la porte derrière lui. Il s'est dépêché d'aller remettre les clés à leur place, pour qu'on ne puisse pas remarquer sa visite.

En se retournant, il a vu quelqu'un qui l'appelait, à une dizaine de mètres de là. Un garçon blond de son âge, sur les rochers, la main sur le front.

Mattias a enjambé la clôture et s'est approché.

« Tu voulais quelque chose ? » a-t-il demandé, étonné.

Il ne le reconnaissait pas.

Le blond a cligné des yeux. Quand il a lâché sa tête, Mattias a vu que sa tempe saignait.

« Salaud de flic, a-t-il soudain hurlé en se précipitant sur Mattias. Tu vas payer pour ça !

— Qu'est-ce qui te prend ? » a-t-il eu le temps de crier avant que le type soit sur lui.

Mattias faisait au moins dix centimètres de moins que le blond. Il est tombé à la renverse, tandis que l'inconnu l'arrosait de coups.

Avec un hurlement de colère, il a saisi la tête de Mattias et l'a cognée par terre. Mattias a vu trente-six chandelles.

« Je vais t'apprendre, moi ! » a beuglé l'autre.

Sa gorge serrée d'une poigne de fer, impossible de respirer. Mattias a essayé de défaire les doigts. Sa tête s'est mise à tourner. Ce n'est pas moi, a-t-il tenté de dire, tu te trompes. Mais l'air lui manquait, il ne sortait pas un son. L'autre a serré de plus belle.

Il est fou, a eu le temps de penser Mattias, avant que sa vue ne s'obscurcisse.

Il s'est dégagé un bras et a balayé le sol à la recherche de quoi se défendre. Je vais mourir, a-t-il pensé au moment où il touchait du bout des doigts quelque chose de dur.

Une pierre.

Il est parvenu à la saisir et l'a cognée contre la tête du type.

La pression s'est relâchée, mais l'autre continuait à lui serrer la gorge.

Mattias a frappé, encore et encore. Enfin, les mains se sont détachées et il a pu repousser son agresseur. À bout de forces, il a roulé sur le côté en tentant de reprendre son souffle. Sa respiration n'était qu'un râle. Sa gorge était douloureuse, sa langue sèche et gonflée, il arrivait à peine à déglutir.

Après un long moment, il a tourné la tête.

Le blond gisait sur le dos, les yeux figés. Mattias a réalisé qu'il tenait toujours la pierre. Elle était couverte de sang.

Ah, mon Dieu, il était mort. Qu'avait-il fait ?

Tremblant de tout son corps, Mattias a lâché la pierre, comme si elle le brûlait.

Au bout d'un long moment, il s'est redressé sur les genoux. En se relevant, la tête lui tournait, comme s'il allait s'évanouir.

Il a alors découvert une fille par terre, un peu plus loin. Elle semblait complètement ailleurs, étourdie. Il a aussi entendu au loin les voix de sa bande d'amis, toujours autour du feu de camp, un peu plus loin sur la plage. Des rires étouffés parvenaient jusqu'à lui.

Que faire ? Et si le policier revenait ? Il ne voulait pas finir en prison.

Comme dans un rêve, il a attrapé le corps. C'était beaucoup plus lourd qu'il n'avait imaginé, mais il est parvenu à le traîner sous le grand arbre. Il a arraché plein de plantes qui poussaient alentour pour le recouvrir tant bien que mal. Une fois le cadavre invisible, il est retourné furtivement chercher la pierre sanglante. De toutes ses forces, il l'a lancée à la mer. Elle a coulé avec un petit *plouf*.

La fille n'avait pas bougé. Personne ne l'avait vu.

Mattias s'est éloigné dans la forêt en titubant.

96

Ils s'étaient installés dans un coin spécial que le personnel du ferry leur avait indiqué. Thomas avait ôté les menottes de Mattias Wassberg. Il estimait qu'il n'y avait pas grand risque d'une nouvelle tentative de fuite.

L'ado était complètement à plat. Il était assis, presque apathique, sur un coin de la banquette.

Le bateau devait arriver au débarcadère d'Årsta vers treize heures. De là, ils se rendraient directement à l'hôtel de police de Nacka, où les parents de Wassberg et les services sociaux les retrouveraient.

« Tu veux quelque chose à boire ? » proposa Margit.

Elle disparut en direction de la cafétéria et revint peu après avec deux cafés et une canette de Coca-Cola. Elle posa le soda devant Wassberg, puis tendit un gobelet à Thomas.

« D'une certaine façon, nous avions raison depuis le début, dit-elle tout bas pour que Mattias n'entende pas. C'est un garçon de son âge qui l'a fait. Dans le feu de l'action. Mais pas le meilleur ami de Victor, c'est tout. »

Thomas trempa ses lèvres dans son café. Il avait un vague arrière-goût de plastique, à cause du gobelet jetable, mais il le but quand même. Il avait besoin de caféine.

Il voulait rentrer sur Harö, retrouver Pernilla et Elin.

« J'attendais vraiment que le labo nous donne de quoi arrêter Tobbe », dit pensivement Margit.

Avec un haussement d'épaules, elle approcha le gobelet de sa bouche et souffla sur son contenu.

« Mais je pensais que ça devait s'être passé à peu près comme il nous l'a décrit. »

Elle fit un signe de tête en direction de Wassberg. Il avait ouvert le Coca, mais fixait la table sans prêter la moindre attention à la conversation des policiers.

« C'était bien pensé, mais avec erreur sur la personne, dit Margit en posant son gobelet. Il faut informer les proches d'Ekengreen que le meurtrier est identifié et a reconnu les faits.

— Au fait, dit Thomas. J'ai oublié de te dire que Landin a téléphoné hier soir. En surveillant un réseau criminel, ils ont découvert le père de Victor en compagnie d'un caïd, Wolfgang Ivkovac. »

Margit resta bouche bée.

« Quoi ?

— Ekengreen est allé le voir dans un restaurant d'Huddinge.

— Mais pourquoi ?

— Landin ne savait pas, mais il était inquiet qu'Ekengreen veuille se venger. Ivkovac donne dans le trafic de drogue, Ekengreen voulait peut-être le faire plonger après ce qui était arrivé à Victor. Je voulais aller lui parler après l'enterrement. »

Une idée trottait derrière la tête de Thomas.

Qu'avait dit Harry Anjou, exactement ?

Tout le monde sait que c'est ce rouquin qui a fait le coup.

Toutes les apparences étaient contre Tobias Hökström. De fait, Margit et lui étaient persuadés que le copain de Victor était coupable. Thomas l'avait lui-même indirectement confirmé à Ekengreen.

Avaient-ils commis une nouvelle erreur ?

Margit finit son café et regarda l'heure, sans la moindre idée des pensées qui s'agitaient dans la tête de Thomas.

« Il faut contacter la famille après l'enterrement, et leur dire que nous tenons le coupable. Ça devrait commencer d'un moment à l'autre, non ? »

La sueur se mit à couler sur la nuque de Thomas quand il comprit la situation. Ekengreen n'était pas allé trouver Ivkovac pour lui demander des comptes. Il avait commandé une exécution. Landin lui avait bien dit qu'Ivkovac s'occupait de tout, du trafic de drogue jusqu'aux exécutions.

Johan Ekengreen ne voulait pas faire plonger Ivkovac, il voulait venger son fils. Mais sa vengeance était dirigée contre celui que tous pensaient être le meurtrier.

« J'ai besoin de ton téléphone, dit-il à Margit. Il faut joindre Johan Ekengreen, tout de suite. Il faut qu'il sache qui est l'assassin. »

Margit le dévisagea.

« L'enterrement commence dans cinq minutes. Tu ne peux pas le déranger maintenant.

— Donne-moi le téléphone, c'est important. » Thomas se leva, désespéré. « Je crois qu'il y a un contrat sur la tête de Tobbe Hökström. »

97

Ebba sortit du parking, quelques pas devant sa mère. Elle portait une robe bleu sombre et des escarpins noirs. Bizarre par cette chaleur, mais convenable.

Ses cheveux étaient attachés en chignon flou dans le cou et elle tenait à la main une rose à longue tige.

Ebba n'avait encore jamais assisté à un enterrement dans une église catholique. Sa mère lui avait expliqué que c'était plus long que chez les protestants, avec d'autres rituels.

Une fois devant la monumentale cathédrale, Ebba partit à la recherche de Felicia, tout en cherchant Tobbe des yeux. Il était forcément là.

Elle n'arrêtait pas de penser à lui depuis qu'elle avait reçu son message sur Facebook, tard dans la nuit.

Pardon. Rien d'autre.

Qu'est-ce que cela signifiait ?

Elle aurait voulu lui téléphoner pour le lui demander, mais elle n'avait pas osé. Aller le voir était impensable. Il était peut-être ivre quand il avait écrit ça. Et l'avait regretté dès le jour suivant. S'il voulait vraiment revenir avec elle, c'était à lui de se manifester.

Aussi ne fit-elle rien. Mieux valait garder espoir que de voir ses soupçons confirmés.

Mais elle ne pouvait pas s'empêcher de tourner la tête à droite et à gauche, scrutant parmi les participants de la cérémonie qui bavardaient à mi-voix devant le porche de l'église.

Il y avait foule. Presque toute sa troisième était là, ainsi que beaucoup de camarades des classes parallèles. Le principal aussi. Et les enseignants de Victor.

La mère d'Ebba salua des connaissances et s'arrêta pour échanger quelques mots.

Ebba aperçut Felicia. Elle se tenait un peu à l'écart, sous un grand chêne au tronc épais, en compagnie de ses parents.

Les yeux gonflés par les pleurs, elle serrait un mouchoir blanc. Elle portait un chemisier noir un peu trop grand et une jupe sombre qui s'arrêtait au-dessus des genoux.

Ebba sentit monter ses larmes et serra Felicia dans ses bras. Elles restèrent ainsi un long moment.

« Ebba, lui dit sa mère en la prenant doucement par le bras. Il faut entrer, maintenant. »

Elle embrassa Felicia et salua de la tête Jochen et Jeanette Grimstad.

« Tu viens ? » dit-elle à Ebba.

Elles se dirigèrent vers l'entrée de l'imposante église en brique. Il faisait sombre, passé le porche, et Ebba dut cligner plusieurs fois des yeux pour s'habituer, venant de la lumière du soleil. À mi-chemin de l'allée centrale, elle aperçut les cheveux roux de Tobbe.

Il était déjà installé sur un banc, côté gauche, tout au bout, entre sa mère et Christoffer. Il ne bougeait pas mais, quand elle passa à son niveau, il tourna la tête et croisa son regard.

« Ebba. »

Sans réfléchir, elle se glissa à côté de lui. Sa mère, qui marchait juste derrière, fut surprise mais continua et s'assit sur le banc suivant, devant eux.

Tobbe était plus maigre que jamais, avec des yeux creusés, tristes.

« Comment tu vas ? dit-elle tout bas.

— Pas très bien. »

Elle se pencha plus près, si bien que leurs tempes se frôlèrent.

« Pourquoi tu as écrit ça, sur Facebook ? »

Il baissa les yeux.

« C'est sincère, chuchota-t-il. J'ai été con. Pardon. Je regrette tellement. »

Les doigts d'Ebba se glissèrent dans les siens. Doucement, elle promena le bout de ses doigts sur ses taches de rousseur. Puis elle referma sa main sur la sienne. La paume de Tobbe était moite, elle la serra fort.

« La police pense que c'est moi, dit-il, des larmes dans la voix.

— Chhh. »

Tobbe s'affaissa un peu et pencha sa tête contre celle d'Ebba.

« Je t'aime », dit-elle.

Les mots étaient venus tout seuls.

Il lui effleura la joue de ses lèvres. Un chuchotement.

« Moi aussi. »

L'orgue attaqua. Ebba reconnut la mélodie mélancolique, sans pouvoir l'identifier. Elle serra la main de Tobbe contre sa bouche.

Le prêtre lut le requiem. Madeleine pleurait, désespérée, à côté de Johan.

Il lui prit la main et la serra. C'était la première fois depuis l'annonce du décès qu'il la touchait volontairement.

La certitude s'imposa d'elle-même. Nous allons traverser cette épreuve.

Le cercueil de Victor attendait devant l'autel, entouré de couronnes de fleurs d'été aux couleurs chaudes. Un grand portrait de leur fils était présenté sur une petite table voisine. Un cierge se consumait avec une flamme vacillante dans un chandelier d'argent, près du cadre.

Sur la photo, Victor était bronzé et gai, ses cheveux blonds dans le vent. Elle avait été prise un beau jour de juillet, devant leur maison de vacances.

Johan sentit quelque chose se relâcher.

Son fils était mort. Personne au monde n'y pouvait rien changer.

En tournant la tête, il aperçut du coin de l'œil les cheveux roux de Tobbe. Curieusement, il n'en fut pas indigné. Ils portaient ensemble le deuil de Victor, il le comprenait à présent. Ils n'étaient pas ennemis.

Rien n'irait mieux parce qu'il aurait vengé la mort de son fils. Il devait y avoir une explication qu'il ignorait. Tobbe n'était pas méchant.

« Qu'ai-je fait ? » se dit Johan.

Il plongea la main dans sa poche et toucha son téléphone. Dès la fin de la cérémonie, il appellerait Ivkovac pour tout annuler.

C'était comme se réveiller d'un mauvais rêve, comme si un étranger l'avait remplacé ces derniers jours, en le poussant à faire des choses contre sa nature. À présent, il était redevenu lui-même.

Rien de plus ne devait arriver, le pire avait déjà eu lieu.

Ce n'était pas vraiment moi, pensa Johan, en murmurant « pardon », sans bien savoir à qui il adressait ces excuses.

Sa peine était toujours aussi grande, mais pourtant différente.

Les yeux de Johan se remplirent de larmes, il enfouit son visage dans ses mains et pleura avec Madeleine.

Tobbe serrait fort la main d'Ebba en sortant au soleil, après la cérémonie. Il était aussi ému qu'elle.

C'était un soulagement de se retrouver à l'air libre.

« Tu viens aussi à la réception ? demanda doucement Tobbe.

— Bien sûr. » Ebba sourit tristement. « Tout le monde y va, pas toi ?

— Si, dit-il en la regardant, hésitant. Avec toi, je veux bien… si tu es d'accord. »

Ebba serra sa main. Mais ce n'était pas la peine.

Ils se dirigèrent vers le chêne où Ebba avait retrouvé Felicia avant la cérémonie.

« Je vais acheter une boisson, dit Tobbe en montrant un kiosque de l'autre côté de la rue. J'ai très soif. Tu veux quelque chose ? »

Ebba secoua la tête.

« J'attends ici, il faut que je prévienne maman qu'on va ensemble à la réception. »

Tobbe allait partir, mais il se ravisa.

« Dis…

— Oui ?

— Non, rien », dit-il, sans pourtant bouger.

Timidement, il tendit la main et lui caressa doucement la joue.

« Au fait, tu es belle.

— Toi aussi, tu es beau.

— Je reviens vite. »

Malgré le chagrin, Ebba sentit la joie fleurir dans
son ventre. Elle s'adossa au tronc du chêne et le
regarda s'éloigner.

À quelques mètres de là, ceux qui avaient assisté à
la cérémonie sortaient de l'église.

Les parents de Victor étaient sur les marches, Johan
quelques pas devant Madeleine. Christoffer, Arthur et
Eva étaient déjà dans l'allée de gravier, Lena Halvorsen
derrière eux.

Ebba ne put s'empêcher de remarquer que Johan
avait son portable vissé à l'oreille. Ce devait être très
important, pour s'en occuper à peine sorti de l'enterrement. Il semblait écouter un message. Soudain, il leva
les yeux et fixa Tobbe, déjà sur la rue.

Le feu piéton était au rouge, mais Tobbe s'en fichait.
C'était tout lui.

Un bruit de moteur surgit de nulle part.

À l'instant, la rue devant l'église était déserte,
et voilà qu'une voiture noire bondissait hors de sa
cachette.

Tobbe s'arrêta au milieu de la rue.

Ebba vit Johan lâcher son mobile et se précipiter.
Il y avait trop de bruit pour qu'Ebba entende ce qu'il
criait en agitant les deux bras.

« Pars, pars ! » semblaient former ses lèvres.

Tobbe restait planté au milieu des clous, comme s'il ne saisissait pas ce qui se passait.

Mais Ebba comprit.

« Attention ! » aurait-elle voulu hurler de toutes ses forces, mais aucun son ne sortit de sa bouche.

Elle restait là comme paralysée, tandis que la voiture accélérait droit sur Tobbe.

Un choc. Johan fut projeté en l'air, tandis que la voiture disparaissait en rugissant. Il retomba sur l'asphalte avec un bruit sourd. Tobbe gisait près du bord du trottoir, sur le flanc, immobile.

Un silence irréel.

Terrorisée, Ebba regarda les deux corps dans la rue. Un peu de sang coulait de la bouche de Johan.

Elle sortit enfin de sa stupeur.

« Tobbe ! » cria Ebba en se précipitant à travers la pelouse.

Elle joua des coudes pour se frayer un passage parmi la foule choquée. Des gens affluaient de tous côtés.

« Laissez-moi passer ! »

Elle finit par arriver auprès de Tobbe. Il saignait du nez et avait la joue écorchée.

Ebba tomba à genoux à côté de lui.

« Tu es blessé ?

— Je ne crois pas. »

Dans sa confusion, il secoua la tête et leva une main devant lui comme pour s'assurer qu'elle bougeait encore.

Ebba l'entoura de ses bras.

« Je t'ai cru mort. »

Au loin, on entendit la sirène stridente d'une ambulance. Une voiture de police freina à quelques mètres d'Ebba et Tobbe. Un homme de grande taille en sortit et se précipita à genoux près de Johan.

Ebba reconnut le policier de Sandhamn, Thomas.

Soudain, tout se figea.

« Il est vivant ? » demanda Thomas.

Impossible de distinguer qui lui répondit :

« Je ne sais pas. »

Épilogue

Vendredi 19 septembre 2008

Quand Sune Svensson ouvrit la grille du cimetière catholique de Solna, l'homme en fauteuil roulant était déjà là. Comme d'habitude.

Sune travaillait depuis longtemps à l'administration du cimetière, il avait vu bien des proches effondrés parmi les tombes. Mais la vue de ces épaules voûtées le saisit. Le chagrin qui entourait cet être solitaire était si compact qu'on aurait pu le toucher.

L'homme avait le regard fixé sur une pierre tombale toute simple en granit gris.

Sune connaissait l'inscription par cœur :

Victor Ekengreen
1992-2008
Fils et frère bien-aimé.

Le père de Victor Ekengreen pouvait rester là des heures, par tous les temps. Une voiture de l'aide à la mobilité finissait par venir le chercher, parfois c'était sa fille qui le ramenait à la maison.

L'enterrement du jour devait avoir lieu à onze heures, presque tout était prêt, rien ne pressait. La nouvelle tombe était à une centaine de mètres seulement de celle de Victor.

Soudain, le soleil perça les nuages. Il avait plu dans la matinée, l'air était toujours humide. Mais il ne faisait pas spécialement froid. Comme si souvent en septembre, il y avait eu quelques jours d'été indien, à croire que l'été voulait respirer encore un peu avant que la nuit et l'hiver ne s'installent.

Sune lorgna à nouveau dans la direction de Johan Ekengreen. Un plaid couvrait ses jambes paralysées. Ses cheveux gris avaient besoin d'être coupés, il ne semblait pas s'être rasé ce matin.

Sune le salua gentiment de la tête, sans s'attendre à une réponse.

Il n'en recevait jamais.

Il se dirigea vers le cabanon à outils pour chercher ce dont il avait besoin.

Le matin même, il y avait encore eu dans le journal un article sur le procès Ekengreen. Il s'ouvrirait la semaine suivante : il était mis en examen pour incitation au meurtre sur la personne du meilleur ami de son fils.

Bien que ce camarade, grâce à l'intervention d'Ekengreen en personne, s'en soit tiré avec seulement quelques écorchures, le procureur était ferme. Il avait déjà fait savoir qu'il comptait œuvrer à obtenir une peine de prison exemplaire.

Un papier froissé traînait sur le gravier. Sune se pencha pour le ramasser, les allées devaient être jolies et nettes avant l'arrivée du cortège funèbre. Il ouvrit le cabanon, entra et alluma le plafonnier.

D'après le journal, Ekengreen avait déjà reconnu les faits. La presse faisait ses choux gras de cette histoire, le célèbre homme d'affaires louant les services d'un tueur à gages pour venger son fils.

Et pourtant, il n'y avait ni meurtre ni meurtrier, juste une série de circonstances malheureuses. Le policier impliqué dans l'affaire avait certes été condamné pour faute professionnelle grave, mais blanchi de la mort de Victor. Son acte avait été considéré comme de la légitime défense, comme pour l'adolescent avec lequel Victor Ekengreen s'était aussi battu.

Sune ne pouvait s'empêcher de plaindre Johan Ekengreen, malgré tout. Il avait perdu son plus jeune fils, et sa femme l'avait elle aussi quitté, à en croire les journaux du soir.

C'était comme une tragédie grecque, où tout le monde était perdant.

Pauvre diable.

REMERCIEMENTS

L'origine de ce roman remonte à la Saint-Jean 2010. Suite à un malentendu, j'ai dû fouiller le port très tard dans la nuit. C'était un spectacle lamentable, partout des jeunes ivres qui titubaient, tandis que la police faisait de son mieux pour gérer la situation. Moi-même mère de trois adolescents, j'étais à la fois effrayée et choquée.

C'est de cette expérience qu'est né *Au cœur de l'été*.

J'ai pris quelques libertés artistiques : il y a bien un aulne très fourni près de la plage de Skäkarlshamn, mais pas de rochers coupants, ni de maison grise. Les étangs des anciennes carrières d'Utö ne sont pas aussi grands que je les ai décrits, et il n'y a pas d'étroit passage le long de la clôture. Il n'existe pas de pizzéria Salvatore au centre d'Huddinge, ni de grand chêne devant l'église catholique.

J'assume entièrement la responsabilité d'éventuelles autres erreurs.

Tous les personnages sont entièrement inventés, toute ressemblance avec des personnes existantes serait pure coïncidence.

Bien des personnes m'ont aimablement aidée durant l'écriture de ce livre :

Un grand merci à Thomas Byrberg, chef d'intervention adjoint à Sandhamn, et Lisa Hall, agente de police, qui m'ont laissée suivre leur travail lors de la Saint-Jean 2011. Magnus Carmelid, chef d'intervention à Sandhamn et Möja en 2011, a également contribué, ainsi que l'inspecteur Lars Sandgren du service investigation du district de Nacka, qui m'a informée sur les drogues et la lutte contre leur trafic.

Le commissaire Rolf Hansson m'a été d'une grande aide concernant toutes les questions relatives au travail policier.

Le médecin légiste Petra Råsten Almqvist a généreusement partagé son expérience, et l'avocat Johan Eriksson m'a aidée à comprendre comment se déroule l'interrogatoire d'un mineur. Theréz Randqvist m'a fourni une documentation sur les particularités des enterrements catholiques.

Avec Fredrik Klerfelt, directeur de la discothèque Laroy, et Filip Börgersson, élève du lycée Norra Real, j'ai échangé sur les divers aspects de la vie des ados. Ma fille Camilla, bachelière en 2011, a participé en profondeur à tout le processus créatif, et m'a même aidée à trouver les expressions justes pour faire parler les jeunes.

Parents, amis et voisins à Sandhamn ont lu diverses versions et/ou contribué par leurs réflexions avisées : merci à Lisbeth Bergstedt, Anette Brifalk, Helen Duphorn, Per Lyrvall, Gunilla Pettersson et bien sûr Camilla et Lennart Sten. Mille mercis.

À ma fantastique éditrice et à mon non moins fantastique correcteur John Häggblom – qui me poussent sans cesse de l'avant et me font progresser comme écrivain –, je dois un très grand merci, ainsi qu'à Sara Lindegren et tous les autres qui travaillent pour mes livres chez Forum. Annika et Dennis, de Bindefeld, vous êtes aussi super !

Toute la bande de la Nordin Agency, Joakim Hansson, Anna Frankl, Lina Salazar et Anna Österholm, qui, avec d'autres, promeuvent mes livres à l'étranger, j'apprécie énormément votre engagement !

Et pour finir – je l'ai déjà écrit, mais cela supporte la répétition : sans ma famille, rien ne serait possible. Lennart, Camilla, Alexander et Leo, merci d'exister. Je vous aime très fort.

Sandhamn, 9 mai 2012

Du même auteur
aux éditions Albin Michel :

LA REINE DE LA BALTIQUE, 2013.

DU SANG SUR LA BALTIQUE, 2014.

LES NUITS DE LA SAINT-JEAN, 2015.

LES SECRETS DE L'ÎLE, 2016.

RETOUR SUR L'ÎLE, 2018.

Le Livre de Poche s'engage pour l'environnement en réduisant l'empreinte carbone de ses livres. Celle de cet exemplaire est de : **450 g éq. CO₂** Rendez-vous sur www.livredepoche-durable.fr

PAPIER À BASE DE FIBRES CERTIFIÉES

Composition réalisée par NORD COMPO

Achevé d'imprimer en avril 2018, en France sur Presse Offset par
Maury Imprimeur – 45330 Malesherbes
N° d'imprimeur : 226407
Dépôt légal 1ʳᵉ publication : mai 2018
LIBRAIRIE GÉNÉRALE FRANÇAISE – 21, rue du Montparnasse – 75298 Paris Cedex 06

75/2833/6